Engelbert Obernosterer: Der Kampf mit dem Engel

www.kitab-verlag.com
office@kitab-verlag.com

ISBN 978-3-902878-47-2

Engelbert Obernosterer

Der Kampf mit dem Engel

Ein Mosaik

kitab

Meine Versuche, etwas von dem, was mich in der Hand hat, meinerseits festzuhalten, gleichen Jakobs nächtlichem Kampf mit dem Engel. Manchmal meine ich, seine Flügel zu fassen zu bekommen und das Geflatter auf den Zeilenboden niederzwingen zu können. Am Ende fahren die Hände aber wieder ins Leere, und ich habe nichts in der Hand als eine Feder:
eine Schreibfeder.

Früher oder später gerät jeder mit seinem Bemühen, etwas von seiner Existenz zu erfassen, in Bereiche hinaus, in denen die Begriffe nicht mehr greifen und nur noch Bilder aufflackern, Ansätze zu Mythen, vage Ahnungen. Hier, am Ende der Welt, habe ich die erschütterndsten Momente meines Daseins erlebt, hierher zieht es mich schreibend immer wieder zurück, von hier aus schaue ich und rede.

So und so und jetzt so, ja, so. Tasten im Halbdunkel. Eine der Bewegungen findet den Lichtschalter. Kurzer Augenschmerz. So. Fuß für Fuß die Stufen hinunter. Die Küche nimmt sich, was der Küche ist. Drei Löffelchen Kaffeepulver in den Filter, ein halbes dazu. Gut so. Porzellan klirrt, die Filtermaschine faucht und röchelt …

Eine seit langem unveränderte Frühstückszeremonie kommt in Gang. Sie sammelt die frei in der Luft schwebenden Teile des zu mir Gehörigen ein und verstaut sie in die gängigen Begriffe: Dort die in Ordnung gebrachte Küche, hier ich mit der Tageszeitung.

So. Das kann man wieder eine Küche nennen. Das benutzte Geschirr ist im Geschirrspüler. Das offene Türchen des Geschirrschrankes will geschlossen werden. Die Rechte erledigt das und gleitet zum Vorhang weiter. Ratsch, ratsch sind beide Vorhanghälften beiseite geschwungen. Eigens hinauszuschauen erübrigt sich. Von den Abendnachrichten her weiß ich: Noch immer dieses unentschlossene, zähe, zu nichts nütze, einzig die Krankheitskeime begünstigende Übergangswetter.

Schau, mein privater Friseur, der Kopfpolster, hat wieder einmal ganze Arbeit geleistet. Besonders nach unruhig verbrachten Nächten überrascht er mich gern mit neuen Kreationen, zieht mir zwei oder mehrere Scheitel ins graue Gestrüpp ein, gekrümmte und an unüblichen Stellen; woanders lässt er eine kecke Feder abstehen und dreht einen Wirbel über dem Schädeleck zusammen. Unterhalb der Stirnsträhne ein mir zum Hals heraushängendes Gesichtsgelände, bestehend aus dem unmotivierten Auf, Ab eines Nasenrückens, an den sich seitlich die kleinen heubraunen Schweinsäuglein eng heranschieben. In den girlandenförmig darunter hängenden Tränensäcken übernimmt unübersehbar der Zug nach unten die Vorherrschaft über die aufwärtsziehenden Kräfte. Ob in den schlaffen Formen der Backen und den seitlich des Mundes abwärtslaufenden Einschnürungen neben der Gravitation noch ein individueller Zug sich behaupten kann, wie er bei Frohnaturen, musikalischen Menschen, Asketen, Denkern und dergleichen meist auf den ersten Blick zu erkennen ist?

Einmal habe ich einem Maler beim Porträtieren einer älteren Dame zusehen dürfen. Neben den schwungvollen Bewegungen von Pinsel und Spachtel her erklärt er mir, dass er die Grundierung nicht mit gleichförmigen Bewegungen, wie ein Anstreicher es rationellerweise machen würde, auf die Leinwand auftrage, sondern dass er sie in einer der Dame gemäßen Unruhe kreuz und quer verteile, sie nicht glatt streiche und das Weiß der Grundierung gern ein wenig verschmutze, das gehöre bereits zum Bildnis. Mir fällt auf, dass er im Verhältnis zum blassen Modell erstaunlich kräftige Farbpasten auf die Palette herausquetscht und sie mehrfach übereinander legt, wobei durch die oberste Schicht einmal die eine, dann wieder eine andere der darunterliegenden Farben durchscheint. Und siehe da, trotz der durchwegs kräftigen Farben ergibt sich am Ende ein bleiches aschgraues Gesicht von verhaltener Lebhaftigkeit. Würde man alle dabei verwendeten Farben, so stelle ich mir vor, anstatt sie schichtenweise aufzutragen, zu einem Brei verrühren, es käme ein unschönes bräunliches Alles und Nichts heraus.

Ähnlich verhält es sich wohl mit dem, was sich mir aus dem Spiegel entgegenwendet. Es mag im Laufe seines Zustandekommens so manches gegeben haben, was Farbe hatte, wurde jedoch durch drübergelegte, bisweilen entgegengesetzte Schichten bis zur Unkenntlichkeit abgeschwächt, so dass ich, wenn ich im Spiegel nach etwas Erkennbarem Ausschau halte, nichts finde als ein undeutbares Alles und Nichts.

Neben dem Schreibtisch wartet mit gesenkten Hörnern das Zimmerfahrrad. Mindestens 25 Kilometer fordert es von mir, andernfalls würde ich für den Rest des Tages von einem Schuldgefühl verfolgt werden. Nicht gerade lustvoll fühlt es sich an, wie die Beine sich gegen den Widerstand der Kurbel stemmen, Beine eines Mittsiebzigers eben. Die Pedale lenken die in sie hineingestemmten

Kräfte in ein Kreisen, das mich lokal zwar nicht vom Fleck bringt, hoffentlich aber modal: in eine andere Stimmung hinein.

Fürs Erste gibt mir die Vorstellung, wie ich mich fühlen werde, nachdem ich das Pensum geschafft habe, die Energie, die ich benötige, um mich an die Marke heranzuarbeiten. Ich weiß, nach einer Phase der Unlust wendet sich das Blatt, und die Bewegung läuft wie von selber weiter. In dieser Phase besagen die Zahlen auf dem Display nichts Besonderes; weder Lob noch Aufmunterung haben sie in sich, fordern nur, verlangen monoton immer dasselbe: weiter so, nicht nachlassen, durch die Wüste des Unterdurchschnittlichen durch auf das noch hinter sieben Bergen liegende Soll zu. Als auf der Zehnerstelle endlich anstelle der Eins die Zwei aufspringt, rückt sie in Sichtweite, stoisch langsam und unbeirrbar, die Zahl, die mir bescheinigen soll, dass es um mich nach wie vor gut bestellt ist.

Zwischendurch ein Blick über die Vorderseite hinab. Schlottrige Textilien, unter denen Füße mit aufgekrümmten Zehen hervorlugen; im fleischlosen Rist drückt es die Sehnen aus der von lilafarbenen Adern durchzogenen Haut. Schön ist das bei Gott nicht, schön sind lediglich gewisse Zahlen, insbesondere die über 25. Aber auch kleinere sind besser als keine.

In der Zeit vor meiner Herzattacke, als ich mich, selber willenlos, dem Spiel von Anziehungen und Abstoßungen überlassen habe, ist es um meine Selbstsicherheit schlecht bestellt. Kaum bin ich in irgendeiner Weise da: als Mann, als Lehrer, als Familienoberhaupt, als respektabler Ortsbewohner, werde ich zufolge irgendwelcher Unüblichkeiten und Eigenbröteleien schon wieder in Zweifel gezogen. Überdies bin ich mir zu keinem Zeitpunkt sicher, wo überall ich drinstecke, inwiefern ich vorhanden bin, womit identisch, wofür zuständig und inwiefern mitverantwortlich.

Seit aber Gevatter Tod seine Sense knapp über meinem Kopf hinsausen hat lassen, bringe ich jeden Tag konsequent die meinem Alter angemessenen 25 Kilometer hinter mich. Solange ich das durchhalte, sagt der Internist, habe ich nichts zu befürchten. Gefühle wie Lustlosigkeit und Überdruss, aber auch plötzlich erwachender Ehrgeiz und Leistungswille, so unerwartet und befremdend sie in statu nascendi auch wirken, ich kann sie meiner Persönlichkeit einverleiben, indem ich sie in Beziehung zu den 25 Kilometern auf dem Display bringe.

Vom Eck des Schreibtisches her fällt mir etwas Helles ins Auge. Ja, richtig: der Einkaufzettel. Er könnte zwar noch warten, aber ich bin froh, nach der einen Verrichtung gleich Unterschlupf in der nächsten zu finden.

Leicht läuft das Rad die sich ins Gelände schmiegende Landstraße entlang, zu beiden Seiten in lebensfrohen Farben gehaltene Einfamilienhäuschen. Unterhalb der Straße Hausportale, die als architektonische Entsprechungen zu den gebräuchlichen, bisweilen auch noblen Grußformeln zu verstehen sind. In den Details finden sich im einen Fall Bekenntnisse zu Bodenständigkeit und Tradition, in den nächsten treten Fortschritt und guter Geschmack, Patriotismus und Frömmigkeit zu Tage, im Ganzen lauter Willkommensbezeigungen, mit denen dem jeweiligen Ankömmling bereits einiges von der Persönlichkeit des Hausinhabers mitgeteilt wird.

Oberhalb der Straße reiht sich, durchbrochen von schmalen Zufahrten, ein Garten an den anderen, dahinter einmal eine von Söllern umgürtete Pension, öfter aber eines der komfortablen neueren Domizile mit friulanischen oder tirolischen Bauelementen.

Da schreckt mich hinter einer Hecke heraus eine helle Frauenstimme auf: „Schönen guten Morgen!“ Regelrecht gesungen wird der Gruß von der wohlklingenden Stimme, die die Anrede in einem herzhaften Lachen ausklingen lässt. Solche Überschwänglichkeiten können natürlich nicht mir gelten, einem unscheinbaren, schon zur Alltäglichkeit der Ortschaft gehörigen Partikel.

Den Wohlklang, der also einem der Pensionsgäste gegolten haben dürfte, noch eine Weile im Ohr, muss ich daran denken, wie die Grüße klingen, die gelegentlich auch an mich gerichtet werden: Überhaupt keinen Klang haben sie; aus den Beimischungen der Stimme ist nicht herauszuhören, was da gegrüßt und gemeint sein könnte, sind die Floskeln ja nur Reaktionen auf mein vorgerücktes Alter, betreffen meine Gewöhnlichkeit, vielleicht auch den vernachlässigten Zustand meines Hauses.

Schau, da ist er wieder, der von gestern, der Komische. Normalen Menschen sieht man auf den ersten Blick an, wohin sie unterwegs sind: zum Friedhof, aufs Feld, zur Bushaltestelle. Der aber schmiert so zwischen allen einschlägigen Gangarten dahin. So eine Fortbewegungsart fällt in einer Ortschaft wie der unseren sofort auf. Urlauber fallen zwar auch aus dem Ortsüblichen heraus, aber die erkennt man unschwer an der rustikalen Aufmachung, mit der sie sich ins Ländliche einzufügen versuchen, weshalb ein Einheimischer auf den ersten Blick erkennt, in welche Kategorie der Betreffende einzureihen ist, und sofort sich wieder seiner Tätigkeit zuwenden kann. So einer wie der aber lässt einen mit den Gedanken nicht so bald los. Beim dritten Hinsehen ist er weg, wohl ums Hauseck gebogen, und lässt mich mit meinen Vermutungen dumm zurück.

Als ich später von meinen Besorgungen zurückkomme, diesmal nicht ohne Hintergedanken über die andere Ortszufahrt her, steht er jäh vor mir, in weißen Overalls auf einer Leiter. Ach so, ein Maler, vermutlich ein Schwarzarbeiter, der sein Einkommen aufbessern will. Als solcher interessiert er mich nicht mehr. Auf weitere Bestimmungsstücke wie die am Fuße der Wand stehenden Kübel und Walzen sehe ich gar nicht mehr richtig hin.

Eine sehr beredte Landschaft eigentlich, in die ich mich immer wieder hineinbegebe. Mit Blatt- und Wasserzungen redet sie auf mich ein, mit Schneezungen, inzwischen von Sahara-Sand rötlich gefärbten, die hoch oben in den Steinkaren sogar den Sommer über liegen bleiben. Nach einer Wegkrümmung erschreckt mich ein leerstehender Heuschuppen mit geknicktem Firstbaum; er erzählt vom letzten Winter mit seinen ungewöhnlichen Schneelasten; gemeinsam mit den stellenweise mit Moos bewachsenen, durcheinandergeratenen Schindeln, aus denen mehrere rostige Nägel hervorragen, beklagt er recht deutlich, wie es um den Besitzer, vielleicht auch die gesamte Bauernschaft bestellt ist. Aber auch die verlassene, von abgekipptem Bauschutt verunzierte Tratte auf der anderen Seite des Weges enthält Stoff für Diskussionen. Bis in den Gemeinderat hinein beschäftigt sie die Verantwortlichen und bringt die Gemüter gegeneinander auf.

Wer Augen hat, der sieht es: Von jeder Stelle des Geländes her drängt es zur Sprache, kommentiert, stellt in Frage, schreit zum Himmel, stößt vor den Kopf und plappert dermaßen durcheinander, dass man kein einziges Wort versteht.

Nicht selten sind hier Erholungsuchende zu beobachten, die nervös um sich äugend über die Gartenzäune schauen, hinter die Häuser spionieren, die Dorfältesten ausfragen und, scheint's, unzufrieden mit dem, was sie erfahren haben, die Umgebung mitsamt ihren halb verwachsenen Waldwegen und Mauerresten erkunden. Manche bringen abends einen verkrüppelten Ast mit ins Appartement, manche einen geäderten Stein, andere haben nichts Nennenswertes gefunden und wissen auch nachdem sie in die Stadt zurückgekehrt sind, nichts zu berichten, als dass es schön war.

Dabei geben die Dinge doch Auskunft, insbesondere die von Menschenhand errichteten Objekte. Die einen ducken sich so verängstigt in die Geländemulden, dass man förmlich spürt, wie sehr sich die Erbauer vor den das Tal entlangfegenden Herbst- und Winterstürmen vorgesehen haben, die anderen wagen sich nicht ohne Stolz auf die Geländekante hinaus und schauen mit dem Gefühl der Erhabenheit über die ihnen zu Füßen liegende Landschaft hin.

So ungern die Ansässigen jemandem Einblick in ihre Privatangelegenheiten gewähren, in ihren Häusern müssen sie Farbe bekennen, und es werden Bekenntnisse zu Ordnung und Sauberkeit, Funktionalität, Vernunft und Anpassung. Zwischendurch haut auch einer der Verkannten auf den Putz und zeigt in einem breitbrüstigen Ansitz, wer er im Grunde ist; ein anderer täte es gern ihm gleich, muss sich aber damit begnügen, eine Gaupe aus dem Dach hinauszustoßen, um so zu zeigen, dass auch er, wie es im Volkstum heißt, nicht auf der Brennsuppe dahergeschwommen ist. Wieder andere stellen ihre Liebe zu Weidwerk und Fischerei zur Schau; nicht zu vergessen die verlassenen Wirtschaftsgebäude und Geräteschuppen, die mit ihrem Verkommen nach allen Seiten hin verkünden, dass da einer die Herrschaft über das Seine verloren hat. Eine Stimmung des Niedergangs und Scheiterns geht von solchen Objekten aus, weshalb die Ortsbildpfleger den Schandfleck so bald wie möglich beseitigen, damit die davon ausgehende Stimmung nicht auf die Erholungsuchenden übergreift.

Mein Rad rollt in eine der Nachbarortschaften hinein, gemächlich auf ein Gasthaus mit angeschlossener Fleischerei zu. Da schrecke ich aus meinem Dösen: Vor dem offenen Kellertor steht ein Rind, mit einem Strick an einem Pfahl angehängt; kleinwüchsige Rasse, zu seinem Unglück gut bei Leibe. Gleichmütigen Blickes steht es in der Sonne, verdammt nahe dem unheimlichen Keller. Es lebt vermutlich nur noch deswegen, weil der Fleischer oben im Gasthaus mit einem Freund eine Bergtour für den Sonntag plant.

Als ich auf dem Rückweg mich derselben Stelle nähere, bange ich, ob das Tier noch da ist. Ich hoffe, es hat einem der Nachbarn gehört und der hat es wieder mitgenommen.

Leider, der Pflock steht allein da, und beim ersten Blick auf den offenen Keller sehe ich rot: Zwei Tierhälften hängen vom Plafond herab.

Am Rand des Gastgartens setzt sich einer nieder, der nicht von hier ist. Dinarische Schädelform und schwarzer Schnauzer lassen darauf schließen, dass es sich um einen aus der Balkangegend handelt, vielleicht sogar einen Angehörigen jenes Volkes, das seinerzeit durch Princip den österreichischen Thronfolger Franz Ferdinand und seine Gemahlin ermordet und so den Ersten Weltkrieg ausgelöst hat. An der Art, wie er dasitzt und seine Augenschlitze schmal klemmt, haftet noch die ganze Hinterhältigkeit dieses Volkes.

Sieht ungewohnt aus: der LKW-Fahrer N. ausnahmsweise einmal zu Fuß unterwegs! Klein wirkt er als Fußgänger, er, den ein Radfahrer wie ich sonst nur hoch oben in seiner Fahrerkabine thronen sieht. An der Seite seiner zierlichen Frau kommt er mir entgegen, so ungelenk hier auf dem flachen Boden, dass man das gar nicht als ein Gehen bezeichnen möchte, sondern ein die Unebenheiten des Weges verdeutlichendes Dahinholpern.

Welches Adjektiv verleihe ich der nach Pilzen Ausschau haltenden Frau, die soeben eine andere Pilzesucherin zwischen den Buchenstämmen hervorkommen sieht, und zwar eine, die es bei Gott nicht nötig hätte, anderen, ärmeren Familien die Pilze vor der Nase wegzuschnappen? Den Blick noch vom Ausschauhalten geprägt, bleiben beide zugleich im Laub stehen und reißen den Schutzschild eines Grußes vor sich in die Höhe: *Verdattert* allein wäre entschieden zu wenig. *Überrascht, fassungslos, verärgert* sind beide ein wenig und auf unterschiedliche Weise. So stehen sie denn einen Moment lang wortlos einander gegenüber, bis die eine, die das Pilzesuchen nicht nötig hätte, doch ein paar überbrückende Worte findet, über die hin man von Frau zu Frau weiterreden kann, als ob nichts wäre.

Ich hocke schon eine Weile über einem Kreuzworträtsel, es lässt mich nicht los. Es fehlen nur noch zwei Wörter: ein Nebenfluss der Wolga mit vier Buchstaben und der Name eines belgischen Komponisten aus dem Barock, beginnend mit H. Die leeren Kästchen fixieren mich mit ihrem Weiß, sie lassen mich nicht los, obwohl einige Verrichtungen dringend auf mich warten. Genau sechs Buchstaben verlangen sie. Nicht irgendwelche natürlich, nicht richtige würden von den angrenzenden Wörtern abgestoßen.

Tut mir leid, ich kann den Willen des Rätsels nicht erfüllen. Als ich gehe, ruft es mir etwas wie *verkalkt* und *vertrottelt* nach.

Obwohl ich zerkochten Kohl nicht mag, habe ich wieder einmal aufgegessen, habe den grünlichen Brei verdrückt, um dem Vorwurf zuvorzukommen, dass ich bei Tisch ein schlechtes Beispiel gäbe. In der Nachkriegszeit wäre man froh gewesen, wenn man so etwas Gesundes und Nahrhaftes ... Um die Lawine der Schilderungen des Nachkriegshungers nicht loszutreten, lasse ich auch den noch im Topf befindlichen Rest auf meinen Teller herauskratzen und verdrücke ihn.

So.

Die Nachspeise schwebt herbei: Schokoladeeis mit Schlag, dazu knusprige Waffeln, auch Nachschlag sei vorhanden, höre ich. Für solcherlei Gaumenschmeichler findet sich noch allemal ein Plätzchen in der Weitläufigkeit des Männerleibes. Keine Ahnung, wie viel von dem Angebotenen ich neben den Tischgesprächen her in mich hineingelöffelt und dazu geknabbert habe. Zu viel auf jeden Fall, konstatiert der erste schwer unterdrückbare Rülpser. Jetzt erst spüre ich, wie die Haut über der Bauchkuppel sich spannt; darunter drückt, zwickt, klemmt es. Energie für zwei Werktage habe ich in mich hineingestopft, aber weitum kein Rohbau, an dem ich sie in sinnvolle Bahnen lenken könnte, keine Holzprügel, die zu spalten wären.

Als ich am Garderobenspiegel vorüber will, befiehlt der mir stehen zu bleiben. Ziel- und Orientierungslosigkeit schaut mir aus der Knolligkeit des Leibes und des Gesichtsgeländes entgegen. Wohin mit dem Überschuss, fragt das Zweckdenken ins Glas hinein und muss die angefallene Akkumulation sich selber überlassen: taubes Material einer Endmoräne.

An der Haltestelle ist der Schulbus eingebogen. Hinter den Türen staut sich's, drängelt. Kaum ist ein Spalt offen, quetscht, schubst und knödelt es, die Größeren voran, ins Freie. Hinter dem weitergleitenden Bus zergliedert sich der Haufen und verzieht sich in kleineren Grüppchen in verschiedene Richtungen.

An Geschöpfen wie diesen habe ich seinerzeit mein Brot verdient, habe mit dem allgemeinen Ziehen und Zerren, dem Stauchen und Zurechtstutzen mitgemacht, habe, weil ich mit meinen eigenen Überlegungen zu kleinem Schluss gekommen bin, einfach in die Richtung gezerrt, in die auch die anderen gezerrt haben, und umso größeres Ansehen genossen, je listenreicher sie es angingen. Die Richtung war vorgegeben, weshalb das Ziehen lediglich eine Sache der Technik war. Nur einmal heraus aus Dumpfheit und Verfilzung und hinein ins Reich der Zahlen und Buchstaben.

Nach ihrer Entlassung aus der Schule treffe ich einzelne, die ich als hungrig nach Neuem *ins Leben hinaus* entlassen habe, eingeordnet in die ortsüblichen Verhältnisse wieder: als praktische Frauen, deren Äußeres für die Öffentlichkeit aufbereitet worden ist, beziehungsweise als brauchbare Burschen, die die Wochenenden in ölverschmierten Overalls unter den Autos ihrer Schwiegereltern verbringen.

Zahlen und Buchstaben sind Würgengel. Ständig umschwirren sie auch mich, um mir in einem Augenblick der Unachtsamkeit an die Kehle zu gehen, den Mund zu stopfen und den Körperbullen, den ungestümen, triebhaften, den Verursacher von

Ordnungsverstößen am Genick zu packen und hü und hott geht es dahin, wo sie ihn haben wollen. A la longue bleibt ihm nichts übrig, als sich an Worten zu orientieren und sich wortgerecht zu verhalten. Lässt sich ein aus dem Kinderbalg ausfahrender Reflex einmal nicht benennen, tut man ihn mit Worten *wie unerhört, dumm und schändlich* ab.

An mich schwebt der sich in Engelsgewändern zeigende, jedem Zugriff sich entziehende Würger mit dem Eintritt in die Volksschule näher heran. Unter anderem heißt er mich ein Gedicht vorzutragen, damit ich lerne, jede Regung des eigenen Körpers hintanzuhalten. Also presst er mir die Arme straff an den Körper an, heißt mich steif dastehen, ohne zu lachen, über die Köpfe der Mitschüler hinweg geradeaus blicken, damit nicht irgendwelche Eigenbewegungen des Bubenbalges von dem ablenken, was die Buchstaben in sich haben.

Was eine Frisur ist, davon haben wir Buben vom Berg keine Ahnung, das ist etwas für die im Dorf unten. Wir lassen es einfach aus dem Kopf wachsen, wie es wächst und teils vom Polster aufgesträubt, teils von Wind und Regen weiter verformt wird. Ein-, zweimal im Jahr schneidet einer der Hausleute das Gestrüpp mit der Schneiderschere bis auf die Schädelplatte nieder, weil nachher das Waschen rascher erledigt ist und das Kämmen sich erübrigt.

Es dürfte in meinem sechsten Lebensjahr gewesen sein, da wehre ich mich erstmals, als man mir an die Haare will. Ich sei gefallsüchtig, heißt es, das passe nicht zu einem Burschen. Tatsächlich kämme und bürste ich, wenn ich allein im Hause bin, die Haare nach verschiedenen Richtungen und betrachte sie mit Hilfe eines zweiten Spiegels. Auch von hinten und von der Seite. Ein Spaß, den sich meine älteren Geschwister anlässlich von Besuchen gern machen, besteht darin, dass sie mich auffordern: *Komm, zeig uns einmal, wo du schön bist.* Ich sage nichts und deute ernster Miene mit dem Zeigefinger auf meine Haare.

Ein paar Tage vor Schulbeginn verspricht mir meine älteste Schwester, die sich stets mütterlich meiner annimmt, ich würde jetzt eine richtige Frisur bekommen, eine ganz schöne. Es trifft sich nämlich, dass ein öfters an unserem Haus vorüberpatrouillierender Zöllner, welcher schon eine Weile meine hübsche Schwester verehrt, früher als Friseur gearbeitet hat und sich nun erbietet, an mir seine Kunst zu demonstrieren. Vertrauensvoll halte ich still, während mein Hals bis zur Schädelwölbung hinauf kahlgeschoren wird, so dass es mich fröstelt wie eines der geschorenen Schafe auf den spätherbstlichen Feldern; oben wird schnellfingrig mit der Schere aus unerfindlichen Gründen öfters in die Luft geschnipselt, dann wieder in die verbleibenden Haare hinein. Zuletzt werden die Stirnhaare, die ich bisher nach hinten gekämmt habe, bogenförmig in die Stirn hereingestrichen, dass es dort nur so kitzelt und elektrisiert. Das müsse so sein, das sei hoch in Mode, wird mir von allen Seiten her versichert.

Endlich darf ich in den Spiegel schauen. Der Anblick treibt mir Tränen in die Augen. Erst aus heutiger Sicht heraus kann ich sagen, was mir da entgegenblickt: ein kleiner Hitler.

Etwas vom Deutlichsten, was ich im Nebel meiner Kindheit ausmachen kann, sind die vom Kräutergarten über die Stützmauer herabhängenden Ribisel, unterhalb derer ich das Gras für die Kühe in den geflochtenen Buckelkorb stopfe, als Vater, der neben der Arbeit nur das Notwendigste zu sagen pflegt, soeben mit dem Mähen fertig geworden ist, sich an mich, den etwa Zehnjährigen, wendet und mir erklärt, am besten für mich würde es sein, wenn ich später einmal zu den Maurern ginge, Maurer würde immer gebraucht, man verdiente ab dem ersten Tag, ich könnte mir später selber ein Haus bauen ...

Da sehe ich in einem einzigen Augenblick den Ablauf meines Lebens vor mir, zumal ich ein paar Maurer und ihre Familien einigermaßen kenne.

In der Volksschulklasse, in der wir zu etwa vierzig in einem Raum unterrichtet werden, sticht ein Mädchen aus dem Dorf in mehrfacher Hinsicht hervor. Nicht dass sie aus einem besseren Hause stammte, aber sie führt die saubersten Hefte und weiß auf fast alle Fragen des Lehrers die richtige Antwort. Meine Bewunderung für sie gipfelt in der Musikstunde, wenn sie im Chor ein Solo singt. Mit ihrer klangreinen, übermütig über die Tontreppen auf und ab hüpfenden, dann wieder wie ein Schmetterling über alles Schwere dahinschwebenden Stimme lässt sie mich erahnen, dass es jenseits der Welt von Stall und Feld noch eine andere gibt.

Was aus der wohl einmal werden würde, frage ich mich und verliere sie aus den Augen, als ich das Tal verlasse. In Briefen von daheim erfahre ich einige Jahre danach, dass sie eine sehr gute Partie gemacht habe.

An die dreißig Jahre später komme ich zum alljährlichen Kirchtag wieder einmal ins Dorf zurück. Mehr als Fremder denn als Einheimischer sitze ich allein an einem Tisch im Festgarten, am Nebentisch eine Gruppe launig durcheinanderschnatternder Frauen. Die eine, die mich interessieren würde, ist nicht darunter. Da schnappe ich zufällig auf, wie man just über sie redet: Keine im Dorf schneide die Frittaten so fein wie sie.

Ich habe eine gepresste Stimme, eine verkümmerte, eingeklemmt wirkende, nur dass ich nicht sehe, woher die Beklemmung, der Druck, rührt. Wirkt er aus meinen frühen Jahren herauf, wo ich, kaum aus dem Mutterleib gezerrt, in die beengenden Verhältnisse eines Bergbauernhofes geraten bin? Hat er nicht schon dem kahlgeschorenen Buben die Lippen zusammengepresst und den Blick zu Boden gedrückt, wenn der einem der Erwachsenen begegnet ist? Vermutlich sind es dieselben Druckverhältnisse, die auch die Sänger des Tales, die eigentlich durch den Gesang gelöst und frei werden könnten, unfrei und steif machen, die Frauen verängstigt, die Männer stur und hölzern.

Von sich aus, nehme ich an, würde keiner von denen, die Druck ausüben, andere bedrängen, erpressen und unterdrücken; sie leiten nur Druck weiter. Ich nenne es einmal den Druck des Urknalls, dessen Ausläufer dem einen in die Muskeln fahren, den anderen stößt er als Zeit- und Erfolgsdruck vor sich her, mir geht er an die Gurgel.

Nachdem ich in meinem dreizehnten Lebensjahr das Tal verlassen habe, bemerke ich bald, dass ich mich mit Vater nicht mehr recht verständigen kann. Meine Worte, die mir leicht von der Zunge gehen, und seine, an denen es nichts zu rütteln gibt, greifen immer weniger ineinander, ja, sie würden uns, wenn wir ernsthaft zu reden versuchten, nur noch weiter voneinander bringen. Dessen ungeachtet spüren wir, dass wir durch ein unsichtbares Geflecht miteinander verbunden sind.

Andere Söhne haben es leicht, die nehmen vor jedem Besuch im Supermarkt etwas Hochprozentiges mit, das jedem älteren Mann von Zeit zu Zeit aus der Patsche hilft. Mein Vater rührt Alkoholisches nicht an und hat, wie er nicht oft genug betonen kann, auch sonst alles, was er zum Leben braucht.

In seinen Essgewohnheiten ist allerdings eine bemerkenswerte Änderung eingetreten: Seit er ein Gebiss trägt, hat er es mit dem Käse. Gott sei Dank, jetzt weiß ich, wie ich mich auf ihn beziehen kann. Bei meinen Besuchen brauche ich nicht lang nachzudenken, ich begebe mich in die Käseabteilung meines Kaufhauses und lasse mir einen bodenständigen, nicht zu harten, einpacken, wohl wissend, dass er bereits ein beachtliches Sortiment davon in der Kühltruhe gehortet hat. Käsemäßig könne er über hundert werden, winkt er ab, ich solle keinen mehr bringen, und schiebt mein Mitbringsel zur Seite, nimmt es am Ende aber doch an, um den Versuch einer Annäherung nicht ganz scheitern zu lassen.

Darüber hinaus bleibt mir nur, ihm durch mein Äußeres zu verstehen zu geben, dass ich mich auf ihn beziehe, indem ich beim Besuch nicht, wie es mir entspräche, in Jeans und Pullover aufkreuze, sondern in einem soliden Anzug, den ich mir für diese Zwecke ausgeborgt habe. So kann ich wie einer der gestandenen Einheimischen vor ihn hin treten und ihm das Alter erträglich machen, weil er sieht, dass aus seinem Sohn ein ordentlicher Mann geworden ist.

Ins Dachgeschoß des Gemeindehauses hat der Bürgermeister zu Beginn der Fünfzigerjahre einen Zugezogenen einquartiert und ihn als Wegmacher beschäftigt, den ersten Atheisten im Tal, wie es sich bald herumspricht. Denn abgesehen von den Kranken ist er der Einzige in der Pfarre, der zu Weihnachten nicht in der Mette gesehen wird.

Am Sonntag aber zieht auch er seinen schlottrigen Anzug an und setzt sich nach dem Hochamt zu den Bauern in die Wirtsstube, wo – die Großen führen das Wort – meist über Holz und Vieh geredet wird. Nach ein, zwei Achteln mischt dann der Wegmacher sich ein und erzählt wieder: vom Dorf, in dem er bis zu seinem vierzehnten Lebensjahr aufgewachsen ist – er deutet mit seiner schweren Wegmacherhand mehrmals gegen Osten – unten im Banat, wo es auf den schier endlosen Feldern weder Unebenheiten noch Felsen gibt, jeder der Äcker mindestens so groß wie zehn von den hiesigen, sechs Noriker-Stuten habe der Vater im Stall gehabt ... Das ringt selbst den Großen Respekt ab. Schon steht ein weiteres Achtel vor dem Erzähler. Dem wird die Zunge jetzt lockerer und kecker. Über den Pfarrer macht er sich gar lustig, wobei nicht alle Einheimischen zu lachen wagen. So jedenfalls erzählt es Vater, als er am Nachmittag heimkommt ... Und belesen sei das windige Männlein! Man sehe es ihm nicht an, aber ganze Absätze von gescheiten Büchern kann es auswendig. Die Bibel kennt es sowieso besser als der Pfarrer. Jedenfalls leuchtet seine Auslegung den Bauern eher ein als die Predigten, die sie über sich ergehen lassen müssen. Mit offenen Mündern hören ihm die

Einheimischen zu, wenn es von seiner Verschleppung durch die Kommunisten erzählt.

Es ist knapp vor Mittag im Sommer 42. Ohne dass sie die Pferde in den Stall bringen dürfen, werden Vater und Sohn von Uniformierten verhaftet und mit den anderen Männern des Dorfes in einen Viehwaggon gestopft, Schiebetüren zu und ab gegen Osten. Halb erfroren und verhungert landen sie nach vierzehn Tagen in einem russischen Kohlebergwerk, wo sie von Sonnenaufgang bis Sonnenuntergang schaufeln und schleppen müssen, dreißig Monate lang, der Vater glücklicherweise immer in der Nähe des Sohnes. Nach dem Krieg eine zweijährige Odyssee durch halb Europa. Vater habe es nur bis Bayern geschafft, er liege auf einem niederbayrischen Dorffriedhof begraben.

Die Erzählungen gipfeln jedes Mal in der Ankündigung, darüber werde er einmal ein Buch schreiben, den Titel habe er bereits.

Mitleidiges Schmunzeln und unverhohlene Skepsis ringsum. Ha, der und ein Buch schreiben! Da könnte man ja gleich die Geschichten gewisser einheimischer Familien aufschreiben, denn Elend gibt es auch im Dorf mehr als genug, jedes Haus ein Schicksalsroman, nur dass man hierorts klugerweise Gras über die Geschehnisse wachsen lässt.

Ein Buch im herkömmlichen Sinne ist aus den Schilderungen zwar nie geworden, aber von diesem Ein-Buch-schreiben-wollen habe ich erstmals einen Begriff von einem Buch gewonnen, nämlich dass es nicht unbedingt Papier und Druckerschwärze benötigt.

Ich, der ich seinerzeit als finsterer Bauernbengel aus den Bergen in ein Priesterseminar gekommen bin, bestehe, auf die Regeln und Forderungen des Internats bezogen, zum größten Teil aus Mängeln, Gottesbeleidigungen, Verfehlungen, Verstößen und Übertretungen. Dass ich aus minderwertigem Zeug zusammengepappt bin, wird mir durch Gebete voller Selbsterniedrigungen,

Schuldbekenntnisse und Vorsätze zur Besserung tagtäglich aufs Neue ins Bewusstsein gerufen.

Entsagungsvoll, sehe ich voraus, wird der Weg zur Übereinstimmung mit den Texten werden, die als Richtlinie vorgegeben sind. Als geistige Führer sind uns junge Idealisten vorgesetzt, die ihre Körper in bodenlange schwarze Gewänder verbannt haben, wohlmeinende, im Geheimen für unsere Berufung betende Wortgläubige.

In den Allerheiligen-Ferien werden uns Exerzitien verordnet: drei Tage lang Sprachfasten mit dem Ziel, dass wir unsere Seelen von dem frei halten, was wir mit der Sprache an Weltlichkeit aufnehmen. Auf diese Weise gereinigt, sollten wir die Stimme der Berufung in uns vernehmen. In seinen Vorträgen spricht der Exerzitien-Leiter immer wieder und aus eigenem Erleben heraus von der Sehnsucht der Seele nach Gott. Dabei erlebe ich mich einmal öfter als Versager, denn obwohl ich angespannt in mich hineinlausche, kann ich weder seinen Ruf vernehmen noch eine Sehnsucht nach ihm verspüren. Also sehe ich mich auch von Gott links liegen gelassen und wie bei einem Buben aus einer kinderreichen Familie nicht anders zu erwarten: einfach von Ihm übersehen.

Als Priesterstudenten ruft man uns immerzu zum Streben nach dem Großen, dem Höheren auf, zu dem wir, wie es heißt, auserwählt seien, mithin zur Überwindung dessen, was außerhalb der Internatsmauern vor sich geht. Das wortreich heraufbeschworene Höhere klingt gar nicht übel in unseren Ohren. Wer nämlich möchte so werden wie die abgekämpften Alters- und Geschlechtsgenossen draußen in den Dörfern mit ihren trostlosen Wirtshäusern und in die Sackgasse geratenen Vernunftehen? Wer dort sich in die Gegebenheiten fügt und ein Mann werden will, verbietet sich beizeiten hochfliegende Pläne, denn sie prallen spätestens beim Übergang von der Schule ins Erwerbsleben gegen Wände.

Uns Zöglingen hingegen wird ein Weg gewiesen, von dem es heißt, dass er über all das Niedere hinaus zum Großen und

Erhabenen führe. Einige von uns gehen ihn tatsächlich zu Ende; sie absolvieren das Studium der Theologie und lassen sich zu Priestern weihen, die beseelt von heiligem Eifer in die Seitentäler des Landes hinausgeschickt werden und dort auf die Realität stoßen.

Als ich einen, der den angepriesenen Weg zu Ende gegangen ist, viele Jahre später besuche und mich in seinem Widum umsehe, tut er mir leid: Kleinbürgerlich sauber sind Küche und Kanzlei, klein seine Bibliothek, klein die Zahl der Kirchenbesucher; groß geworden ist nur seine Leibesfülle.

„(...) mit Hügeln voller Wein, wo auf und auf die goldne Traube hängt und schwellend reift in Gottes Sonnenglanze. Der dunkle Wald, voll Jagdlust, krönt das Ganze (...)“ (Grillparzer). So und ähnlich deutet man uns Zöglingen den Boden unter unseren Füßen. Bis D., ein Zögling aus einer höheren Klasse, der heimlich Steinbeck und Hemingway liest, uns eine Stelle unter die Nasen hält, wo von den „arschnackten Hügeln Alabamas“ die Rede ist. Lustvoll flüstert sich der Ausdruck in unserem Freundeskreis herum.

Auch mir geht er nicht aus dem Kopf. Neugierde ergreift mich, was für eine Wirklichkeit sich denn hinter diesen drei Wörtern verbirgt. Das gesamte Feuerwerk der moderne Literatur, von der ich noch nichts kenne, wetterleuchtet dahinter auf und es braucht nicht viel mehr als diese drei Wörter, dass ich dem Internat den Rücken kehre und in Richtung dieser Hügel aufbreche.

Bevor ich erstmals eine weibliche Brust unverdeckt zu Gesicht bekomme, stelle ich mir dieses ebenso streng gehütete wie auch begehrlich angestarrte Geheimnis als etwas vor, dessen Anblick in eine Ekstase versetzt, wie sie die *Sieben Heiligen Väter* im Altarbild der Wallfahrtskirche zu Maria Luggau ergriffen hat. Der zum Himmel entschwebenden Gottesmutter starren die in braune Kutten gehüllten Männer nach; vom Anblick schier zu Boden geschmettert taumeln sie, die Arme strecken sie flehentlich nach ihr aus, die Hälse sind vor Entzücken verwunden, die Augen schräg nach oben verdreht und geblendet von der Helligkeit, in die hinein die Himmlische sich entzieht.

Nicht ganz so theatralisch verdreht es uns Zöglingen die Hälse und wir strecken im Geiste unsere Arme nach ihnen aus, wenn wir den Mädchen aus den Bauernhöfen hinter dem Internat begegnen und nicht ohne Blicke auf ihre Ausschnitte am Ende wortlos an ihnen vorübergehen.

Eines Sonntagnachmittags aber geschieht das Unvermeidliche. Auf dem obligaten zweistündigen Marsch, auf dem unsere aus etwa dreißig Burschen bestehende Klasse hinter dem Präfekten her hügelauf, hügelab und in weitem Bogen vorbei an Dörfern, aus denen Tanzmusik an unsere Ohren dringt, zwecks Abfuhr unserer überschüssigen Energien durchs Gelände getrieben werden, breche ich gemeinsam mit einem Freund aus dem Gänsemarsch aus. Wir möchten einmal unseren eigenen Nasen nachgehen, durchstreifen unbetretene Waldstücke, queren Lichtungen und lassen uns vom Lärm, der von einem Badesee her dringt, anziehen. Plötzlich stehen wir vor einer hohen Bretterwand. Es ist die des sagenhaften FKK-Strandes. Näher herantretend bemerken wir Astlöcher in den Brettern. Wir schauen einander an. Ich für meinen Teil bin hin- und hergerissen. Weil mein Freund aber schon ein großes Guckloch gefunden hat und nach kurzem Blick hindurch auch mich heranwinkt, ist die Sache entschieden.

Ich schaue.

Der Ausschnitt zeigt eine von nackten, vornehmlich älteren Gestalten übersäten Strandabschnitt. Direkt vor mir im zertrampelten Sand liegt rücklings eine der sich bräunenden Frauen. Wo es meinen Blick am heftigsten hinzieht, finde ich zwei kaum merkbare Unebenheiten, die von derselben Belanglosigkeit sind wie die kleinen und größeren Sandhügel neben ihr.

Sieben Jahre verbringe ich im Priesterseminar, bevor ich es verlasse, um mir ein Bild davon zu machen, was es mit den uns geflissentlich vorenthaltenen Dingen außerhalb der Internatsmauern auf sich hat.

Weibliche Wesen bekommen wir nur in der neutralisierten Form von Nonnen zu sehen. Ihre ursprünglichen Namen haben sie als Zeichen des Abschieds von der Welt abgelegt. Die spirituellen Namen, die sie im Zuge der Gelübde angenommen haben, erfahren wir nur von wenigen, denn irgendwelche Kontakte zu ihnen sind nicht erwünscht.

Den der Jüngsten allerdings kennen vermutlich die meisten: Schwester J. aus Südtirol. Von ihrem Gesichtchen bekommen wir nur so viel zu sehen, dass wir ahnen, was für ein zartes, vermutlich hübsches Ding sich da dem weltlichen Treiben entzieht. Offensichtlich gehört es zu ihren Verhaltensvorschriften, dass sie keinem von uns in die Augen schaut, geschweige denn, dass sie mit einem redet. Den Blick züchtig zu Boden geschlagen, die Hände in den gegenüberliegenden Ärmeln versteckt, schwebt sie an uns vorüber, meistens der Direktionskanzlei zu, wo sie als Sekretärin des Direktors beschäftigt ist.

Als ich gute vierzig Jahre nach dem Verlassen des Internats ausnahmsweise einmal per Auto von Klagenfurt gegen Wien fahre, zieht mir das gelblich flimmernde Gebäude auf der Kuppe hoch über dem Zollfeld noch immer das Gesicht zur Seite. Diesmal gebe ich meiner Laune nach und will dem, was meinen Kopf verdreht hat, auf den Grund gehen.

Der Beschilderung folgend biege ich von der Schnellstraße auf jene schmale, in der Mitte sich aufbuckelnde Schotterstraße ab, auf der ich – noch immer spürbar, links einen Pappkoffer, rechts einen verschnürten Karton schleppend – das Zollfeld quere. Zu zweit oder dritt, manche in Begleitung eines Erwachsenen, bewegt sich die Karawane der Zöglinge von der Bahnstation her über den Talboden dem Anstieg des Hügels zu. Wo die Ebene in den Anstieg übergeht und die Straße zu einer langen Schleife ansetzt, führt ein in den Rasen getretener Fußsteig in steilem Zickzack aufwärts, um auf der darauf folgenden Abflachung wieder in die Straße einzumünden und mit ihr durch die schnurgerade Allee auf das gelblich durchs Laub flimmernde Gebäude auf der Anhöhe zuzulaufen. Hier wechsle ich ein letztes Mal die ungleich schweren Gepäckstücke, die mir inzwischen die Arme lang gezogen und die Hände innen wundgerieben haben.

Das Auto hält auf einem weitläufigen Vorplatz. Er ist leer. Während ich mich ins Freie bücke, merke ich, wie es meinen Blick zu den Fenstern der Direktionskanzlei hinaufzieht, von wo aus seinerzeit der Herr über Sein und Nichtsein manche entscheidenden Beobachtungen gemacht haben dürfte. In den dunklen Rechtecken rührt sich jetzt nichts mehr. Zu stumpfem, leblosen Glas sind sie erstarrt, wie auch die Fassade nicht viel mehr als Mörtel und abgeblichene Farbe ist. Nur auf die zwei ebenerdigen vergitterten Fenster, hinter denen seinerzeit die Küchengehilfinnen ihre Schlafzimmer hatten, schaue ich ein zweites Mal hin.

Es dürfte in etwa der Stil eines neugierigen Touristen sein, in welchem ich mich der Pforte nähere und vorsichtig den Kopf durch den Spalt des schweren, eisenbeschlagenen Tores schiebe, von wo aus ich in den Innenhof mit seinen heute wie damals blitzblanken Terrazzoböden blicke. Sie, die Böden, die seinerzeit in gewissen Augenblicken unter meinen Füßen weich wurden, bebten und mich zu verschlingen drohten, liegen nun steinhart und nach Putzmitteln riechend vor mir; stupid, fast soldatisch, stehen die Säulen in Reihe. Wie haben sie einst gebebt und sich verbogen, als ich zwischen ihnen das rosafarbene Jäckchen von G., einer siebzehnjährigen Küchengehilfin, vorüberhuschen gesehen habe! Kalt und steinern stehen sie jetzt da als Teile eines klösterlichen Kreuzganges.

Da öffnet sich eine der zahllosen Türen. Hervor tritt eine Nonne. Gesenkten Hauptes kommt sie auf mich zu. Ob sie mich darauf aufmerksam machen wird, dass der Zutritt ins Innere des Gebäudes hausfremden Personen nicht gestattet ist? Mit schlechtem Gewissen und umso höflicher grüße ich in die ovale Aussparung des Habits hinein; im Tonfall schwingt eine Entschuldigung für mein Eindringen mit.

„Grüß Gott, Herr Obernosterer“, haucht es mir aus der weiß umrandeten Aussparung des Habits entgegen. Wie ist das möglich, dass mich nach so vielen Jahren hier noch jemand kennt? Ich erlaube mir einen zweiten Blick in die Öffnung hinein. Es ist Schwester J. mit ihrem immer noch zarten und schönen, inzwischen gereiften Gesicht.

Komme ich aus meiner Kleinortschaft wieder einmal in die Bundeshauptstadt, so gerät mein zufolge der Sesshaftigkeit festgefügtes Gesichtsfeld ins Wanken. Dies bald nach dem Besteigen des Regionalzuges, dessen ruckendes Anfahren die vor den Fenstern sich aufbuckelnden Hügel und darüber hinausragenden Bergspitzen in Unruhe versetzen und mit zunehmender Fahrt als etwas Belangloses nach hinten weggleiten lässt. Ackerstreifen, Masten, Gebüsch wie auch menschliche Figuren verlieren ihre materielle Festigkeit, von den herkömmlichen Zusammenhängen befreit flattern sie nach hinten weg.

Auf dem Südbahnhof angekommen, quetsche ich mich, eingekeilt in das Gedränge der Mitreisenden, aus dem Waggon. Der Strom der Reisenden schwemmt mich mit in eine hohe Halle, wo er sich nach mehreren Seiten hin verästelt und verliert. Derweil bleibe ich mittendrin stehen, breitbeinig, um nicht aus dem Gleichgewicht geworfen zu werden von dem, was ringsum auf mich einprasselt und, noch bevor es gedeutet werden kann, auch schon wieder von anderen Einwirkungen überlagert wird. Die Geräusche der Halle, jedes für sich aus einer bestimmten Situation entsprungen, an den Oberflächen der Umgebung verändert und unkenntlich gemacht, vereinigen sich in meinem Ohr zu einem in sich wogenden Rauschen.

Verlangten die akustischen Äußerungen der Kleinortschaft von mir bestimmte Verhaltensweisen – das morgendliche Krähen von Nachbars Zwerghahn gab mir zu verstehen, dass ich nicht mehr lange im Bett herumkrautern sollte; das bald darauf folgende Schlagen des Garagentores auf der anderen Seite des Hauses forderte mich schon entschiedener dazu auf, meine Trägheit zu überwinden; das Zwischengas, mit dem der Milchwagen aus der Kurve vor dem Haus die Steigung hinanfuhr, hörte sich schon wie ein Vorwurf an –, so ist es hier unmöglich, auf Einzelgeräusche zu reagieren, weshalb den Städtern alle akustischen Botschaften zum einen Ohr hinein, am Gehirn vorbei und zum anderen wieder hinausgehen. Im Verhältnis zu den meist fordernden Geräuschen auf dem Lande ist das Rauschen der Stadt jedenfalls eine Erleichterung, mehr noch: eine angenehme Verwirrung der Sinne.

Schon merkwürdig lange stehe ich in der Halle mit ihrem mich aus den alten Gleisen werfenden, alles und nichts besagenden Rauschen, das mir Lohn genug ist für das lange regungslose Sitzen im Waggon. Ich nenne den Zauber der Einfachheit halber Wien und werde meinen Freunden berichten, dass Wien im Grunde eine bezaubernde Stadt sei.

Da bleibt ein Ehepaar mit Koffern neben mir stehen, dem Sound ihrer Gespräche nach zu schließen Wiener. Ich kann sogar das meiste verstehen, was sie reden.

Schade.

Und was ist das? Auf einer Plakatwand erkenne ich das Profil von Udo Jürgens.

Von da an dauert es nicht mehr lange, bis mich Wien samt seinen Wichtigkeiten wieder langweilt.

Plastisch und mit allen Einzelheiten vor mir sehen kann ich heute noch jenen Balkon in Wien-Floridsdorf, auf dem ich einen Anruf von meinem Bruder erhalte, der mir mit zwei Sätzen mitteilt, seine Tochter und ihr Mann seien unter eine Lawine gekommen.

Ich stehe vor einem Holzstuhl, von dem ein Bein fehlt; quer über den Betonboden liegt eine blaue Spielzeugschaufel, der Oberrand des Plexiglases, das den Balkon umgibt, ist wie zernagt.

Von hier aus sieht man hinaus auf ein Durcheinander aus verrußten Dachflächen mit kleineren und größeren, arg verschmutzten Kaminen, rostigen, teils verbogenen Antennen, Blechabdeckungen, durchhängenden Drähten, hinter mir die lichtarme Bude meiner Tochter.

Seither ist Floridsdorf für mich einer der markanten Orte innerhalb der ansonsten profillosen Republik. Es gibt nicht viele Stellen auf der Erdoberfläche, die mir in solcher Plastizität im Gedächtnis geblieben sind und es deswegen verdienen, Orte genannt zu werden. Zwischen ihnen bewege ich mich wie über Ödland hin und her.

Auf dem Bahnsteig neben der bereitgestellten Garnitur unserer Lokalbahn auf und ab gehend, bemerke ich hinter den von Öldunst verschmierten Scheiben der Fahrerkabine, wie der Körperhaufen eines Mannes sich bückt und aus einer bauchigen Aktentasche ein in Zeitungspapier eingeschlagenes Brot auswickelt. Ich muss stehen bleiben. Durch die Wohlstandsablagerungen seines pausbackigen Gesichtes hindurch erkenne ich den Mann: als einen meiner ehemaligen Schüler. Ich erinnere mich seiner wohl deswegen, weil er besonders erpicht war, aus der Enge der Schule hinaus *ins wirkliche Leben* zu kommen.

Und wo ist er mit seiner Euphorie gelandet? In dieser schmutzigen Kabine. Der Orient-Express wäre dem Schwung von anno dazumal angemessen gewesen oder die Transsibirische Eisenbahn, aber um Gottes willen nicht diese Nebenbahn mit den vertrockneten Fäkalien zwischen den Schienen, denke ich, während ich höre, wie er den Motor auf höhere Touren bringt. Mit Hauptaugenmerk auf *pünktlich* wird er in ein paar Minuten die Fahrt aufnehmen.

In der Zeit, in der ich am Gymnasium der nahen Bezirkshauptstadt Bildnerische Erziehung unterrichte, nehme ich einmal an einem Fortbildungskurs für Lithographie teil. Ich möchte hier nichts Privates ausbreiten, zum Verständnis des Folgenden muss jedoch gesagt werden, dass ich in mehrfacher Hinsicht am Ende bin: mit meinem Vertrauen auf die Mitmenschen, meinem Lebenswillen, meiner Selbstsicherheit.

In den ersten Entwürfen tauchen gewalttätige Typen auf, finstere, gedrungene; um meine Stimmung zu verdeutlichen, gebe ich ihnen irgendwelche Mordwerkzeuge in die Hand, zerknülle aber alles wieder, weil jeder der Mördertypen nur ein schmales Segment meines Zustands zeigt. Das durchgehende Manko besteht darin, dass sie zu menschenförmig sind, wo doch meine Situation eher durch den Zerfall der Menschenform gekennzeichnet ist. Die Einheit Mensch empfinde ich zufolge meiner Situation als etwas bloß Handelsübliches.

Während andere bereits ihre ersten Drucke in die Runde zeigen, hocke ich noch immer ratlos vor dem Zeichenblock und kritzele und zerknülle ohne Aussicht, einen meiner Lage entsprechenden Ausdruck zu finden. Bis mich irgendwo aus dem schon aussichtslos gewordenen Gekritzel etwas anspricht: ein paar knödelig verbeulte Formen; an Felstrümmer kann man denken oder an deformierte Köpfe. Das Leere daran tut wohl. In größtmöglicher Eintönigkeit zeichne ich vier einander ähnliche Exemplare nebeneinander, vor ihnen in leicht entgegengesetzter Reihe vier kleinere, ihre Jungen sozusagen.

Ungeduldig mache ich mich ans Drucken. Der Kursleiter sieht mir verwundert zu, wie ich drucke und drucke. Auf drucktechnische Feinheiten kommt es mir nicht an, ja ich frage jede auftretende Zufälligkeit aus, ob sie mir weitere Auskünfte über meine Lage geben kann.

Wie absonderlich mein Verhalten im Ganzen ausgesehen haben mag, wird mir später bewusst, als ich meinen Nebenmann beobachte, einen wohlbestallten Zeichenprofessor aus Niederösterreich. Seine Entwürfe, sich aufbäumende Pferde mit wehenden Mähnen, halten jeder Kritik stand. Der sympathische Mann verlässt dieses sein Sujet während des gesamten Kurses nie. Drei

Tage lang variierte er die vermutlich an alten Meistern geschulten Kampfrosse mit ihren geblähten Nüstern und gefletschten Zähnen.

Über die jeweilige Komposition hinaus kehren seine Pferde vor allem eins hervor: sein Können. Je mehr Sorgfalt er darauf verwendet, dass nichts Zufälliges und Ungeplantes auf das Blatt gerät, desto deutlicher kommt seine Angst vor dem Nichtkönnen zum Vorschein. Wie auch stünde er da, wenn die Proportionen seiner Gäule nicht stimmten. Sein Ansehen als Professor begänne zu bröckeln, weg wäre er aus der Gesellschaft, ein undefinierbarer Restbestand. Den ganzen Kurs über wagt er sich nicht weg von seinen Pferden; in der Brusttasche seines weißen Zeichenlehrermantels befinden sich stets mehrere sorgfältig gespitzte Bleistifte und ein Radiergummi.

Und er ist nicht allein von dieser Sorte. Durchwegs wohlbestallte Beamte und gesellschaftlich geachtete Persönlichkeiten, wie sie sind, stellen sie ihre Versiertheit in verschiedenen Stilen unter Beweis, wobei immer das Bewältigen den Sinn des Zeichnens bildet.

In den ersten Lebensjahren zeichnet die kleine N. so unbekümmert vor sich hin, wie andere vor sich hin plappern: knödelige Gebilde, die nur sie als Bäume erkennt, die wackeligen Striche sind das Gebüsch, in dem der Wolf lauert, die waagrecht hingefuchtelten sind eine davonsausende Hexe ... alles nur so, aus dem Handgelenk heraus. Kopfschüttelnd sieht Mutter sich die herumliegenden Blätter an, herzeigen kann man keines davon. Also in den Papierkorb damit!

Mit dem Eintritt in die Volksschule hört sich das sinnlose Gekritzel ohnehin auf; N. ist nämlich ein braves Mädchen und konzentriert sich, wie von Eltern und Lehrern gewünscht, auf das Erlernen des Lesens, Schreibens und Rechnens. In der Zeichenstunde sitzt sie allerdings ratlos vor dem weißen Blatt, nachdem der Lehrer Thema und Arbeitstechnik erklärt hat. *Ich weiß schon, dass sie nicht zeichnen kann,* erklärt die Mutter dem Zeichenlehrer beim Elternsprechtag. *Wir in unserer Familie können alle nicht zeichnen.*

Eines Tages tritt Herr N., der Klassenvorstand einer vierten Klasse, mit sehr ernster Miene ins Klassenzimmer. Zwischen Zeigefinger und Daumen hält er ein eingerolltes Häutchen, hält es einzelnen Schülern vor die Augen hin: ein Präservativ, möglicherweise sogar ein gebrauchtes! Er hat es soeben auf der Toilette gefunden. Eindringlich schaut er einem nach dem anderen in die Augen. *Leider ist in der Klasse wieder etwas vorgefallen, etwas sehr Trauriges. Wisst ihr überhaupt, was das ist? Ihr könnt es ruhig ansehen, auch die Mädchen. Ihr braucht nicht zu kichern. Das ist etwas sehr Ernstes,* erklärt er aus einer tiefen Einsicht in die Gefahren der Jugend. Nachdruck erhalten seine Worte durch sein Äußeres, das in etwa besagt: *Seht hier die solide, aus heimischer Wolle gefertigte, von Zucht und Ordnung kündende Weste, das zwar gelichtete, aber sorgfältig gescheitelte Haar, seht den von Tugend und Treue kündenden Ehering. Ihr wart noch nicht auf der Welt, habe ich ihn bereits getragen als Zeichen, dass ich gesonnen bin, die Wege des Maßvollen zu gehen. Seht auch die kleine keineswegs unschöne Vorwölbung des Leibes: Sie kündet von den wohlverdienten Freuden eines Mannes, der seine Triebe in Zaum hält.*

Des Öfteren versuche ich, mir vorzustellen, wie ich als Neugeborenes mit Händchen und Füßchen in der Luft zucke, zapple, strample und sie ausstrecke, manchmal begierig auf etwas zu, manchmal nur, um ihre in ihnen angelegten Möglichkeiten zu erproben. Es dauert sicherlich Monate, bis ich sie einigermaßen zielgerichtet einzusetzen vermag, das heißt, ich robbe auf etwas zu. Dabei erfahre ich, was die einzelnen Gegenstände erlauben, welche mir behilflich sein können und welche mich abweisen. Später rapple ich mich an einem Stuhlbein oder am Eck des Diwan in die Höhe, was den Vorteil mit sich bringt, dass ich mit mehr Übersicht verfolgen kann, was rings um mich vorgeht.

Gegen Ende des ersten Lebensjahres geschieht es gewöhnlich, dass so ein Sprössling, stolz auf die gelungene Nachahmung der Großen, die Bank entlangzuhanteln beginnt; das Greifen und Übergreifen der Händchen koordiniert sich mit dem Tappen der Beinchen. Nun bedarf es der Handstützen nicht länger und tappt, die Händchen von der Bank loslassend, in die ihm entgegengestreckten Arme hinein, wofür es von den Großen gelobt und bewundert wird. Zur gleichen Zeit wird aus dem formlosen Hocken ein aufrechtes Sitzen, wie auch das Unartikulierte der Lautäußerungen mehr und mehr zu einem Sprechen wird.

Den Umständen rund um Haus und Gelände entsprechend dürfte es weitergegangen sein: zu Fortbewegungen im Steilen, zum Tragen und Ziehen, zum Klettern und Balancieren, im Winter zum Abwärtsgleiten auf Kufen, dem später sogenannten Schifahren, wie es einige Burschen aus dem Dorf bereits auf staunenswert elegante Weise vorführen. Beim Anblick meines ungestümen Hangabwärtstorkelns auf den mit Lederriemen an den Schuhen befestigten Brettern jedoch verschlägt es den Nachäugenden schier die Sprache. Das sei ja mehr ein Stürzen als ein Fahren, ein ständiges Ausrutschen und den Halt verlieren sei das, ein im letzten Augenblick aufgefangenes Torkeln und Straucheln, beängstigend anzusehen! Mit der Zeit gelingt es mir jedoch, die eine Sturzbewegung durch eine ihr entgegengesetzte aufzufangen und so ohne eigentlichen Sturz zu Tal zu kommen. Nach wie vor schütteln die geprüften Schilehrer die Köpfe, wenn sie meinem Existenzkampf auf der Piste zusehen. Eine Verunglimpfung des Österreichischen Schilehrplans sei das, ein Augenschmerz für jeden technisch versierten Wintersportler. Deshalb muss ich mich, um später mein Brot als Turnlehrer verdienen zu können, mehreren Schikursen unterziehen.

Kaum habe ich den nötigen Stil in meine Bewegungen gebracht, erfasst mich von einer anderen Seite her die Zange der

Auto-Fahrschule und maßregelt, von den Erfordernissen des Straßenverkehrs ausgehend, mein Verhalten. Immerhin bringt mich das Auto ein wenig vom Fleck, lokal zwar nur, aber ich komme mit seiner Hilfe auch dem anderen Geschlecht näher. Ihm modal näherzukommen, also die dafür geeigneten Umgangsformen zu finden, hindert mich nicht nur die bäuerliche Unbeholfenheit in der Konversation, sondern auch das Ungelenke der Glieder. Wohlan, auch dafür gibt es Abhilfe: Tanzkurse. Deren Leiter bringen mir Körperhaltungen, Beinbewegungen und Manieren bei, die mich wie einen Sohn aus gutem Hause aussehen lassen. Aus dem Sichtbaren verbannt ist aus ihnen das Gebirglerische; wie in gehobenen Kreisen üblich, hample ich übers Parkett, die Rechte an den Lenden eines leichtfüßigen Dämchens.

Außerhalb der Tanzschule falle ich bald wieder aus der Rolle und verstoße mit meiner Natur einmal gegen diese Regel, einmal gegen jene. In manchen Fällen erweist sich das sogar als notwendig, denn hätte ich mich an alle Regeln der Sittlichkeit gehalten, wäre ich nicht mit meiner späteren Gattin in Kontakt gekommen. Heucheln musste ich, bei Nacht in ein fremdes Haus eindringen und Ungehöriges, ja Unmoralisches tun. Bevor ich sie, die mich aus den Geleisen der Anständigkeit geworfen hat, aber in aller Form zum Weibe nehmen darf, verlangt die Kirche, dass ich mich durch ein Ehevorbereitungs-Seminar in die juristisch, religiös-moralisch, medizinisch und psychologisch richtige Führung einer christlichen Ehe einführen lasse. Sei's drum. Ich bin so verrückt nach ihr, dass ich alles über mich ergehen lasse, schließlich wird ja an allen Ecken und Enden geschult und auch ich habe mein Brot in verschiedenen Schulen verdient.

Jetzt nach meiner Pensionierung aber reicht es mir und ich hoffe, von Zurechtrückungen aller Art verschont zu werden. Weit gefehlt: Selbst im Ruhestand lässt man mich nicht in Ruhe. In bester Absicht werden mir Kurse empfohlen: *Fit durch gesunde Ernährung, Altern in Würde, Der Abschied aus christlicher Sicht …*

Genug jetzt, genug!, wehrt sich der Rest an Eigensinnigkeit in mir. *Die letzten Dinge lasse ich mir nicht mehr verschulen.*

Die Zeit von meinem siebenten bis zu meinem zweiundsechzigsten Lebensjahr verbringe ich hauptsächlich in Schulen, zuerst lernend als Schüler und Student, dann drehe ich mich um und lehre. Ich bin Mitte dreißig, römisch-katholisch, verheiratet, Hauptschullehrer mit den Fächern Deutsch, Bildnerische Erziehung und Leibesübungen, Dienstort Kötschach/Mauthen, das ist die letzte größere Ortschaft, bevor die nördliche und die südlichen Gebirgsketten mit ihren Abhängen dichter an die Gail heranrücken. Dort gebe ich einige Jahre einem wohlgeordneten Schulbetrieb, was er zu seinem Funktionieren benötigt; mich selber kann ich in den laufenden Vorgängen gar nicht sehen, wenn ich an sie zurückdenke; der Betrieb verarbeitet mich, er teilt mich ein und beordert mich nach seinen Erfordernissen einmal dahin, einmal dorthin.

In einem der Pausengespräche, die Kollegen im Konferenzzimmer führen, werde ich plötzlich hellhörig: Das neu gegründete Gymnasium im dreißig Kilometer entfernten Hermagor sucht einen Lehrer für Bildnerische Erziehung. Ich kann es kaum glauben: Genau das, gemeinsam mit jungen Leuten das Tor zur Kunst aufzumachen, habe ich mir seit meiner Gymnasialzeit gewünscht. Es zu hoffen hatte ich nicht gewagt, denn ich hatte lediglich ein Befähigungszeugnis für den Unterricht in Bildnerischer Erziehung an Hauptschulen vorzuweisen.

Papier hin oder her. Am nächsten Nachmittag spreche ich beim provisorischen Schulleiter des Gymnasiums vor. Nach fünf Minuten ist es fix: Ich stehe vor einer neuen, noch unüberschaubaren, aber mich beflügelnden Aufgabe.

Als Erstes informiere ich mich bei einem Zeichenprofessor in Villach, wie er seinen Unterricht gestaltet. Er scheint mir zu sehr auf die Produktion ästhetischer Gebilde eingeschränkt zu sein. Ich muss mir also aus meinen noch nebulösen Vorstellungen einerseits und den Anforderungen des Lehrplans andererseits ein auf junge Leute abgestimmtes Konzept zurechtlegen.

In den Tagen vor dem Antritt des neuen Dienstes unternehme ich längere Waldläufe, gern auch bei Regen. Ich will für die Herausforderung so fit wie möglich sein. Immerhin wird die geistige

Elite des Tales vor mir sitzen und das in einem Alter, in dem sie einen Lehrer nicht automatisch respektiert und meines Erachtens auch nicht respektieren soll. Dass ich mich auf die Arbeit so unbändig freue, mag auch damit zu tun haben, dass ich in den Bänken lauter junge Obernosterer sehe, die da, um etwa zwanzig Jahre zeitverschoben, darauf warten, dass sie jemand aus den Haufen an abgestandenem Meinungsschutt herausbuddelt.

In den ersten Stunden rede ich ohne jedes Echo in eine Ansammlung von lauernden, schmal geklemmten Augen hinein. Mit merklicher Reserve lehnen die jungen Gailtaler in den Bänken und warten. (Ich mache bei Schülern wie auch bei Lehrern absichtlich keine Unterschiede zwischen männlich und weiblich, weil es beim Sehen, Denken, Sprechen, Verhalten und dergleichen keine Rolle spielt, zumindest nicht spielen sollte, welchem Geschlecht sie zuzurechnen sind. Die Reduktion aller Geschehnisse auf Frauengeschichten oder Männersachen langweilt hoffentlich nicht nur mich.)

Keine Ahnung, was hinter ihren Stirnen vorgeht. Nach ein paar Wochen scheinen einige von meiner Sicht der Dinge angetan zu sein, andere bringen, in Zweifel versetzt, einzelne meiner Thesen zu Hause und in anderen Unterrichtsgegenständen zur Sprache. So zum Beispiel, als ich gleich am Anfang den maschinell geschnitzten Kruzifixus, der an der Front des Zeichensaales seine wohlproportionierten Glieder räkelt, analysiere. Ich gehe dabei von der Annahme aus, dass der historische Jesus nicht wie auf dem Fabrikat ein wohlgestalter Jüngling gewesen sein muss; schon gar nicht dürfte er im Todeskampf sich so kokett auf dem glattgehobelten Kreuzespfosten gekrümmt haben. Desgleichen dürften die wohlgeordneten Locken, das in rhythmische Falten gelegte Lendentuch und das verklärte Antlitz eher einem bürgerlichen Wunschbild entsprechen als der grausamen Realität einer Hinrichtung. Wer so ein Gebilde anbete, bete eigentlich die Realisation seiner Wünsche an, folgere ich. Meines Erachtens würde es der Lehre Jesu auch keinen Abbruch tun, wenn ihr Gründer, sagen wir einmal, klein, dick und rothaarig gewesen wäre …

Prompt berichtet eine in ihrer Glaubensgewissheit erschütterte Schülerin in der nächsten Religionsstunde, wohl auch in der Absicht, einen Knallfrosch in die Eintönigkeit des Unterrichts zu werfen, ihrem Seelenhirten von meinen Ansichten. Der sieht sich in der Deutungshoheit über sein Jesulein beeinträchtigt, setzt sofort den ihm ergebenen Direktor davon in Kenntnis, woraufhin mich beide gemeinsam vor der Klasse zur Rede stellen. *Schuster, bleib bei deinem Leisten*, verwarnen sie mich unisono, das Monopol, über religiöse Gestalten zu sprechen, möge ich den dazu Berufenen überlassen.

Aus den Geleisen werfe ich die jungen Leute auch beim Arbeiten: Weg mit dem handelsüblichen A3-Zeichenblock, auf dessen Weiß man die Phantasie bisher eingegrenzt und selbst dort noch an die Kandare genommen hatte, weg mit der tradierten Ästhetik, die in ihrer Tendenz auf die Überhöhung und Dekoration der herrschenden Verhältnisse hinausläuft! An ihre Stelle setze ich die These: Alles, was aus dir entspringt, ist gut und interessant.

Leider entspringt nur wenig aus ihnen selbst, zum größten Teil sprechen verfestigte Traditionen aus ihren Mündern und Bleistiften; Menschen, Häuser und Bäume haben sie schon seit der Volksschule fertig im Handgelenk und wären in ihrer doch recht angenehmen Fügsamkeit bereit, sie dem gestellten Thema entsprechend zu kombinieren.

Schwierigkeiten, die jungen Leute zu verstehen, habe ich zum Beispiel bei der alljährlichen Vorbereitung des Maturaballs. Wenn ich darauf poche, dass sie bei dieser Gelegenheit Profil und Reife zeigen sollen, indem sie sich vom Geschmack der Erwachsenen emanzipieren – so bei den Balldekorationen, Plakaten, Einlagen und Ansprachen –, plädieren die Maturanten letztlich für die Wahrung der herkömmlichen Formen, die vorsehen, dass Bürgermeister, Bezirkshauptmann und die politischen Funktionäre den sogenannten Ehrenschutz übernehmen. Um möglichst viel Geld für die Matura-Reise zu erwirtschaften, müsse man, so höre ich die Eltern aus den Mündern der Töchter und Söhne argumentieren, eben die Formen wahren.

Das also ist die Frucht meiner Bemühungen, platzt mir nach mehreren solcher Ballvorbereitungen der Kragen. *Wenn ihr dieses allenfalls für einen Jägerball geeignete Plakat als eures ausgebt, wenn ihr die Exponenten der lokalen Politik als Ehrenschützer braucht und nicht mehr wollt, als viel Geld für die Matura-Reise zu erwirtschaften, werde ich an euch auch nur noch mein Geld verdienen.*

Während der abendlichen Waldläufe relativiert sich meine Enttäuschung wieder, zumal da und dort auch Eigenständiges aus dem Boden sprießt. Einmal gelingt es mir sogar, eine Klasse dazu zu überreden, anstatt des Maturaballs ein Maikränzchen ohne Ehrenschützer zu veranstalten. Im Vorprogramm zeigen die Schüler ihre sportlichen, musikalischen, tänzerischen, bildnerischen und literarischen Begabungen: eine Schau dessen, was in den jungen Leuten steckt und wofür es im Regelbetrieb wenig Aufmerksamkeit gibt.

Gewiss, es hat sich als Erfolg versprechend erwiesen, von der Volksschule weg die Jungspunde ordentlich unter Druck zu setzen. Hohes Ansehen genießen diejenigen Lehrer und Professoren, die die Schüler mit so viel Lernstoff eindecken, dass ihnen jeglicher Übermut vergeht. Solches leisten im Gymnasium recht eindrucksvoll ein gnadenloser Lateiner und ein eiserner Mathematiker. Bei jeder Nennung ihrer Namen schwingt der Schauder vor unbeugsamer Gerechtigkeit, ja von Verehrung mit. Ja, die zeigen es den zu Hause groß aufmaulenden, patzigen Halbstarken einmal, dass sie Nullen sind und zuerst etwas leisten müssen, bevor sie ihre Schnäbel aufreißen. Andere Professoren lassen nach Meinung der Öffentlichkeit die Zügel leider zu sehr schleifen, und dann werden die Eltern mit dem eigenen Nachwuchs nicht mehr fertig.

Nach Lienz müsste man die schicken, Lienz sei da anders, höre ich im Wartezimmer meines Hausarztes. Im katholischen Lienz gebe es noch Zucht und Ordnung und es sei vom Oberen Gailtal aus nicht viel weiter entfernt als das hiesige BORG. *Vogel friss oder stirb!* heiße es in Lienz und wer dort durchkomme, um den brauche man sich keine Sorgen mehr zu machen.

Gegen Ende meines 15. Dienstjahres am Gymnasium, ich gehe auf die fünfzig zu, sickert durch, dass ich im kommenden Herbst durch eine bis dahin in Wien lebende Malerin ersetzt werden soll. Sie soll beste Beziehungen zu politischen Kreisen haben, wenn auch wie ich kein Lehrbefähigungszeugnis. Direktor, Kollegen und Schüler unterschreiben eine Petition an den Landesschulrat, die sich für meinen Verbleib einsetzt, von der Elternvertretung allerdings ist keine Unterschrift zu bekommen.

Das gibt mir zu denken. Habe ich zu sehr in Frage gestellt, was ihnen heilig ist: die Autoritäten aller Art, die alten Werte und Selbstverständlichkeiten? Sicher habe ich mich nicht immer so verhalten, wie man es von einem Gleichschaltungs-Beamten erwartet.

Die Unterschriftenaktion für meine Weiterverwendung am Gymnasium bleibt ohne Erfolg.

Die Ankündigung meiner Rückkehr an die Hauptschule erreicht schon zu Anfang der Ferien die hiesigen zwei Hauptschulen. Obernosterer ante portas!, alarmiert der eine Direktor den anderen. Wer von beiden muss ihn nehmen, wer zieht den Schwarzen Peter? Gezogen hat ihn nach zähem Hin und Her Direktor S. Wie aus gut informierten Quellen zu erfahren war, wurde ihm jedoch versprochen, dass ihm der Bezirksschulinspektor beispringen wird, falls der als Störenfried Bekannte auch hier in den bestens laufenden Betrieben Männchen machen sollte.

Der Dienstzuweisung entsprechend melde ich mich im Herbst also bei Direktor S. Bei der Eröffnungskonferenz rücken die bereits eng aneinandergeschlichteten Kollegen mit ihren lieben neuen Unterrichtsblusen, feinsinnig gewählten Sakkos, vereinzelt auch aufrührerischen Krawatten noch enger um den Konferenztisch zusammen, um mir ein Plätzchen frei zu machen. Ich schaue mich um. Zehn meiner ehemaligen Schüler befinden sich im Kollegium, gesetzte Persönlichkeiten inzwischen, sattelfest in ihren Fächern und dank der angesammelten Jahre mir als Neuling bei diversen Wünschen vorgereiht.

Habe ich insgeheim gehofft, auf Grund meiner schriftstellerischen Tätigkeit (ich habe bereits mein erstes Buch veröffentlicht und dafür den Literatur-Förderungspreis des Landes erhalten) in Deutsch eine A-Klasse zugeteilt zu bekommen, kann ich mir das in die Haare schmieren; eine im Keller einquartierte B-Klasse wird mir zugeteilt. Jeder Neue fängt hier eben auf der untersten Stufe an und dient sich in diesem wie geölt laufenden Räderwerk Stufe für Stufe nach oben …

Gehofft hätte ich ferner, dass ich die Arbeitsgemeinschaft der Zeichenlehrer im Bezirk leiten darf, um so etwas von dem, was ich mir durch intensive Beschäftigung mit dem Fach angeeignet habe, an meine Kollegen und über sie an die Kinder weitergeben zu können. Schnurz, Bezirksschulinspektor Z. überträgt die Aufgabe der Fortbildung einer ihm treu ergebenen Kollegin und sorgt somit für ungestörte Kontinuität. Als oberste pädagogische Instanz im Bezirk kann er sich also weiterhin darauf beschränken, bei notwendigen Zusammenkünften allen Teilnehmern freundlichst die Hände zu schütteln, eine launige Eröffnungsansprache zu halten und die neuesten Verordnungen nach unten hin weiterzugeben.

Trotz dieser Ernüchterung versuche ich später noch einmal, mich zu engagieren und etwas von meinen Einsichten in die Sprache weiterzugeben. Ich schlage dem Inspektor vor, bei der nächsten Deutsch-Fachtagung ein Referat zu halten: Was die Schulsprache von der Dichtersprache lernen könnte. Schriftliche Antwort: Nicht erwünscht.

Dabei betont der überschwänglich freundliche Herr in diversen Ansprachen, wie offen, ja dankbar er für Anregungen aller Art sei. Ähnlich offen für alles Neue zeigt sich auch Direktor S. In der Jahresschluss-Konferenz fragt er das Kollegium, ob es für das kommende Schuljahr Anregungen gebe, ob jemand Änderungen, Neuerungen vorzuschlagen habe. Schweigen. Da geht doch eine Damenhand in die Höhe: Eine neue Bestuhlung wäre wünschenswert, an der abgenützten alten habe sie sich schon mehrmals Maschen in die Strümpfe gerissen.

So eng mein Spielraum auch geworden ist, von meinen Grundsätzen lasse ich mich nicht abbringen. Unter anderem schwebt mir vor, dass ich bei allfälligen Ansprachen keinen der sogenannten

Ehrengäste eigens begrüße und somit niemanden degradiere. Es dauert einige Jahre, bis sich eine Gelegenheit bietet. Anlässlich eines Theaterabends, bei der mir als Organisator Begrüßung und Einleitung obliegen, nehme ich mir die Freiheit. Mit aller Willenskraft widerstehe ich dem Reflex, die Herrschaften aus der ersten Reihe eigens zu begrüßen und ihnen für ihr Kommen zu danken; stattdessen heiße ich das Publikum in Bausch und Bogen willkommen. Und siehe da, die erwarteten Beschwerden bleiben aus.

Im Übrigen verordne ich mir, mich in die herrschenden Verhältnisse einzufügen, ihren Sinn so weit wie möglich zu verstehen und zu tun, was die Dienstvorschriften verlangen. Um zu überleben, ist es nicht so wichtig, was du tust, du musst es nur mit Gründlichkeit tun, sage ich mir. Das beginnt mit lächerlich kleinen Eingriffen, wie dass ich in der Klasse, der ich als Vorstand zugewiesen bin, die Tapeten von den Stellagen entferne und das darunter zum Vorschein kommende Holz reinige und beize oder dass die frontale Ausrichtung der Bänke durch eine freie, von den Schülern gewünschte Ordnung abgelöst wird. Zur selben Gründlichkeit gehört, dass ich mich weigere, in der Beurteilung wie alle Kollegen im Bezirk ein Ausgezeichnet anzunehmen. Ich lasse mich nicht verkitschen. An den hier herrschenden Maßstäben gemessen, bin ich nämlich bestenfalls durchschnittlich und auf jeden Fall fehlerhaft, wehre ich mich. In Rechtschreiben und Grammatik erreichen einige Kollegen durch Druck und System ein merklich höheres Niveau als ich in meiner Klasse. Mir fehlt es unter anderem an Systematik. Als Ersatz könnte ich allenfalls die besondere Förderung der Ausdrucksfähigkeit anführen, spielerische Ansätze, deren Wert an dieser Schule allerdings in Frage steht, gilt das Spielerische doch als Aufweichung der Arbeitsmoral. Nein, ich bin weit entfernt von einem ausgezeichneten Lehrer, schlimmer noch: Ich habe ein gutes Verhältnis zum sogenannten Schlechten (Schlichten). Zumindest im freien Aufsatz und im Zeichenunterricht verteidige ich die nicht gefilterte Realität gegen die Alleinherrschaft des Guten und Schönen.

Nicht oft genug gesagt werden kann, dass unsere Schule weitum als musterhaft gilt. In den Pausen gehen die Schüler zwecks

Sauerstoffzufuhr, besserer Kontrollierbarbeit und Förderung der Lehrstoffaufnahme in Zweierreihen die kahlen, kalkweißen Gänge auf und ab und verkauen bei gedämpften Gesprächen die mitgebrachte Jause. Wie in den Ställen die aneinandergereihten Kühe zu möglichst großer Milchleistung gebracht werden, so ist die Schul- und Hausordnung von Grund auf darauf ausgerichtet, dass den Kindern auf möglichst effiziente Weise das vorgeschriebene Bildungsgut beigebracht wird.

Was kann man dagegen einwenden, wie das verbleibende Unbehagen begründen?

Direktor S., ein freundlicher, mit allen Vorschriften vertrauter Bürokrat, erübrigt es seinem Kollegium, die Flut an neuen Erlässen, Verordnungen, Richtlinien und amtlichen Mitteilungen im Einzelnen zu studieren und sich über deren Auslegung den Kopf zu zerbrechen. Das erledigt er für sie. Bei der Konferenz zeigt er ihnen den Stoß an eingegangener Post. Ein Gräuel, eine totale Überforderung der Kleinpädagogen, wenn sie dies alles durchlesen oder gar umsetzen müssten. Das Schuldgefühl als Grundgefühl eines gewissenhaften Pädagogen erhält angesichts solcher Papierstöße neue Nahrung, wandelt sich aber bald um in ein Gefühl der Dankbarkeit gegenüber dem, der die Vorschriften auf ihre praktischen Konsequenzen reduziert. Denn in den Tagen vor der Konferenz hat er gesichtet, was für seinen Bereich unter Umständen von Belang sein könnte. Eng zusammengeschlichtet und dankbar zu ihm aufschauend, hängen die abgekämpften Familienmütter in den Sesseln rings um den mit Lehrbüchern, Stößen an Heften und allerlei Utensilien überhäuften Tisch. Die meisten dösen, ergeben in den Gang der Dinge, vor sich hin, die Familienmütter sind mit ihren Gedanken vermutlich schon bei den zu Hause wartenden Wäschehaufen, andere bereiten sich während des Sermons gedanklich für den nächsten Tag vor, dann und wann schaut einer unter dem Tisch auf die Armbanduhr.

Sobald die Konferenz bei *Allfälligem* anlangt, dämmert es draußen bereits. Nun folgt das gemütliche Beisammensitzen in einem der Wirtshäuser. Es soll – so die gut gemeinte Absicht – den kollegialen Zusammenhalt fördern.

Zum nun locker und leutselig gewordenen Schulleiter gesellen sich immer die gleichen zwei besonders vernünftigen Kollegen, sowie der voraussichtliche Amtsnachfolger. An den Nebentischen will keine Stimmung aufkommen. Es steht kaum dafür, ein ernst gemeintes Gespräch zu versuchen. Trotzdem verlasse ich nach ein, zwei Bieren eher ungern den Raum mit seinen Speisedüften, den gutmütigen Kollegen, ungern schon deswegen, weil ich wieder mein eigenes Gehirn in Betrieb nehmen muss.

Ein ritueller Ansatz zu einem Ausbruch steht auch am Ende eines jeden Schuljahres auf dem Programm: der Lehrerausflug, der meist in das zur Enthemmung einladende Weinland südlich der Grenzberge führt. Der Bus steuert zuerst eine historische Stätte oder ein Museum an. Pflichtbewusst trottet das Kollegium von Sehenswürdigkeit zu Sehenswürdigkeit beziehungsweise dem, was man dafür hält, und hat damit nachweislich erledigt, was man seinem Stand und Ansehen schuldig ist, um hierauf in angenehmer Anonymität bei friulanischen Weinen und reich sortierten Fischtellern einmal der zu sein, der aus beruflichen Rücksichten das Jahr über den Mund gehalten hatte: der mit dem Durchblick, der noch an ein Leben nach dem Dienst glaubt ...

Vom reichlich fließenden Friulaner denn doch merklich aus dem Gleichgewicht gebracht, wanke ich, Unartikuliertes lallend, zwischen den Tischen hinaus aufs Klo. Kriecher, Kotzbrocken, Parteihengste!, hätte ich beinahe zu den Tischen zurückgerufen. Aber nur beinahe. Um mich nicht selbst zu gefährden und weil ich selber einer von ihnen bin, behalte ich das Zeug, wie Homer es ausdrücken würde, hinter dem Zaun der Zähne. Und wie einst der Fasching als kurze Befreiung von Unterdrückung, Zensur und Bevormundung gemeint war, aber inzwischen zu einem Geschäft mit schalen Witzeleien verkommen ist, so endet auch dieser Ausbruchsversuch nach einem geographischen und kulinarischen Wegkommen abends wieder in der liebgewordenen Normalität. Der Bus bringt alle wohlbehalten an ihre Ausgangspunkte zurück.

Mehr als ein Jahr lang mache ich die laufenden Usualitäten mit, weil ich ihr Für und Wider nicht hinreichend verstehe und ihnen nichts entgegenzusetzen habe, was von den Maßgeblichen ernst genommen würde. Eines Nachmittags höre ich, während ich ein Konferenzprotokoll rein schreibe, in mir eine Stimme: Wenn du dieses Protokoll glatt wie gefordert zu Papier bringst und weiterhin mit den anderen mit nickst, wirst du am Ende deines Lebens auf diese Jahre zurückblicken wie auf eine Wüste, in der du spurlos verloren gegangen bist.

Ich überschlafe die fällig gewordene Entscheidung. Am nächsten Tag steht mein Entschluss fest: Ich biege vom Weg des geringsten Widerstandes ab. Im Protokoll notiere ich zum Punkt Allfälliges: *An dieser Stelle hätten die Kollegen etwas sagen dürfen, wenn sie etwas zu sagen gehabt hätten.*

Natürlich nimmt Direktor S. so etwas nicht hin. Was ich mit diesem Satz meinte; solange der im Protokoll stehe, werde er es nicht unterfertigen.

Ich verweise darauf, dass tatsächlich niemand etwas zu sagen gehabt hätte und in diesem Kollegium meiner Einschätzung nach auch niemand etwas zu sagen habe, weil hier alles von anderen gesagt werde. Dieser Satz sei ein erster Versuch, etwas zu sagen, und ich wolle mir in Hinkunft erlauben, des Öfteren etwas zu sagen. Der Herr Direktor möge dies nicht als Anfeindung seiner Person verstehen, sondern als Ansatz zur Demokratisierung.

Ob ich denn behaupten wolle, dass er einem der Kollegen je verboten habe, seine Meinung zu äußern, kontert er. Auf direkte Weise nicht, muss ich zugeben, aber man müsse ja auch einen Fisch nicht mit dem Knüppel erschlagen, man könne mit Streicheln das Gleiche erreichen.

Seine Empörung unter Kontrolle haltend, dreht er sich um und geht.

An einem der nächsten Tage werde ich in seine Kanzlei zitiert. Der Parkettboden glänzt, dass ich fürchte auszurutschen; geradezu militärisch stehen die Aktenordner in Reih und Glied, unter dem einzigen Bild, dem des Bundespräsidenten, steht an der Seite des Herrn Direktors der Herr Bezirksschulinspektor, der sich über unangenehme Situationen gern mit seiner persönlichen Liebenswürdigkeit hinwegrettet. Diesmal setzt er eine amtliche Miene auf, um mir, wohl auf Verlangen des Direktors, anzukündigen, dass ich in nächster Zeit öfters *besucht* würde. Ich wende ein, man habe mir noch vor kurzem ein Ausgezeichnet angetragen, ob sich daran in den letzten Tagen etwas geändert habe. Auf eine Diskussion lassen sich die Herren jedoch nicht ein. Sie hoffen wohl, dass mich die bevorstehenden Inspektionen so weit einschüchtern, dass ich nicht so bald wieder den Mund aufmache.

Zu befürchten habe ich allerdings wenig. In Turnen gebe ich mir keine Blöße, ich habe Routine genug, um eine tadellose Unterrichtseinheit über die Bühne zu bringen. In Zeichnen wagt es der amtliche Besuch noch weniger, mir am Zeug zu flicken, schließlich haben meine Schüler beim Raika-Zeichenwettbewerb acht von zehn Preisen gewonnen; am ehesten können die Herren in Deutsch hoffen, Möglichkeiten zu Beanstandungen zu finden. Ich mach es ihnen aber auch da schwer, bereite mich gut vor und bringe die inspizierte Stunde, wie ich meine, ohne nennenswerte Mängel über die Runden. Die Nachbesprechung freilich besteht aus einer Reihe von Bemängelungen. *Natürlich lässt sich vieles besser machen, als es mir gelungen ist*, gebe ich zu und gehe in die Gegenoffensive über: *Ihre Bemängelungen, Herr Inspektor, zeigen allerdings in erschreckendem Ausmaß, dass Sie fachlich inkompetent sind.* (Er selbst ist Physiker und Mathematiker vom Fach und, wie man hört, von der Gewerkschaft auf den Posten gehievt worden.) Ob er mir die Beanstandungen schriftlich geben könne, ersuche ich ihn, ich könnte sie vielleicht in meinem in Arbeit befindlichen Buch betreffend das Unbehagen in den Schulen verwenden (später in mehreren Auflagen erschienen unter dem Titel *Die Mäher und die Grasausreißer*). Ich bekomme sie natürlich nicht, bekomme dafür den von Direktor S. verfassten Leiterbericht.

Im Ton um Sachlichkeit bemüht, wird anhand mehrerer Beispiele hauptsächlich meine Eigenwilligkeit als destruktiv dargestellt. Zu meinem Vorteil bieten sich im Bericht auch mehrere sprachliche Unrichtigkeiten und widerlegbare Behauptungen. Laut Gesetz darf ich nämlich zum Bericht Stellung nehmen. Diese Gelegenheit lasse ich mir nicht entgehen und zerzause ihn so, dass die beiden Herren nicht mehr als die unfehlbaren Autoritäten dastehen, als die sie sich selber verstehen. Leiterbericht und Stellungnahme gehen den Amtsweg in die Bezirkshauptmannschaft. Nicht ohne Bangen warte ich auf eine Reaktion.

Sie erfolgt nicht.

Als ich im nächsten Herbst, wie es Recht eines jeden Lehrers ist, mich dort nach meiner neuen Beurteilung erkundige, zuckt der Beamte nur die Schultern. Es habe sich nichts geändert, bei ihm sei weder ein Leiterbericht noch meine Entgegnung darauf eingelangt.

Offensichtlich hat Inspektor Z. beide *verschwinden* lassen.

Eigentlich tut mir der zwischen die Fronten geratene Mann leid. Er von sich aus hätte sich vermutlich in einem Physiksaal wohler gefühlt, als auf Verlangen von Direktor S. den Wadlbeißer zu spielen. Aber wer wird sich schon die Gelegenheit entgehen lassen, auf einen so angesehenen und gut dotierten Posten zu verzichten?

Als ich später, nachdem wir beide aus dem Schuldienst ausgeschieden sind, ihm in einem Festgarten wieder begegne, beide ein Glas in der Hand, überlege ich einen Moment lang, wie ich mich verhalten soll. Wenn ich wollte, könnte ich ihm jetzt gründlich den Kopf waschen, und zwar vor einem interessierten Publikum. Lust dazu habe ich bei Gott, eine mittlere Lawine an Vorwürfen und Verunglimpfungen staut sich bereits hinter der Stimmritze. Er aber kommt mir mit einer derartig einnehmenden Freundlichkeit entgegen, dass ich es nicht über mich bringe, den alten Herrn, der nun ohne sein Amt recht wehrlos dasteht, zu beleidigen. Also mache ich mit der mir entgegengebrachten Freundlichkeit mit und wechsle mit ihm ein paar nette Redensarten.

Ähnlich gespalten ist mein Verhältnis zu Direktor S. Er sieht meinem Vater so ähnlich, wenn er müde den Gang entlang seiner kahlen, lieb- und leblosen Kanzlei zugeht. Unter der hängenden Strickjacke wölbt sich hinten bereits ein kleiner Buckel auf.

Es ist mir unangenehm, dass ich ihm, über den ich fast nur Löbliches gehört habe, mit meinem Engagement die letzten Dienstjahre verleidet habe. Zufolge seiner Prägung in der Zeit des Nationalsozialismus kann er meine Person nur als Sand im gut laufenden Getriebe sehen, Sand, den es zu entfernen gilt. Dies in aller Korrektheit zu erledigen, hindert ihn allerdings die Zeit; die heranrückende Pension enthebt ihn der Aufgabe. Einmal hätte er tatsächlich Gelegenheit gehabt, mir infolge eines Fehlverhaltens einen Strick zu drehen. Er tut es nicht. Wir sind eben nur Gegner und nicht Feinde.

In den Jahren, in denen ich am Gymnasium unterrichte, wird gerade das neue Schulzentrum an das alte Schulgebäude angefügt: aus meiner Sicht ein solider, funktioneller Bau, Wände und tragende Säulen aus Sichtbeton, der noch die Abdrücke der Holzverschalung zeigt. Der steingraue, ernste, widerstandsfähige Beton trägt, das genügt. Farben, Verkleidungen und Dekor weist er von sich. Dies gilt nicht nur für die Architektur, denkt es in mir weiter, auch in der Erziehung als dem Aufbau der Persönlichkeit wären Festigkeit und Charakter wünschenswerter als Dekor und Anbiederung an den herrschenden Geschmack.

Geplant hat den Bau der im Tal beheimatete Architekt B. Ich für meinen Teil habe mich für den Mann interessiert, noch bevor ich ihn persönlich kennen gelernt habe, und zwar weil mir einzelne seiner vernichtenden Urteile über gewisse Kleingeister, die sich als Maß der Dinge aufspielten, zu Ohren gekommen sind.

Was Bau und Ausstattung anlangt, ist er natürlich eingezwängt in unzählige Bauvorschriften, Normen, Notwendigkeiten und Wünsche der zukünftigen Benützer. Eine seiner Eigenwilligkeiten aber besteht darin, dass er vorschlägt, dass die für künstlerische Gestaltung vorgesehene Summe einem begabten Schüler des Gymnasiums zur Verfügung gestellt werden soll. Zufällig gibt es auch einen solchen jungen Mann namens Arno Popotnig. Mit beratender Unterstützung eines erfahrenen Künstlers aus Klagenfurt und meiner Wenigkeit sollte er vorerst einmal ein in die Architektur sich einfügendes Wandgemälde entwerfen. Die Aufgabe spornt seine Phantasie an; nach mehreren Skizzen und deren Besprechung gibt es einen ausgereiften Entwurf. Ein zweiter ist für die Außenwand gedacht, hinter der sich heute die Bibliothek befindet. Der Architekt, Popotnig und ich begeben uns mit den Entwürfen zur zuständigen Instanz, um ihr Einverständnis zu erhalten. (Den entsprechenden Namen zu nennen, würde die Aufmerksamkeit in eine Sackgasse lenken.) Der Mann wirft über den Brillenrand hin einen kurzen Blick auf die Papiere und lässt uns, die wir ihm gern die Konzepte erklären würden, gleich wissen: *Okay, innen könnts schmieren, wie und was ihr wollts, aber die Außenwänd bleiben sauber.*

Solange ich am Gymnasium bin, bleibt die nördliche Außenwand denn auch sauber.

Inzwischen (2014) prangt dort eine primitive Collage: Eine ungelenk hingepinselte Kuh schaut irgendwo aus dem verschmierten Hintergrund heraus, ein paar Karotten und Radieschen verlieren allmählich die Farbe, dazwischen ein Stück Gailtaler Almkäse und so weiter. An der Werbung stößt sich, scheint's, niemand, aber vor dem Geist der Kunst muss man die Bevölkerung schützen.

Schade! Hätte Popotnig seinen Entwurf ausführen dürfen, hätte die Stadt das Erstlingswerk eines inzwischen namhaften Malers vorzuweisen.

Drinnen dürfen wir immerhin *schmieren*. In dem Ausdruck zeigt sich deutlich die Verachtung der politisch-wirtschaftlichen Kaste für künstlerische Arbeit. Für den Innenraum hat Popotnig vor, in surrealistischer Manier eine der Stiegen in einer Art Illusionsmalerei auf der gegenüberliegenden Wand weiterlaufen und geheimnisvolle Figuren die Stufen hinaufsteigen zu lassen: ein aus der Architektur heraus entwickeltes Spiel mit dem realen und dem gemalten Raum.

Popotnig realisierte das drei mal drei Meter große Wandgemälde in den Ferien. Eine imposante Arbeit, die ahnen lässt, dass da einer seinen Weg gehen wird. Popotnigs Mitschüler bestaunen jedenfalls die Plastizität der gemalten Figuren und Räume; am Rätselhaften, Düsteren erfreuen sie sich eher, als dass es sie bedrücken würde.

Als ich etwa 20 Jahre später wieder einmal den Gang betrete, stutze ich. Das Gemälde ist weg. Spanplatten hat man drübergedübelt, knallrot gestrichene, auf denen ein paar Zettel befestigt sind. Ich schaue mich um. Allerlei nette Bastelarbeiten zieren den Gang, auf den Beton sind bunte Quadrate aufgemalt, wie eben der provinzielle, früh verkrüppelte Geschmack sich einen schönen Innenraum vorstellt.

Bei entsprechender Gelegenheit frage ich den zuständigen Direktor nach dem Grund der Verhüllung. Er erklärt mir, Popotnigs Bild sei in Farbe und Inhalt zu düster, zu beklemmend, zu negativ in der Stimmung. Ein Schulberater habe zu warmen, lebensfrohen Farben geraten, das steigere das Wohlbefinden, die Bereitschaft zum Lernen und die positive Einstellung zur Schule.

Wie immer man zu solchen an Hühnerfarmen erinnernden Optimierungsmaßnahmen stehen mag: Ich bezweifle, dass die Schüler, hätte man sie gefragt, dieses Bild gestört oder gar verstört hätte.

Es schiene mir aber zu billig, den Schwarzen Peter einer bestimmten Person zuzuschieben, etwa dem zuständigen Direktor oder den rührigen Kunsterzieherinnen; ich würde sozusagen im Kampf mit dem Engel ein weiteres Mal danebengreifen. Vielmehr sehe ich, dass ein anderer Wind durchs Tal und seine Schulen weht, eine das ganze Land, ja die gesamte Zivilisation erfassende Verzweckung, die nach Fauna und Flora nun immer deutlicher ihre Krallen nach dem Menschen ausstreckt. In Betrieben, Büros und Konferenzzimmern schnürt sie bereits Hunderttausenden die Luft ab. Man möchte sich wehren, aber wem soll man an die Gurgel gehen?

Die Entwicklung vom homo zum homunculus wird in den Schulen in harmlos erscheinenden, durch Sachzwänge begründeten Schritten vorangetrieben, etwa indem das Musische zugunsten der praktischen Fächer zurückgedrängt wird.

Damit der Zorn sich nicht gegen Unschuldige richtet, muss hier ausdrücklich betont werden, dass die Schule, von der hier die Rede ist, einen sehr guten Ruf genießt und sich den auch durch vielerlei Projekte und Öffentlichkeitsarbeit verdient hat.

Gleichgültig lässt es mich trotzdem nicht, wenn der Jugend des Tales anstelle eines Bildes irgendein bunter Firlefanz vor die Nasen gehängt wird. Anstatt sie auf die humanistischen Ideale der optimalen Selbstentfaltung hin zu erziehen, zieht und zerrt man mit allen methodischen Mitteln in Richtung Tourismus und Wirtschaft. Aus wehrlosen Kindern formt man Existenzen, die in der Bedienung des Warenkreislaufes den Sinn ihres Daseins sehen sollen.

An den Wänden der Gänge hängen denn auch Basteleien, wie man sie für Weihnachtsschmuck und Garnierung von Festtafeln gebrauchen kann. Über den Sichtbeton, dessen Schmucklosigkeit den jungen Menschen nicht zumutbar scheint, hat man mangels einer eigenen Aussage bunte Quadrate gemalt. (Dass das Quadrat formal dem Nichts am nächsten ist, hat bereits Kasimir Malewitsch 1916 mit seinem schwarzen Quadrat thematisiert.)

Mir lässt die Vernagelung des Bildes auch deswegen keine Ruhe, weil ich überzeugt bin, dass Bilder bald die letzten nicht verzweckten Flächen sein werden, die letzten Flächen der Freiheit. Ein Bild, das den Namen verdient, verweigert die unreflektierte Wiedergabe dessen, was sich als Wirklichkeit durchgesetzt hat; es hat Charakter und fordert ihn auch vom Betrachter. In ihm sind Gut und Böse, Schön und Hässlich, Heiter und Ernst noch eins. Eliminiert ein Maler in frommer Absicht das Böse, Hässliche und Düstere zugunsten des Gefälligen, verdient er nicht länger die Bezeichnung Maler.

So viel ist klar: Wenn ich wollte, fände ich unschwer Mittel und Wege, es zu ertrutzen, dass das besagte Wandgemälde wieder von seiner Verkleidung befreit wird. Aber ich werde mich nicht dafür einsetzen. Ich würde nur das realistische Bild unserer Verhältnisse verfälschen. So, in verhülltem Zustand, wirkt es aktueller, der Zeit entsprechend weitergemalt sozusagen, indem es die laufende Entwicklung vom Bild zur Bildlosigkeit darstellt.

In der antiquierten humanistischen Schule hätte man sich vielleicht einmal eine Ausstellung von Popotnigs Bildern angesehen, sich in Ruhe mit ihnen befasst und so Impulse und Freiräume für die Entwicklung einer eigenständigen Persönlichkeit erhalten. Aber das war einmal. In der fortschrittlichen Schule bleibt für derlei keine Zeit. Es gibt *Wichtigeres* zu tun.

Kaum zu glauben, dass die gepflegte Pension am Ortseingang noch vor wenigen Jahren ein Bauernhof mit Hühnern war, die kackten, wo immer es ihnen kam, die Schweine stanken über sieben Hausdächer hin und grölten drauflos, wenn sie zur Futterzeit von der Kellertüre her Geräusche näher kommen hörten, im sogenannten Gemüsegarten kämpften Gewächse, die ohne Ziel und Zweck aus dem Boden schossen, mit wechselndem Erfolg gegen Nutzpflanzen wie Schnittlauch, Basilikum und Karotten und wenn irgendwo ein Stein aus dem morschen Gemäuer fiel, blieb er im Gras liegen. Was soll's! Manchmal bemerkte der Hausherr ihn und reparierte die Stelle, wenn er gerade Zeit hatte, manchmal nicht. Es störte auch niemanden, wenn eine von ihm aufgemauerte Wand da und dort sich ein wenig bauchte. Solche Unregelmäßigkeiten gehörten durchaus zur ländlichen Atmosphäre, ja sie trugen dazu bei, dass aus den Städten mit ihren exakten, das Auge verletzenden Gebäudekanten und stur geradlinigen Straßen die Bewohner gern in die Dörfer hinaus flüchteten, um sich dort an den von Zufällen geprägten Verhältnissen zu erholen.

Umgekehrt fuhren auch die Dörfler des Öfteren in die Stadt und bewunderten die Häuserfluchten, die so schnurgerade verliefen, wie es keinem Maurer draußen auf dem Lande zu mauern gelang. Heimgekommen, richteten sie ihre bauchigen und schiefwinkeligen Objekte so gut sie konnten mit viel Pedanterie so her, wie sie meinten, es den Gästen aus der Stadt bieten zu müssen.

Von diesem um sich greifenden Trend der Dorfverschönerung erfasst wird auch eine junge unternehmungslustige Hoferbin am Dorfrand, nachdem ihr zu Jahren gekommener Vater ihr Haus und Hof überschrieben hat. Blieb der Alte für den Rest seines Lebens denn doch zu stur im Althergebrachten verfangen, als dass er die mehr und mehr unrentabel werdende Viehwirtschaft aufgeben wollte, so schafft die Tochter das in wenigen Tagen. Dreimal fährt ein Viehtransporter vor, und leer ist der Stall. Pläne für die Garagen, die daraus werden sollen, liegen bereits beim Baumeister. In der ehemaligen Tenne darüber jaulen, eine bessere Zukunft verheißend, die Schmirgel- und Hobelmaschinen, dazwischen hinein hämmert der Schlagbohrer, dass aus dem weit aufgerissenen Scheunentor Wolken von Holz- und Kalkstaub ins Freie wirbeln.

Wumm! Mitten in die Arbeitsgeräusche hinein ein dumpfer Stoß. Ein LKW ist mit der Stoßstange in das Eck der Gartenmauer geraten und hat zwei Steinplatten herausgestoßen. Auf den Krach hin eilt die junge Hausherrin herbei. Unfassbar! Und der Fahrer scheint das nicht des Anhaltens wert gefunden zu haben, einfach weitergefahren ist er!

In den benachbarten Häusern gehen Tore und Fenster auf; die Köpfe vorgestreckt, nähern sich die Nachbarn den im Gras liegenden Steinen. Kopfschüttelnd starren sie einmal auf sie, dann auf die Lücke. Ratlosigkeit. Was ist zu tun?

Als Erstes wird die Polizei zu verständigen sein, die soll den LKW-Fahrer ausfindig machen. Sodann wird ein Sachverständiger hermüssen, um den Schaden zu dokumentieren und einen Kostenvoranschlag für die Schadensbehebung zu erstellen. So viel ist klar: Der Fahrer hat sich nicht nur der Sachbeschädigung schuldig gemacht, sondern auch der Fahrerflucht. Das wird ihn teuer zu stehen kommen. Allein für die Begutachtungskosten und die fachmännische Wiederherstellung des Mauerecks wird er ein Monatsgehalt berappen müssen, tut er dem einen oder anderen doch leid. An den anfallenden Schriftverkehr, die Telefonate mit der Versicherung und der Baufirma, die die Mauer möglichst bald ausbessern soll, oder gar an einen allfällig benötigten Rechtsanwalt will man vorerst gar nicht denken.

Und das wegen zwei oder drei Steinen! Ob nicht einfach er das Eck ausflicken solle, unterbricht der Alte, der nun hinzugekommen ist, die Diskussion. In einer Stunde hätte er die Steine wieder dort, wo sie gewesen sind. Er seinerseits habe sein ganzes Leben weder einen Sachverständigen noch einen gewerblich befugten Mauerflicker gebraucht, noch weniger einen Polizisten oder Juristen. Und es habe bis jetzt noch niemanden gestört, dass die Mauern seines Hauses nicht ganz im Lot seien. Was schließlich den LKW-Lenker angehe, er kenne ihn zwar nicht, aber schon ihm und seiner Familie zuliebe würde er den Schaden gern selber beheben.

Verlegenes Schweigen, die Blicke seiner Tochter richten sich verlegen zu Boden. Der hat vielleicht Vorstellungen! Das würde wieder so ein Flickwerk, wie halt die ganze alte Schaluppe es ist. Wozu gibt es denn überhaupt Polizei, Versicherungen und dergleichen, wenn man sich ihrer nicht bedient? Nein, winkt sie ab, jetzt, wo sie gerade begonnen habe, einen neuen Wind in die Gegend zu bringen, könne sie so ein Flickwerk nicht mehr dulden, die Sache müsse schon anständig gemacht werden.

Sie zückt das Handy und die Dinge nehmen ihren Lauf. Ein Monat später hat eine Baufirma die Sache professionell erledigt. Jetzt kann jeder wieder daran vorübergehen, ohne dass ihm etwas auffällt, wie man überhaupt durch das um und um schöner gewordene Dorf gehen kann, ohne etwas zu bemerken.

Das gemütliche Sitzen vor dem Hause hat sich aufgehört. Mit einem Seufzer der Erleichterung auf der Bank neben dem Haustor hinzusinken, das stammt noch aus Zeiten, als die Feldarbeiter in der Abenddämmerung, Rechen und Sensen auf den Schultern, zu den Häusern zurückgekehrt sind. Gut passt das Sitzen besonders zu den Alten, die nicht nur einen Arbeitstag, sondern ein ganzes Arbeitsleben hinter sich haben. Sie verdienen es fürwahr, dass die Hauswand ihnen die letzte Wärme des Tages in die Rücken strahlt.

Zieht man vom alten Ritus einmal die Müdigkeit ab, so erhält man eine leere Hülse, die gern in Filmen über rückständige Alpentäler vorgeführt und dann von Erholungsuchenden nachgeahmt wird. Die nötigen Bänke kann man von der hiesigen Zweigstelle der Bierbrauerei ausborgen; Getränke, Gläser, Elektro-Griller und dergleichen schafft der Pensionsinhaber herbei; ein Bursch in Leinenhemd und knielanger Hirschlederner packt die Ziehharmonika aus. Schon nahen sich erwartungsfroh die ersten Gäste und setzen sich auf die wackeligen Bänke. Äußerlich dem Sitzen von damals nicht unähnlich, kommen die Imitationen rasch in Gang. Eine Stunde später perlt bereits Frauenlachen vermischt mit Gläserklirren und den Wehmütigkeiten der Ziehharmonika nach allen Seiten auseinander, die Gemütlichkeit gewinnt an Lautstärke und schwillt gegen Mitternacht zu einem weithin hörbaren Grölen an.

Derweil die Frau im Appartement noch aufräumt und die Sachen für den Badetag zusammenpackt, sitzt der Mann bereits im Garten, wo die Morgensonne ein kräftiges Lichtbündel zwischen dem Geäst der Obstbäume herein auf die mit Polstern versehene Sitzgarnitur schickt. Die in einer nördlichen Stadt zustande gekommene Beleibtheit vertrauensvoll der Sonne zuwendend empfiehlt er ihr die nun einmal zustande gekommene Akkumulation seines Leibes an, unter anderem bleiche Schenkel, die aus knielangen, gut durchlüfteten Hosen hervorragen. *Da sind sie, mach was Vernünftiges damit,* vertraut er sie den heilsamen Kräften der ländlichen Atmosphäre an.

Über den Knien ist eine der großformatigen bundesdeutschen Zeitungen aufgeschlagen. Schon eine Weile saugt sie seine Aufmerksamkeit in sich hinein, hinein in die heimischen Tagesneuheiten, in denen er sich hinlänglich zurechtzufinden scheint. Und das ist noch nicht alles, was er sich gönnt: Zur weiteren Steigerung der Behaglichkeit legt er nun die Zeitung beiseite und zündet sich, in der Stirne noch die Fältchen, die sich beim Lesen der Nachrichten zusammengezogen haben, ein Zigarillo an.

Alle meine Bekannten, ob männlich oder weiblich, blühen förmlich auf, wenn das Gespräch auf ihre Gärten kommt. Ich fürchte die dann folgenden, endlos in sich kreisenden Erörterungen, Ratschläge und Erfahrungsberichte, weil ich da nicht mitreden, geschweige denn mitfühlen kann, ja, ich muss mich fragen, ob ich vielleicht nicht ganz normal bin.

Dass dürfte mit meinem Aufwachsen in den Bergen zu tun haben, wo man von der Botanik hauptsächlich Heu und Holz schätzt. Salat hat auf dem Tisch nichts zu suchen, Schnittlauch auf der Suppe lässt Vater um des Hausfriedens willen gerade noch durchgehen, bei den Wiesenblumen schaut er nur, wann sie im Begriff sind zu verblühen, denn das ist das Signal für den Beginn der Heumahd.

Ziergewächse in eigenen Behältern, Rabatten und verglasten Zuchthäusern heranzuziehen, überlassen die Bergler den Frauen unten im Dorf. Vor ihren Hausgärten bleiben auf dem sonntäglichen Gang zur Kirche denn auch die Frauen aus den Nebenortschaften eine Weile stehen, um ihre Pracht zu bestaunen und sich erklären zu lassen, was es mit den darin herangezogenen Gewächsen auf sich hat und welchen Nutzen die einzelnen versprechen.

Die Männer würdigen diese eingezäunten Vierecke mit den meist vom Lagerhaus bestellten Kuriositäten keines Blickes. Im Zuge des sich ausbreitenden Wohlstandes löst sich das streng ökonomische Denken, mithin auch die Vorherrschaft der Männer auf und die für das Angenehme und Gefällige sorgenden Frauen gewinnen die Überhand. Endlich aus dem Ärgsten heraußen, postieren sie rings ums Haus in zerbeulten Polentakesseln und löchrigen Nachttöpfen florale Freudebezeigungen. Überall, wo es sonst leer aussähe, aus allen Winkeln, aus Stallfenstern, von Fenstersimsen und Balkonen herab posaunen nun Luxusgeschöpfe von bisher nie gesehener Farbenpracht es den Vorübergehenden zu, dass man es geschafft habe.

Vorbei sind die Zeiten von Wildwuchs und den Launen des Zufalls. Nur so, je nach Gunst oder Ungunst der Umstände vor sich hin zu vegetieren und irgendeinmal die Blütenblätter auseinanderzuklappen, ist von nun an zu wenig. Ein Gewächs, das sich auf der Schaubühne des Dorfes behaupten will, muss rechtzeitig alle Kraft in die Blüte werfen. Von seinem gesamten Kreislauf, beginnend mit dem Keimen und Austreiben über das Aufstreben und den Kampf um Licht und Raum, dem Aufblühen und der Bestäubung bis zum Welken, Absterben und Verrotten kann man nur eine Phase gebrauchen: die der Blüte. Neigt die sich dem Ende zu, würde der Anblick die Vorüberspazierenden auf die betrübliche Tatsache stoßen, dass auch die Betrachter sich in mancher Hinsicht im Niedergang befinden. Also weggezupft, was welk oder von Schädlingen befallen ist, Beikraut und eigenbrötlerische Gewächse zum Kompost! Dafür erhalten die Auserwählten reichlich Dünger, Torf und Rindenmulch.

Die Walterin des kleinen Gevierts darf darin über Sein und Nichtsein entscheiden, hier kann sie Gericht halten wie Gott Vater am Jüngsten Tag. Auch über das Tierreich. Die Regenwürmer winkt sie gnädig nach rechts, sie sollen nur so weitermachen, den Boden lockern und zugleich düngen; nach links und in den Abgrund aber stößt sie die niederträchtigen Schnecken, die ihr den Genuss von Salat und Kohlrabi streitig machen. In heiligem Zorn werden sie frühmorgens eingesammelt, woraufhin sie im siedend heißen Wasser ihr unverschämtes Blätterfressen zu büßen haben.

Solche Entschiedenheit imponiert sogar den Männern. Endlich greift da eine starke Hand durch und schafft klare Verhältnisse. Weg mit den Schmarotzern und Minderleistern, weg mit dem Beiläufigen und Zwecklosen, wie es in der ungezügelten Natur allzu oft sein freches Haupt erhebt.

Analog dazu wird auch in den Gärten der Seelen selektiert, gejätet und veredelt. Blinde Triebe werden gestutzt, die Frucht versprechenden gestützt und vor Beeinträchtigungen aller Art geschützt, das blind Dranghafte in die Bahnen der Brauchbarkeit gelenkt. Muskelkraft zum Beispiel hat sich seit der Mechanisierung der Landwirtschaft weitgehend erübrigt; Bizeps und breite Schultern können sich aber weiterhin sehen lassen: als Attraktivität von ansonst profillos gewordenen Männern.

Man denke nur einmal daran, zu welcher Niedertracht, Gemeinheit und Hinterlist, welcher Gewalttätigkeit und Raserei sie vordem fähig waren. So manche inzwischen zu Ehren gelangte Frau kann noch ein Liedchen davon singen, wie ekelhaft der Akt der naturnahen Fortpflanzung vor sich ging: ein hässliches Drüber und Drunter mit elendem Stöhnen und Jammern, Kratzen und Beißen. Man erspare mir weitere Ausführungen.

Im Zuge der allgemeinen Optimierung wird daher vom ungustiösen, zu nichts führenden Gebalge entfernt, was unerwünscht ist, insbesondere das katastrophale Endergebnis: die Schwangerschaft und die Nachkommen samt den daraus sich ergebenden Unannehmlichkeiten. Nach Eliminierung aller unerwünschten Beimengungen bleibt etwas durchaus Herzeigbares, ja Hochgeschätztes übrig: die reine Liebe. Dieses kostbare Derivat muss nunmehr jedes Schalterfräulein während der gesamten Dienstzeit absondern, bei jedem Kartoffeleinkauf hat die Kassierin eine Prise ihrer privaten Erotik als Draufgabe beizusteuern. Kein Wunder, dass abends nicht mehr viel für Mann und Kinder übrig bleibt.

In diesem Sinne umgeschult müssen besonders die Bauernburschen werden, die seit dem Leerwerden der Höfe in verschiedenen Dienstleistungsgewerben Beschäftigung finden. Die meisten erweisen sich als sehr gelehrig. Innerhalb weniger Kurstage lernen sie zu grüßen, ihre derben, oft unflätigen Sprüche hintanzuhalten und sie durch salonfähige Redensarten zu ersetzen.

Eine Monokultur aus Artigkeiten und erlesenen Manieren überzieht nunmehr die vormals so unwirsche Gegend. Begeistert auf die ankommenden Sommergäste zu blühen die Geranien, die in lebensfrohen Farben gehaltenen Hausfassaden verstrahlen nach allen Seiten hin Zuversicht und Frohsinn, die letzten Reste der überwundenen Bestialität, die Schoßhündchen, haben ihre Termine bei Friseur und Kleintierarzt, ihren blutrünstigen Ahnen in den Wäldern der Vorzeit haben sie abgeschworen, sogar die einstens so grimmigen Gebirge mit ihren Menschenopfer fordernden Fleischwänden haben sich eines Besseren besonnen und bieten nun gesicherte Klettersteige und Gondeln an, zu guter Letzt ein Gipfelrestaurant.

Etwas freilich geht im Zuge der schrittweisen Eliminierung des Unerwünschten doch ab: das Eliminierte eben. Zu weit von sich geschoben haben es die Guten und spüren nun, dass ihnen einiges fehlt, um ganz zu sein. Aus der Haut fahren möchten sie manchmal, lassen am Ende aber die Fünf gerade sein und begnügen sich mit dem Fahren entlang der im Land vorgegebenen Asphaltbahnen. Weil dies ihr Verlangen aber nur kurz zum Verstummen bringt, versuchen sie es mit weiteren Fahrten, wobei sie es zu schätzen wissen, wenn ein unterhaltsamer Reiseleiter von der Fahrigkeit des Fahrens auf irgendwelche Sehenswürdigkeiten ablenkt.

Andere haben längst das Vertrauen auf Fahrzeuge aller Art verloren und ersetzen das plump Mechanische der Flüge und Schiffsreisen durch Veränderungen in der Mundhöhle. Durch exotische, nach Thailand, Japan und China entführende Gerichte entfernen sie sich für ein paar Stunden von ihren Standorten; Kakteen, Tillandsien, Bonsais und Gummibäume in den Wohnräumen halten ihnen das immer Gleiche so gut wie möglich vom Leib. Rund ums Haus nimmt eine Phalanx aus mediterranem Buchs Aufstellung, so stramm und diszipliniert, dass die biederen Fichten eingeschüchtert sich aus den Wohngebieten zurückgezogen haben. Von sich aus wäre der Buchs wohl nie in unsere alpinen Zonen vorgedrungen, wo Haselsträucher und genügsame Berberitzen ihre Daseinskämpfe führen; schon gar nicht liegt es in seiner Natur, sich in einer martialischen Reihe gegen irgendwelche Nachbarn hin aufzupflanzen. Lieber würde er irgendwo in Apulien zwischen dem Geröll sich ans Licht zwängen, verkrüppelt dort und unterernährt, aber seine Verwindungen würden von einem eigenen Lebenskampf zeugen, wogegen er hier lustlos aus dem Denken und Wollen der Hausleute heraus seine vegetativen Automatismen abzuspulen hat.

Da lobe ich mir die Brennnesseln hinter den Bauernhäusern, in deren einem ich meine Kindheit verbracht habe. Zwischen dem abgekippten Bauschutt zwängen sie ihre Wurzeln abwärts und finden selbst im Geröll genügend Nährstoffe, um starke Stängel zu bilden. An sich friedliche, aber auch wehrhafte Persönlichkeiten, denen wir Kinder mit Respekt aus dem Weg gehen. Wenn wir einmal eine nicht respektieren, lässt sie nicht wie die dörflichen Respektspersonen ein langes verbales Lamento vom Stapel, sondern schafft Fakten: ein scharfes Brennen, woraufhin unsereiner eine lange Latte sucht und als Rache die ganze Brennnesselsippe in Grund und Boden drischt.

Die Vorgänge an sich ereignen sich weit vor der Sprache, weshalb die Gebirgsbewohner sich direkt mit Erde, Stein und Holz auseinandersetzen und nur zwischendurch Laute von sich geben, die zur Regelung der Arbeit erforderlich sind. Erst als landwirtschaftliche Maschinen physische Anstrengungen weitgehend erübrigen und es nur noch um die Lenkungen der Kräfte geht, setzen auch die Bergler die Hebel der Sprache ein. Die Hände in den Hosentaschen steht der Hausherr sonntags eine Weile beim Holzhändler auf der Kirchtratte mit der Folge, dass zwei Tage später das Schleifholz vom Straßenrand verschwunden ist.

Ein wahres Wunderding, diese Sprache!

Nicht zu empfehlen ist jedoch, frei draufloszureden. Bewahre Gott uns vor dem, was dabei herauskäme! Bevor einer den Mund aufmacht, tut er gut daran, alles Unfeine, zu Direkte, Missverständliche und was seine niedere Herkunft verraten würde, aus dem Angestauten zu eliminieren, um so eine für alle Beteiligten ersprießliche Unterhaltung zustande zu bringen, ein Gärtlein aus verbalen Nutzpflanzen sozusagen.

An vielerlei Gärten botanischer wie auch verbaler Natur spaziere ich, ein Altpädagoge, der seinen Lebensunterhalt dadurch verdient hat, dass er an menschlichen Sprösslingen in eine vorgegebene Richtung gezogen hat, tagtäglich vorbei und beobachte, wie darin mit Eifer das eine gefördert und das andere eliminiert wird. Den Zuchtergebnissen gegenüber, den höheren Töchtern und Musterknaben einerseits und den pflanzlichen Prachtexemplaren andererseits, hege ich meine Vorbehalte. Den Unterschied zwischen beiden sehe ich vor allem darin, dass die pflanzlichen Zuchtergebnisse sich als fügsamer erweisen und die liebevollen Zuwendungen meist mit Blüten oder Früchten verlohnen, was bei menschlichen Sprösslingen seltener der Fall ist. Nicht selten ist von Söhnen aus besten Familien zu hören, die sich in der Schule weigern, die verabreichte Geisteskost zu schlucken und zu verwerten, und obwohl es ihnen zu Hause an nichts fehlt, nimmt immer wieder einmal einer Pass und Sparbuch und ist wortlos weg.

Weg, wie auch die Bergfreunde an Wochenenden es sind. Zeitig am Morgen, derweil die anderen sich noch behaglich in den Daunen wälzen, verlassen sie die Häuser und gehen. Über Stock und Stein aufwärts fliehen sie, bis von den entlang der Straße hingestreuten Ortschaften tief unten nichts mehr zu sehen ist als ein belangloses Gesprenkel.

Von Zeit zu Zeit muss auch ich gehen, weg von Haus und Garten, besonders von letzterem, wo es jetzt wahrlich genug Gelegenheit gäbe, meine widereinander geratenen Kräfte zu bündeln und auf Ziele hin auszurichten. In den Wald hinauf treibt es mich, wo der schwere Schnee heuer Bäume kreuz und quer übereinandergeworfen und zersplittert hat. Scheitern, Zerbersten, Endzustände, wohin ich schaue. Während ich also vorbei an geknickten Baumstämmen, flachgedrückten Haselsträuchern und über morsche Äste hin durch das frisch ergrünende Heidelbeerkraut aufwärtsstapfe, verausgaben sich meine Freunde, rotgesichtig vor Eifer, zu Füßen ihrer Einfamilienhäuschen. Vom Wald zurückgekommen, treffe ich den einen oder anderen von ihnen am Gartenzaun und beneide ihn, weil er – im Gegensatz zu mir – so wohlgelaunt ist.

Bewohner dieses Tales sind durch Zeugung entstanden. Das vergessen sie nie. Laut einer Untersuchung denken sie im Durchschnitt alle acht Minuten an Körperteile oder Aktivitäten, die mit Zeugung zu tun haben. Arbeit und Essen sind vorübergehende

Ablenkungen, beziehungsweise Vorstufen dazu. Über mehrere Ecken herum haben auch Literatur und Kunst damit zu tun. So etwa, wenn eine junge Malerin die Schönheit ihrer Bilder dadurch steigert, dass sie sie sowohl innerhalb wie auch außerhalb des Bildrahmens mit ihren fraulichen Reizen anreichert, so dass der Betrachter, dem sie sie näherbringen möchte, erstmals etwas von Kunst zu verstehen meint, ja, es soll schon so mancher Banause auf diesem Wege plötzlich für die Kunst entbrannt sein.

Eine Talgenossin allerdings hat man hier im Tale lange Zeit nicht verstanden: Ingeborg Bachmann, die, anstatt ihre gottgegebene Ausstattung als Frau im altbewährten Sinne zu gebrauchen, verstiegene Gedichte geschrieben hat, dazu Erzählungen, mit denen kaum einer im Tale etwas anfangen kann. Erst als die Germanisten herausfinden, dass sie als Kind missbraucht worden sein dürfte, versteht man mit einem Schlage die vier Bände der Gesamtausgabe, nämlich als Folge davon, dass ihre körperliche Ausstattung nicht im altbewährten Sinne gebraucht worden ist.

Eine Zeit lang setzt Herrn N. wie wohl anderen Männern auch der Anblick einer jungen Schönheit zu, einer Komposition aus Wirkfaktoren, die gar nicht nach dem Muster *Mensch* zusammengesetzt sind. Dem Glanz ihrer Augen hält sein Blick nie lange stand, das Hochtief ihres Körpers raubt seinen Blicken die Freiheit, die Beine dienen zur Darlegung von Eleganz und Grazie, sogar die Laute, die ihr wohlgeformter Mund von sich gibt, sind sorgfältig gewählt und fügen sich in die Gesamterscheinung ein.

Nachdem Herr N. der Person einige Jahre tunlichst aus dem Weg gegangen ist, gerät er anlässlich einer Ballnacht – es ist an einer Sektbar, zu der er sich zwischen irgendwelchen Schultern durchquetscht – hautnah an sie heran. Er wagt einen Blick zur Seite, unerschrocken hinein unter die Wimpern, direkt auf den Augapfel…

Aber was ist das? Feine Äderchen auf einer trüb blauen Iris verästeln sich da, ohne Bezug zur Gesamterscheinung verzweigen sie sich quer über die Wölbung hin und gehen ihrer Wege, nicht anders als bei den umstehenden Sekttrinkern.

Herr N. ist erleichtert. Von nun an kann er mit der Person reden wie mit anderen auch.

Mitten auf der Hochzeitsreise, einer Kreuzfahrt, auf der die aus bescheidenen Verhältnissen stammende Braut einmal an den Lebensgewohnheiten der besseren Gesellschaft teilhaben darf, ziehen sich im abendlichen Dinner, bei dem der Kapitän sogar einen Toast auf das junge Paar ausbringt – im Hintergrund perlende Klaviermusik, das unruhige Licht der Kerzen lässt alles Feste zerflimmern –, unter der kunstvoll arrangierten Hochzeitsfrisur der jungen Frau düstere Ahnungen zusammen. Noch hat das Befürchtete keine Umrisse, noch gibt es keinerlei Anhaltspunkte, an denen die Ahnung sich festmachen ließe, denn rings um sie funkelt und glänzt es, und ihr Angetrauter liest ihr jeden Wunsch von den Augen ab.

Was hast du, Liebes?, fragt er besorgt. *Du siehst nachdenklich aus.*

Nichts, nichts, lächelt sie wieder .

Als das Paar von der Reise heimkommt, ins Haus der Schwiegereltern, wo die Jungen im Obergeschoss wohnen werden, findet die Ahnung den ersten Ankerpunkt: in den Stiefeln neben dem Hauseingang, beiläufig fallen gelassene, vom Kot des Hofes bespritzte Stallstiefel, von denen einer umgefallen ist. Schwiegervaters Schlamperei! In den dreckigen Profilen haben die Befürchtungen nun einen Einlass gefunden, durch den sie unter den Hochzeitsfrisuren heraus in die Außenwelt vordringen werden.

Für den Junggesellen Z. ist Frau N. eine Verheißung, ist das gelobte Land, in das er ohne Aussicht, es jemals betreten zu dürfen, hineinträumt. Der Glanz ihrer Haare entführt seine Phantasie in fernöstliche Märchen, aus dem Wohlklang ihrer Stimme vernimmt er die Lockungen der homerischen Sirenen, aus den Rundungen der Gestalt winkt ihm die Urmutter der Menschheit zu. *Komm, versuche es,* ermuntert sie ihn.

Da geschieht eines Nachts das Eine, wofür es keine Worte gibt. Zu tölpelhaft mag er sich dabei verhalten haben, zu überstürzt, als dass er etwas davon verstanden hätte. Entseelt liegt er neben Frau N., deren Haarglanz jetzt auf den hiesigen Friseur verweist.

In Eintracht mit Gott und den Nachbarn lebt das Ehepaar N. in seinem mit eigenen Händen errichteten Eigenheim. Anstand und Taktgefühl halten von ihm ab, was den Hausfrieden stören könnte. Was sich nicht in die Harmonie fügt, davon braucht niemand etwas zu erfahren, beziehungsweise die Eheleute behalten es, noch bevor es zur Sprache kommt, hinter dem Zaun der Zähne. Längst weiß der eine, was der andere denkt und sich wünscht, und macht die Angelegenheit zur seinen, weshalb es kaum noch zu unterscheiden ist, wer eigentlich etwas gedacht, gesagt oder gewollt hat.

Im Herbst erspart ihnen der Garten, eigene Entscheidungen zu treffen, da diktieren ihnen die nacheinander reifenden und rasch zu verwertenden Gartenfrüchte, was zu tun ist, beginnend mit den rasch faulenden Klaräpfeln, über die Zwetschken und Kartoffeln bis zu den späten Apfelsorten, deren händisches Brocken mit gefühlvoll drehender Handbewegung naturgemäß dem Manne obliegt.

Sonntags wird nicht gearbeitet. Beim Mittagessen werden ein frisches Tischtuch und das bessere Geschirr aufgelegt. Nach dem Essen scheppert die Frau noch eine Weile in der Küche, bevor sie über die Stiege hinauf ins Schlafzimmer kommt, wo der Mann bereits auf sie wartet. Beim Ablegen von Rock und Bluse wendet sie ihm den Rücken zu, dann huscht sie unter die Tuchent. Wie nicht anders zu erwarten, streckt alsbald der Mann die Arme nach ihr aus und rückt dicht an sie heran, worauf sich das Weitere ergibt.

Eines Sonntags kommt es anders. Die Frau klagt, sie sei müde und möchte schlafen. Er würde sie schon wieder munter machen, denkt der Mann und streckt seine soeben zurückgeschobenen Arme noch einmal nach ihr aus. Abermals schiebt sie sie, diesmal entschiedener, zurück und dreht ihm den vor Unwillen gewölbten Rücken entgegen. Das Brett ihres unerklärlichen Verhaltens vor dem Kopf, zieht der Mann sich in seine Betthälfte zurück. Wäre er doch auch müde wie die Frau, die, gerechtfertigt durch die Mühen des Haushalts, sich ihm entzieht. So liegt er denn hellwach neben dem runden Rücken der Frau und starrt auf den Plafond.

In der folgenden Zeit reden beide weniger als früher miteinander. Des Öfteren wirft der Mann einen fragenden Blick in den Spiegel. Der zeigt ihm ein unebenes, ziemlich beiläufig dahinholperndes Gelände, aus dem er nicht recht klug wird. Dass eine Frau sich von derlei nicht angezogen fühlt, muss er einsehen. Blicklos huscht sie hinter ihm vorbei, zielstrebig der nächsten und übernächsten der notwendig werdenden Verrichtungen entgegen.

Frau N. hat in ihrer Kindheit elendiglich gefroren, vor Kälte gescheppert hat sie mit ihren armseligen Kniestrümpfen unter dem dünnen Rock, mit dem sie über die ganze Volksschulzeit kommen musste, denn nach dem Krieg waren warme Sachen rar. Das bekamen damals viele Kinder zu spüren, speziell in den Dörfern am Fuße der Alpen und ihrer Gletscherfelder, von denen der Eiswind herabpfiff und die Stirnhöhlen und Bronchien der Kinder angriff.

Als Frau N. später ins Flachland hinaus heiratet, nur einmal hinaus aus dem Kälteloch – nicht so wichtig, wohin und zu wem –, folgt ihr die Kälte auf dem Fuße. Selbst aus ihrem am Sonnenhang liegenden Haus lässt sie sich nicht vertreiben, vielmehr heißt sie die Frau, das Augenmerk auf die Wärme der Kleidung zu legen. Bei den Kindern und Enkeln sorgt sie dafür, dass sie zu Schulbeginn mit Hauben und Wollstrümpfen, pelzgefütterten Schuhen und wattierten Anoraks ausgestattet aus dem Haus gehen. Sollen die Nachbarskinder nur lachen, sollen die von modischen Trends verblendeten Gören ruhig so tun, als ob es warm sei; irregeleitet, wie die nun einmal sind, spüren und wissen die nichts mehr von der wirklichen Kälte.

Sonntags der Blick von der Empore hinab auf die aneinandergereihten, regungslos in den Kirchenbänken verharrenden Ortsbewohner, auf der Männerseite meist breite, kahle Schädel, die von verschiedenen Beanspruchungen breitgestauchten Arbeitskörper mit tadellosen Textilien zugedeckt. Habe ich wochentags einzelne davon, von Zement bestaubt, auf einem Bauplatz gar nicht eigens wahrgenommen, weil sie dort ja nichts weiter als Teile hinlänglich bekannter Vorgänge sind, so ragt in der Kirche jeder als Summe dessen, was mit ihm geschehen ist, zu Tage. Ins Gestühl geschlichtet, dürfen die aufs Zupacken, Heben und Ziehen hin geformten Arme nicht mehr zupacken. Wo wochentags abgescheuerte Arbeitsschuhe zu finden sind, erglänzen nunmehr polierte Halbschuhe; unter den Stulpen von frisch gebügelten Anzügen hervorlugend verleugnen sie die Baustellen mit ihren Erdhaufen und beiläufig hingeschmissenen Schalungsbrettern. Herausgeschält aus dem, was sie geprägt hat, bieten sie sich an, dass man in ihnen lese. Fürwahr, ein vielschichtiges Geschehen ist da für kurze Zeit angehalten und steht still wie Buchstaben auf den Zeilen. Keine leichte Lektüre, nicht einmal sie selber vermögen zu entziffern, was in ihren Körpern geschrieben steht.

Am nächsten Tag ist jeder wieder in seinem Element, in der Tischlerwerkstatt der eine, beim Ausmisten und Melken der andere oder als Partieführer in der Böschung oberhalb der Straße, wo der Trupp der Straßenmeisterei mit allerlei Geräten das Gestrüpp beseitigt. Schön, wie jeder der versierten Handgriffe im Vorhaben aufgeht.

Oftmals, wenn mich alte Bekannte freundlich begrüßen, muss ich mich entschuldigen, dass mir zwar ihre Nasen, Backenknochen und Frisuren bekannt erscheinen, ich sie jedoch nicht einem bestimmten Hause zuordnen kann, was so viel bedeutet, dass ich sie nicht kenne. Aber das erscheint nur ihnen so. Ich für meinen Teil erkenne einiges an ihnen: im einen die Abdrücke der Tritte, die ihm von verschiedenen Seiten her versetzt werden, im anderen das Überhandnehmen der Gravitation gegenüber der eigenen Gestaltungskraft, im dritten die von Kind auf eingeübte Selbsterniedrigung und mittendrin zwei nach Befreiung Ausschau haltende Augen ...

Seit ich den alten Herrn N. vor dem Bauernhause, das einmal seines war, auf und ab gehen sehe, trägt er ein für unsere Gegend entschieden zu nobles Hütchen; jahraus, jahrein dieses für eine landwirtschaftliche Gegend zu leichte, wohl kaum vor Erkältungen schützende Herrenattribut. Während die solchermaßen nach oben hin vergrößerte Gestalt im Laufe der letzten Jahre denn doch merklich in sich zusammengesunken ist, bleibt der Zustand des Hütchens unverändert. Aufgesetzt ist es in der Art, wie Männer in der Nachkriegszeit ihre Hüte aufzusetzen pflegten: leicht schief und nicht ohne Eitelkeit in die Stirn hineingeschoben.

Wie allgemein bekannt hat Herr Z. nach dem Krieg für einige Jahre das Amt des Bürgermeisters ausgeübt. Damals soll er von einem Tag auf den anderen seinen Stallhut gegen diese mondäne Kopfbedeckung vertauscht haben. Obwohl er inzwischen wieder in die Bedeutungslosigkeit eines älteren Mannes zurückgesunken ist, ist er von seinem Hütchen nicht mehr zu trennen.

Nachdem der unnütz gewordene Beamte und nunmehrige Pensionist, dessen Berufstitel und amtliche Position keine Rolle mehr spielen, sich nach dem Mittagessen mit dem Handrücken über den Mund gefahren ist, sich geräuspert hat und nach einer kurzen Pause, in der er im Gedanken bereits sein Mittagsschläfchen auszukosten beginnt – nachdem er also mit den Händen sich auf den Tischrand stützend aufgestanden ist und sich der Küchentür zugewandt hat, so dass er seiner Frau den breiten, brettebenen Rücken zugewendet, kann die ihn doch nicht so seiner Wege gehen lassen, überlässt sie ja auch die Himbeer hinterm Haus und die Pilze im Wald nicht einfach sich selber, sondern findet für alles eine Anwendung. *Warte!,* bringt sie ihn fürs Erste einmal zum Stillstand und sieht auch schon mehrere Anwendungsmöglichkeiten für ihn.

Auf einem der Balkone, die von der langgestreckten Front des Wohnblocks vorspringen, steht hinter der Reihe von Betontrögen, aus denen verdorrte Stängel aufragen, ein weißhaariger älterer Mann. Obwohl es bereits auf Mittag zugeht, ist er ist noch immer im Morgenmantel. Seiner resoluten Gestik nach zu schließen handelt es sich da um einen, der gewohnt ist, die Zügel des Geschehens straff in den Händen zu halten, dem sie jedoch zufolge des vorgerückten Alters zu entgleiten drohen. Mit allen Anzeichen der Wichtigkeit treibt er seine Angelegenheiten durch den Fleischwolf eines endlosen Telefonates.

Je älter er wird, desto deutlicher sieht Herr Z., dass es mit der EU nicht gut gehen kann, dass die neue Koalitionsregierung wieder nichts zuwege bringen und dass sein Sohn garantiert die Falsche ins Haus bringen wird, was sich, genau wie er es vorhergesagt hatte, inzwischen leider bewahrheitet hat. Und es kommt noch schlimmer. Hatte ihm bisher nur sein Kopf gesagt, was auf ihn zukommt, so beginnt nun auch sein Knie, das vor Jahren operierte, prophetische Fähigkeiten zu entwickeln. Schon Tage bevor eine Kältefront sich nähert, meldet sie sich als Stechen in seinem Knie.

Morgens, bevor der Kreislauf der älteren Herrschaften in Schwung kommt, saugen sie aus eigens dafür aufgemachten Zeitungen ihre täglichen Katastrophen: Hungersnöte aus Äthiopien, überladene Flüchtlingsboote, die, wenn sie einmal in der Zeitung ankommen, auch schon verloren sind, dazwischen Gewaltverbrechen, Gaunereien, Kindesmisshandlungen und Übertölpelungen des gutgläubigen Volkes, vermischt mit Leichtsinnigkeiten von Bergsteigern, die die Ratschläge von Hüttenwirten in den Wind schlagen. Die Folgen sind ebenso klar wie schrecklich. Dann wieder Tage, an denen man mit Arbeitsunfällen und Fabriksbränden sein Auskommen finden muss, um die Schwärze, die sich über Nacht angesammelt hat, in die Außenwelt abzuleiten.

Noch liegen auf den schattigen Hängen die Reste eines späten Schneefalls, da strahlt die Febersonne bereits mit einer derartigen Eindringlichkeit zum Küchenfenster herein, dass Frau N. sich nicht anders zu helfen weiß, als mehrmals zornig mit dem Fuß auf den Boden zu stampfen, worauf ihr im Keller werkelnder, mit Schmirgelstaub bedeckter Mann über die Stiege heraufta ppt und sich schelten lassen muss, er solle doch endlich einmal mit seinem blödsinnigen Hämmern und Bohren aufhören und mit ihr eine Runde gehen.

Im Laufe des Winters denn doch ein wenig steifbeinig geworden, bewegen sich die beiden bald zwischen den zur Seite geschobenen Schneewülsten den Feldweg entlang. Plötzlich bleiben beide zugleich stehen: Im Hang oberhalb des Weges, wo bereits einige dunkle Flecken aus dem faulen Schnee ausgeapert sind, bemerken sie etwas: von Wühlmäusen aufgeworfene Erdhaufen, frischfeuchte, feinste Erde; schade sie ungenützt liegen zu lassen, besagen die vier hell gewordenen Augen. Und so schön dunkel! Die wäre was für die Hügelbeete, denkt es in beiden Köpfen zugleich.

Wieder betritt in Frau N.'s Erzählungen eine junge Frau die Bühne und wird samt Ehemann und Kindern einfühlsam geschildert. Ich beginne, um sie zu bangen. Die vorerst harmlosen Daten haben es nämlich in sich, denn sie entspringen der Seele einer

Erzählerin, die in ihren engsten Kreisen beobachten muss, wie es mit der Moral der Jugend abwärtsgeht, wie Schule und Kirche versagen und die Ratschläge der Alten in den Wind geschlagen werden, kurz: wie alles in die Binsen geht. Ich sehe voraus, am Ende des Berichtes ist die Frau, von der vorerst noch Erfreuliches berichtet wird, verloren, elendiglich zu Grunde gegangen wie die meisten, die in Frau N.'s Erzählungen hineingeraten.

Nach langem segensreichen Wirken als hoch geachteter Schulleiter in die Zeit danach hinaus entlassen, ist die Welt für den alten Schulmann mit einem Schlage eine andere geworden, bemerkt er: eine kalte, teilnahmslose! Er möchte am liebsten nicht mehr aus dem Haus gehen, denn sowie er mit seinem noch tragbaren, etwas schlottrig gewordenen Dienstanzug, vor dem seinerzeit die Schüler und deren Eltern erschauderten, sich auf die Straße begibt und zumindest ein Minimum an Aufmerksamkeit erwartet, drücken sich die Passanten gesenkter Blicke an ihm vorbei. Ohne zu grüßen die meisten! Gewöhnt, mit seinen Feststellungen nicht hinter dem Berg zu halten, erklärt er jedem, der es hören will, dass es mit Sitte und Kultur bergab gehe, wohin er schaue; dieses Land habe keine Zukunft mehr, er jedenfalls werde in Hinkunft keinen Finger mehr für diese Jugend und diese Stadt rühren. Aus! Sie sollten nur sehen, wohin sie mit ihrer Respektlosigkeit und Unbildung am Ende kämen.

Möchte seine Tochter das Lamento abschwächen, indem sie ihn darauf hinweist, es gehe, wie man ringsum sehen könne, doch alles irgendwie weiter, Neues trete an die Stelle dessen, was sich überlebt habe, man müsse nur manchmal den Blickwinkel wechseln, so hört er die Einwände nur als unliebsame Störung seiner klaren Erkenntnis. Nein, solche Diskussionen regen ihn nur auf, er findet dafür gar keine hinreichenden Ausdrücke mehr, von allen Seiten her drängen die Worte auf die Stimmritze zu und verkeilen sich dort, stauen sich, fahren ihm, nachdem der Mund sie nicht zum Ausdruck bringen kann, in den großen knotigen Zeigefinger, den zu lehrhaften Zwecken oftmals erhobenen, dass der eine Weile in der Luft zittert, ein Vorbeben, dessen Hauptbeben jeder, der Ohren hat, bereits von ferne grollen hören sollte: den Zusammenbruch des gesamten Systems, den Untergang des Abendlandes.

Als es in seinem 83. Lebensjahr mit ihm zu Ende geht, steht die Familie rings um sein Bett; die Hände hat man ihm noch nicht gefaltet; matt liegen sie auf dem Weiß des Bettzeugs. Noch einmal bewegen sich die Borsten des Oberlippenbärtchens. Offensichtlich möchte er etwas sagen. Der Atem reicht nicht. Da, im mächtigen Zeigefinger zuckt es, mehrmals, mit einem winzigen Ruck erhebt er sich sogar merklich, ihn höher zu heben fehlt bereits die Kraft. Die Seinen wissen ohnehin, was er sagen, worauf er hinweisen möchte: auf den Untergang, auf den er so oft hingewiesen hatte.

Auf den Zügen die Genugtuung, einmal öfter Recht behalten zu haben, sinkt der Kopf zur Seite.

Als Frau N. nach langem Zögern eines schönen Sommertages – widerstrebend, aber doch – sich für den Gang zum Notar bereit macht, um ihren Besitz an die Kinder zu übergeben, zieht sie ihr Sonntagsgewand an, darunter pelzige, bis zu den Knien hinabreichende Unterwäsche. Pst! Das geht eigentlich niemanden etwas an. Im Übrigen bezieht sich die Schutzschicht der Kleider ja nicht so sehr auf die draußen herrschende Temperatur wie auf das Gefühl, das einen anweht, wenn man plötzlich ganz ohne dasteht.

In ihrem außerkirchlichen Denken ist Frau M. eine Heidin geblieben, die die Naturgewalten nur in personalisierter Form zur Kenntnis nimmt. Die von einem nächtlichen Sturm zerfledderten Geranien auf dem Balkon haben ihres Erachtens wieder die impertinenten Knilche der Sommergäste mit dem Fußball so demoliert, die Mauerrisse im Wohnzimmer, wie sie das letzte Erdbeben in mehreren Häusern verursacht hat, können ihres Erachtens nur vom skrupellosen Unternehmer stammen, der mit seinen schweren

Schotterfuhren knapp an ihrem Haus vorbei zu seinem protzigen Neubau gefahren ist, ebenso geht die Feuchtigkeit im Kellereck auf ihn zurück, weil Oberflächenwasser und unterirdische Wasseradern in ihrem Denken direkt von ihm weg auf ihr Haus zulaufen.

Verglichen mit simplem Sturm, Regen und Wasseradern hat deren Personalisierung den Vorteil, dass man den sie vertretenden Personen einmal gründlich die Köpfe waschen kann.

Während ich Frau A. zuhörend mich in ihre Lage versetze, kann ich mehr und mehr verstehen, dass sie ihren Nachbarn B. für einen boshaften, zu allem fähigen Kerl hält. Geradezu schön wird sie durch die Erregung, mit der sie auf mich einredet, um mich auf ihre Seite zu ziehen. Ich, für leidenschaftliche Erhitzungen aller Art anfällig, bringe es nicht übers Herz, eine so engagierte Darstellung in Zweifel zu ziehen.

Zwei Tage später läuft der Besagte mir über den Weg, grüßt mich freundlich und verwickelt mich in ein Gespräch. Und siehe da: Je länger wir reden, desto mehr verflüchtigt sich das Böswillige, wie ich es am Anfang in ihm gesehen habe. Was er äußert, erscheint mir nicht weniger folgerichtig als die Schilderungen seiner temperamentvollen Nachbarin.

So habe ich mich einmal öfter nicht für oder gegen einen von beiden entscheiden können, habe in beiden Fällen nur verständnisvoll genickt, habe ein paarmal die Schultern gezuckt und auf diese Weise das Schweigen vermehrt, das über dem für seine Stille gerühmten Tal liegt.

Ein großer Mund gilt auf dem Lande als unschön. Der böse Wolf, der die Großmutter verschlungen hat, der, ja, der hat einen solchen. Der braucht ihn auch, schon bei der schmächtigsten Großmutter. Wer aber kein Menschenfresser ist, wird den seinen nie weiter als nötig aufreißen, damit nicht andere sich ob des furchtbaren Mundwerks den ihren zerreißen…

Insbesondere für Mädchen schickt es sich nicht, diesen Spalt ohne besondere Notwendigkeit zu öffnen. Geschlossen wie die alten Bauernhäuser mit ihren winzigen Fenstern sollte er bleiben, lehren die schmal gepressten Lippen der Frauen auf alten Fotos. Als zeitloses Vorbild steht noch heute eine Madonna mit kaum sichtbarer Mundkerbe auf dem Altar.

Bei Pastor N., einer Persönlichkeit, in deren Physiognomie Güte und Wohlwollen im Zuge seiner Berufsausübung den Verlauf der Gesichtsfalten bestimmt haben, frage ich mich, wem die weithin leuchtende Güte wohl gilt: allen und jedem oder nur den Gläubigen und Gleichgesinnten, nach deren Befinden er sich, wie es zu seinen pastoralen Pflichten gehört, mit warmer Anteilnahme erkundigt. Da schau: Sogar der tierischen Kreatur wendet er sich liebevoll zu wie eben jetzt jenem Almochsen, über dessen Steak gebeugt seine Physiognomie uneingeschränkte Güte und frommes Wohlwollen verstrahlt.

Für Herrn N. ist der Stuhlgang ein aus den häuslichen Vorgängen heraus erfolgender Teil der morgendlichen Erledigungen, eingereiht in den Fluss der Verrichtungen zwischen Frühstück und Arbeitsbeginn; die Tageszeitung gehört irgendwie dazu, links und rechts die blassblauen Fliesen der Nasszellen, von der Küche her aufmunternde Musik vom regionalen Sender. Eine eigene Tätigkeit liegt da ebenso wenig vor wie man die Arbeit der Zellen und Zellverbände als Tätigkeit betrachten wird, denn derlei läuft innerhalb gut eingespielter Selbstverständlichkeiten und ohne Zutun des Kopfes ab.

Zum Verständnis der folgenden Begebenheit muss darauf hingewiesen werden, dass es im Zuge der Evolution zu einer Entfremdung, ja zu einer Entzweiung und Rivalität zwischen dem obenauf thronenden Kopf und dem sogenannten Hintern gekommen ist. Wenn man es recht bedenkt, müsste der Kopf, der sich der Köstlichkeit verschiedener Speisen erfreut, dem Körperteil, der die unschöne zweite Hälfte der Verdauung erledigt, für seine unauffällige, aber wichtige Arbeit dankbar sein. Aber wie auch in der Hierarchie des Volkskörpers zu beobachten ist, lohnt das stolz erhobene Haupt, das nun einmal die Oberhand gewonnen hat, diese Verdienste schlecht und schämt sich seiner so sehr, dass es den entsprechenden Körperteil niemals ans Licht der Öffentlichkeit kommen lässt. In der Abgeschiedenheit einer Kabine mag er seinen Dienst verrichten, dann schleunigst wieder hinein mit ihm in die Dunkelheit des Hosenstalls, Reißverschluss zu! Reden wir nicht mehr darüber!

Eines Tages, es ist auf einer Reise, streikt der bisher willige Diener: Trotz drückenden Völlegefühls nach einem reichlichen Abendbuffet keine Regung in der Peristaltik, der sonst so verlässlich arbeitende Körperteil macht keinerlei Anstalten, seine Obliegenheiten zu erledigen.

Eine halbe Stunde lang hockt N. in der Kabine.

Nichts!

Am nächsten Morgen dasselbe.

Im Kopf ernsthafte Sorgen um Gesundheit und Wohlbefinden, erhebt N. sich von der Muschel. Er beginnt die Weigerung des Allerwertesten von der anderen Perspektive aus zu bedenken, also sich mit dem Kopf in dessen Lage zu versetzen. Eigentlich hat der sich störrisch Weigernde recht, sieht er von hier aus. Warum sollte er sich um die Angelegenheiten der oberen Etagen kümmern, wo die sich ja auch keinen Deut darum kümmern, wie er mit seinen degoutanten Aufgaben zurechtkommt. Erst jetzt beginnt er zu verstehen, dass die Automatismen zu ihrem reibungslosen Ablauf die blassblauen Fliesen bräuchten, das Rascheln der Lokalzeitung und die von der Küche her hörbare Morgenmusik.

Einem Reisenden, der etwas von unserem Tal verstehen möchte, steht es frei, durch welche der Öffnungen seines Körpers er etwas in sich einlässt: durch die Augen, durch welche er ja nicht nur die Beschaffenheiten des Geländes sich zu Gemüte führen kann, sondern auch Bildbände und ortskundliche Abhandlungen studieren, durch die Ohren, indem er die Gespräche und musikalische Äußerungen der Einheimischen in sich aufnimmt, durch die Nase, indem er den Geruch der alten Häuser, der Ställe und des trocknenden Heus einsaugt, oder durch die Mundöffnung, indem er eine aus bodenständigen Produkten zusammengestellte Brettljause in kleinen Häppchen in sich hineinschiebt, zur besseren Verdauung einen Obstler hinterher.

Weil die letztgenannte Art der Aneignung jedem gelingt und darüber hinaus Genuss bereitet, zeigen auch die Medien, wenn sie von Zeit zu Zeit über das Tal berichten, anstelle von Lebensbedingungen, Geschichte, leer werdenden Gehöften und Existenzen, die im nicht Nennenswerten versinken, der Einfachheit halber Teller mit appetitlich zusammengestellten Speck- und Käsesorten, im Hintergrund die lachenden Gesichter der Speck- und Käseproduzenten.

Die meiste Zeit geht es in unserer kleinen Ortschaft recht friedlich, ja beinahe unnatürlich freundlich her. Bei den alljährlichen Sommerfesten sitzen die Bewohner mit breiten Gesäßen einträchtig auf den schmalen Bänken im Festzelt beisammen und trinken und essen und tauschen Redensarten aus; zu später Stunde wohl auch weniger glatte, die man aber nicht auf die Goldwaage legen darf.

Bis eines Tages etwas geschieht: Einer hat seine neue Garage 65 Zentimeter weit in den Grund der Nachbarschaft hineingemauert. Da platzt dem Obmann aber der Kragen, da kann man ihn und die anderen Mitglieder der Nachbarschaft einmal kennen lernen, da springen die eingerosteten Schleusen der Zurückhaltung auf: Ein Schwall aus Missgunst, alten Feindschaften, Neid, Verdächtigungen und persönlichen Aversionen schießt an die Öffentlichkeit.

Und es geht in der Folge wieder recht natürlich her.

Der kleine agile Hahn des Nachbarn, eines der letzten Tiere in der gepflegten Ortschaft, hat es mit seiner frohen Tagesankündigung wohl zu weit getrieben, fürchte ich für ihn, weil es in der Morgendämmerung, zu der sein Krähen so gut passen würde, seit einigen Tagen nicht mehr zu hören ist. Auch tagsüber weitum nichts Tierisches außer den nicht auszurottenden Ameisen, die immer neue Ritzen finden, um in die Küche einzudringen, beim Umstechen der Beete vielleicht ein paar leider zerstochene Regenwürmer im Erdreich; selbst den nur zu vermutenden Mikroben im Badezimmer, die sich laut Radiodoktor auf allen Oberflächen befinden, geht es dank chemischer Reinigungsmittel an die Gurgel. Abgesehen von den besonders hartnäckigen Bakterien in der Grippezeit wagt kein noch so winziges Lebewesen im Hausbereich sein freches Haupt zu erheben. Umso mehr erschreckt einen das gefährliche Gekläffe einer Bulldogge, die einen mitten im Wohnzimmer anfällt – aus dem Fernseher heraus.

Erdäpfel in Nylonnetzen und ohne Angabe der Herkunft? Nein, kommt nicht in Frage, solange man welche aus dem Marchfeld oder dem Oberen Inntal bekommen kann. Sogar bei den mickrigen aus dem nahen St. Paul, wo man im Vorüberfahren die weithin als stur bekannten St. Pauler Bauern mit ihren Traktoren auf den Äckern hin und her stauben sieht, hat man ein besseres Gefühl als bei denen, die irgendwo aus dem Osten kommen. Ungarische? Na ja, die schmecken zwar auch nach nichts als Osten, sind aber immer noch besser als die in den unbeschrifteten Nylonnetzen, die überhaupt keine Herkunft haben.

In einer der gutsituierten Familien ist eines Tages die jüngste Tochter verschwunden. Verzweifelt sucht man vom Dachboden bis in den Keller alle Winkel ab, Suchtrupps durchkämmen das umliegende Gelände, alle Kalk- und Jauchengruben, Baumkronen und Bäche der näheren Umgebung werden abgesucht.

Nichts.

Die Familie muss sich damit abfinden: Das Töchterchen ist wahrscheinlich nicht mehr am Leben. Immer deutlicher meint die Mutter nun des Nachts Schrittchen auf den knarrenden Brettern vor dem Schlafzimmer zu vernehmen, am Fenster sieht sie Schatten vorüberhuschen, hört es einmal im Dachboden wimmern, einmal im Obstgarten, einmal im Holzschuppen. Kein Zweifel: die ruhlos umherirrende Seele des Töchterchens.

Nach Jahren finden ein Maurer bei Arbeiten im Keller hinter einem Steinhaufen ein Gerippe, an den Fußknochen noch die unbeschädigten Schühchen der Vermissten. Erleichterung mischt sich in den neu entzündeten Schmerz, als die körperlichen Überreste in aller Form in der Familiengruft beigesetzt werden. Von da an hört auch das nächtliche Wimmern rund ums Haus auf. Die Seele muss nicht länger umherirren; sie hat einen Ort und damit Ruhe gefunden.

Wieder hat die Bergrettung einen Toten vom Fuß einer Steilwand bergen müssen. Von einer Decke verhüllt, wird er von vier Männern auf einer Bahre zur Leichenhalle getragen.

Starr vor Entsetzen nähern sich zwei alte Frauen der traurigen Fracht.

Ob sie den Verunglückten noch einmal sehen möchten, fragt einer der Träger die zwei Alten.

Nein, nein, um Gottes willen, nein!

Sie schrecken vor dem Totsein zurück, dem eigenen.

Eine Begräbniszeremonie. Der Geistliche spricht von Berufs wegen über das Wiedersehen im Jenseits. Rings um den in die feuchte Tiefe führenden Schacht die Hinterbliebenen, alle verschlossener Mienen, das Bestattungspersonal bringt soeben den bombastischen Kranz der Witwe, auf den schwarzen Schleifen mit Goldbronze gedruckt die obligate Beteuerung von niemals endender Liebe.

Da zottelt hinter der Trauergemeinde ein Hund vorüber, bleibt kurz stehen und schaut zur Menschenansammlung herüber. Schade, dass sein Kopf hinter einem Mantel verschwunden ist. Sein Ausdruck hätte mich interessiert.

Zerstören, vernichten, töten: Derlei sieht nicht gut aus, auch wenn einer „nur" Tiere schlachtet oder eine Bierflasche zerschlägt. Wer so etwas tut, ist selber in irgendeiner Weise angeschlagen.

Geschieht das Töten und Vernichten jedoch im Rahmen der staatlichen Ordnung, durch das Militär, erstrahlen die Augen des Volkes, so wenn die dazu Berufenen mit ihren blitzsauberen, maßgeschneiderten Uniformen sich zur Tat bereit präsentieren.

Zieht man die Folie des anerzogenen Charakters eines Mannes einmal von ihm ab, so findet man darunter eine für ihn nicht leicht zu akzeptierende Situation: vielerlei kreuz und quer gerichtete Kräfte, Aversionen, Reizungen, Verlockungen, ja in wüst tierisches Begehren mündende Triebe. Ein Kleinkrieg mit unüberschaubaren Frontabschnitten und wechselhaften Verläufen wogt, auch wenn der Betreffende, wie in unserem Fall, hinter Sonnenbrillen verschanzt und stoisch am Rande eines südländischen Marktplatzes sitzend dessen optische, akustische und olfaktorische Reize auf sich wirken lässt.

Von dunklen Mächten ergriffen und in die Knie gezwungen, findet er sich am Abend zu Füßen einer Signorina, der er seine Entmachtung bekennt. In ihr haben sich alle Qualitäten des Südens zu einer einzigen Person zusammengezogen, sie ist der Punkt, auf den er all seine Verehrung und Bewunderung zulenkt…

Die solchermaßen Vergöttlichte nun tritt, um ihrem Anbeter alles zu sein, bei jedem Anlass als eine andere in Erscheinung. Mit kühn durch die Luft schwingenden Linien von Hüten und zweckfrei sich bauschenden Textilien wie auch aufeinander Bezug nehmenden Farben, berückenden Düften und Kaskaden wohlklingender Worte unternimmt sie es, ihm zu ersetzen, was er im Zuge seines ruhlosen Umherirrens in der Geographie, im Theater und in Büchern gesucht hatte. Hauchzarte Tücher lösen das Feste an ihr auf, das Funkeln von Halbedelsteinen und das Mattere von Perlen lassen das Materielle an ihr in Wirkungen aufgehen; nicht zu vergessen die exquisiten Täschchen, gehäkelten Beutel und goldenen Necessaires für Opernabende. Insgesamt mag das erklären, warum die prächtig einherschwebende Wolke aus Effekten, die man als Frau N. zusammenzufassen pflegt, letztlich wieder an das Fluidum eines südlichen Marktplatzes erinnert.

Rucksäcke von Trampern, gemeinsam den Stadtplan studierende Paare, Kinder, die in einen Schwarm von Tauben hineinlaufen, Staus vor Eisdielen, vom Bahnhof her drängelt es stadteinwärts, freudig erregt, weil man endlich in Venedig ist. Man fotografiert das noch nicht ganz fassbare In-Venedig-Sein, hält Ausschau nach dem, was einen hierhergezogen hat; einige schieben sich Partikel der Lagunenstadt in den Mund, andere schauen von aufgewölbten Brücken ins Wasser hinab und, nachdem sie nichts sehen, weiter, über die bröckelnden Wände von Häuserschluchten hinauf.

Die Pflaster strahlen Hitze ab, die Sohlen brennen. Zwei davon sind meine.

Abends setzen meine Freunde mich wieder zu Hause ab und überlassen mich dem, was mein gutes altes Domizil mit mir vorhat.

Wohltuend kühl ist es im Flur. Die Schildmütze landet auf den Haken, die Sandalen im Winkel. Im Wohnzimmer nimmt der gute alte Korbsessel mein Gesäß auf. Noch vom Vorabend gegen den Fernsehapparat gewendet, richtet er meine Vorderseite dorthin; die Fernbedienung liegt wie immer auf der Ofenbank.

Knopfdruck.

Ein Gestöber aus Lichtpartikeln schneit ins Halbdunkel heraus. An einigen Stellen verdichten sich die Wirbel, woanders überlassen sie dem Dunkel das Feld, wobei die Geschwader keine festen Umrisse annehmen. Das kann ja alles Mögliche werden: Gesichter, Schneefelder, Eisbären, Bräute ... Meinetwegen könnte es ruhig noch eine Weile flimmern, pulsieren, die Dichte der Lichtpünktchen könnte frei variieren, aber schon suchen die Lichtpartikel sich Zugehörigkeiten, hören auf zu zittern. Das größte Geschwader zieht sich mitten in der Scheibe zu einem hochformatigen Rechteck zusammen, zu einer weißen Schürze. Sie bedeckt einen voluminösen Leib. Zwar herrscht in der weißlichen Fläche immer noch Unruhe, aber es handelt sich nur noch um Schattierungen, um Falten in der Schürze eines Kochs. Von den Bändern aus schnüren sie sich in die annähernd zylindrische Form ein. Vor ihr flinke Hände, die Karotten zu Scheibchen zerschneiden. Eine Stimme aus dem Off erklärt, dass die Karotten nachher gedünstet ...

Zapp!

Lichtdurchflutetes Blau überspült die Mattscheibe, Fischschwärme stieben quer drüber hin, wechseln ruckartig die Richtung und schießen diagonal hinauf gegen das rechte Eck. In variierter Formation tauchen sie links unten wieder auf, ein paar Einzelgänger in suchendem Zickzack hinterher ...

Zapp!

Schon besser! Ein Schwarzweißfilm, etwas Historisches offensichtlich: behelmte Gestalten in Schützengräben, Einschläge von Granaten ... Alles klar: Weltkrieg, nicht so wichtig, ob Erster oder Zweiter. Erdreich und Steinbrocken stieben im Ersten nicht anders als im Zweiten in die Höhe.

Ich zappe weiter, die Sender auf und ab, insgeheim in der Hoffnung, auf eine Sendung mit ländlich einfachen Verhältnissen zu stoßen.

Bei einem typischen Radwetter, wie es heute vor dem Fenster steht, fällt mir reflexartig K. ein, ein ehemaliger Klassenkollege, dem ich beim letzten Matura-Treffen versprochen habe, ihn demnächst aufzusuchen, zumal er ja nur eine halbe Radstunde von mir entfernt sich in einem leer stehenden Pfarrhof einquartiert hat, eine Entfernung, die nicht zuletzt deswegen für einen Besuch spricht, weil eine Hin- und Rückfahrt in etwa meiner Leistungsfähigkeit entspricht.

Seit dem Versprechen ist nun bald ein Jahr vergangen, ohne dass ich es eingelöst habe. Heute aber mache ich Ernst, heute möchte ich wissen, ob ich noch in der Lage bin, vom Fleck zu kommen und meine Worte in Taten umzusetzen.

In Gedanken bereits zu K. unterwegs, frage ich mich nur noch, ob die Tageszeit günstig ist, um so mir nichts, dir nichts bei ihm und seiner Frau aufzutauchen, nämlich knapp vor dem Mittagessen. Frauen mögen solche Überraschungen nicht sonderlich, und K. selber wäre in dem Fall zerrissen zwischen der unvermeidlichen Verstimmung der Gattin einerseits und seiner Wiedersehensfreude andererseits.

Sei's drum, dann eben am Nachmittag! Wobei zu diesem Zeitpunkt zu berücksichtigen ist, dass K. nach dem Mittagessen wie wohl die meisten unserer Altersgenossen sich zu einem Mittagsschläfchen hinlegen dürfte. Es sei ihm gegönnt. So kann auch ich das meine genießen und nachher ausgeruht aufs Rad steigen. Nicht die Augen verschließen darf ich allerdings vor der Tatsache, dass am Nachmittag gewöhnlich Wind aufkommt, Gegenwind leider, weil ja auch der Seitenwind als Gegenwind wirkt, wogegen man einen allfälligen Rückenwind für Windstille hält. Als Radfahrer kann einen so ein Gegenwind zur Verzweiflung treiben. Da stemmt man all seine Kräfte in die Pedale und kommt nicht und nicht von der Stelle. In einem solchen Falle käme ich ausgepumpt und zur Rückfahrt kaum mehr imstande im Pfarrhof an. K. selber sei leider nicht da, sei in der Stadt, habe heute seinen Tarocktag, höre ich die Frau aus meinem Kopf heraus bedauern. Wann er wieder heimkomme, wisse sie nicht, es könne spät werden ...

Nein, ich will nicht immer das Schlimmste befürchten. Nehmen wir an, ich träfe ihn, als ich mich mit müden Schenkeln dem

Pfarrhof nähere, im Garten bei einer Jause, er stockte mitten im Abschneiden von hauchdünnen Blättchen von einer Salami, stieße vor lauter Wiedersehensfreude im Aufspringen den Gartenstuhl hinter sich um und käme mir mit ausgebreiteten Armen entgegen, seine Frau beeilte sich, mir eine besonders schöne Brettljause auf den Tisch zu zaubern, wir lachten übermütig wie damals, ohne jemals auf die Uhr zu schauen, ja, wir ignorierten es einfach, dass es dunkel und kühl wird.

Ja, was dann?

Es liegt auf der Hand: Wenn ich K. noch einmal treffen will, dann nach vorheriger Anmeldung. Allerdings müsste ich in dem Fall meine Aversion gegen angemeldete Besuche überwinden: Oh, diese vorbereiteten Brötchen, diese Blumen für die Gattin und das obligate Beglücktsein ihrerseits! Solche Vorstellungen nehmen mir dann die letzte Lust, mich vom Fleck zu bewegen.

Deshalb ist es wohl klüger, es bleibt beim schönen Wunsch, K. zu treffen. In diesem Aggregatzustand dürften wohl auch er und seine Gattin sich ehrlicher meines Besuches erfreuen.

Eines Sonntags nach Beendigung des Gottesdienstes. Im Kirchenschiff unterhalb der Empore leeren sich die Bänke, in verhaltener Ungeduld drängt das Kirchenvolk dem Ausgang zu, nur ein paar dunkle Krusten vornehmlich älterer Kirchenbesucher bleiben im Gestühl.

Ein Ehejubiläum soll begangen werden, ein fünfzigjähriges, flüstert mir der Organist, ein junger Lehrer, zu. Die Ärmel seines sportlichen Pullovers auf die Unterarme zurückgeschoben, wartet er auf den Einsatz.

Der Mittelgang unten ist bereits leer, als zwei Weißhaarige sich dort nebeneinanderstellen. Da spreizen sich die sehnigen Finger über den Tasten. Zugleich mit den ersten Schritten des Paares senken sie sich zu einem volltönenden Akkord. Für einen Neuen hat er das Sonntagsamt recht ordentlich begleitet: schleppend schwer, wo mitgesungen werden sollte, aufmerksam bei den Einsätzen der Responsorien. Nun hat er dem Jubel von schätzungsweise 80-Jährigen Ausdruck zu verleihen. Eine Stufe lauter als beim vorangegangenen Sonntagsamt lässt er die Akkorde durchs Kirchenschiff dröhnen, unten hüpfen in jugendlicher Leichtigkeit die Turnschuhe von Pedal zu Pedal.

Bevor Herr N., ein 64-jähriger Herzpatient, aus der Kur entlassen wird, erteilt ihm die zuständige Ärztin einige Ratschläge für die Zeit danach: worauf er beim Essen achten soll, welche Anstrengungen er dem Herzen zumuten könne, dass er bei Hitze und Kälte sich nicht anstrengen dürfe ...

Und Sex?, fragt der Pensionist nach einem verlegenen Zögern…

Hm, das käme drauf an, mit wem, antwortet die Ärztin in gewohnter Sachlichkeit und erledigt die Frage mit der in der Anstalt kursierenden Faustregel: Wenn er imstande sei, zwanzig Stufen zügig hinaufzusteigen, könne er es riskieren, mit seiner Frau zu schlafen; wenn er dreißig schaffe, dann auch mit der Freundin.

Freundin, ha, die hat leicht reden, die ist ja noch in den besten Jahren und vermutlich selber Freundin irgendeines Kollegen. Aber woher soll er, der Mittsechziger, eine nehmen? Seiner Frau steht der Sinn schon lange nicht mehr danach.

Also bleiben ihm nur noch die Stiegen. Zumindest von denen gibt es in seinem Wohnblock genügend.

Ihren morgendlichen Missmut durch hinten niedergetretene Lodenpatschen, schlottrige graue Trainingshosen und zerzaustes Haar veranschaulichend, betritt Frau N. die Küche, wo der Mann bereits bei Kaffee und Bäckereien sitzt. Da, er brösle schon wieder, der ganze Küchenboden sei voll Brösel, erst am Vorabend habe sie Staub gesaugt, und jetzt müsse sie wieder kehren und aufwischen.

Der Gerügte hält es für geraten, nicht dagegen zu reden, weil er sie damit nur weiter aufstacheln würde. Stattdessen hält er ihr ein Blatt hin, einen Parte-Zettel, der mit der Zeitung gekommen war. Als sie die schwarze Umrandung sieht, stockt sie in ihrem Lamento und tastet nach den Brillen. Die Tektonik des Gesichtes kommt in Bewegung, einige Muskeln scheinen sich zu entspannen, andere straffen sich, während sie liest. Mit jeder Sekunde, in der der Blick auf dem Blatt ruht, dringt der Schrecken weiter in sie ein, der Tod einer Frau, mit der sie auf der letzten Busreise im gleichen Zimmer übernachtet hatte. Als sie das Blatt sinken lässt, zeigt das Gesicht wieder jene Beseelung, deretwegen der Mann sich seinerzeit zu ihr hingezogen gefühlt hatte.

Bei jedem Begießen der Tomatenpflanzen, um das die Frau den Mann bittet, fügt sie hinzu, er möge dabei aber ja kein Wasser auf die Früchte tropfen lassen, sonst würden sie fleckig, wohlgemerkt: Nur das Erdreich begießen!

Wieder einmal geht der Mann mit der Gießkanne auf die Tomaten zu, als die Frau hinter ihm das Fenster öffnet. Er fürchtet, dass als Nächstes der Satz vom richtigen Begießen der Tomaten zu hören sein wird. Bitte nicht, bitte nicht wieder, dröhnt es in seinem Kopf, sonst entschwindet sie mir gänzlich hinter diesem Satz, meine Euridike.

Sommer, was ist das? Man kennt nur die gefürchteten Tage, wenn die letzten der empfindlichen Topfpflanzen, dirigiert von der Hegerin des häuslichen Grüns, aus dem Vorhaus und den Nischen und Verwinkelungen des ehemaligen Bauernhauses vom Mann ins Freie zu schleppen sind, wobei sich selten auf den ersten Versuch hin der optimale Standort in der verschieden stark besonnten Umgebung findet. So muss denn manches Pflanzenmonstrum mehrmals hin und her geschleppt werden, ehe es einen seinen Bedürfnissen entsprechenden Ort gefunden hat. Keines gibt sich eher zufrieden, als bis es seinen idealen Standort gefunden hat, nicht zu vergessen die früher oder später einsetzende Widerhitze, die nur die Kakteen vertragen. Mit der Positionierung aller Pflanzenindividuen restlos zufrieden kann eine Betreuerin zufolge der wechselhaften Wettersituationen ohnehin nie sein.

Das Intervall zwischen dem Hinausplündern und Postieren einerseits und dem späteren Hereinretten andererseits könnte man zur Not Sommer nennen. Die Furcht vor der kühlen Jahreszeit, ausgelöst durch die bereits um die Jahresmitte sich verfärbenden Kronen der Kastanien, ist eigentlich auch in dieser Zwischenzeit nie ganz zu verscheuchen, weshalb die Skepsis dem sogenannten Sommer gegenüber jedes Jahr neue Rechtfertigungen erhält. Man denke nur an jene bewusstlos machenden Hitzetage, die jede Hoffnung auf einen erfreulichen Höhepunkt des Jahres zuschanden machen: nichts als Unerträglichkeit, Schwüle und Mundtrockenheit! Und das bis in die Morgenstunden hinein! Man leidet mit, wie die Hunde mit weit heraushängenden Zungen im Schatten hecheln; leidet mit dem erschlaffenden Gras an der Straßenböschung, leidet mit den geschädigten Wein- und Maisbauern wie auch den ins Hausinnere verbannten und zu Recht verängstigten Kreislauf- Patienten. Rücksichtslos geißelt ein von den Azoren her reichendes Hoch die Hoffnung auf einen richtigen Sommer, wie ihn die Alten noch kannten.

Als es bereits in die zweite Hälfte des Jahres hineingeht und endlich das Schlimmste überstanden ist, nahen sich, nur noch wenige Wochen entfernt, jene gefürchteten Phasen, in denen die von Wetterkapriolen oft genarrten Frauen sich auf einen früh hereinbrechenden Herbst gefasst machen müssen.

Nein, Sommer ist das keiner. Gar nichts ist das heuer. Niemand ist in der Lage, etwas darüber auszusagen, alle Gartenbesitzer stottern vor Empörung, wenn die Rede auf dieses unvermeidliche Thema kommt. Hilflos wirken die üblichen Verurteilungen und Schwarzmalereien, weit hinter dem Geschehen her hinken sie und verstärken nur den Eindruck, dass keiner etwas begriffen hat.

Auf irgendeine Weise muss das Liegen in der Sommersonne doch heilsam sein, denke ich während des Durchblätterns einer Werbeschrift mit dem Titel *Land der Seen,* denn sonst würden die Erholungsuchenden ihre Zeit nicht dazu verwenden, ungeachtet von drohenden Hautschäden und der Eintönigkeit des stundenlangen Liegens sich die Zeichen des Sommers einbrennen zu lassen. Allfällige Schäden betreffen ja nur ersetzbare Einzelpersonen. Den das Land repräsentierenden Schönheiten bleibt zu jeder Zeit aufgetragen, die zu Seen und Sommer passende Bräune an den Tag zu legen. Denn schau, wie stimmig es aussieht, wenn auf der Titelseite eines Reisemagazins eine Frau mit braunen Armen in einem Ruderboot sitzt.

Es fällt auf, dass unter denen, die sich vor den Unbilden der rücksichtslosen Natur in Sicherheit gebracht haben, sich diese Daseinserleichterung nicht nur in schlaffen, unbeholfen gewordenen Leibern zeigt, sondern auch für ihr Denken bezeichnende Folgen hat. Da genügt eine mit der Hausmeinung nicht übereinstimmende Bemerkung eines Gastes und weg ist er, in Luft aufgelöst, man schaut bereits durch ihn durch auf sympathischere Gäste; schließlich hat man es nicht nötig, sich durch unpassende Bemerkungen den Abend verderben zu lassen.

Dabei wäre der Versuch zu erforschen, was sich nicht auf den ersten Blick erschließt, eines der noch möglichen Abenteuer in einer Zeit, in der die Drachen erschlagen, die Dschungel durchquert, die höchsten Berggipfel bezwungen und der Mond betreten ist. In dem Maße nämlich, wie einer seine Fähigkeiten dafür aufwendet, weiter als andere ins Unbekannte vorzudringen – jeder Tritt ungesichert, die Helmlampe des Verstandes leuchtet nicht weit –, gewinnt er an Leben. Umgekehrt verlieren es diejenigen, die es dadurch mehren wollen, dass sie möglichst viele Runden auf dem Parcours des Bekannten drehen.

Begründeten Anlass, sich Sorgen um ihr Fortkommen zu machen, haben die meisten meiner Mitmenschen wohl kaum. Gegen allfällige Störungen ihrer Lebensmodalitäten versichert, gehen sie ihrer Wege; es gilt nur, sich vor allem Extremen und Außerordentlichen zu hüten.

Freilich geht denen, die diesen *goldenen Mittelweg* beschreiten, mit der Zeit doch etwas ab: das Außerordentliche eben.

Hengstfohlen, die man in den ersten Lebensmonaten beschneidet, damit ihre Kraft ungeteilt für das Fuhrwesen zur Verfügung steht, nennt man im Volksmund *Schnitz.* Analog zu diesem Zusammenstutzen aufs Brauchbare, schneidet man auch zweibeinigen Zugtieren des Wirtschaftskarrens beizeiten weg, was die Leistungsfähigkeit beeinträchtigen könnte. Als Ersatz dafür, als Existenzprothese sozusagen, werden ihnen in diversen Fernseh-Kanälen

Expeditionen geboten, die über das Gebiet des Abgesicherten hinausführen: in die jeweiligen Kriegsgebiete, zu Selbstmordkommandos und in die Todeszonen des Himalaya zum Beispiel.

Im Winter stößt man sie aus einem windumtobten Starthaus hinaus in eisige Abhänge, rüttelt sie durch, dass ihnen Hören und Sehen vergeht: ein einziges Stürzen, ein ständiges Ausgleiten und Schleudern, nirgends Halt unter den Füßen. Aber keine Angst, das Stürzen wird am Ende doch auf den Beinen durchgestanden und endet in einem hoch aufstiebenden Schneewirbel vor der Zuschauertribüne und knapp vor dem Beistelltischchen mit dem Knabbergebäck.

Es ermöglicht rasches Handeln, dass die Automatismen der Wahrnehmung aus tausend verschiedenartigen Verbeulungen der Erdoberfläche eine Landschaft entstehen lassen, Abermillionen von Sternpünktchen zieht sie zu einem flimmernden Streifen, der sogenannten Milchstraße, zusammen. Dies ist auch die Flussrichtung, die vom Polytheismus zum Monotheismus führt, von Promiskuität zur Monogamie, von zersplitterten Territorien zur Einigung eines Reiches, zu Monarchie und Führertum.

Dass Einfachheit das Sensorium entlastet, zeigt sich im Alltag, wenn einer nach einem anstrengenden Arbeitstag abends nach Hause kommt, wo dann auf dem Tisch nichts sein soll, was nicht auf den Tisch gehört, die Kinder sich so verhalten, wie Kinder sich zu verhalten haben.

Anders im Atelier des Malers, wo leere Flaschen zwischen aufgeschlagenen Kunstbänden liegen, auf dem Boden zwischen ausgequetschten Farbtuben ein Vogelkäfig mit offenem Türchen, ringsum Holzspäne und zweckloses mit Farben beklecksteg Gerümpel. Angesichts solcher Zustände kann seine ordnungsliebende Kusine, die kurz bei ihm vorbeischaut, nicht anders als die vor ihren Füßen liegenden Flaschen aufzuheben und sich nach einem Besen umzusehen. *Bitte nicht,* wehrt der Maler ab, das sei seine Ordnung, ohne sie könne er nicht arbeiten.

In einem Aufsatz über Weltwirtschaft vertritt der Autor die These, dass dort, wo der Monotheismus sich durchgesetzt hat, Wirtschaft und Wohlstand ihre Blüte erleben. Demnach wäre Gott, der Eine, als Spiegelung des in sich geeinten Menschen nicht nur der erfolgreichste, sondern auch der gesündeste, weil er jedem nur eine Seele einhaucht, wogegen diejenigen, die an mehrere Götter glauben, eine Vielzahl an Stimmen in sich vernehmen. Die sich daraus ergebenden Machenschaften und Ränke kennt man von der griechischen Mythologie her: ein gegenseitiges Belauern, Behindern und Bekämpfen.

Kaiser Konstantin schließlich wird dadurch zum Großen, dass er sich von Poly zu Mono durchringt – eine für die Entwicklung des Abendlandes grundlegende Entscheidung, die weniger in den kognitiven Fähigkeiten des Kaisers ankert als in den Wirren des niedergehenden Römerreiches. Wer trotzdem, wie in der legendenhaften Geschichtsdarstellung bisweilen noch üblich, die Wende mit einer wundersamen Bekehrung des Kaisers erklärt, der bedient sich des Kunstkniffs der Personalisierung, indem er einen geschichtlich schwer nachzuzeichnenden Strukturwandel der Einfachheit halber mit dem Etikett „Konstantin“ überklebt.

Die Personifizierung von Strukturen ist ein bewährtes Mittel, um dem bildhaft denkenden Volk komplizierte Sachverhalte zu vermitteln. Im Vergleich mit der Sichtweise der Wissenschaften erweist sich die Personifizierung auch deswegen als vorteilhaft, weil ein in Not Geratener – und wer ist ganz ohne Not? – hoffen darf, im Zwiegespräch mit einem persönlichen Gott die Situation zu seinen Gunsten zu wenden. Diese Hoffnung gibt dem Schiffbrüchigen Zuversicht und durch sie neue Kraft, sich gegen den Untergang zu wehren, wogegen der, der sich einer kalten Masse, etwa dem H_2O in Form des Meeres, gegenübersieht, auf sein Verlassensein trifft.

Wo es Leben gibt, gibt es Bedürfnisse und Mängel und aus ihnen heraus entsprechende Hoffnungen: Der Kranke will Gesundheit, das Stückwerk träumt von der Ganzheit, das Brüchige sehnt sich nach dem Heilen, die Beengten nach Befreiung, das Vakuum nach der Fülle ... Solche Kräfte der Ergänzung verspürt jeder Einzelne, aber auch ganze Völker erträumen in ihren Mythen das Heil.

Ein Gewölk aus Erwartungen sehe ich über allen von Mängeln geleiteten Köpfen schweben. Das geknechtete Volk Abrahams will sich nicht mit seiner Lage abfinden. Es hofft. Weil die jeweilige Situation keine Aussicht auf die Lösung der gegenwärtigen Bedrückungen bietet, projizieren seine Wortführer die Lösung in die Zukunft. Ein Erlöser werde kommen, verkünden sie, einer, der sein Volk von allen Bedrückungen befreien werde. Das Volk hängt an den Lippen derer, die die Lösung aller Probleme versprechen. Selbst die in die Zukunft projizierten Lösungen verleihen ihm die nötige Kraft, um es vor dem Schlimmsten zu bewahren, der Hoffnungslosigkeit.

Lange, geduldig und voll Gottvertrauen wartet das Volk Israel. Das praktisch veranlagte Abendland indes hat diese Geduld nicht. Für seine Denker und Priester ist der Erlöser aus dem Gewölk herabgestiegen und hat Gestalt angenommen. Wie immer man sich die Zeugung Jesu durch den Heiligen Geist vorstellen mag: Der Erlöser ist da. Wieder einmal hat das fortschrittliche Europa eine praktikable Formel, die der Inkarnation, gefunden. „Tauet, Himmel, den Gerechten! Wolken, regnet ihn herab!“ (Lied aus der Adventzeit). Von nun an ist man nicht mehr hilflos, in Ihm hat man einen festen Punkt, von dem aus man die Welt neu vermessen kann. Im Unterschied zur vagen Wolke kann man Ihn ansprechen und hoffen, Ihn zu seinen Gunsten umzustimmen. In Ihm hat selbst der Ungebildete Anteil an Erkenntnis und Wahrheit; wer Ihm folgt, ist auf dem rechten Weg, für den erübrigen sich fortan Zweifel und Selbstzerfleischung.

Anders die Juden in ihrer lobenswerten Klarheit und Strenge; sie sehen in Jesus von Nazareth nicht den Gottes Sohn und Erlöser der Welt. Sie warten weiter, wie jede Kreatur wartet und hofft.

Jakobs Kampf mit dem Engel, wie die Bibel ihn schildert, stellt eine legendenhafte Vereinfachung des Kampfes dar, in dem sich das Ich von dem loszureißen versucht, was übermächtig und unfassbar mit ihm sein Spiel treibt. Um dieses Geschehen anschaulich zu gestalten, wird das nach dem Ich Greifende von einer menschenähnlichen Gestalt dargestellt, dem Engel, der sich am Ende dem menschlichen Zugriff entzieht, beziehungsweise der begreifen wollende Mensch greift ins Leere.

Ähnlich verfährt die Legende im Falle des Jesus von Nazareth, von dessen kreatürlicher Existenz wir sehr wenig wissen und zugunsten unseres Seelenfriedens auch nichts wissen sollen, denn die im Christentum verehrte Figur ist lediglich eine Inkarnation von Prinzipien, Haltungen, Worten und Erwartungen, die unter diesem Namen zusammengefasst werden. Es bleibt den Künstlern des christlichen Abendlandes anheimgestellt, der Figur ein menschliches Antlitz zu verleihen, denn nur so kann das Volk sie verstehen, erfassen und etwas damit anfangen. Nötigenfalls kann man damit auch auf andere Figuren und Figurenschwinger einschlagen. Überlebt hat die widerstandsfähigste Figur.

Das Wort hat sich also nicht als solches halten können. Es hat Fleisch angenommen, ist aber nicht darin stecken geblieben. Nach 33 Jahren hat es sich wieder in andere Aggregatzustände verwandelt. Enttäuscht schauen die im Fleisch Steckendengebliebenen ihm nach und schlagen sich mit ganzen Bibliotheksabteilungen voll Auslegungen des Logos-Begriffes herum.

Ob der historische Jesus ein schöner Mann war, wie der Senator Publius Lentulus, der Vorgänger des Pontius Pilatus, ihn schildert? In Hollywood kann man sich den Erfolg des Weltreligions-Gründers nur so vorstellen, dass ein Heldentyp von imposanter Erscheinung massenweise Anhänger um sich versammelt hat. An dieser Art von Breitenwirkung scheint tatsächlich etwas dran zu sein, denn mit der Inbrunst des Glaubens verhält es sich auch 2000 Jahre später so, dass ein junger gut aussehender Kaplan mehr Gläubige um sich schart als ein glatzköpfiger alter, der in die Nächte hinein über einzelnen Sätzen der Bibel brütet.

Zu bedenken ist ferner, dass außergewöhnliche Persönlichkeiten oft einen außergewöhnlichen Körper- und Gesichtsbau aufweisen, einen, der ganz und gar nicht den Vorstellungen von Hollywood entspricht. Unter den Dichtern fallen mir Sartre, Shaw, Lavant und Fried dazu ein. Auch den von mir hochverehrten Schiller stellte ich mir in meiner Gymnasialzeit als eine kühne hochgewachsene Gestalt mit erhabenen Zügen vor, bis ich durch eine Notiz seines persönlichen Freundes eines anderen belehrt wurde. Fünf Jahre nach seinem Tod hat er, Georg Friedrich Scharfenstein, Folgendes über seinen Akademiekommilitonen Schiller geschrieben:

„Seine Stirne war breit, die Nase dünn, knorpelig, weiß von Farbe, in einem merklich scharfen Winkel hervorspringend, sehr gebogen, auf Papageienart und spitzig. Die Augenbrauen waren rot, umgebogen nahe über den tiefliegenden dunkelgrauen Augen [und] inklinierten sich bei der Nasenwurzel nahe zusammen."

Dass Jesus durch die Jahrhunderte herauf von den Malern stets als ideale Gestalt dargestellt worden ist und auch auf dem Turiner Leichentuch (einem materialisierten Wunsch, etwas von Jesus zu fassen zu bekommen) mit edlem Antlitz und stattlichem Männerkörper abgebildet ist, lässt sich dadurch erklären, dass die physische Gestalt im Bild dazu benützt wird, um das an der Person darzustellen, was die Physis übersteigt: seine Worte, seine Lehre. In diesem Sinn war Jesus doch ein schöner Mann, das Turiner Leichentuch hingegen ein erster Schritt in Richtung Hollywood.

In den Zeiten vor dem Entstehen der Schrift, so stelle ich mir vor, fehlt es an Verlässlichkeit. Worte allein sind wie Wind: Sie werden kurz vernehmlich und verwehen wieder. Ändert einer seinen Standort, verändert sich mithin seine Meinung; der Stärkere erhebt seine Sicht der Dinge zur Wahrheit und oktroyiert sie dem

Schwächeren auf. Was dieser von seinem Standpunkt aus denkt und wünscht, ist ohne Bedeutung.

Bis die Schrift aufkommt. Ihre Keile und Glyphen halten einiges fest, worauf man sich verlassen möchte, zum Beispiel, von wem wie viele Krüge Öl an wen geliefert worden sind. Ist die Angelegenheit schriftlich festgehalten, kann sie nicht mehr geleugnet werden, sie ist nachprüfbar, Streitereien erübrigen sich.

Im selben Zuge sind auch die Hoffnungen und Phantasien der Menschen zu Schriften erstarrt. In der Sichtweise der Mythen: Der Engel, der bisher in nächtlichen Kämpfen sich geschmeidig dem Zugriff entwunden hatte, ist fassbar geworden. Die Häscher stecken ihn in einen Käfig, um über ihn verfügen zu können. Ihnen bedeuten Wörter wie *unfassbar unbegreiflich, unerklärlich* von nun an so viel wie *nutzlos* und *gefährlich.*

Oft bin ich einfältig und ärgere mich, wenn etwas von mir erzählt wird, was nicht stimmt. Dann atme ich durch und schüttle das Gerede von mir, geht ja links und rechts an mir vorbei, nur ein bisschen heiße Luft weht mich an. Soll ich mich etwa über Fehlschüsse aufregen? Die sind Angelegenheiten der schlechten Schützen, was bedeutet, dass Verleumdungen und Lügen auf den zurückfallen, der sie verbreitet. Ich brauche nur zu unterscheiden, ob am jeweiligen Gerede etwas dran ist oder nicht.

Auf der Unfähigkeit zu unterscheiden beruht auch die Sicherheit der Gotteskrieger aller Zeiten. Mohammed, Jesus und wer sonst noch mit Feuer und Schwert verteidigt worden sein mag, sie können nicht durch Karikaturen beleidigt werden, weil der Spott nicht über Bilder und Worte hinausreicht und höchstens am fragwürdigen Bild kratzt, das einer sich von Gott macht.

Deswegen ist Einfalt die wichtigste Voraussetzung für Glaubenskrieger; Zwiefalt (Zweifel) würde ihnen Entschlossenheit und Tatkraft nehmen. Wer zweifelt, ist in ihrem Sinne verloren und soll ausgelöscht werden.

Als Jesus seinerzeit sich auf einem Berg den Jüngern durch Verklärung entzieht, wobei ich Ver-klärung als Gegenteil von Er-klärung verstehe, will Petrus ihn auf den Boden zurückholen, indem er ihm anbietet, für ihn, Moses und Elias je eine Hütte zu bauen. Auf dieses Angebot erhält er vom Entrückten nicht einmal eine Antwort.

Petrus scheint das Schweigen als Zustimmung aufzufassen und sucht sogleich nach geeigneten Baumaterialien. Damit beginnt die Verhüttelung des Christentums, die später im Petersdom ihren Höhepunkt erreicht.

Als *tragischen Zufall* bezeichnet es eine Zeitung, dass ein Felsbrocken sich aus der Wand gelöst habe und just in dem Moment auf die Straße herabgedonnert sei, als A. mit seinem Auto an die Stelle des Aufpralls gekommen ist. Ein anderes Blatt schildert dasselbe Geschehen als *harten Schicksalsschlag*, der eine Familie getroffen habe.

Wird, wie im zweiten Beispiel, das Geschehene als *Schicksalsschlag* bezeichnet, also als ein Etwas (-sal, -sel), das *geschickt* worden ist, bleibt der, die oder das Zuschlagende in den Nebeln der Undeutbarkeit verborgen: eine gottähnliche Macht, deren Schlag nur dadurch abgeschwächt wird, dass ein Buchstabengebilde den Blick auf das Nichtwissen verstellt.

Der Ausdruck Zu-fall scheint mir weniger irreführend zu sein. Er hält sich mit Andeutungen einer höheren Macht zurück, das Wortgebilde beschränkt sich darauf, festzustellen, dass ein Objekt auf ein Subjekt *zu gefallen* ist. Mehr lässt sich seriöserweise auch nicht sagen. Was darüber hinaus an Vorstellungen zur Sprache gebracht wird, betrachte ich als Verlegenheitsgeräusche.

In einer wissenschaftlichen Sendung erklärt ein Physiker, dass das entscheidende Problem des Verstehens darin liege, dass die

Sprache, die er soeben zur Vermittlung seiner Gedanken an seine Hörer verwende, sich einigermaßen für Aussagen über Stühle und Menschen eigne, nicht aber für die Erklärung von Vorgängen des Mikro- und Makro-Bereiches. Schon wenn man sachlich zu denken versuche, also den Stuhl unabhängig von seiner Funktion für den Menschen darstellen wolle, merke man, wie sehr in seinem Holz der menschliche Wurm drin sei.

Leicht schräg schaut die verloren wirkende, vermutlich von Fehlschlägen und häufigem Aufprallen gegen unsichtbare Widerstände deformierte Physiognomie von Univ. Prof. Dr. N. N. aus dem linken oberen Eck der Fachzeitschrift, die Backen sackig hängend, auch die Gewebe rings um die Augen hat er sich selbst, also der Gravitation, überlassen: ein ziemlich beiläufig dahinholperndes Gelände leider, von dessen Öde der Fotograf zu des Professors Gunsten links und rechts einen Streifen weggeschnitten und somit ein schlankes Hochformat erreicht hat. So passt es einigermaßen zum engagierten Artikel, der unterhalb des Fotos beginnt.

Männer, die kein Gefühl für Armut und Leiden anderer Menschen aufkommen lassen, ersparen sich somit viel Energie, die sie in zielgerichtete Aktivitäten investieren können, so dass sie die Nase vorn haben gegenüber den durch Mitgefühl gehemmten Konkurrenten. Ob ihrer Tüchtigkeit und Erfolge allenthalben bewundert, lachen sie uns aus den Medien entgegen. Zur Abrundung ihrer Persönlichkeit gehört auch, dass sie in jeder Situation in der Lage sind, ein gut formuliertes Mitgefühl für die Armen und Leidenden an den Tag zu legen.

Ideologien und Glaubenslehren sind Uniformen des Denkens; sie werden dem frierenden Volk als Kleidung angeboten. Nicht gratis natürlich; sie verpflichten zur Verteidigung der Ideologie, mehr noch: zur Aufopferung für sie. Hemmende Skrupel bei dem, was in ihrem Sinne nötig ist, lässt ein getreuer Gefolgsmann nicht aufkommen. Die Formel: *Wer nicht mit mir ist, der ist gegen mich*, ermöglicht klare Entscheidungen zwischen ja und nein, wir und die anderen. Das mag einer der Gründe sein, warum Uniformen aller Art den in sich zerfallenen Bürger so faszinieren.

In den großen mitreißenden Reden der Geschichte, wie die von Bernhard von Clairvaux, in denen er zu den Kreuzzügen aufruft, von Abraham a Santa Clara und Savonarola, die Buße und Verzicht verlangen, von Hitler und Goebbels, die Opferbereitschaft bis zum letzten Blutstropfen fordern, ist an keiner Stelle von Annehmlichkeiten die Rede, die sie in Aussicht stellen, sondern von Hingabe, Opfer und Selbstverzicht. Und das Volk ist außer sich vor Begeisterung.

Wie würde man den seinerzeitigen Kriegsverweigerer Franz Jägerstätter beurteilen, wenn der Krieg zugunsten Nazi-Deutschlands ausgegangen wäre? Als Abtrünniger, Judas, Defätist und dergleichen, falls man ihn überhaupt noch eines Wortes würdigte. Tatsächlich hat er mit seiner Weigerung, am Krieg teilzunehmen, nichts bewirkt, außer dass er ein Leben mehr, seines nämlich, ausgelöscht und seine Frau im Stich gelassen hat.

Durch dieses Verhalten hat er das Gewissen, gestützt auf die christliche Ideologie, über das Leben erhoben und eo ipso das Leben als etwas Zweitrangiges behandelt. Wenn uns Jägerstätter heute als Vorbild erscheint, so liegt das an unserer Zeit, weil sie mehr Gewissen und Stehen zum Wort bräuchte. Diesen Umstand meinen wir und nicht die reale Person Jägerstätter, wenn in unserer Zeit von ihm gesprochen wird.

Die Deutschen seien auch im Krieg immer fair und geradlinig gewesen, erklärt mit allen Anzeichen einer gefestigten

Persönlichkeit ein Kollege, ein Turnograph, wie die Lehrer für Turnen und Geographie innerhalb des Lehrkörpers gern genannt werden. Die Serben hingegen seien ein hinterhältiges, grausames Volk, immer schon gewesen.

Damit hat er das Böse in seine Geographie eingeordnet. Für ihn ist also, was für mich die Summe verhängnisvoller Reaktionen ist, die Eigenheit eines Territoriums samt seiner Bewohner und somit mit Bombern erreichbar. Also könnte es schon wieder losgehen. Und es zuckt bereits in seinen nach Anwendung verlangenden Turner-Muskeln. Es ist wohl kein Zufall, dass viele Geographielehrer auch Turnlehrer sind, Motoriker, die Probleme durch Bewegung innerhalb der dritten Dimension erledigen. Sensoriker hingegen finden ihr ganzes Leben nicht den Punkt, in dem sie das Böse antreffen und bekämpfen könnten.

Wieder werden mir in den Nachrichten die Toten der aktuellen Kriegsgebiete vor die Füße geschmissen, auch Frauen und Kinder darunter, die Leiber von Granaten aufgerissen, die Sanitäter hilflos; eine halbe Stunde später werden sie in den deutschen Nachrichten noch einmal zerfetzt, mit Ausdrücken wie Enthauptung und Selbstmordattentat wird hineingestoßen in den Brei aus nachzuckenden Eingeweiden und verkohlten Beinstummeln; jeder Sender zermalmt sie auf seine Weise zu einem Einerlei, in das später Sport und Kultur eingeknetet wird. Kann sein, dass in den Abendnachrichten wieder ein Dutzend neue Leichen über die von den Mittagsnachrichten geschmissen werden. Falls es zu wenige sein sollten, lässt man sie abseits liegen und geht zum lokalen Wetter über.

Für die Reiseleiterin, die gewohnt ist, einmal in diesem Hotel, einmal in jenem ihre Koffer aufzuklappen und sich auf die jeweiligen Gegebenheiten einzustellen, klingt das Reden ihrer an Haus und Garten gebundenen Mutter mit all den ortsüblichen Denkweisen und unbeugsamen Urteilen wie eine tote Sprache. Schon nach wenigen Wortwechseln mit ihr fühlt die Tochter sich in einem Netz aus Feststellungen gefangen, zappelt darin und möchte am liebsten gleich wieder das Weite suchen. Fängt Mutter einen Satz an, so sieht die Tochter gleich, worauf er hinausläuft: auf etwas von dem Wenigen, was hier möglich ist.

Apropos tote Sprache: Die wenigen Altphilologen, die ich kenne, haben eines gemeinsam: das siegessichere Lächeln der Wissenden. Von ihrer Warte aus ist zu verstehen, dass sie die unüberschaubaren Vorgänge der Gegenwart nur ungern als Wirklichkeit zur Kenntnis nehmen. In ihrem Denken und Urteilen orientieren sie sich insgeheim an Figuren, wie sie bei Homer, Aischylos, Vergil und anderen Klassikern gezeichnet sind. Und wahrlich: Welche Tochter aus unseren Tagen könnte sich neben die schöne und züchtige Nausikaa hinstellen, welcher Mann es an Mut und Klugheit mit Äneas aufnehmen? Im Vergleich zum Personal der antiken Schriftsteller erscheinen die derzeit Lebenden allesamt als billiger Abklatsch und die Gegenwart als einziger Niedergang.

Waren die Beine im Frühstadium der Evolution auf das Erreichen von Zielen beziehungsweise zum Flüchten vor Gefahren entwickelt und bis in alle Fasern darauf abgestimmt, so bewerkstelligen diese Aufgabe mittlerweile die technischen Verkehrsmittel auf effizientere Weise. Somit haben die aus ihrer Bauart heraus noch immer gehen wollenden Gliedmaßen großteils ihre Daseinsberechtigung verloren und hängen die längste Zeit sinnlos vom Körperstrunk weg unter den Tisch hinein.

Dass der lichtdurchflutete, mit rostbraunem Laub bedeckte Buchenwald schön ist, das zu empfinden, bedarf es einer abgerundeten Persönlichkeit, wie es Herr N. ohne Zweifel ist. Unmerklich gehen die ringsum aufragenden hellgrauen Stämme wie auch die quer über den Weg liegenden Astkrüppel und die frischgrünen Moospolster seitlich des Fuhrwegs in den Gewohnheiten seines Schauens und Einordnens auf.

Da, er hält in seinem gleichmäßigen Gang inne: Unterhalb des Weges ein Kadaver! Der eines Rehs, eines jungen offensichtlich. Die Bauchdecke ist aufgerissen, filigrane Rippen wölben sich aus dem Schwarz der Verwesung hervor. Jetzt scheint er sie auch zu riechen, denn er wendet sich davon ab. Nach wenigen Schritten geht auch diese Störung in der herbstlichen Stimmung auf, in welcher Herr N. an der Seite seiner Gattin den sonntäglichen Familienspaziergang absolviert.

Mein Freund N. hat in seinem Wohnzimmer einen Holzschnitt von Werner Berg hängen, ein Original, wie er betont. Der Druck zeigt einen Beichtvater, der, tiefe Sorgenfalten in der Stirne, von oben zu seinem Beichtkind herabblickt, einem vermutlich erstmals seine Sünden bekennenden Mädchen, das von hinten gezeigt wird. Sein leicht zur Seite gewandter Kopf hat noch keinen ausgeprägten Charakter und wird von der übergroßen hellen Priestergestalt eingeschlossen wie ein Nahrungspartikel von einer Amöbe. Die Verdauung geschieht aber nicht in böser Absicht; der Beichtvater, der die ihm Anbefohlene ins Bewusstsein ihrer Fehlerhaftigkeit hineinmanövriert, strahlt zugleich auch Güte, Sorge und Mitleid aus.

Ich war dabei, als N. das Bild erstmals in einer Ausstellung gesehen hat. Wie ich ihn kenne, hat die dargestellte Szene in ihm gewisse Kindheitserinnerungen wachgerufen, vielleicht an seine erste Beichte. Ich habe ihn aufmerksam gemacht, dass ich zu Hause eine Kopie, eine hundertprozentig deckungsgleiche, besitze, ich würde sie ihm gern schenken. Er lehnte ab und kaufte das für seine finanziellen Verhältnisse gar nicht billige Blatt.

Ganz verstehe ich den Mann nicht, wie ich überhaupt den Unterschied zwischen echt und unecht in diesem Falle nicht verstehe. Für mich transportiert die Kopie den Geist des Bildes – und das ist das eigentliche Bild – in gleicher Weise wie das Original. Die Qualitäten von Papier und dass der Meister da selbst Hand angelegt und signiert hat, gehört in den Bereich des Fetischismus.

Weil alles Geschriebene aus 26 Buchstaben besteht, ist jeder Text eine Variation längst vorhandener Texte. Bewusst wird mir dies beim Anhören der Nachrichten, wo die schätzungsweise aus 200 bis 300 Vokabeln bestehenden Meldungen der Frühnachrichten ein ähnliches Geräusch ergeben wie die der Abendnachrichten: eine stündlich umgerührte Buchstabensuppe, so schal und abgestanden, dass man auf ihre Inhalte gar nicht mehr hinhören will.

Das Bundesheer hat in seinen Reihen einen sympathischen Oberst, den es immer dann zu Pressekonferenzen schickt, wenn es etwas glatt zu reden gilt. Als wieder einmal kurz hintereinander drei Rekruten sich die Kugeln gegeben haben, tritt abermals der sympathische Oberst vor die Journalisten hin, um das Unfassbare in Worte zu fassen. Zwar hat der versierte Redner nur dasselbe Vokabular zur Verfügung, mittels dessen er in Höheren Schulen des Öfteren über *Die Notwendigkeit der Landesverteidigung* referiert, er dreht und wendet dieses Vokabular aber so geschickt, dass am Ende allen Verdächtigungen und Anschwärzungen des Heeres der Boden entzogen ist und dieses wieder als notwendige und humane Institution dasteht.

Die Geschichte hat gezeigt: Wann immer Utopisten versuchen, ihre Visionen in die Wirklichkeit umzusetzen, kümmert diese sich reichlich wenig darum, sondern straft die Idealisten durch rücksichtslose jedem Sinn hohnlachende Verläufe Lügen.

Ähnlich ergeht es jungen Leuten, wenn sie sagen sollten, was sie werden möchten. Eine Weile zögern sie, weil sie spüren, dass sie ein Universum an Möglichkeiten umgibt, eine riesige Kuppel an Denkbarem wölbt sich über ihren Köpfen. *Rennfahrer, Tiefseeforscher, Chefredakteure, Bundeskanzler,* sagen sie nach einigem Zögern. Noch während sie das aussprechen, erschrecken sie, wie banal im Verhältnis zum spürbar Möglichen die genannten Wunschvorstellungen klingen. Es wäre besser gewesen, sie hätten geschwiegen, weil die Sprache wie auch die ihr entsprechende Wirklichkeit für das Eigentliche am Jungsein, das Hoffen, immer nur Einengungen bereithält.

Die Automatismen der Wahrnehmung ermöglichen es, sich im Geprassel von Informationen und Reizen zurechtzufinden, indem sie Einheiten zusammenziehen: Die sechzig Millionen an Individuen, die in Italien leben, verschmelzen sie zum Italiener, die verschiedenartigen Gräser und Blütenpflanzen zu einer Blumenwiese, die unüberschaubaren Vorgänge innerhalb eines Dorfes zu einer Dorfgeschichte, die dem Leser schon deswegen schön erscheint, weil sie ihn von der Unüberschaubarkeit errettet, die vorher herrschte.

Die solchermaßen entstandene Wirklichkeit nimmt man gern für bare Münze. Ob sie schön ist oder nicht, hängt davon ab, ob der Betrachter sie durch das kritische oder unkritische Auge aufnimmt. Sich den Automatismen des Auges anzuvertrauen, verschönert die Umgebung, wohingegen das Auseinanderhalten Anstrengung verlangt.

Wer lange Zeit an ein und demselben Ort lebt und mit seinen Sinnen unentwegt auf dieselben Verhältnisse trifft, für den wird der Ort nichts von dem Zauber haben, der ihm von Bildbänden,

Fernsehsendungen und Reiseberichten her zugeschrieben wird. Finster im Gelände hockend kehren ihm die vor sich hin modernden Hochsitze der Jäger, die vergessenen Heuwender am Wiesenrand und die Mauerreste von alten Mühlen, an denen er täglich vorüber muss, ihre Teilnahmslosigkeit zu.

Anders der frohgemute Wandersmann. Zieht der beschwingten Schrittes an denselben Beständen vorüber, erscheint ihm die Summe an Zufälligkeiten, Notwendungen, Schutzmaßnahmen und Arbeitsergebnissen von Grund auf freundlicher Natur zu sein. Idyllisch, wie alles, was ihm auf seiner Wanderung ins Blickfeld gerät, nimmt sich eine Bauernfamilie samt Großmutter und Kinderschar auf dem Feld aus. Schon an der Freundlichkeit des Grußes merken die Feldarbeiter, dass sie Bestandteile einer Gegend mit zufriedenen und glücklichen Bewohnern sind, und malen an diesem Bild weiter: eine ungelenke, aber liebevoll ausgeführte Bauernmalerei.

Am schönsten erscheint die Gegend aber dem, der einmal im Flugzeug drüber hin schwebt, so hoch und weit entfernt, dass er anstelle von Gegenständen nur noch ihre Verwischung und Auflösung wahrnimmt.

Der Inhaber der Grillstation meint, wenn er das Wort Huhn gebraucht, nicht mehr die Sehnsucht der ehemaligen Vögel nach dem Reich der Lüfte, nicht die Zuversicht und Lebensfreude, die in jedem Ei enthalten ist, nicht wissen will er, wovon die Nachkommen der stolzen Flugwesen kratzstimmig, aber innig singen, wenn sie am Morgen aus dem geöffneten Tor eines kleinbäuerlichen Stalles ins Grüne hinausstelzen. Derlei unnütze Eigenheiten hat das mittlerweile vernünftig gewordene Huhn abgelegt und sich eines Besseren besonnen. Das Huhn, dem seine Liebe gilt und das er, wo immer davon die Rede geht, verteidigt und lobt, setzt sich zusammen aus Futteraufwand, Verarbeitungs- und

Transportkosten, das Ganze abhängig von der Passantenfrequenz am jeweiligen Grillstand.

Im Zuge der weitgehenden Distanzierung von der Natur hat der Mensch sich gegen die Erde mit ihrer Kälte, Strahlung und dem Reich der Mikroben abgeschirmt: durch Böden aus Beton und Holz, über welche mit fortschreitendem Wohlstand Teppiche gebreitet werden, die durch in sich kreisende Ornamente und ins Lebensfrohe hineinziehende Farben noch einmal von dem ablenken, was drei Schichten darunter an schädlichen Einwirkungen lauert und letztlich einen nach dem anderen zu sich zurückholen wird.

So geborgen die Hausinsassen in ihren nach allen Seiten hin isolierten Wohnräumen für einige Zeit sich auch fühlen mögen, einen Haken hat die Sache doch: Je mehr Aufwand sie betreiben, um sich von den chthonischen Mächten abzugrenzen, desto tiefer der Sturz, wenn es so weit ist. Was für ein dummes Händeringen dann, wenn einer von ihnen die Wege allen Fleisches geht, bezetern die Hinterbliebenen doch nur die andere Seite der Distanzierung von der Erde.

Still und würdig hingegen der Hingang derer, die sich nie vom Boden losgesagt haben.

Sofern einem beim Gedanken an das Ende bang wird, sind es nicht die Gebiete der Leere, von denen die Bangigkeit ausgeht, sondern die Befürchtungen, die aus dem eigenen Leben aufsteigen, sobald er auf die weiße Projektionsfläche namens Tod starrt. Je nachdem, wie einer existiert, weht es ihn von dort her an: als ein zu früh beendetes Erwerbsleben, ein Riss in der Harmonie der Familie oder eine nicht aufgehende Rechnung.

Wer Enttäuschungen aus dem Wege geht, sich um brenzelige Situationen drückt, um unangenehme Zeitgenossen einen Bogen macht, sich auf Liebesabenteuer besser nicht einlässt, der sieht am Ende seines sogenannten Lebens, dass es über ihn nicht viel mehr zu sagen gibt, als dass er sich stets klug verhalten habe.

Wenn nach Millionen an Kontraktionen der Herzmuskel erschlafft und aufhört, das Blut durch die Gefäße zu pressen, ist das nichts Großes, Dramatisches, sondern etwas kleiner und kleiner Werdendes, ist wie ein Wasserhahn, der zusehends weniger Wasser austreten lässt und schließlich zu tröpfeln aufhört. Vom Herzmuskel aus betrachtet, bedeutet das Ruhe und Entspannung nach pausenloser Einspannung in einen letztlich ruhebedürftigen Körper.

Gefürchtet wird diese Ruhe nur, weil sie als Gegenteil von all dem verstanden wird, was das Leben ausmacht. Dessen Egoismus ist es, der alles beängstigend erscheinen lässt, was mit seinem Ende zu tun hat.

Der Wunsch nach Dauer, nach Ewigkeit und Unsterblichkeit, lässt sich weitgehend durch das physikalische Gesetz der Trägheit erklären. Ihm zufolge will jeder Körper in seinem Zustand verharren, jede Bewegung in sich gleich bleiben, mithin auch die vegetativen Kreisläufe.

Menschen, die mitten im Leben stehen, schaudert es, wenn sie an das jederzeit mögliche Ende denken. Geht es im Zuge der vorrückenden Jahre dann tatsächlich dem Ende zu, verliert der Gedanke seine Schrecken; er wird Teil des Selbstverständlichen.

Mit besonderer Inbrunst besingt man hierzulande die *Todes stund.* Kindliche Hilflosigkeit und eine wehmütige Selbstbetrauerung greifen vom Lied aus auf die Zuhörer über; letzten Endes überlassen sich die Sänger aber nicht dem ersten Teil des Wortes, dem *Tod,* sondern dem zweiten, der *Stund* als der ihnen geliehenen Zeit, an die sie sich angesichts des unausweichlichen Endes mit besonderer Zähigkeit klammern.

Dass die Kirche so sehr auf den Tod hin ausgerichtet ist, mag unter anderem damit zu tun haben, dass nicht die jungen Geistlichen die Gewichtung innerhalb der Lehre vornehmen, sondern die zu Positionen und Würden gelangten Greise. In ihren Situationen gibt es tatsächlich nichts Aktuelleres als das Ende; von ihren Standpunkten aus kann man das verflossene und im Falle eines Zölibatärs weitgehend versäumte Leben durchaus gering schätzen und sich mit dem Tod als der einzigen Sicherheit befassen.

Das Wort Sicherheit hat seinen schönsten Klang in Phasen, in denen man sie am dringendsten bräuchte, in Situationen, aus denen heraus ein Hoffen entspringt, das darauf abzielt, sich irgendeinmal von der Blindheit des Zufälligen unabhängig zu machen. Im Verlangen nach diesem immerhin vorstellbaren Zustand lässt der Hilfsbedürftige die Fünf gerade sein und vertraut sich den Bewirtschaftern des Sicherheitsbedürfnisses, den Unfall-, Alters- und Lebensversicherungen, an.

Nach wie vor aber weht der Wind, wo er will. Unabhängig von irgendwelchen Schutzbedürfnissen streicht er über Schneefelder und Waldflanken hin, säuselt in den Kaminen und fährt der Alten in die Knochen: ein Naturereignis, wenn man es recht bedenkt, ein Kniefall vor der Majestät der Unsicherheit. Wer sich ihr ergibt, wird zwar niemals so geborgen sein, wie Versicherungen es versprechen, dafür wird er verschont bleiben von der Hohlheit ihrer Versprechungen.

Es fällt auf, dass mittlerweile auch die Schulen und Universitäten in ihrem durch Evaluationen verstärkten Leistungsdruck dazu übergehen, die Rationalisierungs- und Optimierungsmethoden der Warenproduktion zu übernehmen. Als Ziel für ein renommiertes Institut gilt also, Professoren hervorzubringen, die möglichst oft in der Fachliteratur zitiert werden, oder dass einmal einer als Kandidat für den Nobelpreis genannt wird. So eine Nominierung wäre dann etwas Handfestes, das wäre schon ein Hammer, mit dem man bei Budget-Verhandlungen ordentlich auf den Tisch hauen könnte.

Forum Alpach 2014. EU-Kommissare, Staatspräsidenten, Regierungsmitglieder, internationale Kapazitäten aus Wissenschaft, Kultur, Wirtschaft und Politik beschäftigten sich mit den Fragen: In welche Richtung wollen wir uns als Gesellschaft entwickeln? Was sind unsere Vorstellungen für eine ökonomisch, politisch und sozial stabile Zukunft und wie viel sind wir bereit, dafür zu geben? Welche konkreten Schritte braucht es, um eine optimale Entwicklung über alle politischen und weltanschaulichen Grenzen hinweg zu fördern?

Am 19. und letzten Tag will ein Journalist vom Sprecher der Tagung erfahren, was denn am Ende herausgekommen, welche Erkenntnisse gewonnen worden seien. Die Antwort: Es brauche mehr Geld für Wissenschaft und Bildung.

Vom Standpunkt der Wirtschaftlichkeit aus beurteilt mag es folgerichtig sein, dass das langsam Gewachsene und sorgfältig Hergestellte ersetzt wird durch rasch und billig erzeugte Surrogate. Im gleichen Zug werden auch Liebe, Treue, Verlässlichkeit, Freundschaft, Religion, Humanität et cetera durch leichter herstellbare und besser aussehende Produkte ersetzt, was zur Folge hat, dass der Zeitgenosse sich mehr von allem leisten kann: mehr Liebe, mehr Freundlichkeit, mehr Sicherheit, und das alles medial auf Hochglanz gebracht. An die Stelle eines mühsamen Existenzkampfes mit unvorhersehbarem Verlauf, wie er noch zu Zeiten meiner Kindheit tagtäglich ausgefochten werden musste und der mich unentwegt drängt, darüber zu schreiben, ist inzwischen ein vertraglich abgesichertes, mit Waren überfrachtetes und in die Länge gezogenes „Leben“ getreten, über das zu schreiben ich keinerlei Lust verspüre.

Zwischen einzelnen Erfahrungen und Einsichten Friedrich Nietzsches bildete sich mit der Zeit ein Zusammenhang, ein Gedanke: der vom Übermenschen. Den Schlussstein für das Gedankengebäude setzte der Dichter ein, als er sich im Schweizer Sils Maria aufhielt. Seither stellen die Ortigen es so dar, dass dieser folgenreiche Gedanke aus dem Engadiner Wintersportort entsprungen sei, weshalb so mancher Tourist zu spüren meint, dass das Engadin eine inspirierende Landschaft sei.

Forscher und Wissenschaftler sind Emissäre des Wohlstandstaates. Einen Zipfel nach dem anderen entreißen sie dem Unbekannten, indem sie die im Lande gebräuchlichen Maße daran anlegen und so den Gegenstand für den Gebrauch aufbereiten.

Den Angelegenheiten, die über Ort und Zeit hinausreichen wie Literatur, Kunst, Musik, Philosophie und Religion, weisen sie die ihnen entsprechenden Punkte auf der Erdoberfläche und der Zeitskala zu: *Wann hat Stefan Zweig seine Schachnovelle verfasst? Wo, in welchem Raum hat er seinem Leben ein Ende gesetzt?* So mancher Dissertant googelt da in die Nächte hinein, trägt zusammen und ordnet in die vorhandenen Raster ein. Immerhin darf er bei der forschungsähnlichen Tätigkeit in den für ihn heimeligen Dimensionen bleiben und kann es bei entsprechendem Fleiß zu Ehren und Ämtern bringen.

Für Lehrstühle ungeeignet hingegen sind jene, die mit ihrem Trachten nicht darauf aus sind, das Reich des Nutzbringenden weiter auszudehnen: die Mystiker, die Brennenden, Ergriffenen, von Gefühlen handlungsunfähig Gemachten, Staunenden, Entmachteten.

Um auf Stefan Zweig zurückzukommen: Von einem angehenden Lehramtskandidaten wird sein Professor hauptsächlich die biographischen Daten und wichtigsten Buchtitel verlangen. Der Versuch, sich in einzelne Werke auf eine Weise zu vertiefen, dass man die Konsequenzen daraus ziehen müsste, ginge in eine unerwünschte Richtung, würde zu nichts führen, zu nichts, womit Tourismus und Wirtschaft weitermachen könnten, wohl aber, wenn man Geburt, Matura und anderen Stationen seines Lebensweges die entsprechenden Orte und Jahreszahlen zuordnet. Damit kann man – siehe das gut besuchte Stefan-Zweig-Museum in Metropolis – schon etwas anfangen.

Die alten Griechen hätten bei ihren Gelagen die Becher nie ganz geleert, haben die Altphilologen uns seinerzeit im Gymnasium erklärt; selbst bei den edelsten Weinen hätten sie den letzten Schluck weggeschüttet, auf die Erde, in die Richtung mithin, aus der der Wein gekommen ist: ein Tribut an die Götter.

Das kommt mir wieder in den Sinn, weil ich mit Weinflasche und Glas vor der Hausbar stehe und schwanke, ob ich nach einem als gesund geltenden Achtel mir noch ein zweites genehmigen soll. In der Hand spüre ich ein verdammtes Für und Wider. Bin neugierig, wie viel sie einschenken wird. Da schau her, weniger als ein Achtel ist es geworden. Bevor ich das Glas zum Munde führe, beäuge ich diese dreidimensionale Darstellung des Für und Wider. Worauf deutet es hin, dass die Füllung deutlich unterhalb der Achtel-Marke geblieben ist? Auf Furcht vor Maßlosigkeit und Suff wohl, ein Drohen, das die Griechen einem Gott in den Mund gelegt hätten. Nun, da die Götter sich in Sachverhalte transformiert haben, bleibt an ihrer Stelle der Satz: Wenn du dich für das Trinken entscheidest, bleibe nebenher auch ein Nichttrinker.

Je verfahrener die Situation in den Tiefenschichten, desto dringender der Wunsch wegzufahren. Prompt bieten sich

Busunternehmen an, das Wegkommen zu bewerkstelligen und angenehm zu gestalten. Stellt sich nach der Rückkehr jedoch heraus, dass sich an der Gesamtsituation nichts geändert hat, meinen die insgeheim Enttäuschten, die Fahrt sei vielleicht zu kurz gewesen, eine weiter weg führende müsse her, ein Flug auf die andere Hälfte der Erdkugel womöglich, nach Australien, zu den Aborigines, zurück zum Nullpunkt sozusagen. Damit wäre dann wirklich alles getan, was in der dritten Dimension möglich ist.

Nachdem die ersten Versuche des Jungdichters N. N., dem Guten, Schönen und Wahren hohnlachende, über alle Köpfe hinsausende Rundumschläge sich als Luftstreiche erwiesen haben, lässt er erschöpft die Keule sinken, atmet durch, setzt sich an den Schreibtisch und beginnt eine längere Erzählung. Eine von Fleiß, Ausdauer und Disziplin zeugende Arbeit wird es, ein Kniefall vor den Grundtugenden seiner Landsleute. Die sind denn auch dankbar für seine Bekehrung. Von nun an legt er in regelmäßigen Abständen Werke vor, die sie in ihrem Empfinden und Denken bekräftigten, wofür sie ihn dermaßen mit Orden und Medaillen behängen, dass es nur so scheppert, wenn er in der Öffentlichkeit auftritt. Alsbald drängen sich Adepten um ihn, Zeitungsleute versuchen, Wortspenden von ihm zu erhaschen, er kann sich kaum noch schnäuzen, ohne dass dies als Schnäuzung auf den Kulturseiten der Zeitungen besprochen und interpretiert wird. Und er schnäuzt sich stets auf hohem Niveau. Was immer er verlauten lässt, gilt als Äußerung des Landes.

So wird er Teil jener Landeskruste, die zu zertrümmern er seinerzeit ausgezogen war. Sei's drum. Dafür haben seine Worte jetzt Gewicht, seine Einschätzungen gelten als Maßstäbe, seinen Empfehlungen wird unbeschaut stattgegeben. Zwar ist sein Schreiben inzwischen nur noch eine Tautologie der herrschenden Zustände, dafür kann er bis ans Ende seiner Tage hoch geachtet weiterdichtern. (sic)

Es sollte seinen Lesern und Freunden ruhig die Härchen auf den Handrücken aufstellen und den Kulturverantwortlichen zu denken geben, wenn der Schriftsteller N. an seinem öffentlich begangenen 70. Geburtstag verlauten lässt, das soeben vorgestellte Buch werde – er verhält mannhaft jedes Zeichen der Ergriffenheit – wohl sein letztes sein. Spricht's und überlässt die Hörerschaft einem um sich greifenden Schauder.

Drei Jahre später, haha!, ist er wieder da: mit einem Roman sogar, seinem wirklich letzten, wie er, dem allgemeinen Niedergang der Kultur heroisch entgegentretend, beteuert. In unbeirrbarer Anhänglichkeit sieht sein Freundeskreis denn auch über die Wiederholungen und Längen im Werk hinweg. Hauptsache, er ist wieder da; niemand wird es übers Herz bringen, einem so verdienstvollen Mann in seinen alten Tagen am Zeug zu flicken.

Und wenn man es recht bedenkt: Was sollte einer, der sein Leben nun einmal der Literatur geweiht hat, in dieser Phase noch Neues, Anderes beginnen? Also verfällt er, die eigenen Vorsätze beiseiteschiebend, wieder auf das Schreiben. Denn solange er sich mit dem Kombinieren und Variieren von Buchstaben beschäftigt, registriert er gar nicht, wie es mit seinem ihm bereits fremd gewordenen Körper weiter abwärtsgeht…

Anlässlich seines 80. Geburtstags lässt er sich nach langem Zureden noch einmal zu einem Auftritt bewegen. Und was für einem! Denn inzwischen ist ein fast 800 Seiten starkes Opus magnum entstanden, in welchem Virtuosität und Altersweisheit einen neuen Gipfel erreichen, wie die ihm ergebenen Kulturredakteure verkünden. Mehrere Kartons mit druckfrischen Exemplaren liegen am Rand der Bühne.

Als nach der Begrüßung der Ehrengäste, von denen einige es sich nicht nehmen lassen, ihre persönliche Ergriffenheit vom Werk zu bekunden, und nach der Eloge eines namhaften Germanisten der Geehrte selbst unter Applaus die Bühne betritt, sich in aller Bescheidenheit vor dem randvollen noch immer applaudierenden Saal verneigt und zu lesen beginnt, wird es still, auf eigenartige Weise still, freilich nicht , weil das Gelesene die Zuhörer ergriffen hätte, sondern weil sie das Hohle unter den Worten hallen hören.

Wie voll von Leben, wie geheimnisvoll und vielsagend so ein Blatt aus dem Nachlass eines Dichters doch ist! Jede Abweichung von der Normschrift deutet auf etwas hin, jede Unregelmäßigkeit innerhalb der Tintenspur, jeder Ansatz zu einem Schnörkel oder da, dieser hoch hinaufschnellende, letztlich ins Leere schießende Auslauf eines Wortendes! Hält man gar eine Lupe über einzelne Stellen, zeigt sich in den kleinen Unregelmäßigkeiten, dass die Linie sich in Auflösung befindet. Das führt auf kurzem Wege zum Grundthema des Schreibers, zu Auflösung und Zerfall, denen der Mann wie kein anderer seiner Zunft bis zu seiner letzten Zeile entgegengewirkt hat. Aber auch ohne Lupe betrachtet, zieht der Linienfluss das Auge in eine bisher nie betretene Welt hinein, in eine Bewegtheit, die keiner der Literaturhistoriker je zu Gesicht bekommen hat.

Es gehört zu den Beglückungen eines Archivars, dass er so einen intimen Lebensabdruck auf sich wirken lassen kann, ohne dass der sich wie das nun einmal vergängliche Leben verflüchtigen kann. Hier, in diesem Papier, das die seidenen Handschuhe des Archivars behutsam am Rand anfassen und gegen das Licht halten, kann der Dichter dem Bewunderer nicht wieder ausweichen, in diesem Blatt ist er erstmals zu Auskünften bereit; geduldiger und zugänglicher zeigt er sich als zu seinen Lebzeiten, wo er ja doch reichlich von sich eingenommen war, offen gesagt: ein präpotenter Kerl, der keine Freunde hatte. Nie konnte man sicher sein, wie seine Aussprüche zu verstehen waren, ja, es schien ihm Vergnügen zu bereiten, die Einschätzungen der Professoren und Journalisten ad absurdum zu führen und selbst ehrlich gemeinte Deutungsversuche mit Füßen zu treten.

Verständlich also, dass Fachleute, die immerhin einen Ruf zu verlieren haben, dann eben warten, bis Ruhe in die Angelegenheit gekommen ist, so dass sie sich, ohne dass ihnen jemand störend dazwischenfährt, mit der Materie befassen können.

Unfassbare Vorgänge, etwa die in einem Roman angedeuteten, umkreisten und ins Visier genommenen, kann man fassbar machen, indem man sie zur Sprache bringt und auf Papier festhält. Damit haben sie das Schlimmste, das Sich-entziehen, hinter sich und man kann sie mit anderen schriftlich festgehaltenen Geschehnissen vergleichen und in die Wirklichkeit einordnen.

Der Zorn über Ausbeutung und Ungerechtigkeiten aller Art, das wissen die Weichensteller von Wirtschaft und Staat sehr wohl, schlägt nicht lange hohe Wellen; irgendeinmal sinkt er entkräftet in sich zusammen und lässt Raum für gegenteilige Positionen entstehen: für Schadenfreude über die Erfolglosigkeit der Protestierer, für mitleidiges Lächeln, Hohn und Sarkasmus. Es ist die Stunde, in der das Kabarett sich des Stoffes bemächtigt. Geschickt drehen die Entertainer so lange daran hin und her, bis ein paar Pointen herausspringen und die Sache unter Gelächter in der Normalität aufgeht.

Was für gewisse Herrschaften die Jagd ist, bei der am Ende das Lebendige, Wilde und Freie regungslos im Gras liegt, tot und nach Gutdünken der Jagdherren verwertet werden kann, ist für den Sprechenden das Erfassen von Vorgängen. Da liegt das zur Strecke Gebrachte vor den Stiefeln des Sprachmächtigen. In den Verben zuckt es noch ein wenig nach, in changierenden Farben und Übergängen schimmert das Gefieder der Eigenschaftswörter, schwerleibig liegen die Substantive am Wegesrand. Schön, damit kann man schon was anfangen, kann sein Süppchen kochen, sich einiges davon auf den Hut stecken und anderes als Trophäe an die Wand hängen.

Bei seiner Eröffnungsansprache stockt der Maler mitten im Versuch, seine Arbeiten zu erklären, weil er voraussieht, dass die zweite Hälfte des ihm auf der Zunge liegenden Satzes seine Bilder flach werden ließe. Also rüttelt er, anstatt den Satz abzuschließen, die Hände in der Luft, an der Stimmritze staut sich der Druck, es spannt in den Schultern und lässt die Sehnen an den Handgelenken hervortreten. *Verstehts, was i sagen will?* Weil er von den Gesichtern aber noch immer Unverständnis ablesen muss, stampft er mit dem Fuß auf den Boden, dass alle erschrecken: *Verstehts net, was i man!*

Der Wortgläubige ist ein heiterer Mensch; um seinen Körper sorgt er sich nicht. Mögen die Feinde des Gläubigen ihn auch mit glühenden Zangen ergreifen, ihn auf die Folterbank spannen und töten, das Wort bekommen sie niemals zu fassen. Mit dem Lächeln der Unbesiegbaren verlässt er die schnöde Welt.

Wer kennt sie nicht, die finster dreinschauenden Männer mit ihren prächtig aufgewölbten Muskeln, die aus sich heraus nach Anwendung verlangen. Man ist geneigt, sie zu bedauern, denn es fehlt ringsum an Gelegenheiten, sie anzuwenden. In der Steinzeit, ja, da wären sie am Platz gewesen, zum Schleppen von Holz und

Stein und zum Entfernen allfälliger Hindernisse. Bedauerlicherweise aber hat der Zufall sie hineinfallen lassen in eine Zeit, in der das schmalschultrige Personal der Intellektuellen sich des Langen und Breiten mit Problemen herumschlägt, die sie, die Breitschultrigen, vermutlich mit einem einzigen Schlage, einem Kinnhaken oder einem Axthieb zum Beispiel, erledigen würden.

Seit jedoch Kinnhaken verpönt und durch verbale Machtanwendung ersetzt worden sind, beherrschen Gehirnprotze und Buchstabenreiter die Szene. Ich denke an die unentwegt auf die Schrift verweisenden Männer der Kirche. Mit den Waffen ihrer Belesenheit verteidigen sie ihre Standpunkte, bei jedem Gottesdienst küssen sie das Buch und verneigen sich vor seiner Hoheit.

Die Musik, diese zu Zerstreuung und Sinnenlust neigende Magd des Herrn, soll in der Kirche in gebotener Zucht und Bescheidenheit ihren Dienst verrichten und nur bei Bedarf in Erscheinung treten. Dies einzig zum Zwecke, dem Wort eine Aura zu verleihen. Sie selbst soll Demut zeigen; Schuldbewusstsein, Entsagung und Zerknirschung sollen von ihr aus auf das Kirchenvolk übergehen. Denn wehe wenn die im Gesang schlummernden Mächte losgekettet würden, jene inbrünstig seufzenden, lustvoll wogenden, zur Selbstentfaltung neigenden Volksgesänge. Einmal vom Zaumzeug befreit, würfen sie ihre Reiter ab, und würden frei querfeldein galoppieren.

Der auf Wohlergehen bedachte Zeitgenosse hat es sich in einem Haus gemütlich gemacht, das einer älteren Dame gehört, der Mutter Sprache. Zu ebener Erde wird gegessen, geschlafen, gestritten, geliebt und gelitten. Wie eine Kuh mit rauer Zunge die andere hinter den Hörnern leckt, um das Jucken zu lindern, so massiert und reibt man dort einander mit den Zungen jene Stellen, an denen es gerade juckt.

Oberhalb der Wohnräume, im Dachbereich, ist das Haus noch nicht fertig, wird es wahrscheinlich nie werden, so fleißig und bemüht auch daran geflickt und gedichtet wird…

Jedes Buch ist ein Abdichtungsversuch. Sogar äußerlich sieht es einem Dachziegel ähnlich. Tausende davon werden jeden Herbst auf den Markt gebracht: schützende Wände gegen Stupidität und Unwissenheit sozusagen. Aber es nützt nichts. Die Ziegel dichten nicht, neue müssen her, denn herunten pfeift es nach wie vor kalt in die guten Stuben herein.

Die Sprache ist dazu geschaffen worden, etwas zu erfassen, zu ergreifen; sie fungiert sozusagen als Häscher des Menschen, der sich die Erde untertan machen will. Wie zu Zeiten des Mittelalters aus manchem Geheimnisträger mittels Daumenschraube Aussagen herausgepresst worden sind, wird von der legalen Gewalt der Syntax von jedem Satz verlangt, dass er etwas über das Subjekt aussagt, von dem gerade die Rede geht. Solange nicht eine klare Aussage vorliegt, gibt es kein Entkommen aus der *strengen Kammer.*

Im Klartext: Es ist dem Redner wie auch dem Publikum peinlich, wenn ein Satz ohne Satzaussage in der Luft stehen bleibt.

Fließen, sprudeln, plätschern, glucksen, fliegen, vergehen, wehen, wie überhaupt die Wortart der Verben: Sie bezeichnet bekanntlich Bewegungen und Angelegenheiten, derer man nicht habhaft werden kann. Sich des allumfassenden Vergehens bewusst zu sein, ist Sache derjenigen, die sich ihm aussetzen, sich mitschwemmen lassen und nicht selten auch untergehen.

Mit solchen Passivisten, das wissen sie selber, ist kein Staat zu machen und keine Wirtschaft zu betreiben. Die Naturgewalten zu bändigen und sie vor ihre Karren zu spannen, ist Sache der Motoriker. Ihr Ergreifenwollen drückt allem, was Verben als entgleitend beschreiben, den Stempel ihres Greifens auf, das begriffliche Denken, das aus Verben Substantiva macht.

Reden wir einmal vom Lesen. In einem Winkel zu hocken und zu lesen, entlang der Zeilen wegzufließen, das sieht nach nichts aus, es bringt nichts, ist allenfalls ein Teil der Atmosphäre einer Buchhandlung. Damit kann man keinen Buchkäufer hinter dem Ofen hervorlocken. Dazu bedarf es einer Lesung. Die findet bereits in der Ebene der Waren statt, denn sie hat einen Preis, den man gegen Kartoffel, Schneeschaufeln oder einen Haarschnitt eintauschen kann.

Die Tendenz zum Substantiv kennt man hinlänglich auch von Sitzungen, Besprechungen, Anhörungen und dergleichen her. In der Sichtweise der Mythen sehe ich da einen Würgengel zupacken, der den Verben das Leben aus dem Leib quetscht und sie als erstarrte Substanz liegen lässt: als Ware.

Das Wort Ware hat für mich Peter Handke erstmals so verwendet, dass es mir unter die Haut gegangen ist. In einem Interview, in dem es um seine von Malte Herwig verfasste Biographie geht, konstatiert der Beschriebene nämlich anstelle des erwarteten Lobes, dieses Buch sei halt auch nur eine Ware.

Das klingt hart, schließlich hat der Biograph eine perfekt recherchierte, kontrastreich geschilderte und in sich hineinziehende Darstellung geliefert. Also wieder eine der unverständlichen Reaktionen eines arroganten Großschriftstellers? Bedenkt man jedoch, wie weit die Warenberge der Buchbranche von den Quellen der Ursprünglichkeit entfernt sind, hat er Recht und muss so reden.

Wenn ich Handkes schreibendes wie auch persönliches, oft vernunftwidriges Verhalten bedenke, frage ich mich, warum so viele strebsame Studenten und biedere Germanisten sich mit ihm befassen. Ist es die Sehnsucht nach der verlorenen Ursprünglichkeit mit all ihren Schrecken und Unbegreiflichkeiten, das Heimweh des Substantivs nach dem Verb? Und dann noch das Privatleben! Trotz mehrerer libidinöser Affären ist er zum Beispiel nicht einer, der die Bezeichnung Mann verdient. Zu einem solchen gehören nämlich Treue, Verlässlichkeit, Geduld, Berechenbarkeit und ähnliche Qualitätsmerkmale des Beziehungsmarktes. Der stets in

Wandlung befindliche Dichter orientiert sich nicht an den Markterfordernissen, er ist ein Teil der unentstellten Naturvorgänge, immer dem Verb näher als dem Substantiv. In unvorhersehbaren Abständen zieht es ihn in den Strudel einer Beziehung hinein, bringt ihn eine Weile durcheinander und spült ihn wieder hinaus. Davon mitgenommen, schauen die Leser ihm aus sicherer Entfernung nach, wie er dahinschlingert.

Nach dem Zusammenbruch des Naziregimes, als auch die Platzhalter der schreibenden Zunft mit ihrem Latein am Ende sind, melden sich, noch nicht ganz trocken hinter den Ohren, die jungen Wilden zu Wort. In einem der Jazzkeller springt ein besoffener Journalist auf den Tisch und zertrampelt, bildlich gesprochen, alles, was bisher als unumstößlich gegolten hat. Ein soeben aus der Vorstellung kommender Schauspieler knüllt ein Manifest aus der Manteltasche, faltet es auseinander und schmettert es über die Köpfe hin; ein Langhaariger verteilt Abzüge seiner Gedichte: Assoziationsfetzen auf billigem Kopierpapier. Mit Typographie, Rechtschreibung und dergleichen nimmt es hier keiner genau; derlei überlässt man den ältlichen Kollegen vom Schriftsteller-Verband. Und wenn die aus ihrer Sicht heraus auch Grund haben, das Verkommen der klassischen Buchkultur zu beklagen, für meine Begriffe verdient manches dieser unausgereiften Elaborate die ehrende Bezeichnung Buch, denn darin weht der Geist des Anfangs.

Inzwischen hat sich der Charakter des Buches geändert. Soll ein Druckwerk von Rezensenten als Buch empfohlen werden, muss es beim ersten Anblick ansprechend wirken und zufolge eines mit Bedacht gewählten Formats angenehm in der Hand liegen. Man schlägt es auf, um Satz und Typographie zu begutachten; vielleicht überfliegt man eine halbe Seite, um zu sehen, ob es auch sorgfältig lektoriert worden ist. Handelt es sich eventuell um Leineneinband,

Fadenheftung, Bütten und Bleisatz, liest der Rezensent schon mehr davon und wird am Ende seiner Besprechung auch ein paar Sätze über den Gehalt des Buches verlieren.

Oft genug bin ich mit meinem Schädel gegen unsichtbare Wände geprallt, um einsehen zu müssen, wie klein mein Bewegungsraum ist, habe es vor Augen geführt bekommen, wenn ich von den Reisen, der Belesenheit und der sprachlichen Wendigkeit meiner schreibenden Kollegen erfahren habe, und bin so auf die Tatsache verwiesen worden, dass mein Leben über einem bescheidenen bäuerlichen Grundriss errichtet ist. Der Germanist Klaus Amann stellt in einer Buchbesprechung fest, der Bau meiner Sätze ähnle dem Dachstuhl eines Lesachtaler Bauernhauses. Damit trifft er den Nagel auf den Kopf, denn Dach und Haus sind Schutzmaßnahmen. Im Fall meines Schreibens schützen die Sätze vor dem ungehinderten Eindringen der Welt in mein Fassungsvermögen. Ich sehe nur die Dachsparren und höre, wie es auf die Ziegel prasselt.

Vom Anfang meines Schreibens an kann ich es nicht recht fassen, dass da etwas ganz und gar Unpassendes, ja Störendes ins Bäuerliche eindringt. Während meiner sogenannten besten Jahre wirft es mich in unvorhersehbaren Abständen aus den Geleisen, so dass ich meine beruflichen und familiären Pflichten nur unzulänglich erfüllen kann.

Nach dem sechzehnten Buch, das ich vor kurzem fertiggestellt habe, darf ich wohl annehmen, dass das mit der Schreiberei, die in bäuerlichen Kreisen ja als eines Mannes unwürdig gilt, somit ein Ende habe, so dass ich wieder einer geordneten Arbeit nachgehen kann. Tatsächlich begebe ich mich an einem der nächsten Tage, ausgerüstet mit Arbeitshandschuhen und Holzhacke, in die Hütte, rücke mir den Hackstock zurecht und mache mich an die lange aufgeschobene Arbeit des Holzspaltens. Mit kundigem Auge suche ich jeden Prügel nach jener Linie zwischen den Ästen ab, an der er am leichtesten zu spalten ist. In den meisten Fällen genügte dann ein einziger Hieb.

Da, wieder bin ich nicht ganz bei der Sache. Ich muss die Hacke an die Wand lehnen und, ohne die Holzsplitter von den Schuhen zu klopfen, ins Haus und über die Stiege hinauf, ins Schreibzimmer.

Himmel, Arsch, ärgere ich mich. Ich habe doch beim letzten Buch mit ehrlicher Überzeugung erklärt, dass dies mein allerletztes sei. Und jetzt wieder sowas! Hören denn die Störungen des Bäuerlichen noch immer nicht auf?

Hinter den Augen, in die ich gelegentlich schaue, sehe ich keine Menschen mehr. An ihrer Stelle flackert dort verschieden starkes Begehren: Die Null schaut nach der Eins aus, die Kälte nach der Wärme, das Untere nach dem Oberen, die Labilität nach der Stabilität.

Durch auffallend dicke Brillengläser sieht eine Frau mich von schräg unten an, nicht zu erraten, aus welchen Unsicherheiten, Befürchtungen oder Erwartungen heraus. Die auf die kupferrote Haartönung abgestimmte Fassung der Brille gibt ihrem Blick ein Minimum an Halt.

Roh wie ein Felssturz kommt einer auf mich zu, der Gruß federt das Ärgste ab.

Eine ganze Genossenschaftssitzung lang sitzt mir der Obmann der Agrargenossenschaft schräg gegenüber. Während er die einzelnen Tagesordnungspunkte erledigt, frage ich mich: Ist dies das Gesicht der Agrargenossenschaft oder das seines Übergewichts?

Das Wetter mit seiner jeder Grammatik hohnlachenden Struktur findet sich kongenial ins Verstehbare übersetzt im Pächter des Strand-Cafés, der übel gelaunt auf den Stufen vor der Terrasse steht und des Langen und Breiten lamentiert, dass das heuer überhaupt kein Wetter sei.

Ein Bärtiger, der im Fernsehen vor einer Almhütte ein Speckbrot in mundgerechte Happen zerschneidet, sie zwischen den Sätzen in sich hineinschiebt, dann und wann zum Bierkrug greift, um nachzuspülen, und nachher mit dem Unterärmel den Schaum von den Barthaaren wischt, er wird trotz der Undeutlichkeit seiner Sprechweise vom Volk bestens verstanden.

Das Ehepaar N. ist mit den Jahren eine Einheit geworden, innerhalb derer sich die Unterschiede einander weitgehend angeglichen und bis zur Unkenntlichkeit verwischt haben. Wie die einzelnen Teile eines Körpers sich stillschweigend verstehen, müssen auch die zwei Teile ein und derselben Einheit kaum noch miteinander reden. Schweigsam gehen beide ihrer Wege; die eine Hälfte spürt und weiß, ohne eigens hinzusehen, was die andere denkt und will. Unterläuft der einen eine Unachtsamkeit, ist sofort die andere zur Stelle und bringt die Angelegenheit in Ordnung. Und wenn es die beiden auch dann und wann in verschiedene Richtungen treibt, solche Spannungen kann es ja auch innerhalb eines einzelnen Körpers geben.

Der Baupolier klagt mir, dass er bei seiner Bauaufsicht schätzungsweise zehn Prozent der Zeit von Baumaterialien und ihrer fachgerechten Verarbeitung rede, neunzig Prozent gehörten ins Fach Psychologie.

Was ich innerhalb der Rechtlichkeit erworben habe, ist schaler Besitz und trägt wenig zum Geflecht bei, aus dem ich lebe. Deshalb schmecken die gestohlenen Kirschen nicht nur besser als die gekauften, sie sind auch gesünder.

Weil in der Dusche jemand den Schlauch nach rechts verdreht hat, spüre ich jetzt in meiner Hand seinen Willen, sich nach links zu drehen.

Wenn ein redlicher Mensch sieht, dass er einen Tatbestand nicht hinreichend genau erklären kann, zuckt er mit den Achseln und schweigt.

Viel vom Schweigen auf dem Lande dürfte von dieser Art sein.

Steht einer, dem Weinen nahe, vor dem frischen Erdhügel, unter dem sein Vater begraben liegt. Es setzt ihm zu, dass er sich vor dessen Tod nicht in geziemender Form verabschieden konnte. Aus dieser Lücke heraus weht ihn das Tödliche an.

Das Gras auf dem Lande ist deswegen so schön, weil es schön ist, dass über gewisse Geschehnisse Gras gewachsen ist.

„Am ersten August 1929 ist die gesamte Ortschaft Oberfrohn infolge eines Blitzschlags bis auf die Grundmauern niedergebrannt." Das war der einzige Satz, den mein Vater, der damals binnen weniger Stunden Wohnhaus und Wirtschaftsgebäude verloren hat, in Hochdeutsch gesprochen hat.

Es gelingt den meisten Zeitgenossen ganz leidlich, innerhalb der Wortwelt Stimmigkeit und Folgerichtigkeit herzustellen. Die schönsten Sätze aber bleiben sinnlose Geräusche, wenn sie nicht von Zeit zu Zeit von der darunter rumorenden Realität über den Haufen geworfen werden.

Wie einen Bauern der Boden aus Erde trägt und ernährt, wächst dem postagraren Bürger nur dann ein Gras, wenn er sich auf den ihn tragenden Boden aus Texten und Zahlen bezieht.

Das Kreative ist im Begriff, die Gebiete der Freiheit zu verlassen, um sich in der Wirtschaft nützlich zu machen: als kreative Buchhaltung.

Die später so genannten Abweichler und Sektierer schließen sich zuerst einer der wohldefinierten Lehren an. In ihnen haben sie einen festen Punkt, von dem aus ihre Abweichungen sich vermessen lassen, so dass sie sich in der Folge frei bewegen können und doch nicht ganz ortlos und verloren sind.

Das Gold, dem festlich gestimmten Betrachter reichlich dargeboten anlässlich des Neujahrskonzertes in den Räumen des Wiener Musikvereinssaals, es erniedrigt sich nicht wie Stein und Mörtel zum Tragen von Lasten und dem Schutz vor Wind und Wetter – sein Glanz weist weit darüber hinaus, und zwar in dieselbe Richtung, in die auch die Musik weist: auf Erhabenheit, Berauschung, Ekstase.

Nur für Materialisten ist es etwas Stoffliches.

Manche Historiker stellen die Geschichte so dar, als ob sie auf etwas Nennbares hinausliefe: auf die Bildung eines mächtigen Reiches, auf Freiheit, Gleichheit und Gerechtigkeit; die Geistesströmungen von Antike und Mittelalter scheinen auf das aufgeklärte Abendland hinauszuwollen, selbst in den Weltkriegen sehen manche, zum Beispiel die italienischen Futuristen, einen mit Worten markierbaren Sinn. Dabei zeigt das gegenseitige sich Behindern, Beschädigen und Vernichten, aus dem die Geschichte besteht, dass Sinn ausschließlich im Auge des Betrachters sich bildet beziehungsweise die Sinnhungrigen immerzu ihre Sinnschablonen vor die Haustüren stellen. Nach einer Weile plumpst schon wieder irgendwas hinein.

Jedes statisch gewordene System versteht sich selbst als alternativlos.

Über alles, was der Fall ist, eine Prise Wortlauch drüberstreuen

Als Obernosterer auf die Welt gekommen, nostere ich eben so vor mich hin, wenn auch selten im Ober-Bereich.

Mitten aus der Existenz des Obernosterer Engel-bert schwirrt plötzlich etwas auf. Was war das bloß? Der Flügelschlag eines Engels? Ungläubig nach oben glotzt der Nosterer.

Keiner will mir Alko holen, drum hol ich mir selber Alk.

Ich war immer schon dort, wo kein Gruß hinkommt.

Meine Heimat fällt weitgehend mit Heumahd zusammen.

Das besonders Gesunde an der Bauernmilch ist das Holen vom zehn Minuten entfernten Hof.

Obwohl das Serviermädchen über seine geschäftliche Freundlichkeit hinaus niemanden an sich heranlässt, gelingt es einem dieser verheirateten Schweine, die hinter jeder Schürze her sind, sich über die geltende Grenze hinaus ihr zu nähern, indem er beim Bezahlen besonders großzügig aufrundet.

Haus ist das häufigste Wort in Frau N.'s besten Tagen. Als sie das entsprechende Objekt endlich hat, treten die Wörter Dreck und Wahnsinn an seine Stelle.

Mittels Mieder und Tracht ordnet Frau N. die angefallene Leibesfülle in die allenthalben respektierte Kategorie der Stattlichkeit ein.

Das Telefon schrillt. Es ist Frau N. Ich erkenne sie an der Tageszeit.

Aus Angst vor allem Fremden würde Frau N. ihre Tochter am liebsten selbst befruchten.

Beim Bericht der Frau, die soeben auf dem Wachzimmer der Polizei ihre Aussage über den nächtlichen Überfall im benachbarten Haus zu Protokoll gegeben hat und nun schon eine Weile bei einer anderen Frau steht, kann ich aus meiner Entfernung nicht mehr verstehen, welche Worte zur Darstellung des Vorfalls verwendet werden. Dafür verfolge ich, wie aufgeregt und in welchen Richtungen die Hände durch die Luft fahren; am öftesten hackt sie mit der Kante der rechten Hand gegen das Haus hin, in welchem der Einbruch verübt worden ist. Dem Höhepunkt der Schilderung zustrebend, bemächtigt sich der noch nachbebende Vorfall ihres sich auf dramatische Weise verschmälernden und jäh wieder auskragenden Leibes und verwindet ihn, wie es die Darstellung eben erfordert.

Eine straff nach hinten gebürstete, dort eingedrehte und mit einem Netzchen befestigte Haarpracht. Auf den Begriff *schön* hin ist jedes Härchen ausgerichtet. Zusammen mit dem fast unsichtbaren Netz, das den Dutt zusammenhält, fungiert die gesamte Vorrichtung als Netz, in welchem einer sich verfangen soll, der verlässlich, fleißig, sparsam und nach Möglichkeit nicht unbemittelt ist. Wie bei Wimperntierchen, die mit ihren Härchen Nahrung herbeistrudeln, strudeln alle Teile ihrer Erscheinung die Blicke auf sie zu.

Den Schweinsbraten hat eine Frau nach soundsoviel Jahren Ehe schon im Handgelenk, den schüttelt sie bei Bedarf nur so aus dem Ärmel, den kocht sie, wenn der Mann sich wieder einmal einen Umfaller geleistet hat, in weitem Bogen an ihm vorbei, auf den Sonntag zu.

Hat jemand von Ihnen vielleicht schon einmal eine helle Freude mit dem in der Hosentasche scheppernden Autoschlüssel gehabt? Ich jedenfalls nicht, beziehungsweise erst nachdem ich ihn einmal verloren habe. Das hat aus ihm etwas inbrünstig Herbeigesehntes, schmerzlich Vermisstes, etwas Geistiges gemacht; im Moment des Wiederfindens ist er in heller Freude aufgegangen.

Der erste Schnee: ein Nichts an Farbe, ein Nichts an Form und Zweck. Den Hysterischen bietet er Anlass für aufgeregte Telefonate, die Furchtsamen bringen darin ihre Befürchtungen unter, den Unerschrockenen gibt er Gelegenheit, ihre Unerschrockenheit an den Tag zu legen, die Kinder lädt er ein, sich im Vertrauen auf ihn der Länge nach in ihn hineinfallen zu lassen.

Für eine exakt quaderförmige Vase habe ich mir bei meinem Tischler einen quaderförmigen Untersatz aus Vollholz bestellt. Geliefert hat er mir einen Quader mit abgerundeten Kanten. Er hat es gut mit mir gemeint und mich vor dem rücksichtslos Geradlinigen bewahren wollen.

Gegen Ende meiner Dienstzeit als Lehrer trotte ich einmal verrichteter Dinge den langen nach Putzmittel riechenden Korridor entlang dem Ausgang zu. Da macht mich der Schulwart aufmerksam, dass im Hof ein paar Buben raufen, ich als ihr Klassenvorstand solle doch ...*Tut mir leid, ich bin nicht mehr im Dienst*, entgegne ich, *ich schimpfe nur noch gegen Bezahlung.*

In meinen guten Jahren bin ich mit den Gegenständen recht roh und achtlos verfahren. In letzter Zeit wollen sie sich das nicht mehr bieten lassen, sie drehen den Spieß um und verfahren jetzt mit mir, wie es ihnen beliebt. Der Schuh zwingt mich, mich bis zur Schmerzgrenze zu bücken, die Brille bestraft mich für meine Schlamperei, indem sie sich mir entzieht, wenn ich sie gerade am dringendsten bräuchte, die Seife in der Badewanne verhöhnt meinen Zugriff als plump und glitscht mir aus der Hand.

Das Wesen des Sesshaften ist ernst. Ernst wird es, wenn etwas auf ihn zukommt, denn er kann nicht ausweichen, er muss sich ihm stellen. Ist das auf ihn Zukommende größer und stärker als er, wird es sehr ernst. Es geht um Hiersein oder Nichthiersein, denn woanders sein ist so gut wie Nichtsein, ist undenkbar. Ehrensache für so einen, dass er keinen Finger breit weicht. Lieber lässt er sein Leben, als dass er sich von seinem Standpunkt abbringen lässt.

Anders der Ortlose, der Schmetterling. Nur für kurze Momente setzt so ein Wesen irgendwo auf dem Festen auf, niemals so lang wohlgemerkt, dass der Punkt ein besonderer würde, ein altvertrauter, zu dem es ihn immer wieder hinzieht.

Was mich betrifft, so habe ich immer einen Zug zur Sesshaftigkeit verspürt, nur haben die Umstände mich von einem Ort zum anderen gescheucht. Über zehnmal musste ich meinen Standort wechseln, so dass ich mit keinem identisch werden konnte. Will einer mich treffen, indem er mich als Kärntner behandelt, als typischen Mann, als Lehrer, Schriftsteller oder Pensionist, bin ich nicht dort, bin nichts von all dem. Mag sein, ich war einmal dort, aber nur vorübergehend, vorüber schwebend.

Rote Grablichter, preiswerte Sechserpackungen, daneben die etwas teureren, die oben einen Windschutz aus durchlöchertem Blech aufgesteckt haben: Anfang Oktober schon steht eine ganze Palette in der Nähe der Kaufhauskassa, eine ganze Stalinorgel gegen Tod und Vergessenwerden gerichteter Geschosse.

Eine Woche vor Allerheiligen taucht eine Art Vorhut auch bei mir auf. In der Speis. Als ich etwas holen will, was meine Stimmung aufhellt, der bereits entkorkte Grappa wird's wohl werden, da tritt mir von der Stellage her in stummer Entschlossenheit eine Sechserformation in roten Uniformen entgegen, getrennt nur noch durch ein Nylonhäutchen.

Meine Einfälle behandle ich wie meine Kinder. Auch wenn sie mit Mängeln auf die Welt kommen, verstoße ich sie nicht, sondern beschäftige mich so lange mit ihnen, bis aus ihnen etwas wird.

Wer von so tief unten in die Sprache heraufkommt wie Peter Handke, kann sagen und schreiben, was er will, auch Nonsens, Beleidigungen, historisch Unrichtiges, es wird immer etwas dran sein.

Den Studenten der Germanistik bleibt keine Zeit zu lesen, sie müssen lernen, Bücher zu verarbeiten.

Wenn ein Literat über seine Bedeutung nachzudenken beginnt oder gar sie genießt, bringt ihn das nicht weiter. Wohl aber findet er unbegrenzt viel Stoff, wenn er sich mit seiner Nichtigkeit beschäftigt.

Bedenkt man, dass die Hauptarbeit des Schriftstellers (nicht des Dichters!) darin besteht, dass sie ihren Rohstoff zu etwas Eindimensionalem ordnen und für den Gebrauch herrichten, müsste man sie eigentlich den Dienstleistungsgewerben zurechnen.

Manche Vokabel muss ich mir aus der Umgangssprache in meine eigene übersetzen, so etwa das Wort *wirklich*. Es erhebt einen zu hohen Anspruch, denn es behauptet nicht weniger, als die Wirklichkeit zu vermitteln, zum Beispiel wenn jemand sagt, das Konzert sei *wirklich schön* gewesen, oder eine Geschichte sei wirklich wahr. Ich übersetze *wirklich* mit *für den gerade Sprechenden*. So heißt es dann, es sei *für den gerade Sprechenden* ein schönes Konzert gewesen, beziehungsweise die Geschichte sei *für den gerade Sprechenden* wahr.

Etwas geschieht, und ich denke ihm nach. Sobald ich überfordert die Verfolgung aufgebe, rundet sich der Versuch einer Verfolgung zu einem Gedanken ab. Seine Fassbarkeit hat etwas Beruhigendes. Man kann von diesem festen Punkt aus entspannt in die Richtung schauen, in der die Sache sich entzogen hat.

Schon lange habe ich die Lust verloren, Gedrucktes zu lesen; stattdessen lese ich in den Körpern mit ihren Druckverhältnissen, so da wären: Vergangenes gegen Gegenwärtiges, Spontanes gegen Geplantes, Geordnetes gegen Triebhaftes, Aufkommendes gegen Niederbrechendes, Geradliniges gegen Ausweichendes ...

Die Bewunderungen des Publikums haben seit jeher den Siegern und Überwältigern gehört. Auch in der Literatur: als Bewältigung eines Stoffes.

Ich habe mit einigen Texten vielleicht ein Unentschieden geschafft. Öfter aber hat etwas mich überwältigt.

Meine Schriften wollen keineswegs Anleitungen zum Glücklichsein bieten. Im Gegenteil: Sie führen den Leser zurück in jene Bezirke, die zu verlassen das Trachten nach Glück und Wohlergehen ihm geraten hat.

Als Schriftsteller vermittle ich den Lesern Baugründe, die außerhalb ihres Horizonts liegen. Bauen müssen sie selber.

Einem vielleicht möglichen Missverständnis muss ich zum Schluss noch vorbeugen, nämlich dem, dass ich ein zu Unrecht an den Rand der Gesellschaft gedrängter Bürger sei. Wahr ist eher das Gegenteil: Wenn ich dem Ruf Glauben schenke, der von mir in Umlauf ist, bin ich einer, mit dem man besser keinen Umgang pflegt: unbrauchbar als Vorbild, eine Schwachstelle im Bild, das die hiesige Lehrerschaft mühsam aufrechterhält , bodenlos, wo man feste Grundsätze erwarten könnte, ein lustloser Komparse des Landlebens. Der denkbar schlechteste Ruf gehe mir voraus, deuten mir wohlgesinnte Kollegen an, als ich der hiesigen Hauptschule zugewiesen werde. Sie bringen es aber nicht über die Lippen, mir im Detail zu erklären, worauf dieser Ruf zurückgeht.

Einiges von dieser Negativität meine ich während des Schreibens zu spüren, chaotische, erschreckend menschenfeindliche Anwandlungen, denen ich so gut wie möglich Einhalt gebiete. Dabei hätte es – mir graut bei dem Gedanken an gewisse Situationen – manchmal nur einen ungünstigen Zufall gebraucht und ich stünde als gewissenlos, ja als Verbrecher da, mein gesamtes Verhalten sähe von Grund auf kriminell aus, mein Gang erschiene niederträchtig, meine Bücher gehörten aus den Bibliotheken entfernt.

Eine charakteristische Linie in meinem Lebenslauf sehe ich darin, dass es mich,

den Bauernbuben, kaum dass ich mich umschauen konnte, aus den Geleisen des Bäuerlichen gekippt hat. Ernstlich gewillt, das Beste aus dem minderen Ausgangsmaterial zu machen, strebte ich sogar den Priesterberuf an. Zu meiner eigenen Überraschung aber geriet ich so gründlich vom dorthin führenden Weg ab, dass ich mir den Hochwürden in die Haare schmieren konnte und mich mit einer kleinen Richtungsänderung ins pädagogische Metier hinein rettete. Leider habe ich auch als Pädagoge nie ganz begriffen, was eines Pädagogen ist. Immerzu ritt mich der Teufel: einmal links weg, einmal im gestreckten Galopp auf einen Abgrund zu, am öftesten aber hinaus ins unerkundete Gelände der Literatur.

Nun, da ich mich ihr in aller Ruhe widmen kann, ergeht es mir beim Versuch, etwas geradlinig zu erzählen, ähnlich: Was in mir vorgeht, drängt mich vom geplanten Verlauf ab, hinaus gegen das Formlose, so dass, was ich erzählen wollte, ein von den Mächten des Zufalls bestimmtes Mäandern wird, das an den Verlauf des das Tal durchziehenden Flusses erinnert, bevor er reguliert worden ist.

Anders als die reinen Dichter, die nicht die Trampelpfade des Zweckhaften dahintrotten müssen, habe ich das über weite Strecken meines Lebens hin tun müssen, habe mir das Schreiben nur zwischendurch erlauben dürfen: ein ungeduldig erwartetes, immer wieder aufzuschiebendes Hinausgrasen über die mir zugewiesenen Grenzen.

Im Nachhinein spüre ich, dass jene Tage aus meinem Leben verschwunden sind, an denen ich das Schreiben hintanstellen musste. Sie haben nichts mit mir zu tun. Nicht ich habe in der entsprechenden Zeit gelebt, sondern die Zeit und ihre Erfordernisse haben aus mir das für sie Brauchbare herausgesaugt. Der Rest aber, den die Verwerter als unbrauchbar beiseitegeschoben haben, ruft ihnen jetzt nicht ohne Schadenfreude zurück:

Hurra, ich lebe noch!

Ich habe geschrieben. Was jetzt auf dem Papier steht, hat noch viel vom Ungeordneten und Stillosen der Angelegenheiten, die mich zum Schreiben getrieben haben: bei weitem kein Roman, der als solcher eine breitere Leserschaft als dieses Konglomerat erreichen könnte, auch keine der anderen poetischen Gattungen, die wie Gefäße sind, in denen die Gesellschaft sich den jeweiligen Stoff servieren lässt, lediglich ein Versuch, ein Buch zu schreiben, ist es geworden.

Wie bereits erwähnt, habe ich von so einem Versuch erstmals in der Nachkriegszeit in meinem Heimatdorf gehört. Der zugewanderte Wegmacher, der ein Leben mit Flucht, Hunger und vielerlei Nöten und Schicksalsschlägen hinter sich hatte, verkündete im Gasthaus des Öfteren, er werde ein Buch schreiben. Natürlich kam er über den Titel und stückweise mündliche Schilderungen nicht hinaus. Dieses sein Wollen ist für mich der Maßstab eines Buches geblieben. Und wenn ich selber auch nicht in der Lage bin, eines vorzulegen, das die Bezeichnung verdient, so richte ich mich doch bei allen Rücksichten und Entscheidungen, die mein Schreiben betreffen, nach dem, was jener Wegmacher unter einem Buch verstanden haben dürfte.

Leslie M. LeCron

Fremdhypnose – Selbsthypnose

Ein Hypnosesachverständiger und Hypnotherapeut internationalen Ranges – der Tausenden von Ärzten und Psychologen die Techniken der Fremd- und Selbsthypnose gelehrt hat – weist überzeugend nach, daß die Hypnose nicht nur Spezialisten vorbehalten ist, sondern von jedermann erfolgreich angewandt werden kann.

Tagtäglich unterliegen wir zahllosen Suggestionen, die uns aus der Umwelt erreichen und uns – durch alles, was wir wahrnehmen und erleben – beeindrucken. Täglich suggerieren wir Dritten und auch uns selbst gegenüber Gedanken, Gefühle, Haltungen, Handlungen. Aufgrund der Anleitungen dieses Buches können Sie die für Ihre Gesundheit und Ihr Lebensglück schädlichen Suggestionen ausschalten und – demgegenüber – positive, lebensfördernde Einflüsse bewußt und gezielt zur Geltung bringen. Von unschätzbarem Nutzen sind die Techniken der Selbsthypnose. Mit ihrer Hilfe können Sie sich vollkommen entspannen, sich von Schlaflosigkeit, Sorgen und Depressionen, Angst und Hemmungen, Minderwertigkeitskomplexen, Charakternachteilen und schädlichen Gewohnheiten wie übermäßigem Essen und Trinken oder vom Rauchen befreien. Sie können ein harmonischeres Geschlechts- und Gefühlsleben führen und, zu positivem Denken angeleitet, zu einer neuen Selbsteinschätzung, einem neuen Selbstvertrauen und einem glücklicheren Leben finden.

Leslie M. LeCron genießt internationalen Ruf als Hypnotherapeut und ist einer der größten Fachleute auf dem Gebiet der Hypnose. Er verfaßte mehrere Bücher – seine *»Selbsthypnose«* ist ebenfalls im Ariston Verlag erschienen – und veröffentlicht laufend in Fachzeitschriften. Er ist Mitglied der Internationalen Gesellschaft für klinische experimentelle Hypnose, Ehrenmitglied der Britischen Gesellschaft für medizinische Hypnose und Mitglied des Amerikanischen Ausschusses für psychologische Hypnose.

Leslie M. LeCron

Fremdhypnose – Selbsthypnose

Technik und Anwendung im täglichen Leben

Ariston Verlag · Genf/München

Andere Werke aus unserem Verlagsprogramm
finden Sie am Schluß dieses Buches verzeichnet.

CIP-Titelaufnahme der Deutschen Bibliothek

Le Cron, Leslie M.:
Fremdhypnose – Selbsthypnose: Technik u. Anwendung im
tägl. Leben / Leslie M. LeCron. [Aus d. Amerikan. übertr.
von Walter Jansen. Überarb. von A. Schuh].
9. Aufl. – Genf; München: Ariston Verlag, 1990.
(Ariston-Paperback)
Einheitssacht.: The complete guide to hypnosis ‹dt.›
ISBN 3-7205-1414-5

Gestaltung des Einbandes:
Werbeatelier Jürgen Richter

Aus dem Amerikanischen übertragen von Walter Jansen
Überarbeitet von A. Schuh

THE COMPLETE GUIDE TO HYPNOSIS
Original English language edition published by
Nash Publishing Corporation, Los Angeles

Die Hardcover-Ausgabe (1. bis 6. Auflage) ist
unter demselben Titel im Ariston Verlag erschienen

Neunte Auflage Mai 1990
Printed in Austria 1990

ISBN 3-7205-1414-5

Inhaltsverzeichnis

Einleitung

In den letzten Jahren sind viele Bücher zum Thema der Hypnose veröffentlicht worden. Die meisten wandten sich jedoch an die Fachleute und waren für den behandelnden Praktiker bestimmt.*

Mit diesem Buch soll jeder, der mehr über die Hypnose erfahren und Fakten darüber erhalten möchte, eingehend informiert werden. Den populären Fehlansichten, die manche Leute veranlaßt haben, die Hypnose zu fürchten und sie mit einem Schein des Geheimnisvollen und Magischen zu umgeben, soll entgegengetreten werden. Erst mit dem richtigen Verständnis und dem Wissen über die Hypnose können ihre Vorteile nutzbar gemacht werden.

Ob es am Ende des Zweiten Weltkriegs in den USA und im westlichen Europa auch nur zweihundert Experten – Ärzte, Zahnärzte und Psychologen – gegeben hat, die sich in ihrer Berufsausübung der Hypnose praktisch bedienten, ist zu bezweifeln. Heute sind es allein in den USA zwanzigtausend oder mehr (statistische Unterlagen liegen darüber nicht vor). Mit der Zunahme des beruflichen Interesses wurde auch das allgemeine Interesse geweckt. Hunderttausende Menschen haben die Technik und Auswirkung der Hypnose an sich selbst erlebt. Ihre Aussagen haben viele weitere veranlaßt, sich für dieses faszinierende Gebiet zu interessieren.

Während der letzten Jahre, in denen die Hypnose als geeignetes Mittel für deren professionelle Anwendung erkannt ist, wurde sie

---

* *Ein hervorragendes Werk dieser Art stammt von Dr. med. Léon Chertok, dem bekannten Pariser Psychiater und Psychoanalytiker, der als einer der großen Spezialisten der medizinischen Hypnose gilt. Sein in alle großen Weltsprachen übersetztes Buch erschien deutsch unter dem Titel „Hypnose – Theorie, Praxis und Technik" im Ariston Verlag, Genf, 2. Aufl. 1972.*

auch eingehender erforscht. Unser Wissen über sie reicht allerdings noch lange nicht aus. Das amerikanische Gesundheitsministerium, das früher keine Mittel für die Hypnoseforschung zur Verfügung stellte (ebensogut hätten die Forscher Gelder für die Untersuchung der Zauberei beantragen können), hat neuerdings, genauso wie viele Stiftungen, großzügige Beihilfen für die Forschung gewährt. Viele Einzelpersönlichkeiten, die psychologischen Institute an Universitäten und die medizinischen Fakultäten haben Mittel erhalten und Forschungsaufgaben wahrgenommen.

Es gibt in den Vereinigten Staaten heutzutage drei Fachorganisationen, die sich mit Hypnose befassen. Die Society for Clinical and Experimental Hypnosis wurde als erste dieser Gesellschaften 1949 gegründet (ihre Anschrift ist: 353 W. 57th St., New York, N. Y., 10019). Die anderen zwei Gesellschaften sind die American Society of Psychosomatic Dentistry and Medicine (2802 Mermaid Ave., Brooklyn, N. Y., 11224). Jede von ihnen gibt eine Vierteljahreszeitschrift heraus, die die Forschungsergebnisse sowie wissenschaftliche Arbeiten über Hypnose veröffentlicht. Die Zeitschriften können von jedermann abonniert werden. Die Mitgliedschaft bei allen drei Gesellschaften ist auf qualifizierte Ärzte, Zahnärzte und Psychologen beschränkt.

In diesem Buch habe ich aufzuzeigen versucht, daß die Hypnose nicht nur von Spezialisten angewandt werden kann. Auch jeder einzelne kann sich ihrer vorteilhaft bedienen, insbesondere der Autohypnose.

Am interessantesten, glaube ich, wird der Leser die aufgezeigten Methoden zum Empfang von Informationen aus dem Unterbewußtsein durch unbewußt gesteuerte Signale zur Beantwortung von Fragen finden. Verfahrensmäßig geschieht dies durch ideomotorische Bewegungen. Dieses Verfahren beweist, daß das Unterbewußtsein autonom denkt und urteilt – eine Tatsache, derer sich nicht viele Menschen bewußt sind. Es ermöglicht die direkte Kommunikation mit den unterhalb der Bewußtseinsschwelle liegenden Tiefenschichten des Unbewußten.

Einige tausend Praktizierende, die an den von der Interessengemeinschaft des sogenannten Hypnose-Symposiums veranstalteten

Kursen teilgenommen haben, sind in dem Verfahren geschult worden. Es handelt sich dabei um eine Gruppe, die solche Lehrveranstaltungen durchführt; ich bin einer ihrer Instruktoren.

Leslie M. LeCron

I. Was ist Hypnose?

Die Frage wird häufig gestellt und ist sehr schwer zu beantworten. Wir wissen eine ganze Menge darüber; aber mehr noch gibt es an diesem Phänomen, wovon wir nichts wissen. Wir können das Phänomen beschreiben; aber bisher hat niemand eine Theorie aufgestellt, die in jeder Hinsicht befriedigend wäre.

Die Schwierigkeit tritt schon zutage angesichts der von den verschiedenen Lexika, Wörterbüchern und Autoren sehr unterschiedlich definierten Begriffsbestimmung. Auch die Terminologie wird von den verschiedenen Fachautoren reichlich unterschiedlich gehandhabt. Wir unterscheiden jedenfalls Fremdhypnose (Heterohypnose) und Selbsthypnose (Autohypnose). Und von Hypnose sprechen wir immer dann, wenn das Medium oder Subjekt – sei es infolge gezielter Beeinflussung in Form von Suggestionen oder sei es spontan – sich in einem Trancezustand befindet, wobei der Tiefengrad der Hypnose von einer nur leichten oder mittleren Trance bis zum tiefen Hypnosezustand – einer tiefen Volltrance – reicht. Unter Suggestionen verstehen wir die Beeinflussung des Seelischen, insbesondere auch des Unterbewußten, hinsichtlich menschlicher Denk-, Gefühls- und Willensabläufe. Suggestion im engeren Sinn ist die gezielte Beeinflussung, sei es durch Fremdsuggestionen (Heterosuggestionen), also Beeinflussung durch einen Dritten, sei es durch Selbstsuggestionen (Autosuggestionen).

Sie mögen überrascht sein zu erfahren, daß Sie selbst spontan schon hundert- oder sogar tausendmal unter Selbsthypnose gestanden haben. Obwohl diese spontanen Trancezustände gewöhnlich nicht als Zustand erlebter Hypnose bezeichnet werden, sind sie es dennoch. Wahrscheinlich kommt es an jedem Tage unseres Lebens dazu. Haben Sie jemals Tagträume? Jeder hat sie. Sie markieren einen Hypnosezustand. Vertieft man sich in irgend etwas – beim Lesen eines Buches, bei der Arbeit, bei einem Hobby –, dann gleitet man unbemerkt in einen Hypnosezustand. Viele andere Vorgänge – ein Film, ein Fernsehprogramm oder eine religiöse Feier – können zur spontanen Selbsthypnose führen.

Haben Sie jemals in einem Tanzlokal oder anläßlich einer Fernsehübertragung gesehen, wie junge Leute tanzten? Beobachten Sie die Tänzer, dann merken Sie, daß sich die meisten in Trance befinden. Ihre Gesichter sind völlig ausdruckslos, und sie sprechen nicht. Dies ist nicht allzu überraschend, wenn man bedenkt, daß Priester und Medizinmänner aller Naturvölker die Hypnose anwenden oder hypnotische Zustände herbeiführen – durch Sing-Sang und Tamtam, durch Tanzen und Musik, insbesondere rhythmische Trommelschläge.

Fast jeder, der Hypnose nicht selbst erlebt oder kein Buch darüber gelesen hat, wird viele Fehlansichten über sie haben; wahrscheinlich fürchtet er sich, hypnotisiert zu werden. Das Fortbestehen verbreiteter Fehlansichten ist wirklich recht sonderbar; denn was die Hypnose zu leisten vermag, sollte seit etwa zweihundert Jahren bekannt sein.

Am häufigsten wird irrtümlich angenommen, ein Hypnotisierter müßte ohnmächtig und bewußtlos werden. Selbst auf den allertiefsten Stufen einer Volltrance kommt es nicht dazu. Das Bewußtsein ist immer wach.

Oft glauben die Leute, sie würden sich in die Gewalt des Hypnotiseurs begeben und müßten alles tun, wozu sie aufgefordert werden. Auch das ist falsch. Nichts kann gegen den Willen des Hypnotisierten geschehen. Niemand wird während des Hypnosezustands etwas tun, das seinen Begriffen von Sittlichkeit und Moral widerspricht. Anders lautende Sensationsmeldungen gehören in den Bereich der Legende, sind Zeitungsenten. Hypnotisieren ist schließlich nicht sehr schwer zu erlernen, und es gibt genug skrupellose Menschen auf der Welt. Sie würden sicherlich die Hypnose als sehr nützlich betrachten, wenn sie sich damit Menschen unterwerfen könnten. Die eingegebenen Suggestionen werden vom Hypnotisierten sowohl bewußt als auch unbewußt zensiert und nur dann befolgt, wenn sie für ihn akzeptabel sind.

Mitunter wird ein Hypnotiseur gefragt: „Was würde geschehen, wenn Sie sterben würden, während ich hypnotisiert bin?" Oder: „Was wäre, wenn Sie mich nicht aufwecken könnten?"

Zunächst muß dazu festgestellt werden, daß der Auftrag, aus der Hypnose zu erwachen, nur sehr selten nicht befolgt wird. Bei einem Praktiker, der Tausende von Personen hypnotisiert hat, wird dies kaum jemals vorkommen. Eine solche Lage wäre im übrigen nicht gefährlich, und der professionelle Hypnotiseur weiß, wie er damit fertig wird. Im Kapitel über die sogenannten „Gefahren" wird dies eingehender behandelt werden. Auch wenn nichts unternommen würde, würde der Patient nach einer gewissen Zeit gleichwohl erwachen. Jeder Hypnotisierte kann jederzeit von selbst erwachen, wenn er dies wünscht.

Manche Menschen fürchten sich, im Hypnosezustand zu sprechen und irgendein „Staatsgeheimnis", etwas, das nicht bekannt werden sollte, auszuplaudern. Da jedoch auch in Trance das Bewußtsein nie ganz ausgeschaltet ist, wird natürlich niemand dergleichen verraten. Der Hypnotisierte weiß genau, was er sagt oder tut.

Jemand könnte sagen: „Ich glaube nicht, ein gutes Subjekt zu sein, denn ich habe einen starken Willen." Tatsächlich eignet sich eine intelligente, willensstarke Person am besten. Ganz allgemein läßt sich sagen: Je höher der Intelligenzquotient, um so besser die Eignung. Natürlich gibt es viele Ausnahmen von dieser Faustregel. Andere Faktoren können zur Geltung kommen. Selbst ein Genie spricht möglicherweise auf die Hypnose – oder auf den Hypnotiseur – nicht an.

Das Erlebnis während des Hypnosezustandes ist individuell sehr verschieden und von der erreichten Tiefe abhängig. Bei einem bloß leichten oder auch bei einem mittleren hypnotischen Zustand wird sehr wenig empfunden – es kommt zu einer Trägheit, Gleichgültigkeit oder Lethargie. Die Versuchsperson fühlt sich, als könne sie sich bewegen, sprechen, die Augen öffnen, und sie kann dies auch. Es scheint jedoch zu mühevoll zu sein, und die in leichter oder mittlerer Trance befindlichen Personen werden sich nur selten anstrengen.

Die Vorstellung, bewußtlos zu werden, scheint bei vielen Menschen so festzusitzen, daß sie nicht glauben können, hypnotisiert worden zu sein, obgleich dies tatsächlich der Fall war. Die meisten Hypnotiseure sagen der Versuchsperson schon im Laufe eines vorbereitenden Gesprächs zu Beginn, sie würde wach bleiben, aber nach dem Wecken ist es nicht ungewöhnlich, wenn die Person dann sagt: „Das ist doch zu schade. Ich glaube, es ging nicht. Ich habe alles gehört, was Sie sagten." Vielleicht ist es bedauerlich, daß innerlich nichts „klickt" bzw. daß – insbesondere bei den leichteren Hypnosezuständen – so wenig empfunden wird.

Manche Menschen werden sich nach einer Hypnosesitzung erinnern, eine große Schwere empfunden zu haben, besonders in den Armen und Beinen. Andere haben fast das Gegenteil verspürt und fühlten sich sehr leicht, als ob sie dahingetrieben, „auf Wolken geschwebt" wären.

Obwohl das Bewußtsein nie völlig ausgeschaltet ist, wendet sich der Hypnotiseur zum größeren Teil an das Unterbewußtsein des Subjekts. Die Reaktionen des Hypnotisierten entspringen zumeist seinem Unterbewußtsein, das viel leichter beeinflußt werden kann. Das Unterbewußtsein denkt und urteilt, obwohl auf eine etwas andere Art als das Wachbewußtsein. Dies ist leicht zu beweisen und wird im weiteren noch behandelt werden.

Die meisten Hypnotiseure versuchen, dem hypnotisierten Partner eine Veränderung seines körperlichen Zustandes zu demonstrieren; denn sie wissen, daß der Hypnotisierte wahrscheinlich fragen wird, ob er hypnotisiert sei oder nicht. Mitunter wird ein Test durchgeführt, der die Versuchsperson überzeugt. Es wird ein Hypnosephänomen suggeriert, wie beispielsweise die Unempfindlichkeit der Hand (Anästhesie), die Steifheit eines Gliedes (Katalepsie) oder irgendein anderes überzeugendes Beispiel.

In einer tiefen Trance (Hypnose ist ja immer ein Trancezustand) wird der Hypnosevorgang viel bewußter. Der Denkprozeß ist langsamer. Die Lethargie ist ausgeprägter. Wird das Subjekt zum Sprechen aufgefordert, macht ihm dies zuerst Mühe, was auf seinen lethargischen Zustand zurückzuführen ist. Manchmal tritt nach dem Wecken völliger Gedächtnisschwund (Amnesie) gegenüber allem zutage, was sich während des Hypnosezustandes ereignete.

Über die Hypnose sind verschiedene Theorien entwickelt worden. Wie bemerkt, ist keine von ihnen erschöpfend oder wirklich befriedigend. Wir können die Hypnose beschreiben, sie aber nicht in allen ihren Teilaspekten definieren. Sie ist ein veränderter Bewußtseinszustand, ein veränderter Wachzustand; das Bewußtsein bleibt, obwohl herabgesetzt, vorhanden. Normalerweise befindet sich das Bewußtsein obenauf, es dominiert über das in der tieferen Schicht des menschlichen Seelenlebens schlummernde Unterbewußte. Während der Hypnose ist es umgekehrt: das Unterbewußte macht sich geltend gegenüber dem herabgesetzten Bewußtsein. Die Gedanken steigen aus dem Unterbewußten ins Bewußtsein.

Eine weitere typische Eigenschaft des hypnotischen Zustands ist die erheblich gesteigerte Beeinflußbarkeit. Im tiefen Hypnosezustand kann jemand ihm suggerierte Handlungen begehen, die ganz lächerlich sind, wie es bei Hypnosevorführungen auf der Bühne oft demonstriert wird. Suggestionen können sogar, ebenso wie Emotionen, zu körperlichen Veränderungen führen und auf die Funktionen von Organen und Drüsen einwirken.

Eine weitere Eigenart der Hypnose, die vor allem auf den tieferen Stufen der Trance deutlich wird, ist der sogenannte *Rapport,* d. h. der besondere Kontakt, die persönliche Wechselbeziehung zwischen dem Hypnotiseur und dem Hypnotisierten. Man spricht in diesem Zusammenhang vom Phänomen der Übertragung. Der Hypnotisierte scheint zu wünschen, alles zu tun, was ihm suggeriert wird, vorausgesetzt, es widerspricht nicht seinen sittlichen Überzeugungen. Er verspürt eine enge Beziehung zum Hypnotiseur. Es heißt, der Rapport sei so stark, daß der Hypnotisierte nur auf seinen Hypnotiseur und niemanden sonst reagiert. Manchmal stimmt es, keineswegs immer. Entscheidend scheint dies von der Haltung des Hypnotisierten abhängig zu sein. Es kann ihm zuviel Mühe machen, auf einen anderen zu reagieren; gewöhnlich wird er dies tun. Ist das nicht der Fall und fragt man nach dem Wecken die Versuchsperson, ob sie gehört habe, wie ein Dritter auf sie einsprach, wird sie dies wahrscheinlich bestätigen, jedoch hinzufügen, eine Antwort wäre zuviel der Mühe gewesen und sie hätte nicht gestört werden wollen.

Bereits von der alten klassischen Schule von Nancy, Männern wie A. A. Liébeault und H. Bernheim, war klargestellt worden, daß in der Hypnose ein normaler psychologischer Zustand und ein bei entsprechender Beeinflussung jedermann mögliches Phänomen zu sehen sind. (Sie setzte sich gegen die Schule von Paris mit J. M. Charcot an deren Spitze durch, die in der Hypnose einen pathologischen Zustand, eine künstlich herbeigeführte hysterische Neurose erblickte.) Aber Liébeault und Bernheim gingen noch – von der dann durch I. P. Pawlow weiterentwickelten – Ansicht aus, die Hypnose sei eine Art Schlaf. Gewiß gleicht ein Hypnotisierter, dessen Augen geschlossen sind, einem Schlafenden. Auch die an ihm feststellbare Lethargie deutet darauf hin. Diese Theorie stimmt aber nicht, denn der Hypnotisierte bleibt wach. Es fehlt die sonst aus dem Enzephalogramm ersichtliche Schlafkurve, und es fehlt auch der Patellarreflex (die automatische Bewegung, wenn das Knie angestoßen wird). Letzterer stellt sich im Wachzustand ein, nicht aber während des Schlafes.

Die von Sandor Ferenczi, einem Psychiater und Schüler von Sigmund Freud, entwickelte sogenannte psychoanalytische Theorie läuft darauf hinaus, daß der Hypnotisierte den Hypnotiseur als Elternersatz akzeptiere, in Regression verfalle und schließlich auf der Stufe der psychischen Entwicklung eines Kindes reagiere. Jeder, der hypnotisiert worden ist, wird diese Theorie als weit herbeigeholt zurückweisen.

Kaum überzeugend ist auch die Theorie, Hypnose sei ein bedingter Reflex, der sich im Verlauf des Reifevorgangs aus Wörtern usw. entwickelt habe, die Teil früherer Erlebnisse gewesen seien.

Verschiedene Fachleute haben die Ansicht vertreten, ein Hypnotisierter verhalte sich so, wie er glaubt, ein Hypnotisierter solle sich verhalten. Daraus wäre zu folgern, die Hypnose sei völlig unecht. Für die geringeren Tiefengrade der Hypnose trifft dies zum Teil zu und hängt mit dem Phänomen der Übertragung zusammen. Ein weiterer Aspekt dieser Theorie, daß nämlich alle hypnotischen Phänomene auch von nicht hypnotisierten Versuchspersonen hervorgerufen werden könnten, wird durch verschiedene Tatsachen völlig widerlegt. Unter diesem Aspekt bliebe unerklärlich, wie jemand durch eine indirekte Methode hypnotisiert werden und dann über seinen Hypnosezustand völlig in Unkenntnis sein kann. Dagegen spricht auch die Tatsache, daß Kleinkinder in tiefste Hypnose versetzt werden können, obwohl sie natürlich nicht die geringsten Vorstellungen darüber haben, wie sich ein Hypnotisierter verhalten soll. Auch übersieht diese Theorie das Phänomen der Selbsthypnose.

Die vielleicht noch befriedigendste Theorie, obgleich auch sie nicht alle Aspekte berücksichtigt, ist die der Dissoziation. Die Vertreter dieser von P. Janet entwickelten und auch von anderen übernommenen Theorie gehen davon aus, daß sich gewisse Bewußtseinsströmungen freimachen und eine automatische Aktivität übernehmen können. Die normale Art, sich zu erinnern, ist das Ergebnis von Gedankenassoziationen. Dissoziation ist das Versagen der Fähigkeit, sich an Dinge zu erinnern, an die man sich normalerweise erinnern sollte – eine Unterbrechung oder eine Repression des Gedächtnisses. Amnesie ist daher ein wesentliches Argumentationselement dieser Theorie. Die Dissoziation ist sicher bei der spontanen Amnesie, die einem tiefen Hypnosezustand folgt, gegeben; aber bei einem nur leichten hypnotischen Zustand spielen sich, wenn überhaupt, nur geringe Dissoziationsvorgänge ab. Das Unterbewußtsein vergißt nicht, was mit uns geschieht, auch nicht die geringste Einzelheit. Die Dissoziationstheorie wird übrigens heute nur noch von wenigen Wissenschaftlern vertreten.

Auch viele andere Überlegungen wurden angestellt. Zum Beispiel gibt es Theorien, die sich auf Veränderungen in der Gehirnphysiologie berufen oder die Hypnose auf elektromagnetische Felder im Bereich der Hirnrinde zurückführen.

Immer schon haben die Wissenschaftler aller Sachgebiete für ihre Arbeiten Theorien in Anspruch genommen. Für das Wissensgebiet der Hypnose gibt es, wie gesagt, noch keine erschöpfenden Theorien. Dies betont ausdrücklich auch L. Chertock, der die drei theoretischen Hauptrichtungen (die Pawlowsche Theorie, die in der experimentellen Psychologie wurzelnden Theorien und die psychoanalytischen Theorien) neuestens ausführlich darstellte und kritisch kommentierte.* „Alle Theorien bleiben einseitig", sagt er. „Jede liefert nur eine Erklärung auf bestimmter Ebene."

Wir müssen uns daher weiterhin darauf beschränken, die Hypnose ihren Phänomenen nach zu beschreiben und überlassen das Theoretisieren den Fachleuten im wissenschaftlichen Feld ihrer Auseinandersetzungen untereinander.

---

* *„Hypnose – Theorie, Praxis und Technik", Ariston Verlag, Genf, 2. Aufl. 1972.*

II. Der Hintergrund der Hypnose

Schon in historischer und prähistorischer Zeit kannte man die Hypnose. Ihrer haben sich Priester, Medizinmänner, Heilkundige bedient. Der älteste Hinweis wurde im dreitausend Jahre alten Ebers-Papyrus in Ägypten gefunden. Die alten Griechen hatten Schlaftempel, zu denen die Patienten zur Heilung kamen; sie wurden in Hypnose versetzt. Alle primitiven Völker haben Hypnosemethoden angewandt, und dies ist bei Naturvölkern auch heute noch gang und gäbe.

Der Beginn der Geschichte der modernen Hypnose wird auf Franz Anton Mesmer zurückgeführt, einen Arzt, der ursprünglich in Wien praktizierte und später nach Paris übersiedelte. Der von seinen Kollegen verfolgte Vorkämpfer des Hypnotismus entwickelte die Theorie, der menschliche Körper besitze eine magnetische Polarität mit einem Kraftfeld, und er nannte dies tierischen oder *animalischen Magnetismus*. Seiner Meinung nach konnte ein wohltuendes magnetisches Fluidum von einem Menschen auf einen anderen übertragen werden. Nach der Herstellung des „Rapports“ zwischen dem Therapeuten und dem Patienten und nach kürzeren oder längeren Manipulationen seitens des Therapeuten führte dieser mit Hilfe „magnetischer Striche“ eine „Heilkrise“ herbei. Er glaubte, die magnetischen Kräfte würden in unterschiedlichem Maße von jedem Menschen hervorgebracht, sehr begabte Leute aber könnten sie besonders stark entfalten.

In Wien hatte Mesmer bei der Behandlung von Patienten gute Erfolge, noch bessere aber hatte er in Paris. Zu jener Zeit, Ende des 18. Jahrhunderts, gab es noch keine Psychotherapie. Wer an Neurosen, psychosomatischen Krankheiten oder Charakterstörungen litt, konnte nur durch einfache Beruhigung behandelt werden.

Mesmers Methoden waren erfolgreich, obwohl er zweifellos auch Fehlschläge hatte. Er genoß hohes Ansehen bei Frankreichs Adel und höheren Klassen, und seine Praxis war finanziell höchst ergiebig. Dies trug ihm natürlich den Neid seiner Kollegen ein.

Mesmer bat die französische Akademie der Wissenschaften, seine Methoden zu prüfen, aber das wurde damals abgelehnt. Später wurde eine solche Untersuchung von Benjamin Franklin, dem Gesandten der Vereinigten Staaten in Frankreich, durchgeführt, der dem zu diesem Zwecke gebildeten Komitee angehörte. Mit diesem wollte der sich verletzt fühlende Mesmer nicht zusammenarbeiten, und nur seine Anhänger unterwarfen sich der Untersuchung. Das Komitee übersah Mesmers nachweisbar gute Ergebnisse. Die Kommissäre verfaßten 1784 einen Bericht, in dem sie zahlreiche hypnotische Phänomene schilderten und sogar gewisse heilende Elemente konstatierten. Doch sie schrieben dies alles der Einbildung zu und glaubten deshalb Mesmers tierischen Magnetismus ablehnen zu müssen. Dies diskreditierte Mesmer, der schließlich nach Österreich zurückkehrte und vergessen dort starb.

Für seine Methode wurde die Bezeichnung *Mesmerismus* eingeführt. Seine Anhänger praktizierten weiterhin seinen „animalischen Magnetismus". Der Marquis de Puységur hatte ein sehr gutes Medium in einem Bauernburschen namens Victor Race, der Krankheiten diagnostizierte, während er sich in Hypnose befand – ähnlich dem bekanntesten Medium des 20. Jahrhunderts – Edgar Cayce.*

Die Geschichte der Hypnose ist durch ein Auf und Ab brennender Anteilnahme und – infolge der dauernden Schwierigkeiten – erlahmenden Interesses gekennzeichnet. Nach Mesmers Diskreditierung trat eine Flaute ein bis etwa zur Zeit zwischen 1820 und 1830. In den vierziger Jahren des 19. Jahrhunderts kam neues Interesse auf, vor allem in England. Dort interessierte sich einer der größten Chirurgen, John Elliotson, für den animalischen Magnetismus. Er war es, der die Verwendung des Stethoskops in

---

* *Über Edgar Cayce sind im Ariston Verlag in Genf die folgenden Werke erschienen: „Der schlafende Prophet" von Jess Stearn, 18. Auflage 1981, „Prophezeiungen in Trance" von M. E. Carter, 1971, und „Traumdeutungen in Trance" von Dr. med. H. H. Bro, 1971.*

England einführte. Viele Operationen führte er nur mit hypnotischer Anästhesie durch; damals konnte ja von den heutigen Narkotika noch nicht die Rede sein. Wegen seiner Anwendung der Hypnose wurde er von seinen Kollegen diffamiert und aufgefordert, von seiner Stellung als leitender Arzt im Krankenhaus der Universität London zurückzutreten. Trotz aller Anfeindungen weigerte sich Elliotson, die Anwendung von Hypnose aufzugeben. Die Hypnose sei, sagte er, von zu großem Nutzen.

Ein anderer britischer Chirurg, James Esdaile, der um 1840 in einem Gefängniskrankenhaus in Indien arbeitete, sah während eines Urlaubs in England eine Demonstration des Mesmerismus. Er beobachtete, wie ein hypnotisierter Patient anästhesiert wurde. Nach seiner Rückkehr nach Indien begann er die von ihm beobachtete Anwendung der Methoden seinerseits zu praktizieren. Esdaile führte über dreitausend Operationen, von denen über dreihundert schwere chirurgische Eingriffe waren, unter Hypnose durch. Ein Zeuge berichtete, daß er zugesehen habe, als Esdaile ein krebsbefallenes Auge bei einem Patienten entfernte, während dieser, ohne zu zucken, mit seinem anderen Auge der Operation zusah.

Wie schon andere vor ihm, wurde auch Esdaile von seinen Kollegen sehr angefeindet. Er sah sich gezwungen, sein Krankenhaus in Indien zu schließen und nach England zurückzukehren. Dort machte ihm die British Medical Association wegen Scharlatanerie den Prozeß. Während der Verhandlung behauptete ein Arzt allen Ernstes, Esdaile sei ein Gotteslästerer; Gott wolle, daß der Mensch Schmerzen empfinde, und Esdaile verhindere dies durch Hypnose.

Ein anderer britischer Arzt jener Zeit, James Braid, stellte fest, die Induktionsmethode der Mesmeristen führe nur deshalb zu hypnotischen Zuständen, weil das Medium dies erwarte. Der Trancezustand würde tatsächlich durch Suggestion verursacht.

Die mesmeristische Methode bestand darin, Handbewegungen über dem Körper des Patienten zu machen, wodurch angeblich das magnetische Fluidum durch die Hände des Hypnotiseurs auf das Medium übertragen und dadurch den Trancezustand herbeiführen würde. Braid dagegen versuchte Induktionen ausschließlich durch Verbalsuggestionen zu erzielen, wobei er gleichzeitig mit Augenfixation arbeitete. Er war mit seiner Methode überaus erfolgreich. Er war es auch, der dem bisher unter dem Schlagwort des „animalischen Magnetismus" bekannten Phänomen einen neuen Namen gab: *Hypnose,* abgeleitet vom griechischen Wort für Schlaf *(hypnos).* Seither gibt es den *Hypnotismus.*

Das wiederum nachlassende Interesse wurde um 1880 abermals erweckt, als einer der führenden französischen Ärzte, H. Bernheim, sich für das Phänomen zu interessieren und gemeinsam mit Liébeault, einem Landarzt aus Nancy, die Hypnose zu praktizieren begann. Die Arbeit dieser zwei Männer – die, wie gesagt, die Schule von Nancy bekannt machen sollten – war so erfolgreich, daß Ärzte aus ganz Europa und Amerika kamen, um ihre Methoden der Hypnotisation zu erlernen. Bei ihnen fand sich, neben anderen Berühmtheiten, auch Sigmund Freud, der Begründer der Psychoanalyse, ein. Damals stand die Hypnose im Brennpunkt des Interesses und wahrscheinlich auf dem Höhepunkt ihrer Geschichte – sieht man jetzt von der Gegenwart ab.

Mit der Jahrhundertwende schwand das Interesse wieder. Dazu hat wesentlich Freuds Abwendung von der Hypnose beigetragen.

Freud war kein guter Hypnotiseur. Ein ausgezeichneter Hypnosetechniker war hingegen S. Breuer, vielleicht einer der führenden unter den Ärzten seiner Zeit. Im Hinblick auf sein eigenes Ungenügen konnte Freud, der anfänglich mit Breuer zusammenarbeitete, dann aber eigene Wege ging, dessen Erfolge nicht tolerieren. Auch vertrat Freud die irrige Ansicht, zur erfolgreichen Anwendung der Hypnose sei jedenfalls eine tiefe Trance notwendig, die er nur bei wenigen seiner Patienten herbeizuführen vermochte. Er wußte noch nichts von den modernen Verfahrenstechniken der Hypnotherapie. Selbst bis heutzutage hat sich die skeptische oder ablehnende Haltung Freuds gegenüber der Hypnose in Kreisen maßgebender Psychoanalytiker erhalten, insbesondere im Hinblick auf die Probleme der Übertragung und Gegenübertragung.

Andererseits wenden Hunderte von Psychiatern die Hypnose an und halten sie für äußerst nützlich. Und die moderne Hypnoanalyse wird von manchen Analytikern und Psychiatern als eine Technik angesehen, in der die Psychoanalyse und die Hypnose zusammen angewandt werden. Das praktische Ziel dieser Methode ist eine Abkürzung der klassischen Psychoanalyse.

Nach dem Ersten Weltkrieg regte sich neuerlich das Interesse für die Hypnose. Sie wurde erfolgreich bei der Behandlung kriegsbedingter Nervenschocks angewandt, und mit ihrer Hilfe konnte die Behandlungsdauer wesentlich verkürzt werden. Hadfield, ein britischer Psychiater, wandte sie auf analytischer Grundlage an, indem er nach den Ursachen der Krankheitszustände forschte.

Nach dem Zweiten Weltkrieg richtete sich wiederum die Aufmerksamkeit auf die Hypnose. Man stellte fest, daß sie sich für die Behandlung von Neurosen, die im Gefolge von Kampfhandlungen entstanden waren, als wertvoll erwies.

Besondere Aufmerksamkeit wird dem Studium und der Anwendung der Hypnose heutzutage in der Sowjetunion und in den USA zuteil. Ob es 1945 auch nur zweihundert Experten, die Hypnosemethoden anwandten, in den Vereinigten Staaten gab, ist sehr zu bezweifeln. Heute gibt es wahrscheinlich etwa zwanzigtausend, die an Kursen über Hypnoseverfahren teilgenommen haben; die meisten davon nutzen die Hypnose für ihre Arbeit.

1955 erklärte ein von der British Medical Association berufenes Komitee, die Hypnose sei ein nützliches Mittel zur ärztlichen Behandlung. Darauf forderte die Association, sie in den Kliniken zu lehren und befürwortete das Erlernen ihrer Techniken durch die Ärzte. Damit war die Hypnose zum ersten Male von der orthodoxen Schulmedizin befürwortet worden. 1958 folgte die American Medical Association dem Beispiel, nachdem ein ähnliches Komitee eine Untersuchung durchgeführt und günstig berichtet hatte. Während so manche Ärzte die Hypnose noch immer als anrüchig betrachten, sind ihre Befürworter heute wenigstens nicht mehr der Anfeindung durch den Ärztestand ausgesetzt.

Trotz der Empfehlungen dieser Gesellschaften haben sehr wenige medizinische oder zahnmedizinische Fakultäten Hypnosekurse eingerichtet. Die meisten für Ärzte, Zahnärzte und Psychologen zugängigen Lehrkurse sind privat von Gruppen oder Einzelpersönlichkeiten veranstaltet worden. Die Hypnose-Symposien veranstaltende Arbeitsgruppe, der ich als Instruktor angehöre, hat seit 1954 96 derartige Kurse durchgeführt. Sie fanden in allen Teilen der Vereinigten Staaten, in Kanada, Mexiko, Jamaika und Puerto Rico statt. Nach dem Erfolg der Hypnose-Symposien haben andere Gruppen gleichfalls Kurse veranstaltet, und die Standesorganisationen führen nunmehr in Verbindung mit ihren Jahreskongressen Hypnose-Arbeitsgemeinschaften durch.

Mit der offiziellen Anerkennung der Hypnose und der Entdeckung ihres Nutzens für die ärztliche und zahnärztliche Praxis sowie für die Psychotherapie und die experimentelle Psychopathologie ist endlich mit einem anhaltenden Interesse für diese noch zuwenig genützte Spezialwissenschaft zu rechnen. Gegenwärtig werden viele wissenschaftliche Untersuchungen über die Hypnose durchgeführt, und manche Forscher weisen der Hypnose sogar eine vorrangige Rolle auf dem Feld der modernen Psychotherapie zu.

III. Die Phänomene der Hypnose

Alle Phänomene, die bei Menschen unter Hypnose hervorgerufen werden können, waren den alten Mesmeristen bekannt, eines ausgenommen. Diese eine Ausnahme ist die Zeitverschiebung, die in diesem Kapitel noch behandelt werden wird. Erstmalig wurde die hypnotische Anästhesie 1821 beim Ausziehen eines Zahns angewandt. Zwei Jahre später, 1823, fand ihre Anwendung zum ersten Male bei einer Geburt statt.

Wie bereits erwähnt, ist eine Eigenschaft oder ein Phänomen der Hypnose die spontan entstehende, hochgradig gesteigerte *Suggestibilität.* Kinder sind sehr suggestibel und gewöhnlich am leichtesten hypnotisierbar. Suggestibilität und Hypnotisierbarkeit gehören zusammen und sind fast dasselbe. Auch im Zustand emotionaler Erregung besteht hochgradig gesteigerte Suggestibilität; dann ist spontane Selbsthypnose, ohne daß man es merkt, durchaus möglich.

Eine *posthypnotische Suggestion* wird während des Hypnosevorgangs eingegeben, ihr soll jedoch danach erst entsprochen werden, und zwar gewöhnlich nach dem Wecken des Hypnotisierten. Mitunter kann der Betreffende spontan in den Hypnosezustand zurückgleiten, wenn er die Suggestion befolgt, um dann wieder zu erwachen, sobald der posthypnotischen Suggestion entsprochen wurde. Der Besitz der Fähigkeit, einem anderen posthypnotische Suggestionen eingeben zu können, kann sehr vorteilhaft sein.

Bisweilen befolgen Menschen sehr phantastische posthypnotische Suggestionen. Wenn sie gefragt werden, warum sie etwas ganz Ungewöhnliches getan haben, werden sie ihr Verhalten vernunftgemäß begründen. Eines Abends gab ich in Anwesenheit einiger Arztfreunde eine Demonstration mit einer jungen, verheirateten

Frau als Versuchsperson. Ich gab ihr die posthypnotische Suggestion ein, nach dem Erwachen einen ihrer Schuhe auszuziehen und vor sich auf den Tisch zu stellen. Ich sagte ihr, sie würde sich nicht an die Übermittlung dieser Suggestion erinnern.

Nachdem sie aufgeweckt worden war, wurde sie für einige Augenblicke etwas unruhig, streifte dann einen ihrer Schuhe mit dem anderen Fuß ab, hob ihn auf und stellte ihn vor sich auf den Tisch. Dann griff sie nach einer auf dem Tisch stehenden Vase, entnahm ihr Blumen und legte sie in ihren Schuh. Dies geschah völlig unerwartet, und ich fragte sie nach dem Grund. „Oh", erklärte sie, „ich habe zu Hause eine Vase, die einem Schuh ähnelt. Ich wollte gern wissen, wie ich Blumen in dieser Vase anordnen könnte." Da sie sich der eingegebenen Suggestion nicht erinnerte, mußte sie ihr Verhalten vernünftig erklären, um einen Grund für eine solche unsinnige Verrichtung zu haben.

Zwischen Subjekt und Hypnotiseur (insbesondere natürlich zwischen dem Patienten und Hypnotherapeuten) stellt sich eine besondere zwischenmenschliche Beziehung ein; man spricht in diesem Zusammenhang von Übertragung oder *Rapport.* Der Patient möchte dem Hypnotiseur entgegenkommen und ihm behilflich sein, obwohl mitunter auf seiner Seite auch Gründe für Widerstand vorhanden sind. Der Rapport kann auf seiten des Subjekts das Spielen einer Art Rolle auslösen. Dieses Phänomen ist sowohl für den Patienten als auch für den Hypnotiseur bei der Hypnotherapie sehr vorteilhaft.

Ein interessantes Phänomen ist die *Katalepsie.* Sie wird als Veränderung des Muskeltonus definiert. Sie kann entweder als extreme Steifheit einer Muskelgruppe, zum Beispiel eines Gliedes (etwa des Arms), oder als ihr Gegensatz, als große Schlaffheit, auftreten. Auch die Tendenz, ein Glied in jeder beliebigen Position verharren zu lassen, in die es versetzt wurde, selbst wenn diese Stellung eigenartig und unbequem ist, gehört dazu. Die Unbequemlichkeit scheint in diesem Falle nicht empfunden zu werden. Auf ähnliche Weise kann es auch zur Unfähigkeit des Hypnotisierten kommen, ein Glied zu heben oder zu bewegen, weil dies zu mühevoll oder zu schwer zu sein scheint.

Bühnenhypnotiseure führen Katalepsietests oft auf sehr dramatische Weise vor. Der auf der Bühne befindlichen Versuchsperson wird suggeriert, ihr ganzer Körper würde völlig kataleptisch, also steif und starr. In steifem Zustand wird sie dann über zwei Stühle gelegt, mit dem Kopf auf dem einen und den Füßen auf dem anderen. Darauf setzt oder stellt sich der Hypnotiseur auf den Rumpf des Hypnotisierten, wobei die Starrheit auch unter der Belastung, scheinbar mühelos, erhalten bleibt. Offensichtlich könnte sich dies als sehr gefährlich erweisen. Nichts verrät den physischen Zustand der Versuchsperson. Sie könnte auf diese Weise ohne weiteres verletzt werden. Was wäre, wenn sie einen Bruch davontrüge? Kein akademischer Experte würde jemals auf diese Art demonstrieren!

Im Hypnosezustand scheint eine viel bessere Erinnerungsfähigkeit zu bestehen. Die Fähigkeit, sich frühere Erlebnisse oder vergessene Erinnerungen anderer Art ins Gedächtnis zurückzurufen, wird *Hypermnesie* genannt. In der Umgangssprache spricht man einfach vom „Zurückrufen ins Gedächtnis".

Eines der interessantesten aller hypnotischen Phänomene ist die mit der Hypermnesie verwandte *Altersregression.* Es gibt keinen Zweifel: das Unterbewußtsein registriert alles Erlebte in seinem Gedächtnis und speichert selbst die geringste Einzelheit. Wir können uns nur sehr teilweise auf unser Gedächtnis verlassen. Der Rest unseres Erinnerungsvermögens ist im Unbewußten vergraben. Durch verbal suggerierte Altersregression ist es möglich, den Hypnotisierten zu veranlassen, zeitlich zurückzugehen und frühere Ereignisse wiederzuerleben. Dies ist viel mehr als ein bloßes Erinnern, auch wenn das Gedächtnis beteiligt ist. Es ist scheinbar ein Wiedererleben, an dem alle fünf Sinne beteiligt sind. Die zur Regression veranlaßte Person sieht, hört, fühlt, und wenn Geruch und Geschmack erforderlich sind, werden auch diese Sinnesreize wieder erlebt. Die nachher nach dem Vorgang befragte Person wird antworten, es sei gewesen, als ob das Ereignis wirklich abermals stattgefunden hätte.

Es gibt zwei Formen der Altersregression. Die eine ist offenbar total oder scheint es zu sein. Sie wurde auch *Revivifikation* (Wiedererleben) genannt. Um sie hervorzurufen, ist tiefe Trance erforderlich. In dieser Form scheint das Subjekt das ihm suggerierte Alter anzunehmen. Wird ihm gesagt, es sei fünf Jahre alt, benimmt es sich wie ein fünfjähriges Kind und verhält sich entsprechend dieser Altersstufe. Zum Schreiben aufgefordert, würde es wahrscheinlich nur Druckbuchstaben schreiben, wie sie den meisten Kindern in diesem Alter beigebracht werden. Psychologische Tests, denen Versuchspersonen in Regression auf verschiedenen Altersstufen unterworfen wurden, bestätigten die Tatsächlichkeit dieser Regressionen, obwohl diese nicht immer vollständig sind.

Viel leichter ist eine sagen wir *partielle Regression* hervorzurufen. Sie erfordert nur einen leichten Hypnosezustand und ist gewöhnlich sehr leicht zu bewirken. Wiederum handelt es sich eher um ein Wiedererleben als um ein bloßes Erinnern. Das Subjekt scheint sich jedoch dabei seiner augenblicklichen Situation bewußt zu bleiben; es liegt eine Art Dualismus vor. Es kann mit dem Hypnotiseur sprechen und ist sich über dessen Identität und seine eigene Umgebung im klaren. Bei vollständiger Regression ist der Hypnotiseur geradezu ein Anachronismus, denn das Subjekt kennt ihn im Regressionsalter nicht. Bei vollständiger Regression ist das Subjekt unfähig zu sprechen, wenn es auf die Altersstufe, da es noch nicht sprechen konnte, zurückversetzt wird. Bei partieller Regression kann es ohne weiteres sprechen und erzählen, was vorgeht.

Die partielle Regression ist für die Hypnotherapie sehr vorteilhaft. Auch ist sie zur Entdeckung und Beseitigung aller Hemmungen nützlich, die der Lern- und Studierfähigkeit eines Studenten oder auch jüngeren Schülers entgegenstehen.

Bisweilen ist ein Früherlebnis als psychischer Schock, als Trauma haften geblieben und ins Unterbewußte verdrängt worden. Es ins Bewußtsein zurückzurufen, wäre zu schrecklich; es kann auf der Bewußtseinsebene nicht toleriert werden. Hier bietet sich ein Ausweg an. Anstatt den Betreffenden zu veranlassen, dieses Erlebnis nochmals zu durchleben, indem die damalige Altersstufe suggeriert wird, wird ihm unter Hypnose gesagt, zwar darauf zurückzukommen, aber als Beobachter und nicht als Betroffener. Damit werden Furcht oder andere Emotionen sehr gemildert. Der Patient ist fähig, zu sehen und zu hören, was geschieht, kann sich persönlich aber davon distanzieren. Nachdem das Ereignis drei- oder viermal vom Hypnotisierten als Beobachter erlebt wurde, kann dem Betreffenden dann wahrscheinlich auch die Regression als Betroffener zugemutet werden. Dies kann auf Grund des Befragungsverfahrens, das später erklärt wird, und der dabei erhaltenen Antworten festgestellt werden.

Bis zu welcher Zeit einer kindlichen Entwicklungsstufe vermag die Regression zurückzuführen? Diese Frage wirft eine weitere auf: Wann beginnt das Gedächtnis tatsächlich zu funktionieren? Setzt das Gedächtnis mit der Geburt ein? Gibt es „vorgeburtliche" Erinnerungen? Oder Erinnerungen an das Alter von ein, zwei, drei Jahren?

Nur wenige Leute können sich an das erinnern, was vor ihrem fünften Lebensjahr geschah. Meistens mögen allerdings einige wenige Früherinnerungen vorhanden sein. Fast niemand kann sich jedoch bewußt an Ereignisse vor seinem dritten Lebensjahr erinnern. Mittels hypnotischer Regression kann ein suggestibler Mensch sogar bis zu seiner Geburt zurückversetzt werden. Man mag dies für Phantasie halten; aber viele Hypnotherapeuten sind überzeugt, daß eine solche Regression tatsächlich stattfindet und daß das Unterbewußtsein eine bestimmte Erinnerung an das Geburtserlebnis bewahrt.

Kann hypnotische Altersregression durch Selbsthypnose bewirkt werden? Manchen gelang es, anderen nicht. Sich selbst zu einem traumatischen oder furchterregenden Ereignis zurückzuversetzen ist, besonders wenn es verdrängt wurde, nicht leicht, bisweilen unmöglich. Mitunter gelingt es dennoch. Eher als ein Wiedererleben gelingt das Zurückrufen eines Erlebnisses.

Eine junge Frau, die die Technik der Autohypnose erlernt hatte, konnte sich eine psychotherapeutische Behandlung nicht leisten und entschied sich deshalb für die Selbsthilfe, um sich von ihren Asthmaanfällen zu befreien. Sie war Sozialarbeiterin für Geisteskranke und mußte in dieser Eigenschaft öfter ein Krankenhaus besuchen. Dies führte regelmäßig zu starken Angstanwandlungen, die sie selbst als Phobie erkannte. Auch vertrug sie den Anblick der nackten, behaarten Arme eines Mannes nicht und geriet angesichts eines Messers in panische Angst. Als Kind war sie vom Eßtisch weggerannt, wenn ihr Vater das Fleisch angeschnitten hatte. Von diesen Symptomen abgesehen war sie normal, gesund, zufrieden und zuverlässig bei ihrer Arbeit. Sie hatte viel über Psychotherapie und Hypnose gelesen.

Frau R. hypnotisierte sich jeweils abends im Bett vor dem Einschlafen. Als sie sich eines Abends in Hypnose befand, beschloß sie, ihre Kindheit systematisch zu erforschen. Sie begann, vom vierzehnten Lebensjahr ausgehend, ihre weiter zurückreichenden Erinnerungen zu verfolgen. Sie versuchte, sich aller bedeutenderen Ereignisse zu erinnern. Sie hatte das Gefühl, darunter müsse sich ein traumatisches Erlebnis befinden.

Frau R. arbeitete sich durch eine Reihe kleinerer emotioneller Kindheitserlebnisse hindurch, hatte aber den Eindruck, diese seien unwichtig. Eines völlig vergessenen Vorfalls – sie hatte das Alter von fünf Jahren – erinnerte sie sich mit ungewöhnlicher Klarheit. Dabei schien sie ganz plötzlich, mit einem lose fallenden, weißen Gewand bekleidet, in strahlender Beleuchtung auf einem Tisch zu liegen. Sie konnte einen ebenfalls weiß gekleideten Mann, der ein kleines Messer hielt, neben sich stehen sehen. Über ihrem Kopf befand sich ein unbestimmt drohender Gegenstand, der sich auf ihr Gesicht senkte. Sie war entsetzt und kämpfte, um aufzustehen; aber zwei behaarte Arme streckten sich nach ihr aus und zwangen sie auf den Tisch zurück. Sie fuhr fort, sich zu wehren, wurde wütend gepackt und geschüttelt und dann hart und wiederholt von einer Hand geschlagen. Der Gegenstand senkte sich über ihr Gesicht und nahm ihr die Luft weg. In diesem Augenblick begann sie zu schreien, wodurch ihr Gatte erwachte. Sie zitterte und schluchzte, und es fiel ihm schwer, sie zu beruhigen.

Am nächsten Tag befragte Frau R. ihre Mutter und erfuhr, im Alter von sechzehn Monaten sei eine Mastoidektomie an ihr vorgenommen worden. Danach sei sie sehr krank gewesen und habe unter ernsten Schockwirkungen gelitten. Zwei Krankenschwestern hätten der Mutter über die von dem Narkosearzt dem Kind gegenüber gezeigte Brutalität berichtet und zum Protest ihre Stellungen gekündigt. Für geraume Zeit habe das Kind Alpträume gehabt und sei sehr nervös gewesen. Kurz nach der Operation habe es seinen ersten Asthmaanfall erlitten.

Nachdem ihr dieses Erlebnis (trotz vergeblicher Versuche, eine Regression herbeizuführen) unter spontaner Altersregression wieder bewußt geworden war, fand sie sich danach vom Asthma und ihren Phobien befreit. Sie fürchtete sich danach nicht mehr vor behaarten Armen oder Messern oder dem Aufenthalt in einem Krankenhaus.

Dieser Fall zeigt die Möglichkeit, mittels Selbsthypnose zur Regression zu gelangen, und zwar sogar zurück bis zu einem sehr frühen traumatischen Erlebnis. Sicher trug auch ihr Wissen über Psychotherapie und Hypnose sowie ihre Entschlossenheit, sich vom Asthma und den Phobien zu befreien, viel zu ihrem Erfolg bei. Sie war ein ausgezeichnetes Subjekt ihrer eigenen Suggestion geworden und wandte die Technik der Selbsthypnose regelmäßig und erfolgreich an.

Ein weiteres nützliches Phänomen ist die Fähigkeit, die Schmerzempfindung unter Hypnose auszuschalten – *hypnotische Anästhesie.* Tausende von Frauen sind unter Hypnose entbunden worden und haben keine oder infolge partieller Anästhesie nur sehr geringe Schmerzen verspürt. Schwere Operationen verschiedener Art sind – ohne Verwendung eines anderen Anästhetikums – unter Hypnose durchgeführt worden. Es handelte sich u. a. um Herzoperationen und Gliederamputationen. Hypnose wird gewöhnlich angewandt, wenn Kontraindikationen die Anwendung von Narkotika verbieten. Bei kleineren Operationen und in der Zahnmedizin wird die hypnotische Anästhesie ohne große Mühe erzielt.

Einem guten Subjekt können Sinnestäuschungen, und zwar unter Täuschung aller fünf Sinne, insbesondere aber *Halluzinationen* suggeriert werden. Ihrer Art nach können sie positiv oder negativ sein. Oft wird die einer Versuchsperson übermittelte Suggestion demonstriert, nur sie und der Hypnotiseur allein befänden sich im Zimmer, alle anderen hätten es verlassen und alle Stühle wären nun frei. Dann wird der Hypnotisierte aufgefordert, seine Augen zu öffnen. Er sieht die übrigen Anwesenden nicht. Er hat diesen gegenüber eine negative Halluzination und eine positive beim Anblick der freien Stühle, die tatsächlich besetzt sind.

Ein amüsanter Vorfall ereignete sich einmal, als ich dieses Phänomen einer Gruppe von Ärzten vorführte. Subjekt war die Verlobte eines der Anwesenden. Sie saß auf einer Couch, mit ihrem Verlobten zur Rechten und einem der anderen Ärzte zur Linken.

Als ihr die Suggestion eingegeben worden war, ihr Verlobter hätte das Zimmer verlassen, öffnete sie die Augen und war unfähig, ihn zu sehen. Interessiert legte er eine Hand auf ihr Knie. Sehr verärgert wandte sie sich hierauf an den überraschten Arzt zu ihrer Linken und empörte sich, wie er dazu komme, zudringlich *seine* Hand auf ihr Knie zu legen.

Oft kommt es spontan zur *Amnesie,* wenn jemand aus einem tiefen Hypnosezustand erwacht. Es fehlt dann jegliche bewußte Erinnerung an die Vorgänge, die sich während des hypnotischen Zustands abgespielt haben. Amnesie kann aber auch durch willentliche Suggestion herbeigeführt werden. Der Hypnotiseur suggeriert dem Subjekt, sich beim Aufwachen an nichts mehr zu erinnern. Andererseits kann auf Grund einer entsprechenden Suggestion auch das Gegenteil bewirkt und das Subjekt veranlaßt werden, sich an alles zu erinnern.

Auch die Suggestion einer nur partiellen Amnesie ist möglich. Das Subjekt kann aufgefordert werden, sich mit Ausnahme einer bestimmten Sache an alles zu erinnern. Dies empfiehlt sich insbesondere, wenn ein Patient im Zuge der Hypnotherapie veranlaßt wird, sich eines furchterregenden Erlebnisses zu erinnern, das für die bewußte Vergegenwärtigung im gegebenen Zeitpunkt zu niederschmetternd wäre. In einem solchen Fall wird der Hypnotiseur vor dem Wecken Amnesie suggerieren. Davon wird er absehen, sobald dem Patienten die bewußte Erinnerung an ein früher durchgemachtes Erlebnis zugemutet werden kann.

Während der Hypnose sind gewisse *physische Kontrollen* möglich. Das Unterbewußtsein kontrolliert, scheint es, den gesamten physischen Mechanismus des Körpers. Es kann über das Gehirn und das Nervensystem die Funktion der Organe und Drüsen, des Kreislaufs und wahrscheinlich auch die chemischen Veränderungen im Körper beeinflussen. Diese Möglichkeiten sind wenig erforscht worden; einiges wissen wir immerhin darüber.

Mittels Fremd- und Selbsthypnose können so manche Fehlfunktionen von Organen und Drüsen behoben werden. Durch hypnotische Suggestion gelang es zum Beispiel oft, die Verlangsamung oder Beschleunigung des Herzschlags herbeizuführen; die aufgenommenen Kardiogramme bestätigten das einwandfrei.

Die hypnotische Kontrolle des Blutkreislaufs ist sehr oft schon demonstriert worden. Verringerte Blutzufuhr bringt eine Hand zum Erbleichen, gleichzeitig mag die andere Hand sich röten. Aaron Moss, ein prominenter Zahnarzt, Dozent und Hypnoseexperte, versetzt sich während eines Vortrags bisweilen selbst in Hypnose. Durch seine eigenen Suggestionen demonstriert er die Fähigkeit, eine Hand erbleichen und die andere erröten zu lassen, während er seine Hände vor sich ausstreckt.

Flachbrüstigkeit und mangelnde Büstenentwicklung führen bei manchen jungen Frauen zu Konflikten. Durch hypnotische Suggestion ist es möglich, im Verlauf von etwa drei Monaten eine bessere Büstenentwicklung herbeizuführen. Bei einer ganzen Reihe weiblicher Patienten, denen die richtigen Suggestionen eingegeben worden waren, gelang es, den Brustumfang um zweieinhalb bis über sechs Zentimeter zu vergrößern. Dies ist auch mit Selbsthypnose ohne weiteres möglich. Mir sind mehrere solche Fälle persönlich bekannt.

Autosuggestionen können in dieser Hinsicht nicht schädlich sein. Zum Nutzen von Leserinnen, die sich dieser Methode bedienen möchten, teile ich hier die von mir angewandten Suggestionen mit. Der in Hypnose befindlichen Frau sage ich, vor der Geschlechtsreife hätten sich ihre Brüste nicht entwickelt. Mit der Reifezeit begännen indessen hormonale und andere Veränderungen und führten zum Wachstum der Brüste. Dieser Prozeß ende bei manchen Mädchen zu früh, noch ehe die Brüste eine befriedigende Größe erreicht hätten. Ich suggeriere dann, der gleiche Prozeß werde nun erneut einsetzen und weitergehen, bis die Brüste die entsprechende Größe erreicht hätten. Ich suggeriere, gezielt auf diese Stelle, eine bessere Blutzirkulation, die zu einer besseren Ernährung des Gewebes führt. Ich füge hinzu, oft werde dort ein gesteigertes Wärmegefühl und vielleicht ein leichtes Prickeln empfunden. Es ist schwer zu sagen, ob dies tatsächlich geschieht; die Brüste aber entwickeln sich danach.

Bei einigen Mädchen aus einer Gruppe, die einer meiner Kollegen und ich auf diese Weise behandelten, stießen wir auf gewisse psychologische Faktoren, die zur Reifezeit eine normale Büstenentwicklung verhindert zu haben schienen. Nach Untersuchung dieser Faktoren versuchten wir, sie umzufunktionieren. Eines der Mädchen lehnte zum Beispiel seine Weiblichkeit ab. Es wünschte ein Junge zu sein, und zwar nicht zuletzt weil seine Eltern einen Jungen gewünscht und der Tochter dies in ihrer frühen Kindheit gesagt hatten.

In vielen andersartigen Fällen wurde Hypnose angewandt, um physische Veränderungen von Zuständen herbeizuführen, die durch emotionelle und psychologische Faktoren verursacht worden waren. Sehr häufig wurde sie zur Gewichtsverminderung angewandt, wie dies in einem der folgenden Kapitel dargelegt werden wird.

Ein erst kürzlich entdecktes Hypnosephänomen ist die *Zeitverschiebung*. Sie wurde erstmalig von dem verstorbenen Dr. med. Lynn Cooper, Washington, festgestellt. Er war der erste, der einen wissenschaftlichen Aufsatz und dann, zusammen mit Dr. Milton Erickson, ein interessantes Buch darüber schrieb.

Bei manchen bewußt erlebten Vorfällen scheint die Zeit verschoben zu sein. Im letzten Augenblick vor dem Ertrinken Errettete berichteten über das offensichtliche Wiedererleben längerer vergangener Zeitabschnitte in ihrem Leben. Sind wir gelangweilt oder sehen wir ungeduldig einem erwarteten Ereignis entgegen, scheint die Zeit auf der Bewußtseinsebene sehr langsam zu vergehen. Das Gegenteil gilt, wenn wir von etwas Interessantem gefesselt sind. Die Zeit scheint dann entweder verlängert oder verkürzt zu werden.

Anscheinend verfügt das Unterbewußte über einen sehr genauen Chronometer. Viele Leute sind fähig, zu einer frühen Morgenstunde zu erwachen, indem sie sich ihren unbewußten Wecker einstellen.

In Hypnose ist die Zeit „manipulierbar", sie kann verschoben werden. Und zwar sowohl während sich das Subjekt im Hypnosezustand befindet, wie auch danach infolge einer posthypnotischen Suggestion. Dr. Cooper sagte der hypnotisierten Versuchsperson, er würde ein Metronom einmal in der Minute ticken lassen. Er gab dem Subjekt entweder eine geistige oder eine physische Aufgabe zu lösen. Dann wurde es aufgefordert, diese Aufgabe binnen zehn Minuten – bei zehnmaligem Ticken des Metronoms – zu lösen. In Wirklichkeit war das Metronom so eingestellt, daß es statt einmal in der Minute, jede Sekunde einmal tickte, womit die Zeit sechzigmal verkürzt war. Innerhalb dieser Zeit wurde die Aufgabe gelöst.

Ein Psychiater, der an einem unserer Hypnosekurse für akademische Experten teilnahm, praktizierte die Hypnosetechniken zu Hause mit seinem zehnjährigen Sohn als Subjekt. Den hypnotisierten Jungen forderte er auf, sich einen einige Tage zuvor gesehenen Film noch einmal anzusehen. Dann sagte er, nach zehn Minuten würde er ihn wecken. Als er seinen Sohn beobachtete, hob dieser plötzlich seine rechte Hand bis zum Gesicht und wiederholte dies sehr schnell, als ob er mit dem ganzen Arm winke. Der Vater wunderte sich darüber, sagte aber nichts, bis er den Jungen wenige Augenblicke später weckte. Dann fragte er ihn, was es bedeutet habe, als er mit dieser schnellen Bewegung seine Hand zum Gesicht erhob.

„Oh", sagte sein Sohn, „ich war im Kino und aß Popcorn."

Da wurde dem Vater klar, was er getan hatte. Er hatte den Jungen veranlaßt, einen Film von zwei Stunden Spieldauer in zehn Minuten noch einmal zu durchleben – die Zeit wurde zwölf zu eins gerafft erlebt.

Der Nachvollzug von Erlebnissen unter zeitlich veränderten Bedingungen, speziell in geraffter Zeit, ist durch Hypnose leicht herbeizuführen. Kinder sind besonders geeignete Subjekte; im Hypnosezustand vermögen sie die Zeit sehr leicht zu verschieben. Bei den Demonstrationen in unseren Kursen wählen wir oft ein Kind als Versuchsperson und veranlassen es, ein halluziniertes Fernsehprogramm von vielleicht einer halben Stunde Dauer zu sehen, während der Experimentator bis zehn zählt, was ungefähr zehn Sekunden entspricht.

Einer der Instruktoren der Hypnose-Symposien ist Arzt und gleichzeitig Konzertpianist. Gewöhnlich steht er um fünf Uhr morgens auf und übt zwei Stunden am Klavier. Bringt er diese Zeit nicht auf, versetzt er sich in selbstinduzierte Hypnose. Er beherrscht die Technik der Selbsthypnose ausgezeichnet. Er übt dann in geraffter Zeit das Klavierspiel im Geist. Mit diesen wenigen Augenblicken der geistigen Übung behauptet er die gleich guten Ergebnisse zu erzielen, wie sich diese nach zwei Stunden physischer Übung einstellen.

In der Hypnotherapie wird das Phänomen der Zeitverschiebung manchmal in Verbindung mit jenem der Altersregression zur Geltung gebracht. Der hypnotisierte Patient wird aufgefordert, sich zu einem wichtigen Ereignis zurückzuversetzen und es in genau zehn Sekunden zu erleben, obwohl die wirkliche Zeit des einst durchlebten Ereignisses fünfzehn oder zwanzig Minuten oder noch mehr betragen haben mag.

Wie manche Experimentatoren demonstriert haben, kann man durch hypnotische Suggestion Muskelbewegungen arretieren oder verhindern. Bei kleineren Muskelgruppen läßt sich das leichter herbeiführen als bei größeren Muskelkomplexen. Es kann suggeriert werden, ein Arm werde zu schwer, so schwer, daß die Testperson unfähig sei, ihn zu bewegen. Nach wiederholten Suggestionen dieses Inhalts wird die Versuchsperson aufgefordert, einen Versuch zur Bewegung des Arms zu machen, aber zugleich erinnert, sie werde ihn nicht bewegen können. Dann können wohl sichtbare Anstrengungen bemerkt werden, die Bemühungen bleiben jedoch erfolglos.

Eine etwas ähnliche Demonstration besteht in der Aufforderung des Experimentators, das Subjekt möge seinen Arm ausstrecken und alle Muskeln anspannen. Dann wird suggeriert, es sei unmöglich, den Arm zu beugen, Ellbogen und Handgelenk seien steif. Der Hypnotiseur kann dann versuchen, den Arm zu biegen und sogar starken Druck anwenden; der Arm wird so unbiegsam wie eine Eisenstange bleiben.

Dies praktizieren, um die Zuschauer zum Lachen zu bringen, so manche Bühnenhypnotiseure. Sie suggerieren dem hypnotisierten Medium, zu seinem Sitzplatz zurückzukehren; es werde ihm aber nicht gelingen, sich niederzusetzen. Das Publikum sieht dann, wie es sich bemüht, daß aber seine Knie steif werden und seine Hüften unbeweglich bleiben. Gewöhnlich sind die Verrenkungen, die das Medium, zu seinem Sitzplatz zurückzukehren; es werde ihm aber komisch, aber vergeblich.

Zumindest eine mittlere Trancetiefe, vielleicht rund 50 Zentimeter auf unserem später beschriebenen imaginären Maßstab, sind erforderlich, damit ein Subjekt *Halluzinationen* hervorbringen kann. Jedem der fünf Sinne kann man Sinnestäuschungen suggerieren. Die Induktion von Halluzinationen, also visueller Sinnestäuschungen, ist schwerer als die anderer Sinnestäuschungen. In der Regel ist dafür, wie speziell auch für Akoasmen, also Täuschungen des Gehörsinns, ein tiefer Hypnosezustand erforderlich; Täuschungen des Geruchs-, Geschmacks- und Tastsinns mögen hingegen nur eine mittlere Trancetiefe voraussetzen. Negativ und positiv suggerierte Halluzinationen sind bereits beschrieben worden.

Auf die Sinne kann auch auf andere Art als durch die Suggestion von Sinnestäuschungen eingewirkt werden. Vorübergehend kann man in Hypnose völlige Erblindung und völlige Taubheit herbeiführen. In dieser Richtung sind einige Tests unternommen worden.

Daß die Schärfe der Sinne durch hypnotische Suggestionen erheblich gesteigert werden könnte, wurde zwar wiederholt berichtet, wissenschaftlich jedoch nie bewiesen. Es wurde sogar behauptet, bei manchen Subjekten sei es dazu spontan gekommen. Es wurde selbst die Behauptung aufgestellt, richtig eingegebene Suggestionen könnten eine hypnotisierte Person dazu bringen, das Geräusch einer auf den Fußboden fallenden Nadel aus einer Entfernung von einigen Metern zu hören. Solche Behauptungen wären erst noch durch wissenschaftlich kontrollierte Tests zu überprüfen; meines Wissens mangelt es bis heute an solchen Beweisen.

IV. Fremd- und Selbstsuggestionen

Unter Suggestion versteht man die Beeinflussung des Seelischen, insbesondere des Unterbewußten, in Hinsicht auf seine Denk-, Gefühls- und Willensabläufe; im engeren Sinn eine gezielte Beeinflussung. Sie kann auch als Prozeß der kritiklosen Annahme einer Idee, die geglaubt oder in die Tat umgesetzt wird, definiert werden. Wären wir nicht zu beeinflussen, würde es schwer sein zu lernen. Kinder lassen sich leicht beeinflussen und lernen darum auch leicht.

Von vielen Menschen wird Beeinflußbarkeit mit Leichtgläubigkeit verwechselt, mit der Eigenschaft, leicht getäuscht oder genarrt zu werden. Es ist nützlich, beeinflußbar und nicht starrköpfig oder ungläubig zu sein; hingegen ist Leichtgläubigkeit eine Belastung. Unsere Neigung, das geschriebene Wort zu akzeptieren und zu glauben und daher mehr durch Schriften beeinflußt zu werden als durch das, was wir hören, ist eine interessante Tatsache, die hier festgestellt werden muß. Was wir lesen, hat mehr Autorität und Geltung als das, was uns gesagt wird.

Die Ergebnisse der Suggestion sind für die medizinische Forschung sehr wichtig. Dem wird beispielsweise bei der Prüfung der Wirkung von Arzneimitteln Rechnung getragen. Es muß der sogenannte Placebo-Effekt beachtet und vermieden werden. Ein Placebo ist ein Scheinarzneimittel, eine chemisch neutrale Substanz, etwa eine Zuckerpille, die keine pharmakologische Wirkung hat. Bei Placebo-Experimenten erhält eine Gruppe von Versuchspersonen das zu prüfende Arzneimittel, eine andere, die sogenannte Kontrollgruppe, bekommt das Placebo. Faktisch hat sich die Notwendigkeit „doppelt blinder" Tests ergeben. Sogar die Verteiler des echten Arzneimittels und des Scheinpräparats dürfen nicht wissen, was sie verteilen, weil die Versuchspersonen sonst aus geringfügigsten, unbewußten Hinweisen der Verteiler Informationen schöpfen könnten und auf Grund der Suggestionswirkung reagieren würden, als ob sie das echte Arzneimittel erhalten hätten.

Permanent wirken Suggestionen auf uns ein. Zu wissen, wie man schädliche Suggestionen ausschaltet und nützliche hochwirksam macht, ist für uns alle von großem Wert. Durch Suggestionen kann zum Beispiel das Unterbewußtsein beeinflußt werden, die Lernfähigkeit zu steigern. Suggestible Menschen sind leichter zu hypnotisieren – einer der Hauptgründe, weshalb Kinder so gute Subjekte sind. Vier von fünf Kindern im Alter von fünf bis dreizehn Jahren erreichen eine tiefe Trance.

Zur Feststellung des Grades der Suggestibilität eines Subjekts wurden Tests ausgearbeitet. Im allgemeinen sind es zugleich auch Tests zur Prüfung der Hypnotisierbarkeit, denn Suggestibilität und Hypnotisierbarkeit hängen eng zusammen. Manche Hypnotiseure wenden vor einer Induktion einen oder zwei Tests an. Die meisten freilich kümmern sich nicht darum. Denn auf eine Herausforderung – wie sie viele Tests darstellen – kann mit dem Gegenteil der vom Hypnotiseur eingegebenen Suggestion reagiert werden.

Von einem Dritten eingegebene Suggestionen, also Fremd- oder Heterosuggestionen, sind gewöhnlich viel wirksamer als Autosuggestionen. Dies heißt jedoch nicht, daß Suggestionen, die man sich selbst eingibt, unwirksam wären. Unter Hypnose sind wir alle suggestibler, und dies trifft sowohl auf Fremd- als auch auf Selbstsuggestionen zu. Bei größerer Tiefe der Hypnose erhöht sich die Suggestibilität ebenfalls. Das Unterbewußte ist der Annahme von Suggestionen in tiefer Hypnose zugänglicher, aufgeschlossener.

Suggestionen können in Form positiver wie negativer Befehle eingegeben werden. Erstere haben eine viel größere Wirkung. „Sie werden . . .“ zu sagen ist besser als „Sie werden nicht . . .“. Beim Abfassen einzugebender Suggestionen sollten Wendungen wie „Sie wollen nicht“, „machen nicht“, „können nicht“ und ähnliche negative Formulierungen vermieden werden. Mitunter kann eine negative Ausdrucksform nicht vermieden werden, gewöhnlich aber drängen sich positive Wendungen auf. Beim Eingeben von Suggestionen ist ferner das Wort „versuchen“ zu vermeiden. Der Auftrag an jemanden, zu versuchen, etwas zu tun, impliziert Zweifel und Mißlingen. Worum auch immer es bei der Suggestion geht, das Subjekt soll nicht etwas versuchen; es soll es tun.

Der Wortlaut und die Art, in der eine Suggestion eingegeben wird, kann befehlend oder erlaubend sein. Im wesentlichen geschieht dies durch die Wendung „Sie werden" als Befehl und „Sie können" als Erlaubnis. Dies ist für die Frage der Annahme des Gedankens nicht ohne Einfluß. Eine sehr abhängige Person wird einen Befehl bereitwilliger annehmen als eine permissive Suggestion. Andererseits mögen viele Leute nicht, wenn ihnen etwas befohlen wird. Sie werden ablehnend reagieren und eine befehlende Suggestion nicht befolgen. Größere Bedeutung hat diese Situation, wenn es sich um jemanden handelt, der nicht hypnotisiert ist. In Hypnose würde ein Subjekt auf Grund des Rapportfaktors – des Wunsches, dem Hypnotiseur gefällig zu sein und mit ihm zusammenzuarbeiten – geneigter sein, einen Befehl zu akzeptieren.

Suggestionen können direkt oder indirekt sein. Eine direkte Suggestion hat mehr Aussicht, erwogen und möglicherweise nicht akzeptiert zu werden. Eine indirekte ist hintergründiger und kann sowohl der bewußten wie auch der unbewußten Zensur entgehen; sie wird sicherer akzeptiert und befolgt.

Um die Wirksamkeit der Suggestion zu steigern, bedient man sich der Wiederholung. Dies ist vielleicht die wichtigste Regel. Der dem Unterbewußtsein einzugebende Gedanke sollte einige Male wiederholt werden. Jedwede Werbung beruht wesentlich auf der Wirkung von Suggestionen, und alle Werbefachleute sind sich der Bedeutung der Wiederholung, die die Werbewirkung steigert, wohl bewußt. Die Fernsehwerbung ist eines der augenfälligsten Beispiele dieser Art. Die Vorteile des angepriesenen Artikels werden dem Betrachter immer wieder eingehämmert. Für den Werbenden zahlt sich das aus. Werbeagenturen übersehen aber, meine ich, manchmal die Tatsache, daß zuviel Wiederholung insofern einen Rückschlag bringen kann, als der Betrachter die oft wiederholte Werbung ablehnt; sie stößt ihn ab, und er nimmt sich vor, einen so angepriesenen Artikel nicht zu kaufen.

Jede Suggestion sollte immer klar und eindeutig formuliert sein. Dem Unterbewußtsein prägt sich die buchstäbliche Bedeutung ein. Die Formulierungen müssen daher mit dem, was man zu übermitteln beabsichtigt, präzis übereinstimmen. Das gilt sowohl für verbale als auch für mentale Suggestionen.

Einige Methoden tragen dazu bei, Suggestionen akzeptabler zu machen. Wird im Zusammenhang mit einer Suggestion ein Gefühl erregt, verstärkt es den Nachdruck; obwohl es mitunter nicht tunlich ist, Gefühle mitsprechen zu lassen. Bisweilen tragen visuelle Vorstellungen zur Erregung eines Gefühls sinnvoll bei.

Visuelle Vorstellungen, die das Gefühl ansprechen (zum Beispiel Freude auslösen), werden jede Suggestion – man denke auch an die Notwendigkeit der Wiederholung – wirkungsvoller machen. Bei der Behandlung von Korpulenz fordert der Therapeut seine Patientin gewöhnlich auf, sich vorzustellen, sie stünde vor einem Spiegel, in dem sie sich schlank erblicke. Um einem Mädchen zu helfen, seine Büste zu entwickeln, wird es aufgefordert, sich seine Brüste so vorzustellen, wie es sie gern haben möchte.

Bei der Formulierung einer jeden Suggestion ist die Ausführungszeit nicht in die Gegenwart, sondern in die Zukunft zu legen. Es kann die unmittelbar bevorstehende Zukunft sein – „sehr bald“, „in einigen Minuten“. Damit wird Zeit für die Aufnahme und Annahme des Gedankens gewonnen.

Das Unterbewußtsein sollte nicht mit einer Vielzahl von Suggestionen überlastet werden. Zwei oder nicht mehr als drei pro Sitzung sind am besten.

Entweder akzeptiert das Unterbewußtsein des Subjekts die übermittelten Gedanken oder es billigt sie nicht. Mit Hilfe des ideomotorischen Frageverfahrens (das noch behandelt werden wird) ist es möglich, eine dem Unterbewußten entstammende Antwort zu erhalten – auf die Frage, ob die Suggestion befolgt werden wird. Wird dies bejaht, stellt sich sehr wahrscheinlich Erfolg ein, es sei denn, daß etwas ganz Unvorhergesehenes geschähe. Das Unterbewußtsein neigt zur Ausführung eines einmal gebilligten Gedankens; es drängt, gleichsam autonom agierend, zur Verwirklichung einer übernommenen Idee.

In den zwanziger Jahren begann sich ein Apotheker in Nancy namens Emile Coué für das Phänomen der Suggestion zu interessieren. Er setzte seine Ideen in die Praxis um und richtete eine Suggestions-„Klinik“ ein. Die von ihm erzielten Ergebnisse waren so ausgezeichnet, daß Leute aus ganz Europa zu ihm kamen. Er unterrichtete seine Patienten in der Anwendung der Autosuggestion, und die wichtigste Redewendung, deren Gebrauch er empfahl, wurde weltbekannt: „Es geht mir von Tag zu Tag in jeder Beziehung besser und besser."

Coué hatte diese Formel sorgfältig erarbeitet. Nur das erwünschte Endergebnis wird festgestellt, und es wird zur sofortigen Wirksamkeit gebracht – auch wenn der genaue Zeitpunkt nicht angegeben ist –; die Mittel zum Erreichen des Ziels werden dem Unterbewußten überlassen. Die Patienten wurden von Coué aufgefordert, sich diesen Satz jeden Morgen, abends beim Schlafengehen und mehrmals am Tag wiederholt einzuprägen. Viele Menschen zogen Nutzen daraus.

Coué unternahm, oder begann vielmehr, eine Vortragstournee durch die Vereinigten Staaten, brach sie aber bald wieder ab. Skeptische Journalisten machten ihn und seine Methode lächerlich. (Sie änderten seine Formel: „Der Schelm sagt nur – mir geht's gut bei der Kur.") Coué fand infolgedessen in den USA keine gute Aufnahme. Dennoch sind seine Ideen vernünftig. Er wies auf viele der hier behandelten Fragen hin und gab so manche nützliche Hinweise, wie Suggestionen zur größten Wirksamkeit gebracht werden können.

Er formulierte auch einige Suggestionsgesetze. Eines ist das *Gesetz der umgekehrten Wirkung*. Coué sagte, je hartnäckiger man im Zweifelsfall versuche, etwas zu erreichen, um so weniger sei man dazu imstande. Folgen wir seinem Beispiel, das sich um ein drei Meter langes und dreißig Zentimeter breites Brett dreht. Liegt es auf dem Boden, kommt jeder der Aufforderung, darauf entlangzugehen, nach, fast ohne das Brett auch nur anzublicken. Wird das Brett ungefähr einen Meter vom Boden entfernt über zwei Stühle gelegt, ist das Darübergehen immer noch nicht schwierig, obwohl schon mehr Aufmerksamkeit erforderlich ist. Wird das gleiche Brett vom Fenster eines zehnstöckigen Hauses zu dem eines anderen gelegt, versucht wahrscheinlich niemand mehr, darüberzugehen, und würde es doch jemand wagen, brächten seine Unsicherheit und die daraus resultierende Gesetzmäßigkeit den Darüberschreitenden in Gefahr abzustürzen.

Ein weiteres von Coué festgestelltes Gesetz war das *Gesetz der konzentrierten Aufmerksamkeit*. Wird die Aufmerksamkeit spontan auf einen Gedanken konzentriert, tendiert das Unterbewußte dazu, die Idee zu verwirklichen. Wenn im übrigen, so sagte Coué, die Imagination (das Unterbewußtsein) und der Wille (das Bewußtsein) miteinander konkurrieren, setzt sich regelmäßig die Imagination durch. Er erkannte also das Unbewußte als dominierende Antriebskraft im Menschen.

Ein amerikanischer Anhänger von Coué, Frederick Pierce, formulierte, von Coué ausgehend, ein weiteres Gesetz: das *Gesetz der dominierenden Wirkung*, das die immer vorhandene Tendenz feststellt, den jeweils vorherrschenden Gedanken zu verwirklichen. Das Gedächtnis widmet seine Aufmerksamkeit immer der jeweils am stärksten vorhandenen Empfindung oder Emotion. Fühlt sich jemand glücklich und gerät plötzlich in Gefahr, so ist die Angst die stärkere Emotion, und sie verdrängt das eben noch empfundene Glücksgefühl sofort.

Die Hypnotisierbarkeit der Menschen ist sehr unterschiedlich. Nur sehr wenige scheinen aus verschiedenen Gründen nicht hypnotisierbar zu sein. Zum Teil hängt das vom Geschick des Hypnotiseurs ab. Ein Anfänger könnte je eine von zehn Personen unzugänglich finden, während ein erfahrener Hypnotiseur wahrscheinlich in 95 Prozent der Fälle Erfolg hat. Ein weiterer wichtiger Faktor ist in diesem Zusammenhang die *Motivation*. Ein Zahnarzt hat bei seinen Patienten den besten Erfolg, weil sie wünschen, den Schmerzen und den Unannehmlichkeiten der Zahnbehandlung zu entgehen.

Allgemein kann angenommen werden, daß etwa fünf Prozent der Menschen nicht hypnotisierbar sind, daß dreißig Prozent in eine leichte Trance verfallen, ungefähr fünfzig Prozent eine mittlere Tiefe erreichen und fünfzehn Prozent die tiefe Trance. Diesen Zahlen liegt der Bevölkerungsdurchschnitt der Vereinigten Staaten zugrunde. Würde die Hypnotisierbarkeit graphisch dargestellt werden, müßte die Kurve im Alter von ungefähr drei Jahren beginnen, eine Spitze mit sechs erreichen und mit ungefähr zehn allmählich absinken. Gewöhnlich sind ältere Menschen am schwersten hypnotisierbar. Anderseits ist die Hypnotisierbarkeit individuell sehr verschieden.

Vor einiger Zeit vereinbarte eine achtzigjährige Frau einen Besuch bei mir. Bei der Ankunft in meiner Praxis war sie von einer ungefähr gleichaltrigen Dame begleitet. Meine Patientin bat mich, die Anwesenheit ihrer Freundin zu gestatten, andernfalls würde sie sich nicht hypnotisieren lassen. Ich war natürlich einverstanden. Als ich mein Induktionsgespräch beendet hatte und meine Patientin sich in einem ziemlich tiefen Hypnosezustand befand, bemerkte ich, daß auch ihre Freundin in einen tiefen hypnotischen Zustand verfallen war. Sie würde wohl kaum eine gute Beschützerin gewesen sein!

Experimentell läßt sich kaum ein Unterschied in der Hypnotisierbarkeit von Männern und Frauen feststellen. Meinen Erfahrungen zufolge lassen sich Frauen immerhin bereitwilliger hypnotisieren. Vielleicht sind sie neugieriger und auch weniger ängstlich. Auch rassische Unterschiede scheinen keine Rolle zu spielen. An Führung gewöhnte Menschen versprechen grundsätzlich bessere Subjekte zu sein als ausgesprochene Führerpersönlichkeiten. Wahrscheinlich wird ein Rekrut ein besseres Subjekt sein als ein Offizier, aber auch hier sind die individuellen Unterschiede sehr groß. Dies alles sind nur sehr allgemeine Feststellungen. Man war lange Zeit der Meinung, Geisteskranke könnten nicht hypnotisiert werden. Nachdem viele Psychiater neuerdings die Hypnose anwenden, weiß man, daß dies nicht der Fall ist und viele in den Hypnosezustand versetzt werden *können*. Paranoiker bilden die Ausnahme, da sie wegen ihres Mißtrauens wirklich nur selten hypnotisierbar sind.

Es gibt mehrere Tests, um die Suggestibilität sowie die Hypnotisierbarkeit zu prüfen. Einer davon ist der *Balancetest*. Die Versuchsperson wird aufgefordert, mit geschlossenen Augen zu stehen. Der Hypnotiseur steht neben oder unmittelbar hinter ihr und gibt ihr etwa die nachfolgenden Suggestionen ein (oder ähnliche):

„Versteifen Sie jetzt Ihre Knie, Ihren ganzen Körper. Stehen Sie aufrecht. Blicken Sie mit geschlossenen Augen zur Decke, ohne jedoch den Kopf zurückzubeugen. Sie können nicht fallen, weil ich hier stehe, um Sie aufzufangen; aber Sie werden bald merken, daß Sie nach rückwärts fallen. Sie werden das Gefühl haben, als wollten Sie rückwärts fallen. Wehren Sie sich nicht dagegen. Sie schwanken jetzt, Sie schwanken leicht nach hinten und dann nach vorn, und nun schwanken Sie mehr und mehr nach hinten. Sie fallen nach hinten, nach hinten; Sie fallen rückwärts; Sie fallen, fallen!"

In welche Richtung das Subjekt auch fällt, der Hypnotiseur muß vorbereitet sein, es aufzufangen. Sonderbarerweise wird ungefähr je eines von zwanzig anstatt nach rückwärts nach vorn fallen. Vielleicht ist es bereit zu fallen, möchte dies aber unbewußt auf seine Weise tun. Die meisten werden den Suggestionen genau folgen und nach rückwärts fallen. Ein erheblicher Teil wird dabei sogar in Trance gleiten. Die meisten, aber nicht alle, werden beachtlich weit nach hinten fallen, wenn es ihnen der Hypnotiseur ermöglicht, und dabei werden sie ihren Fuß nicht zurücksetzen, was ihnen bei einem freiwilligen Fall fast unmöglich wäre.

Üblicherweise werden zwei andere Tests angewandt – der *Augenschließtest* und der Händefalttest. Sie gleichen einander und werden mit fast denselben Worten induziert. Die Versuchsperson wird aufgefordert, ihre Augen zu schließen und die Lider fest aufeinanderzudrücken. Dann wird sie aufgefordert, nach oben zu blicken, ohne den Kopf zurückzubeugen. Der Wortlaut der Suggestion könnte etwa folgendermaßen lauten:

„Ich werde bis drei zählen, und es wird Ihnen nicht gelingen, die Augen zu öffnen. Warten Sie, bis ich Ihnen sage, es zu versuchen, und dann versuchen Sie es mit aller Kraft. Doch je stärker Sie sich anstrengen, um so fester werden ihre Augenlider aneinanderhaften. Eins – Ihre Augenlider haften fest aneinander. Pressen Sie sie fest zusammen. Sie sind fest zusammengeklebt. Zwei – Ihre Augenlider sind jetzt zusammengeschweißt, fest zusammengeschweißt. Drei – die Lider sind fest geschlossen. Es ist unmöglich, sie zu öffnen. Versuchen Sie es jetzt. Sie bringen sie nicht auseinander. Sie sind geschlossen, geschlossen, geschlossen. Nun beenden Sie den Versuch. Sie könnten Ihre Augen öffnen, aber Sie halten sie geschlossen."

Der *Händefalttest* ist ähnlich. Die Testperson wird aufgefordert, ihre Hände zu falten und die Handballen zusammenzupressen. Der Wortlaut ist so wie oben; nur wird anstatt von Augen und Lidern von Händen gesprochen.

Diese Tests können sowohl mit einer wachen als auch mit einer hypnotisierten Person vorgenommen werden. Bühnenhypnotiseure wenden sie häufig an, um gute Subjekte für ihre Vorführung auszuwählen. Sie gelingen natürlich besser, wenn sich die Person in Hypnose befindet.

Derartige Tests sind Herausforderungen. Manche Menschen reagieren darauf, indem sie etwas tun, von dem ihnen gesagt wurde, sie könnten es nicht, und das kann sogar unter Hypnose geschehen. Um eine Herausforderung zu vermeiden, ist es möglich, dem Subjekt zu sagen, man möchte sehen, wie es auf seine eigenen Suggestionen reagiert und man werde ihm mitteilen, was es sich selbst als Suggestion einzugeben hat. Man bedient sich dann ebenfalls der obenstehenden Formulierung, aber statt des Wortes „Sie" wird das Wort „ich" eingesetzt, damit das Subjekt sich selbst die Suggestionen eingibt. Auf diese Art entfällt eine Herausforderung, und die Ergebnisse sind gewöhnlich viel besser.

Wie wird die von einem Subjekt erreichte Trancetiefe bestimmt? Ein erfahrener Hypnotiseur kann sie gewöhnlich immer auf irgendeine Weise erspüren, hauptsächlich auf Grund seiner Hypnoseerfahrung und der Beobachtung der Verhaltensweise des Subjekts. Die einzige wissenschaftliche Tiefenbestimmung besteht in der Durchführung einer Testreihe zur Feststellung, welche hypnotischen Phänomene das Subjekt hervorzubringen imstande ist.

Man nimmt an, gewisse Phänomene könnten in jeder Tiefenlage hervorgebracht werden. Tatsächlich wird dies individuell erheblich schwanken. Mitunter kann etwas, das gemeinhin nur einen leichten Zustand erfordert, nicht induziert werden, selbst wenn sich das Subjekt in einer tiefen Trance befindet. Umgekehrt kann in einem nur leichten Zustand schon irgendein Phänomen der tiefen Trance hervorgebracht werden.

Im folgenden einige der Symptome, die gewöhnlich einem leichten Zustand zugeschrieben werden: Katalepsie der Augen, teilweise Gliederkatalepsie, Atem- und Pulsverlangsamung, Abneigung gegen Bewegung und Sprechen, Rapport mit dem Hypnotiseur, ein Schweregefühl oder vielleicht das Gegenteil – ein Gefühl des Dahintreibens –, Reaktionen auf einfache posthypnotische Suggestionen und partielle Altersregression.

Auf einer mittleren Stufe der Trancetiefe wird der Hypnosevorgang leichter erkannt. Es bestehen Muskelhemmungen, partieller Gedächtnisverlust, Anästhesie der Oberflächengewebsschichten, Einbildungen verschiedener Art und völlige Körperkatalepsie.

Die tiefe Trance ist erkennbar an der Fähigkeit, die Augen zu öffnen, ohne zu erwachen (manchmal ist dies auch schon auf der Mittelstufe möglich), ferner an dem starren Blick bei geöffneten Augen, an völligem Gedächtnisverlust, posthypnotischer Anästhesie, Befolgen unsinniger posthypnotischer Suggestionen, an der Kontrolle der organischen Körperfunktionen wie beispielsweise des Kreislaufs, an den Phänomenen der Hypermnesie, völliger Altersregression, visueller oder auditiver Sinnestäuschungen oder der Zeitverschiebung.

Bei den meisten wissenschaftlichen Untersuchungen wird die Tiefe der Hypnose mittels der Stanford-Skala und der Stanford-Profilskala der hypnotischen Empfindlichkeit gemessen. Dies sind Tests, die den Verlust der Willensbeherrschung (wie bei Herausforderungen), motorische Suggestionen (wie beim Balancetest) und Phänomene wie jene der Sinnestäuschungen, der Amnesie und posthypnotischer Reaktionen erfassen. Es gibt auch andere Tiefenskalen, die gegenwärtig nur selten oder gar nicht angewendet werden; dazu gehören die Davis-und-Husband-Skala oder die Le-Cron-Bordeaux-Skala.

Weil diese Methoden der Tiefenmessung des hypnotischen Zustandes viel Zeit erfordern und überdies nicht als genaue Mittel zur Tiefenmessung verwendet werden können, befriedigen sie nicht völlig. Deshalb versuchte ich, eine schnellere und genauere Methode ausfindig zu machen. Es schien mir, dem Unterbewußtsein mit seinen weitgehenden Fähigkeiten könne es gelingen, die Tiefe selbst zu bestimmen, wenn ihm nur ein Maßstab gesetzt würde. Mit anderen Worten: Vielleicht kann der Patient selbst sagen, wie tief sein Zustand ist, wenn eine zielführende Fragetechnik angewendet wird. Diese muß kurz erklärt werden.

Wir können sagen, auf einem vorgestellten Zollstock reiche ein leichter Hypnosezustand von einem Zoll (rund 2,5 Zentimeter) bis zu 12 Zoll (rund 30 Zentimeter), ein mittlerer von 12 bis 24 Zoll, und der tiefe Hypnosezustand von 24 bis 36 Zoll. Mit Hilfe dieses imaginären Zollstocks kann man das Unterbewußtsein messen und die von dem Hypnotisierten erreichte Tiefe mitteilen.

Während der Hypnose wird eine bestimmte Tiefe nicht dauernd beibehalten, sie schwankt. Von einem Augenblick zum nächsten mag die Hypnose sich vertiefen. Die Befragung des Unterbewußtseins sollte damit beginnen, daß zuerst der Zollstock dem in Hypnose befindlichen Subjekt erklärt wird. Dann wird es gefragt: „Sind Sie in dieser Sitzung nach unserem Zollstock 20 Zoll oder tiefer gewesen?" Falls dies bestätigt wird, müßte nach 25 Zoll gefragt werden, falls nicht, nach 15 Zoll. Eine Toleranz von 5 Zoll genügt durchaus.

Auf die Überprüfung der Genauigkeit dieser Meßmethode durch mich und andere möchte ich hier ausdrücklich hinweisen. Auf diese Art ist nur wenig Zeit erforderlich, um die notwendigen Informationen über die Tiefe zu erlangen. Diese Meßmethode ist mehreren tausend Teilnehmern an Kursen des Hypnose-Symposiums beigebracht worden und jetzt sehr gebräuchlich geworden.

Eine weitere Möglichkeit, mittels der Zollstockmethode Informationen über die Tiefe zu erhalten, besteht in der Aufforderung an das Subjekt, sich sofort einen vor ihm aufrecht stehenden Zollstock vorzustellen mit der Bezeichnung „1 Zoll" an der Spitze. Das Subjekt soll einen weißen, dorthin zeigenden Pfeil sehen. Auf diesen blickend, soll es den Pfeil am Zollstock hinabgleiten und an der erreichten größten Tiefe stillstehen sehen. Dann soll das Subjekt die Tiefe ablesen und mitteilen. Auch mit dieser Variante der Zollstock-Meßmethode wurden gute Erfahrungen gemacht.

Natürlich läßt sich das Gleiche auch mit einem vorgestellten Meterstab machen; dessen Dreiteilung einer leichten, mittleren und tiefen Trance entspricht. Als Toleranz – wie oben erwähnt – genügen zehn Zentimeter.

V. Ihr Unterbewußtes

Der Summe der unterschwelligen psychischen Vorgänge ist eine ganze Reihe verschiedener Bezeichnungen gegeben worden – das Unbewußte, das Unterbewußte, das Unterschwellige, das Subjektive und andere mehr. Die in der Psychotherapie gebräuchlichste Bezeichnung ist „das Unbewußte", manche Wissenschaftler ziehen das „Unterbewußte" vor.

Schon die alten Griechen und in der Neuzeit schon Leibniz, Schelling, Carus und Nietzsche haben eine unbewußte Tiefenschicht des Seelenlebens angenommen. Aber erst Sigmund Freuds bahnbrechende Arbeiten führten zur wirklich wissenschaftlichen Erforschung und zu einem gewissen Verständnis dieser seelischen Tatbestände. Wir wissen immer noch nur wenig über dieses Gebiet. Viele Menschen können sich eine unbewußte Denk- und Urteilsfähigkeit, die sich natürlich anders äußert als die des Bewußtseins, nicht vorstellen. Sie läßt sich jedoch mittels des ideomotorischen Frage- und Antwortverfahrens, das im folgenden noch beschrieben wird, leicht nachweisen.

Das Unterbewußte ist der Speicher unseres Gedächtnisses. Die Altersregression beweist schlagend, daß auch die scheinbar geringfügigsten Einzelheiten – Erfahrungen, Vorgänge, Motive – im Gedächtnis unseres Unterbewußtseins registriert werden und dort haften bleiben. Der Tatbestand kann mit einem synchronisierten Film oder mit einem Videotonband (mit gespeichertem Bild und Ton, zu denen noch die Wahrnehmungen der drei anderen Sinne kommen) verglichen werden. Mittels der Altersregression können diese gespeicherten Erinnerungen alle wieder abgespielt werden.

Über die wirkliche Beschaffenheit des Unterbewußten sind verschiedene Theorien entwickelt worden. Wegbereitend war auf diesem Gebiet die Freudsche Theorie, obwohl sie nicht erschöpfend ist. Freud glaubte, alles Unbewußte bestünde aus den Regungen der von ihm als Id (Es) bezeichneten Tiefenperson, dem Unterschwelligen, das dicht unterhalb der Bewußtseinsschwelle liegt, und dem Super-ego (Über-Ich), das im wesentlichen die Kontrollinstanz des Bewußtseins (das Gewissen) darstellt. Das Bewußtleben – zwischen Über-Ich und Es – nannte er Ego (Ich).

Die verstorbene Psychiaterin Anita Muhl ist als führende Autorität für automatisches Schreiben weltweit bekannt. Das automatische Schreiben besteht, vereinfacht ausgedrückt, in der durch Suggestion oder Hypnose geleiteten Steuerung der Hand und des Schreibvorgangs durch das Unterbewußte; der Schreibende nimmt nicht wahr, daß er unbewußt schreibt. Dabei glaubte Dr. Muhl, sieben verschiedene Schichten oder Ebenen der inneren Steuerung unterscheiden zu können, die von „dem Bösen", wie man herkömmlicherweise sagen könnte – das Freuds „Es" zu gleichen schien –, bis zum Über-Ich reiche (obwohl sie dieses eher C. G. Jungs Begriff vom Über-Bewußten einordnete). Sie unterschied u. a. eine unserer Selbstprotektion gewidmete Ebene, die Gedächtnisebene, sowie eine der Steuerung der körperlichen Funktionen dienende Ebene unseres Unterbewußten.

Andere Forscher haben das Unterbewußte mit einem Computer verglichen. Dieser Gedanke wurde zuerst von Norbert Wiener aufgebracht und von Maxwell Maltz in seinem Buch *Psycho-Kybernetik** ausführlich beschrieben. Diese Theorie sieht das Unterbewußte als durch das Gehirn gesteuerten Mechanismus. Wegen der ungeheuren Fähigkeiten des Unterbewußten würde allerdings ein Vergleich selbst mit dem phänomenalsten Computer etwa auf die Rolle einer großen Rotationsmaschine, verglichen mit einem Gummistempel, hinauslaufen. Diese Theorie scheint die eigenständige Urteilsfähigkeit des Unterbewußten zu leugnen.

Oft scheint das Unterbewußte jeglicher Logik zu entbehren. In seinen Motivationen und dem entsprechenden Verhalten befaßt es sich nur mit den Endergebnissen und läßt eventuelle Nebenwirkungen, die sehr nachteilig sein können, völlig außer acht. Manchmal scheint es unreif und kindisch zu handeln. Es tendiert

* Deutsch unter dem Titel *Erfolg kommt nicht von ungefähr – Psychokybernetik* im Econ Verlag, Düsseldorf.

zur Humorlosigkeit, obwohl gerade beim automatischen Schreiben oft amüsante Wortspielereien zustande kommen.

Das Unterbewußtsein nimmt alles buchstäblich – was es auch sei. Dies kann zu Komplikationen und mitunter zu nachteiligem Verhalten uns selbst gegenüber führen. Hier befinden wir uns mitten in der Wortbedeutungslehre. Beim Sprechen sagen wir bisweilen etwas, das eine völlig andere buchstäbliche Bedeutung hat, als was wir zu sagen beabsichtigen. Wenn wir zornig sind, sagen wir zum Beispiel: „Das macht mich verrückt." Wir meinen nur, wir sind zornig, sagen aber buchstäblich, wir seien geisteskrank.

Diese unbewußte Tendenz, alles buchstäblich aufzufassen, zeigt sich bei einer hypnotisierten Person. Weil in Hypnose das Unterbewußte der Schwelle der Bewußtheit näher ist, befaßt sich die hypnotisierte Person mit ihm. Wird sie gefragt: „Würden Sie mir sagen, wo Sie geboren sind?", wird sie mit Kopfnicken oder Jasagen antworten. Dies ist buchstäblich die richtige Antwort. Ja, sie will es sagen! Im Wachzustand würde sie zweifellos den Geburtsort nennen und somit die Frage bereits interpretieren. Bei der Abfassung von Suggestionen ist es darum wichtig, an diese Tendenz buchstäblicher Auffassung zu denken. Sie ist mitunter der Ursprung von seelischen Eindrücken, wie sie noch beschrieben werden.

Ein sehr nachteiliges Beispiel eines solchen Eindrucks wird im Verlaufe der Hypnotherapie oft festgestellt, wenn die Therapie nicht anzuschlagen scheint und der Versuch, einen Patienten von seiner Krankheit oder seinem Konflikt zu befreien, ergebnislos verläuft. Es gibt zahlreiche Redewendungen, die, wenn sie sich dem Unterbewußten einprägen, den Fortschritt aufhalten. Hier nur einige Beispiele: „Nichts kann helfen!" Oder: „Sie werden nie darüber hinwegkommen." Noch schlimmer ist: „Sie müssen lernen, damit weiterzuleben." Der Heilversuch ist schon manchen Ärzten, die eine orthodoxe Behandlung durchführten, mißlungen, weil sie eine solche Bemerkung zum Patienten machten, ohne an die möglichen Folgen zu denken.

Die letztgenannte Redewendung mag durchaus harmlos erscheinen und würde es auch sein, wenn sie sich nicht dem Unterbewußten einprägen würde. Wird sie geäußert, wenn der Patient verängstigt, verzweifelt oder überhaupt emotional erregt ist, so wird sein Unterbewußtes in Hypnose oder zumindest in einem Zustand gesteigerter Suggestibilität den Gedanken annehmen und daran festhalten. Was ist die buchstäbliche Bedeutung von „Sie müssen lernen, damit weiterzuleben"? Tatsächlich bedeutet dies, der Patient werde sterben, wenn der Zustand oder das Symptom endet! Wenn man nicht lernt, damit weiterzuleben, stirbt man. Weil aber ein Todeswunsch nicht vorhanden ist, klammert sich das Unterbewußte verzweifelt an den Zustand, der gerade durch Hypnotherapie beseitigt werden wollte.

Weiterhin scheint das Unterbewußtsein jegliches Erlebnis unter dem Gesichtspunkt der Zeit seines tatsächlichen Geschehens zu betrachten. Ereignet sich irgend etwas Wichtiges im Alter von fünf Jahren, betrachtet es dies weiterhin so wie ein Fünfjähriger. Bewußt ändern wir unsere Ansichten, wir reifen und sammeln Erfahrungen. Was für ein Kind sehr furchterregend sein kann, verliert für uns als Erwachsene oft genug seinen Schrecken.

Wird ein kleines Kind wegen irgendeiner Unart zur Bestrafung in eine dunkle Kammer eingeschlossen und ängstigt es sich sehr, kann dies bei ihm Angst vor der Dunkelheit oder vor geschlossenen Räumen (Klaustrophobie) verursachen, die sein ganzes Leben lang anhält. Bewußt würde sich ein Erwachsener fragen, warum bei ihm in einer solchen Situation, die ihm lächerlich erscheint, Angst entsteht. Die kindliche Betrachtungsweise ist unbewußt immer noch wirksam.

Das Unterbewußtsein hat die wichtige Aufgabe, uns zu behüten. Berührt man einen heißen Gegenstand und verbrennt sich, dann überlegt man sich nicht, die Hand davon zurückzuziehen. Es würde zu lange dauern, und der Schaden wäre größer. Das Unterbewußtsein reagiert sofort auf den Verbrennungsschmerz und veranlaßt die Muskeln, die Hand sofort zurückzureißen.

Es ist immer wachsam; während wir schlafen, sogar wenn wir – wie in Vollnarkose während einer Operation – bewußtlos sind oder wenn wir ohnmächtig werden. Auch die Ärzte beginnen sich zunehmend damit vertraut zu machen, nachdem sie von Kollegen mit Hypnoseerfahrungen darauf aufmerksam gemacht wurden. Man kann bei einer Person eine Altersregression bis zu einer früher stattgefundenen Operation herbeiführen, und sie wird fähig sein, alles zu berichten, was während ihrer Bewußtlosigkeit geschah, falls es wichtig für sie war. Der Bewußtseinsteil des Gedächtnisses war ausgeschaltet, aber dem Unterbewußten entgeht nichts.

Eine schlafende Mutter mit Kleinkind liefert ein gutes Beispiel für die Wachsamkeit des Unterbewußten. Obwohl sie sich in tiefem Schlaf befindet, hört sie, wenn das Baby nur wimmert, und erwacht sofort. Das Unterbewußtsein weckt und warnt sie. Sie soll nachsehen, ob sich das Kind in Gefahr befindet.

Sind wegen irgendeines als unstatthaft empfundenen Erlebnisses Schuldgefühle entstanden, macht sich mitunter eine weitere Funktion des Unterbewußtseins geltend: es bestraft uns. Das kann bis zu masochistischen Regungen führen. Eigentümlicherweise kann uns das Unterbewußte, seine mangelnde Logik zeigend, dynamisch zur „Sünde" oder etwas Unrechtem verführen, das wir bereuen. Dann macht sich, weil wir es getan haben, eine gegenteilige Regung des Unterbewußten, das Gewissen, ans Werk und zwingt uns auf die Knie.

Unbewußt vollzieht sich auch die Regulierung des physischen Mechanismus unseres Körpers über das Gehirn und das Nervensystem. Untersuchungen haben dies hinsichtlich mancher Drüsen- und Organfunktionen bestätigt. Es ist wichtig, etwas über diese inneren Vorgänge und deren Funktionsweise zu wissen. Es kann dann leichter darauf eingewirkt werden.

Nach diesen Erläuterungen und dem, was Sie später über die ideomotorische Beantwortung von Fragen erfahren, sollten Sie nicht annehmen, es befände sich in Ihrem Inneren eine andere Person. Das wäre nicht die richtige Ansicht. Die Gesamtperson ist eine Einheit, bestehend aus zwei verschiedenen „Geisteshemisphären", von der eine jede die andere beeinflußt. Jeder Mensch ist ein ganzes, unteilbares Individuum! Der menschliche Geist ist mit einem im Meer schwimmenden Eisberg verglichen worden. Der das Wasser überragende Teil ist das Bewußtsein. Das Unterbewußtsein befindet sich unter der Oberfläche und besteht aus etwa vier Fünfteln des Ganzen.

VI. Wie Sie durch Ihr Unterbewußtsein informiert werden

Psychotherapeuten, die die Hypnose anwenden, wissen mit den Fähigkeiten des Unterbewußtseins zu rechnen. Sein im Gedächtnis gespeichertes Wissen ist erstaunlich. Jede durchlebte Einzelheit wird dort festgehalten, und viele Einzelheiten, die sonst nicht verfügbar wären, können durch Hypnose ins Bewußtsein gerufen werden.

Vor einiger Zeit hatte ich einen fünfundzwanzigjährigen Mann als Patienten. In der Hypnose wurde er ins Alter von acht Monaten zurückversetzt. Damals hatte er ein Trauma durchlebt, unter dem er noch immer litt. In Trance meinte er, sich in einer Wiege im Schlafzimmer zu befinden. Er beschrieb viele Einzelheiten des Raums – Zahl und Anordnung der Fenster, die Bilder an der Wand, die Farbe und das Muster des Teppichs. Nach dem Wecken erinnerte er sich an alles und besprach es mit seiner Mutter. Sie war erschrocken und berichtete mir, er habe das Zimmer genau beschrieben, obwohl das Haus mit den Möbeln verkauft worden sei, als er ein Jahr alt gewesen war. Sein Gedächtnis hatte dies alles unbewußt festgehalten.

Bei Regressionen dieser Art berichten die in die früheste Kindheit zurückversetzten Patienten, was sie die damals anwesenden Personen sagen hörten. Manchmal wurde eine Bemerkung zu einem Eindruck mit nachhaltiger Wirkung. Ist ein solcher Bericht nur ein Phantasieprodukt, weil ein wenige Monate altes Kind noch nicht die Sprache versteht? Viele Psychotherapeuten nehmen an, es sei zur Gedächtnisaufnahme gekommen, wie etwa eine Tonbandaufnahme. Was gesagt wurde, wird nur in Form von Lauten festgehalten, ohne daß ihre Bedeutung zu jener Zeit bekannt ist. Sobald das Sprechen erlernt wird, interpretiert das Unterbewußtsein die Laute, und die Impressionen erhalten nun ihre Bedeutung.

Dies scheint die einzige mögliche Erklärung zu sein, falls diese Früherinnerungen keine Phantasieprodukte sind.

Mit Hilfe der Hypnose gelingt es dem Psychotherapeuten verhältnismäßig leicht, vergessene Erinnerungen oder verdrängte Emotionen bewußt zu machen. Das gehört wesentlich zu den Vorteilen, die die Hypnose bietet. Wir neigen dazu, alles, was sehr unangenehm oder furchterregend war, zu verdrängen, aus dem Bewußtsein zu verbannen. Oft unterdrücken wir Schuldgefühle, weil wir bewußt nicht mit ihnen leben wollen. Solche Gefühle und Erinnerungen prägen sich jedoch dem Unterbewußtsein ein. Die Folge ist dann das unbewußte Verlangen nach Selbstbestrafung. Und dann wundern wir uns, wenn wir uns „zufällig" verletzt oder irgendeine schmerzhafte Krankheit, wie Arthritis oder Kopfschmerzen, zugezogen haben.

In Fabriken mit großer Arbeiterzahl wurde festgestellt, daß 80 Prozent aller Unfälle auf nur 20 Prozent der Gesamtarbeiterschaft entfielen. Ein Hinweis, wie weit verbreitet unbewußt motivierte „Unfälle" sind, obwohl die allermeisten sich als echte Unfälle abgespielt haben.

Wie bemerkt wurde, denkt und urteilt das Unterbewußtsein. Bewußt urteilen wir sowohl induktiv wie deduktiv. Das Unterbewußtsein scheint nur deduktiv zu urteilen.

Es ist von großem Wert, das Unterbewußtsein durch Hypnose zu beeinflussen. Wichtiger noch ist aber die Fähigkeit, das Wissen im Innersten unseres geistigen Gefüges anzuzapfen, um Dinge zu erfahren, von denen das Wachbewußtsein nichts weiß. Dies kann geschehen, während man wach ist oder sich in Hypnose befindet.

Durch die Formulierung von Fragen, die mit Ja oder Nein beantwortet werden können, ist es möglich, Regeln für die Kommunikation mit dem Unterbewußten aufzustellen, nach denen es durch Zeichengebung antworten kann. Wenn Sie zur Beantwortung einer Frage mit dem Kopf nicken, antworten Sie durch ein Zeichen. Vom Unterbewußten gesteuerte Bewegungen, die einen Gedanken beinhalten, werden *ideomotorische Bewegungen* genannt. Es gibt zwei Möglichkeiten, auf Fragen Antwortzeichen zu erhalten.

Die eine eröffnet sich Ihnen mit Hilfe des Pendels. Sie befestigen irgendeinen leichten Gegenstand, einen Fingerring, einen Ohrring, eine eiserne Dichtungsscheibe oder etwas Ähnliches an einem etwa fünfundzwanzig Zentimeter langen Faden. Den Faden zwischen Daumen und Zeigefinger haltend, lassen Sie den Pendelgegenstand frei herabhängen. Den Arm können Sie auf einer Stuhllehne oder auf einem Tisch oder auf dem Knie aufstützen, während Sie sich leicht nach vorn beugen. Das Unterbewußtsein wird die Finger veranlassen, das Pendel in Bewegung zu versetzen, ohne daß Sie diese absichtlich bewegen. Versuchen Sie, das Pendel bewegungslos zu halten. Wenn Sie auf den Pendelgegenstand blicken, wird es besser funktionieren. Die Fingerbewegungen, die den Gegenstand in Schwingungen versetzen, sind gering und kaum wahrnehmbar.

Das Pendel kann nach vier Grundrichtungen ausschlagen. Es kann sich im Uhrzeigersinn oder entgegengesetzt, in einer Linie quer vor Ihnen hin und her oder auf Sie zu und weg bewegen.

Jede der vier Bewegungen hat ihre Bedeutung. Diese Bedeutung gilt es zunächst festzulegen. Eine Bewegung bedeutet „ja“, eine andere „nein“; die dritte besagt „Ich weiß nicht“ und die letzte „Ich möchte die Frage nicht beantworten“. Diese letzte Bewegung ist mitunter sehr wichtig. Gewöhnlich werden die Fragen beantwortet; es sei denn, es handle sich um etwas Unangenehmes oder Furchterregendes, das vom Unterbewußtsein nicht aufgerührt werden will.

Beim Halten des frei herabhängenden Pendels fordern Sie Ihr Unterbewußtes zunächst auf, die Bewegung zu wählen, die auf Ihre Fragen mit Ja antwortet. Dabei denken Sie intensiv an das Wort „Ja“. Sie versuchen zwar, das Pendel ruhig zu halten, fast immer wird es aber gleichwohl zu schwingen beginnen. Die Bewegung kann gering, aber eindeutig sein oder auch in einem größeren unbestimmten Bogen verlaufen. Denken Sie nicht daran, welche Bewegung Sie wünschen, sondern lassen Sie Ihr Unterbewußtes seine eigene Wahl treffen. Bisweilen dauert es einige Augenblicke, „den Motor anzuwärmen“, und erst dann beginnt das Pendel zu schwingen. Oft jedoch wird es sich sofort bewegen.

Sobald die Bewegungsrichtung, die ein Ja ausdrücken soll, festgelegt ist, verlangen Sie die Bewegung zu kennen, die „nein“ bedeutet. Ist dieses Zeichen gegeben worden, dann fragen Sie nach der Bewegung, die besagt: „Ich weiß nicht.“ Bleibt dann noch die Bewegung, die bedeutet: „Ich möchte das nicht beantworten.“ Diese Bedeutungen prägen Sie Ihrem Unterbewußtsein ein. Dann stellen Sie Fragen. Dabei ist es nicht notwendig, die Fragen sprechend zu stellen; es genügt, sie zu denken.

Nach meiner Erfahrung und der vieler anderer Psychotherapeuten und Ärzte, die gelernt haben, dieses ideomotorische Verfahren anzuwenden, wird sich das Pendel vielleicht nur bei drei oder vier von hundert Patienten nicht bewegen. In einem solchen Falle wird aus irgendwelchen Gründen unbewußter Widerstand geleistet. Der Fragesteller mag sich vor der Aufdeckung von etwas Bestimmtem fürchten, oder es kann auch ein anderer Grund für den Widerstand vorhanden sein. Ein nochmaliger Versuch zu einer anderen Zeit kann bereits die Bewegung auslösen. Einige wenige Menschen antworten, wenn Sie selbst keine Reaktion herbeizuführen vermögen, leichter auf die Fragen eines Dritten.

Während sich eine Person mit geschlossenen Augen in Hypnose befindet, ist ein anderes Verfahren eher zielführend; es läßt sich auch im Wachzustand anwenden. Es handelt sich um Fingerbewegungen. Dabei müssen Sie darauf achten, nichts absichtlich zu tun. Das Unterbewußtsein wird aufgefordert, vier der zehn Finger auszuwählen und diese vier Finger auf die eben bezeichneten Bedeutungen festzulegen. Wahrscheinlich können die Bewegungen aufmerksamer verfolgt werden, wenn die vier Finger einer Hand benutzt werden. Man könnte beispielsweise den Zeigefinger für Bejahung, den Mittelfinger für Verneinung, den kleinen Finger für Unentschiedenheit und den Daumen für die Verweigerung der Antwort wählen.

Bei manchen Menschen ist es möglich, mit Hilfe des Pendels Antworten zu erhalten, während aus Gründen irgendwelcher Art die Finger sich nicht bewegen. Vielleicht tritt auch das Gegenteil ein: die Finger beantworten die Fragen, aber das Pendel bleibt bewegungslos. Bei zumindest fünfundneunzig Prozent aller Personen lassen sich beide Methoden anwenden.

Bei der Fingertechnik verspürt man gewöhnlich ein Prickeln der Muskeln, sobald ein Finger sich bewegen will. Bei unfreiwilliger Steuerung zittert oder wackelt der Finger, er hebt sich sehr langsam, wobei er sich eher nur gering bewegt. Manche bemerken eine langsame Bewegung und sehen, wie der Finger höher gehoben wird und eine Zeigestellung einnimmt. Bei der Anwendung dieser Methode sollten die Hände oder die Hand flach auf der Armlehne des Stuhls, im Schoß oder auf den Schenkeln ruhen. Diese ideomotorischen Bewegungen des Pendels oder der Finger wird jedermann faszinierend finden.

Bei Anwendung des ideomotorischen Verfahrens als Mittel zur Erlangung von Informationen seitens des Unterbewußtseins könnte das Pendel in einer diagonalen Richtung ausschlagen, oder ein nicht vorher bestimmter Finger könnte sich heben. Dies bezeugt zunächst abermals das Urteilsvermögen des Unterbewußtseins. Sodann ist es ein Hinweis, daß das Unterbewußte zu antworten versucht, dies aber nicht mittels der auf vier Grundbewegungen beschränkten Signale tun kann. Es kann ein „Vielleicht“ oder auch ein „Es könnte sein“ bedeuten, oder schließlich auch, daß Ihre Frage nicht klar genug formuliert worden ist. Sie können jedoch die nötige Klarheit finden, indem Sie weitere Fragen stellen.

Wie sehr kann den ideomotorischen Reaktionen auf Fragen vertraut werden? Kann man sich auf ihre Richtigkeit verlassen?

Hat das Unterbewußtsein keinen bestimmten Grund, Sie irrezuführen – was sehr unwahrscheinlich ist –, sind die Antworten richtig. Das Unterbewußte scheint das Signal, eine Frage nicht beantworten zu wollen, einer falschen Information vorzuziehen. Es ist jedoch nur vernünftig, die bloße Möglichkeit einer durch Wunschdenken veranlaßten irreführenden Antwort nicht ganz auszuschließen und vor der unbedingten Unterstellung der Richtigkeit aller Antworten gesunden Menschenverstand walten zu lassen.

Manche haben auch die Zukunft betreffende Fragen gestellt und dadurch versucht, das Unterbewußte Voraussagen machen zu lassen. Die Aufforderung an das Unterbewußtsein, den Gewinner eines Pferderennens zu nennen, kann ein teurer Spaß werden! Die Antworten können nur zutreffend sein, wenn das Unterbewußte über das entsprechende Wissen verfügt. Die Parapsychologie hat zwar Anhaltspunkte zutage gefördert, wonach das Unterbewußte auch zur Zukunftsschau befähigt sein soll (Präkognition); als Fähigkeit besonders Sensitiver mag dies zutreffen, generell ist dies jedoch noch nicht bestätigt worden. Es wäre daher voreilig und leichtfertig, wenn sich jedermann auf das Vorhandensein solcher Fähigkeiten verlassen würde.

Hingegen ist es ohne weiteres möglich, mit Hilfe ideomotorischer Antworten verlorene Gegenstände zu finden; normalerweise weiß man ja unterbewußt, wo man sie verlor. Dieses Verfahren kann auch angewendet werden, wenn Sie angesichts mehrerer Möglichkeiten nicht wissen, was tun. Ihr Unterbewußtsein ist in der Lage zu entscheiden. Und weil seine Datenspeicherung viel umfangreicher ist als alles, dessen man sich bewußt erinnern kann, wird es aller Wahrscheinlichkeit nach den einzuschlagenden Weg am besten kennen.

Manchmal sind Menschen von der Möglichkeit, Informationen vom Unterbewußtsein zu erlangen, derart beeindruckt worden, daß sie des Guten zuviel getan und Unmögliches erwartet haben. So fragte eine Frau ihr Unterbewußtsein, ob ihr Mann ihr untreu geworden sei. Natürlich ist hier das Unterbewußte überfordert. Gleichwohl fand die Frau ihre Frage bestätigt. Sie wünschte eine bejahende Antwort. Hätte sie diese nicht erwartet, würde sie nicht danach gefragt haben. Ihr Gatte sagte mir, sie sei immer schon eifersüchtig gewesen; er stellte entschieden in Abrede, jemals einen Seitensprung gemacht zu haben. Ihre Ehe wäre fast daran zerbrochen. Dieses Beispiel beweist, daß nie richtige Antworten erwartet werden können, wenn die Fragen nicht auf Vorgänge abzielen, die dem Unterbewußten bekannt sind.

Bei dieser Regel lassen wir die Tatsache außer acht, daß es natürlich besonders sensitive Menschen gibt, die zur außersinnlichen Wahrnehmung (ASW) befähigt sind. Diese Fähigkeit ist zwar – wie die Parapsychologie nachgewiesen hat – entwicklungsfähig; vorläufig aber ist die Menschheit noch weit davon entfernt, eine geistige Elite zu sein, die über die Gaben der Telepathie und des Hellsehens verfügt. Der ideomotorischen Antworten kann sich dagegen jedermann bedienen.

Bei der Befragung werden Sie oft überrascht sein, wenn nämlich Ihr Unterbewußtsein eine Frage, von der Sie überzeugt sind, sie müsse unbedingt bejaht werden, mit „Nein“ beantwortet oder umgekehrt. Aller Wahrscheinlichkeit nach ist jeweils die Antwort des Unterbewußtseins richtig.

Die ideomotorischen Bewegungen haben wirklich nichts Magisches oder Geheimnisvolles an sich. Es beweist nur selbst dem skeptischen Zuschauer, daß das innere Bewußtsein in der Tat denkt und urteilt und darüber hinaus sogar Muskelbewegungen steuern kann. Das Unterbewußte steuert diese Bewegungen andauernd. Während Sie lesen, kontrolliert es Ihre Atemmuskeln. Beim Gehen denken Sie nicht an alle die dabei nötigen Bewegungen oder ihre Koordination, obwohl Sie dies als Kind zu erlernen hatten. Nach einiger Übung und vielen Stürzen hatten Sie einen bedingten Reflex entwickelt, und Ihr Unterbewußtes übernahm somit die Steuerung aller dabei verwendeten Muskeln. Ihre Gehbewegungen wurden von da an automatisch. Dasselbe tritt ein, wenn Sie Schreibmaschine schreiben lernen. Sie würden nur sehr langsam tippen, wenn Sie bewußt an die Tasten und den richtigen Anschlag denken müßten.

Es ist wichtig, die richtige Fragestellung und den Gegenstand der Befragung zu wissen. Natürlich ist dies von Ihren besonderen Absichten abhängig. Aus einigen angeführten Beispielen können Sie lernen, die richtige Formulierung zu treffen für alles, was Sie erfragen möchten. Beim Experimentieren können Sie versuchen, Fragen laut auszusprechen oder auch sie lediglich zu denken. Bei den meisten Menschen scheint dies keinen Unterschied zu machen; ausnahmsweise scheint die verbale Befragung wirkungsvoller zu sein. Manche Fragesteller scheinen keine Antworten auf ihre eigenen Fragen zu erhalten, bekommen sie aber, wenn eine andere Person fragt.

Wie ich die Fragestellung in einem meiner Fälle durchführte, geht aus einer hier aufgezeichneten Tonbandaufnahme hervor. In jedem einzelnen Fall wird sie selbstverständlich erheblich abweichen. Auch müßten Sie Ihrer Selbstbefragung die Ich-Form zugrunde legen.

Der Patient, ein zwanzigjähriger Collegestudent, hatte große Schwierigkeiten mit seinem Studium. Seine erzielten Noten waren für die Immatrikulation an einer großen Universität nicht gut genug gewesen, und er besuchte daher ein kleines College.

F.: Geht in Ihrem Unterbewußtsein etwas vor, das Ihre leichte Lernfähigkeit irgendwie beeinträchtigt?
A.: Ja. (Es handelte sich um Pendelzeichen.)
F.: Betrifft es das Studium?
A.: Ja.
F.: Hindert es Sie, bessere Noten zu erzielen?
A.: Ja.
F.: Es könnte sich um verschiedene Dinge handeln. Hat es mit Ihrem Gedächtnis zu tun? Beeinträchtigt es Ihr Erinnerungsvermögen?
A.: Nein.
F.: Beeinträchtigt es Ihre Konzentrationsfähigkeit?
A.: Ja.
F.: Schweifen deshalb Ihre Gedanken ab, wenn Sie zu lernen versuchen?
A.: Ja.
F.: Ist dies der Grund für Ihre Selbstbestrafung, wenn Sie aus irgendwelchen Ursachen keine guten Noten erzielen?
A.: Nein.
F.: Fühlen Sie sich wertlos oder minderwertig und können Sie deshalb nicht alle Ihre geistigen Fähigkeiten nutzen?
A.: Nein.
F.: Wirken ein oder mehrere Eindrücke auf Sie ein? (Der Begriff der seelischen Eindrücke war ihm erklärt worden.)
A.: Ja.
F.: Ist mehr als einer dieser Eindrücke vorhanden?
A.: Ja.
F.: Mehr als zwei?
A.: Ja.
F.: Mehr als drei?
A.: Nein.
F.: Wir wollen den ersten zur Zeit seiner Entstehung betrachten. Handelt es sich um etwas, das Sie sagen hörten?
A.: Ja.
F.: Wurde es zu Ihnen gesagt? Könnte es etwas sein, das zu jemand anderem gesagt wurde?
A.: Ja.

F.: Wurde es von einer männlichen Person gesagt?
A.: Nein.
F.: Dann muß es eine weibliche Person gewesen sein. Ist das richtig?
A.: Ja.
F.: War es eine Lehrerin?
A.: Nein.
F.: War es eine Verwandte?
A.: Ja.
F.: War es Ihre Mutter?
A.: Ja.
F.: Nun zu der Zeit, in der der Eindruck entstand. War das, bevor Sie fünfzehn Jahre alt waren?
A.: Ja.
F.: Vor dem zehnten Lebensjahr?
A.: Nein.
F.: War es dann zwischen zehn und fünfzehn?
A.: Ja.
F.: War es zwischen zehn und zwölf?
A.: Nein.
F.: Zwischen zwölf und fünfzehn?
A.: Ja.
F.: War es, als Sie zwölf Jahre alt waren?
A.: Ja.
F.: Wo geschah es? Zu Hause?
A.: Nein.
F.: In der Schule?
A.: Nein.
F.: In der Wohnung eines Freundes?
A.: Nein.
F.: Bei Verwandten?
A.: Ja.
F.: Nun werden Sie sich erinnern, wo es geschah! (Dies war ein Abkürzungsversuch.)
A.: Ja, ich glaube, es war bei meiner Tante.
F.: Ist das richtig, war es bei Ihrer Tante?
A.: Ja.

F.: Wir hörten, daß Ihre Mutter es sagte. War sie mit Ihnen bei Ihrer Tante?
A.: Ja.
F.: Geschah es im Hause, nicht draußen?
A.: Ja.
F.: War noch jemand anwesend?
A.: Ja.
F.: Wer war es? Sie werden sich an den Namen erinnern! Der erste Name, an den Sie denken! (Wieder eine Abkürzung!)
A.: Bill. Mein Vetter.
F.: War es Bill?
A.: Ja.
F.: Schalt Ihre Mutter Sie aus?
A.: Ja.
F.: Bestrafte sie Sie für etwas?
A.: Ja.
F.: Körperliche Bestrafung?
A.: Nein.
F.: Verbot sie Ihnen zur Bestrafung, etwas zu tun?
A.: Ja.
F.: Wir müssen wissen, was gesagt wurde. Betraf es die Schule oder das Lernen?
A.: Ja.
F.: Gelingt es Ihnen, sich zu erinnern, was als Eindruck haften blieb und Ihnen beim Lernen Schwierigkeiten macht?
A.: Ja.

Mittels Altersregression kam dann heraus, was geschehen war. Es war ihm aufgetragen worden, seine Hausaufgaben zu machen, aber er war statt dessen ins Nachbarhaus zu seiner Tante gegangen und hatte mit seinem Vetter gespielt. Seine Mutter war ärgerlich über seinen Ungehorsam. Als sie ihn ausschalt, hatte sie gesagt, er würde nie ein guter Schüler werden. Er würde nie seine Gedanken beim Lernen zusammennehmen, war eine andere Bemerkung, die sie gemacht hatte. Der dritte Eindruck war, er hätte keine Lust zu lernen und passe nicht auf, wenn er etwas mache. Obwohl diese fixierten Ideen nicht ganz verwirklicht wurden, behinderten sie seine Fähigkeiten.

Daraufhin wurde seinem Unterbewußtsein eingeprägt, er habe dies alles doch als Junge erlebt; nun aber sei er erwachsen und studiere etwas völlig anderes. Es wurde hervorgehoben, daß seine Mutter ihn zwar getadelt, aber keineswegs beabsichtigt hatte, ihn am guten Lernen zu hindern. Um zu erfahren, ob die nachteiligen Eindrücke nun beseitigt waren oder nicht, wurde er dann weiter gefragt:

F.: Sie verstehen nun, wie diese Eindrücke Sie behindert und wie sie gewirkt haben. Können Sie frei von ihren Wirkungen sein?

A.: Ja.

F.: Können Sie nun Ihre gesamten geistigen Fähigkeiten zum Studieren und Lernen einsetzen?

A.: Ja.

In einem anderen Fall kam ein junger Mann von einundzwanzig Jahren zu mir und erbat meine Hilfe. Er erzählte mir, er habe es bis zur siebenten Klasse gebracht, hätte aber niemals Lesen und Schreiben gelernt. Er konnte nur ungelenk seinen Namen schreiben. Ich fragte ihn, wie es ihm gelungen sei, sieben Klassen in einer öffentlichen Schule zu durchlaufen, ohne je Lesen und Schreiben gelernt zu haben. „Oh", sagte er, „ich war so dumm und dazu so rebellisch und streitsüchtig. Jeder Lehrer, den ich hatte, war bestrebt, mich loszuwerden und mich in die nächste Klasse zu versetzen." Dies ereignete sich in einer Stadt im amerikanischen Mittelwesten und wirft kaum ein gutes Licht auf das dortige Schulwesen.

Der junge Mann konnte nur untergeordnete Arbeit verrichten und war Geschirrwäscher in einem Restaurant. Ich hatte ihn nur ein einziges Mal gesehen. Damals half ich ihm, die Eindrücke aufzudecken, die ihn behinderten. Sie waren durch die Äußerungen einer Tante entstanden, die ihn aufgezogen hatte. Ungefähr ein Jahr später begegnete ich ihm auf der Straße, und er erzählte mir, er habe eine Freundin, die ihm Lesen und Schreiben beibringe, und er lerne sehr gut. Die Fragestellung zur Ermittlung seiner Eindrücke war ähnlich, wie in dem obenstehenden Beispiel angegeben.

Ein Angestellter des Verkehrsamtes von Kalifornien erzählte mir, es sei nicht ungewöhnlich, daß Anwärter auf Führerscheine unfähig wären, den schriftlichen Teil der Prüfung abzulegen, weil sie nicht lesen könnten. Manche von ihnen hätten sogar die oberen Schulklassen besucht. Die Gesetze schreiben für die Jugend zwar Schulpflicht bis zu einem gewissen Alter vor, aber offenkundig sind diese Leseunkundigen in höhere Klassen versetzt worden, weil sie zu dumm oder zu gehemmt waren, um zu lernen. Die Lehrer wollten sie einfach loswerden.

Eine interessante Anwendung der ideomotorischen Reaktion auf das Frageverfahren fiel mir vor einiger Zeit auf, und ich interessierte einige Ärzte für das Experiment. Könnte das Unterbewußtsein einer Schwangeren das Geschlecht des ungeborenen Kindes wissen? Mehrere Frauen wurden gefragt, alle bejahten. 402 Mädchen und Frauen wurden dann aufgefordert, das Geschlecht des Kindes vor der Geburt vorauszusagen. Ungefähr 90 Prozent davon, 360, sagten es richtig voraus.

Obwohl dieses Experiment nicht wissenschaftlich durchgeführt wurde, setzten wir es wissenschaftlich fort. Die nach dem Geschlecht der Kinder fragenden Ärzte schickten mir Postkarten mit dem Namen jeder Frau und dem von ihr vorausgesagten Geschlecht. Nach der Geburt des Babys schickten sie mir eine zweite Karte mit dem Ergebnis. Bei diesem Test waren die Ergebnisse nicht annähernd so gut. Nur zwei von drei Befragten hatten richtig vorausgesagt. Dies ist immer noch bemerkenswert, denn wären die Antworten auf die Fragen nur zufällig gewesen, würden nur fünfzig Prozent richtig ausgefallen sein. Möglicherweise könnte auch Wunschdenken im Spiel sein; wenn nämlich eine Frau das Geschlecht voraussagt, das sie sich wünscht – und dann unrecht hat.

Viele Menschen klagen über ihr schlechtes Gedächtnis. Schlecht ganz allgemein oder auch in einer bestimmten Art; dazu gehört beispielsweise die Unfähigkeit, sich an Namen zu erinnern. Wahrscheinlich tragen zum Erinnerungsvermögen veränderliche Intelligenzstufen bei. Ich frage mich jedoch, ob nicht auch das Gedächtnis sehr vieler Menschen von Eindrücken und wiederholten Suggestionen beeinflußt wird.

Obwohl Beweise dafür fehlen, vermute ich, daß wir alle mit einem guten Gedächtnis geboren wurden, das aber im Verlauf des Heranwachsens und der Reife allmählich abstumpfte. Wie oft, nehmen Sie wohl an, hörten Sie Redewendungen wie: „Ich kann mich nicht erinnern", „Ich vergaß es", „Es ist mir entfallen" und ähnliche Wendungen gleicher Bedeutung? Die Abstumpfung des Gedächtnisses durch die andauernde Wiederholung dieser Gedanken scheint möglich zu sein.

Wenn mittels Hypnose und Altersregression so leicht gezeigt werden kann, daß alles, was wir erleben, bis in die kleinsten Einzelheiten von unserem Gedächtnis – bewußt oder unbewußt – aufgezeichnet wird, sollten wir in der Lage sein, unser Gedächtnis *bewußt* viel besser auszuschöpfen, als es den meisten von uns gelingt.

Ich meine, das Gedächtnis der meisten von uns könnte wahrscheinlich schon wesentlich verbessert werden, wenn wir uns Coués einfache Methoden zu eigen machen würden. Es wäre interessant zu erfahren, welche Ergebnisse nach etwa einem Monat die täglich mehrmalige Wiederholung des Satzes „Tag für Tag wird sich mein Gedächtnis bessern und Fortschritte machen" haben würde. Es wäre eines Versuches wert.

Noch eine Schlußbemerkung zum Frageverfahren. Es ist vorteilhaft, die Fragen, sorgfältig abgefaßt, niederzuschreiben, und dann auch die erteilten Antworten schriftlich festzuhalten.

VII. Induktionsmethoden

Es gibt viele Arten, den Hypnosezustand herbeizuführen, viele verschiedene Techniken und Taktiken, die von den einzelnen Hypnotiseuren angewandt werden. Die meisten Experten, die die Hypnose anwenden, finden irgendeine Methode, mit der sie gut arbeiten können, und bedienen sich ihrer dann regelmäßig. Der erfahrene Hypnotiseur kennt jedoch die verschiedensten Methoden und wählt jeweils jene, die dem Subjekt, mit dem er gerade arbeitet, am besten angepaßt erscheint.

Manche Induktionsmethoden sind autoritär und positiv, während andere völlig permissiv sind. Offensichtlich würde es falsch sein und zum Mißerfolg herausfordern, gegenüber einer kämpferischen, positiven Persönlichkeit eine Befehlshaltung einzunehmen. Bühnenhypnotiseure verstehen sich zumeist ausgezeichnet auf die Wahl der richtigen Induktionsmethode, obwohl sie manchmal nur wenig über die psychologischen Aspekte der Hypnose wissen mögen. Wollen sie ihre Zuschauer nicht langweilen, so müssen sie rasch wirksame Induktionsmethoden anwenden. Sie sind ausnahmslos auf ihr Prestige angewiesen und wenden eine schnelle, autoritäre Induktionsart an. Gewöhnlich gehört es zur Bühnentechnik, die freiwillige Versuchsperson zu überraschen oder zu erschrecken, damit sie sofort in den Hypnosezustand gleitet.

Für die Zuschauer ist der Bühnenhypnotiseur ein Meister der Induktion, und er beherrscht sie zumeist wirklich gut. Bei allen seinen Subjekten scheint er einen tiefen Trancezustand hervorrufen zu können. In Wirklichkeit besteht ein Teil seiner auf Erfahrung beruhenden Arbeitsweise in der Fähigkeit, als Subjekte Personen auszuwählen, die dafür besonders geeignet sind. Er ruft nach Freiwilligen, und eine Anzahl Leute stürzt sich auf die Bühne.

Indem er sie schnell überblickt, schickt er einige wieder auf ihre Plätze mit der Begründung, er könne sich nicht mit so vielen befassen. Blitzschnell hat er seine Auswahl getroffen. Gute Subjekte behält er zurück. Diese testet er, worauf er wieder zwei oder drei auffordert, ihre Plätze wieder einzunehmen. Die auf der Bühne verbleibenden Freiwilligen sind bestimmt ausgezeichnete Subjekte, und der Bühnenhypnotiseur wickelt mit ihnen sein Programm ab. Häufig werden sie veranlaßt, lächerliche Dinge zu tun. Warum machen sich auf der Bühne Menschen so leicht selbst zu Narren? Manche hegen den Irrglauben, sie unterlägen der Macht des Hypnotiseurs und müßten tun, was er ihnen aufträgt. Ist eine Suggestion jedoch zu anstößig, wird sie nicht befolgt, und der Bühnenhypnotiseur vermeidet dies übrigens immer. Warum also? Einfach weil viele, die die Bühne betreten, Exhibitionisten sind, die daran viel Spaß haben und gerne alles tun, wozu sie aufgefordert werden.

Solche Demonstrationen sind heutzutage entbehrlich. Die Hypnose ist kein geeignetes Mittel der Unterhaltung. Das Phänomen der Hypnose bedarf keiner Demonstration mehr, und ihre Anwendung sollte nur ernsten Zwecken dienen.

Autoritäre Methoden kommen gewöhnlich schnell zur Wirkung, schneller als die permissiven. Die meisten Experten bevorzugten früher Methoden, die weniger rasch wirkten als die jetzt üblichen. Heute ist es durchaus möglich, die Trance schnell herbeizuführen und dennoch permissiv und positiv zu bleiben, d. h. zu hypnotisieren, ohne zu befehlen.

Die meisten Induktionsmethoden, so unterschiedlich sie sonst sein mögen, schließen irgendeine Art der Augenfixierung ein. Der Hypnotiseur kann sie auf mehrere Arten bewerkstelligen. Er kann das Subjekt veranlassen, ihm in die Augen zu blicken. Er kann das Subjekt einen Gegenstand fixieren lassen – ein Bild an der Wand, eine Blume in einer Vase, die flackernde Flamme einer Kerze, irgendein glänzendes Objekt, fast alles eignet sich. Im Induktionsgespräch wird dann die Schwere hervorgehoben, die die Augenmuskeln und -lider befällt. Nach einiger Zeit wird das Subjekt aufgefordert, seine Augen zu schließen. Tatsächlich ist dies unwesentlich, es hilft jedoch, Ablenkungen auszuschalten, und deshalb wird gewöhnlich die Schließung der Augen vom Hypnotiseur suggeriert.

Weitere Suggestionen zielen darauf ab, daß sich das Subjekt entspannt. Der mit permissiver Induktionsmethode arbeitende Hypnotiseur sagt dem Subjekt immer nur, es *könne* etwas tun, und nicht, es *müsse* dies tun. Alles geschieht auf der Grundlage der Zusammenarbeit. Natürlich wird das Subjekt in einem vorbereitenden Gespräch über das Wesen der Hypnose unterrichtet und von den gewöhnlich darüber bestehenden Fehlansichten befreit, bevor das eigentliche Induktionsgespräch beginnt.

Die Methode der Augenfixierung wird bisweilen variiert. Das Subjekt wird aufgefordert, mit seinem Blick den Bewegungen eines ihm vorgehaltenen Gegenstandes zu folgen. Eine andere Variante besteht darin, das Subjekt zu veranlassen – während der Hypnotiseur zählt –, die Augen zu schließen, und zwar nur bei den geraden Zahlen, während es sie bei den ungeraden zu öffnen hat.

Meist suggeriert der Hypnotiseur im Induktionsgespräch die zunehmende Schwere der Augenlider und die dann einsetzende allgemeine Entspannung des Körpers. Manche Hypnotiseure verwenden dabei das Wort „Schlaf“ und sprechen von Müdigkeit, obwohl das Subjekt nicht wirklich einschläft. Der Hypnotiseur legt deshalb das Versinken in den „hypnotischen Schlaf“ nahe.

Auch indirekte Methoden können angewendet werden: das Subjekt wird in Hypnose versetzt, ohne daß es sich dessen überhaupt bewußt wird. Dies kann durch Vermeidung jedes Hinweises auf die Hypnose herbeigeführt werden: der Hypnotiseur schlägt lediglich vor, er möchte dem Subjekt zeigen, wie es sich völlig entspannen könne. Im Induktionsgespräch wird dann die Entspannung suggeriert durch Aufforderung an das Subjekt, alle Muskeln zu entspannen, und zwar bei den Füßen beginnend über Beine und Arme bis zum Kopf, oder auch umgekehrt.

Mitunter werden bei der Induktion Hilfsmittel der einen oder der anderen Art verwendet. Als ein solches dient beispielsweise eine sich drehende Spirale, ein Metronom oder eine andere Geräuschkulisse, neuerdings sogar Blinklichtanlagen. Ich persönlich halte derartige Konzentrationsmittel für entbehrlich. Aufsehenerregend ist die Induktionsmethode, derer sich so mancher Bühnenhypnotiseur bedient. Er plaziert das Subjekt vor einem

Stuhl stehend und heißt es leicht nach vorn und rückwärts zu schwanken. Beim Rückwärtsschwanken mit geschlossenen Augen klatscht der Hypnotiseur plötzlich neben dem Ohr des Subjekts in die Hände und befiehlt laut: *„Schlafen Sie!"* Das ist sehr wirkungsvoll, und wahrscheinlich wird das Subjekt, nachdem ihm der Hypnotiseur zum Sitzen verholfen hat, auf dem Stuhl prompt in einen tiefen Hypnosezustand verfallen. Es ist eine unterhaltsame Methode, die aber gewiß nicht empfohlen werden kann.

Wird das Pendel zur ideomotorischen Beantwortung von Fragen benutzt, sollte es vom Subjekt aufmerksam beobachtet werden. In dieser Situation kommt es oft zur Hypnose. Dann können Suggestionen eingegeben werden, damit eine größere Trance erreicht wird. Diese Methode wende ich bei meiner Arbeit häufig an.

Bei der von mir bevorzugten Induktionsmethode, die ich ungefähr in der Hälfte aller Fälle anwende, gehe ich davon aus, das Subjekt vor einem Stuhl stehen zu lassen. Ich fordere es auf, mir in die Augen zu blicken und laut von hundert an rückwärts zu zählen. Während des Zählens spreche ich mit. Auch lege ich meine Hände auf die Schultern des Subjekts und drehe es langsam im Uhrzeigersinn. Das Subjekt beginnt gewöhnlich in normaler Lautstärke zu zählen, bald jedoch wird seine Stimme schwächer, und es zählt langsamer. Sehr häufig wird eine Zahl beim Zählen ausgelassen, dann eine weitere. Manchmal läßt das Subjekt zehn Zahlen auf einmal aus, etwa von siebzig bis neunundfünfzig. Es ist sich des Fehlers ebenso bewußt wie ich. Ich bemerke genau, wenn es in Hypnose gleitet. Oft hört es dann ganz zu zählen auf.

Während das Subjekt rückwärts zählt, spreche ich mit ihm. Ich sage ihm, wie schwer seine Augenlider werden, wie teilnahmslos es wird, wie es sich mehr und mehr entspannt. Sind seine Augen nicht geschlossen, wenn es bei achtundfünfzig angelangt ist, fordere ich es auf, sie zu schließen.

Bewege ich das Subjekt im Kreis, erkenne ich seine Einstellung. Läßt es sich leicht drehen, leistet es keinen Widerstand und wird schnell in den Hypnosezustand gleiten. Ist die Kreisbewegung schwerfällig, leistet das Subjekt unbewußt Widerstand gegen die Hypnose, und ich muß das Induktionsgespräch längere Zeit fortsetzen. Das durchschnittliche Subjekt wird, wenn es bei siebzig angelangt ist, bereits in Hypnose sein. Dies bedeutet, daß für diese

Methode nur wenige Minuten erforderlich sind. Bei diesem Verfahren merkt das Subjekt, daß es hypnotisiert wird. Ich fordere das Subjekt dann zum Sitzen auf und führe es zum Stuhl, der direkt hinter ihm steht. Nachdem es sich gesetzt hat, gehe ich zur Vertiefung der Trance über. Die gesamte Zeit, die diese Methode beansprucht, geht selten über vier oder fünf Minuten hinaus.

Es gibt verschiedene Arten, eine tiefe Trance zu erzielen. Eine, die ich sehr wirkungsvoll finde, besteht darin, daß das Subjekt aufgefordert wird sich vorzustellen, am oberen Ende einer Rolltreppe zu stehen, wie es sie in manchen Kaufhäusern gibt. Es soll sich die Abwärtsbewegung der Treppe und des Geländers vorstellen. Dann zähle ich rückwärts von zehn bis null, nachdem ich es aufgefordert habe, die Rolltreppe zu betreten und mit seiner Hand am Geländer stehenzubleiben. Während ich zähle, fährt es mit jeder Zahl tiefer hinab. Bei null soll es am unteren Ende heruntersteigen. Je nach dem Ergebnis muß ich das Subjekt einen oder mehrere Rolltreppenabschnitte hinabfahren lassen (als ob es einige Stockwerke in einem Gebäude abwärts fahren würde).

Manche Frauen mögen Rolltreppen nicht benutzen. Man darf daher nicht vergessen, sie danach zu fragen. Falls sie Einwendungen haben, suggeriere ich, sie gingen statt dessen eine gewöhnliche Treppe hinab. Jedes induzierte hypnotische Phänomen begünstigt eine weitere Vertiefung der Trance. Läßt sich zumindest eine mittlere Trancetiefe erkennen, suggeriere ich leichte Anästhesie der mir näheren Hand. Dies ist sehr wirkungsvoll und zeigt der hypnotisierten Person ihren Hypnosezustand an. Auch mittels jedes erfolgreichen Herausforderungstests, der auf die Herbeiführung einer tieferen Trance abzielt, ist dies möglich.

Eine weitere Vertiefungsmaßnahme, die den Patienten ebenfalls beeindruckt, ist die Suggestion, sein Arm (der rechte bei Rechtshändern, der linke bei Linkshändern) würde sich ohne seine Absicht bis zu seinem Gesicht erheben. Er wird sich von selbst heben. Hebt sich ein Arm ohne bewußten Willen, geschieht dies fast ausnahmslos ruckweise; jeder Ruck bringt ihn höher. Die Bewegung ist nie sehr schnell; sie kann sehr langsam sein und vier oder fünf Minuten erfordern. Verläuft die Bewegung glatter und schneller, sollte der Hypnotiseur den Patienten auffordern, den

Arm nicht absichtlich zu bewegen, sondern diesen sich von selbst bewegen lassen.

Eine der besten Vertiefungsmethoden ist natürlich die bloße Verbalsuggestion: „Sie sinken tiefer und tiefer, tiefer und tiefer, genau so tief, wie Sie sinken möchten." Die Wendung „tiefer und tiefer" kann immer wieder wiederholt werden. Manchmal ist es auch angezeigt zu sagen: „Im Laufe der nächsten ein oder zwei Sekunden werde ich überhaupt nichts sagen, während Sie sich tiefer und tiefer sinken lassen und sich mehr und mehr entspannen."

Das Nachstehende ist nur als ein Beispiel für den Verlauf eines Induktionsgesprächs gedacht. Tatsächlich müßte der Wortlaut den jeweils an dem Subjekt beobachteten Reaktionen angepaßt werden. Immerhin kann der Wortlaut als Beispiel dienen:

„Machen Sie es sich bequem, damit Sie sich völlig entspannen können. Achten Sie darauf, daß Ihre Kleidung nicht zu eng anliegt. Nun atmen Sie tief ein; es wird Ihnen helfen, beim Ausatmen Ihre Muskeln zu entspannen. Nun holen Sie nochmals tief Atem. Und noch einmal. Sie werden bald bemerken, wie Ihre Augenlider schwer werden. Sie beginnen zu blinzeln. Sie müssen mehr und mehr blinzeln. Sie werden schwerer und schwerer, schwerer und schwerer. Es wird immer schwieriger für Sie werden, die Augen offenzuhalten. Sie werden schwerer und schwerer. Sie können nicht mehr klar sehen. Das Schlucken fällt Ihnen schwer. Die Augenlider sind jetzt so schwer, so furchtbar schwer. Bald werden sich die Lider schließen wollen. Sie sind so schwer, so furchtbar schwer. (Falls kein Anzeichen dafür vorhanden ist, sollte die Suggestion weiter wiederholt werden.) Nun können Sie sie kaum noch offenhalten. Lassen Sie sie nur zufallen. Wahrscheinlich fühlen Sie sich jetzt sehr teilnahmslos, schläfrig und entspannt. Es ist so angenehm, sich schläfrig und entspannt zu fühlen. Entspannen Sie sich noch mehr. Nun überkommt Sie ein Gefühl des Wohlbehagens, als ob Sie alle Ihre Sorgen los wären. Es scheint nun nichts mehr eine Rolle zu spielen. Sie sind jetzt so teilnahmslos, so teilnahmslos. Lassen Sie sich nur gehen, tiefer und tiefer treiben. Tiefer mit jedem Atemzug, den Sie holen. Noch tiefer.

Achten Sie nur auf meine Stimme. Nichts sonst spielt eine Rolle, und nichts wird Sie stören. Entspannen Sie sich jetzt völlig. Lassen Sie jeden Muskel weich werden und erschlaffen. Sie werden ein wachsendes Schweregefühl in Ihren Armen und Beinen, vielleicht in Ihrem ganzen Körper empfinden. Bisweilen können Sie Juckreiz verspüren. Sie atmen jetzt langsam und leicht. Sie wissen, was vorgeht und hören mich; aber es macht zuviel Mühe, jetzt viel nachzudenken. Lassen Sie sich völlig gehen. Sie sinken jetzt tiefer. Tiefer und tiefer.

Entspannen Sie nun Ihre Muskeln. Lassen Sie Ihre Muskeln weich werden und erschlaffen. Beginnen Sie mit Ihren Füßen, dann mit Ihren Unterschenkeln, und nun mit den Oberschenkeln, ganz hinauf bis zu den Hüften. Entspannen Sie alle Muskeln. Entspannen Sie Ihre Magenmuskeln, Ihre Bauchmuskeln, Ihren Rükken, Ihre Brustmuskulatur. Nun Ihre Schulter und Ihren Nacken. Jetzt entspannen Sie ihre Arme, bis ganz zu den Fingerspitzen hinunter. Nun Ihre Gesichtsmuskeln. Entspannen Sie sich jetzt, entspannen Sie.

Nun werde ich Ihre Hand heben, die Hand, die mir am nächsten ist. Lassen Sie Ihre Hand auf meiner ruhen. Ihr Arm und Ihre Hand werden das Schweregefühl verlieren und anfangen, leichter und leichter zu werden. In einer Sekunde wird Ihre Hand beginnen, in die Luft zu schweben, Ihrem Gesicht entgegen, der Arm wird sich am Ellbogen beugen, und die Hand wird nach oben schweben ohne jede Anstrengung Ihrerseits, ganz von allein. Sie ist jetzt leicht, leicht wie eine Feder. Es scheint, sie möchte sich heben, als ob sie etwas hinaufzieht, hinauf zu Ihrem Gesicht. Sie schwebt hinauf, fort von meiner Hand. Hinauf, hinauf. So wie sie sich hebt, sinken Sie tiefer und tiefer. Je höher die Hand steigt, um so tiefer sinken Sie. Je tiefer Sie sinken, um so höher hebt sich die Hand. Sobald Ihre Finger Ihr Gesicht berühren, werden Sie sehr, sehr tief sein. Bald werden sie es berühren. Hinauf, hinauf, noch höher.“ (Die Worte sollten der geäußerten Reaktion entsprechen. Sobald die Hand das Gesicht berührt, kann suggeriert werden, daß sie sich senkt und ihre frühere Lage einnimmt.)

„Nun können Sie weiter tiefer und tiefer sinken, wenn ich spreche. Mit jedem Atemzug können Sie tiefer sinken. Verlassen Sie sich nun auf Ihre Phantasie. Stellen Sie sich vor Ihnen eine

Rolltreppe vor, wie in manchen Kaufhäusern. Sie stehen oben an der Rolltreppe und können sehen, wie sich die Stufen und das Geländer abwärts bewegen. Sie sind ganz allein. Es ist Ihre private Rolltreppe. Ich werde rückwärts von zehn bis null zählen, und sobald ich zu zählen beginne, stellen Sie sich vor, die Rolltreppe zu betreten. Legen Sie Ihre Hand auf das Geländer und bleiben Sie stehen, lassen Sie sich tiefer und tiefer sinken, so wie die Treppe Sie nach unten bringt. Steigen Sie bei null unten ab.

Zehn. Betreten Sie sie jetzt. Nun acht, jede Zahl führt Sie tiefer. Sieben, sechs, fünf, vier, drei, zwei. Tiefer und tiefer, mit jedem Atemzug, den Sie machen, eins und null. Noch tiefer." (Falls erwünscht, kann die Induktion mit Herausforderungstests fortgesetzt werden.)

Der Hypnotiseur sollte langsam und monoton zu sprechen lernen. Mit einiger Übung ist es sogar möglich, bei Fortsetzung des Gesprächs eine Art Rhythmus zustande zu bringen.

Beim Aufwecken eines Subjekts begegnet man selten Schwierigkeiten. Gewöhnlich suggeriert der Hypnotiseur nur, er würde bis drei oder möglicherweise bis fünf zählen, worauf das Subjekt entspannt, erfrischt und sich sehr wohl fühlend erwachen wird. Der Hypnotiseur muß sorgfältig prüfen, ob das Subjekt dann völlig wach ist. Es sollte niemals entlassen werden, solange der Hypnotiseur sich dessen nicht sicher ist. Durch Beobachtung kann das schnell festgestellt werden. Die meisten Subjekte erwachen sofort, aber bei tiefer Trance können bis zum völligen Erwachen zwei, drei, sogar fünf Minuten vergehen.

VIII. Hypnose von Kindern

Die Tatsache, daß Kinder gewöhnlich sehr suggestibel sind, wurde bereits erwähnt. Achtzig Prozent im Alter von sechs bis zwölf oder vielleicht sogar bis vierzehn Jahren werden in sehr kurzer Zeit einen tiefen Hypnosezustand erreichen. Die Induktionsmethoden und -gespräche werden dem Alter des Kindes entsprechend unterschiedlich sein müssen, weil es natürlich notwendig ist, in einer dem Kind verständlichen Weise zu sprechen. Ein Fünfjähriger mag nicht wissen, was *entspannen* bedeutet; aber er kann verstehen, wie seine Muskeln erschlaffen und weich werden können.

Eine recht interessante Induktionsmethode für kleinere Kinder besteht in der Verwendung einer zum Eierkochen üblichen Sanduhr mit einer Laufzeit von drei Minuten. Nachdem man dem Kind erzählt hat, darin befinde sich besonderer Sand, den man direkt vom Sandmännchen bekommen habe, wird die Sanduhr eingestellt: der Sand rieselt von oben nach unten. Beobachtet das Kind dies, wird es sehr müde werden; sobald alle Sandkörnchen nach unten gerieselt sind, wird es fest eingeschlafen sein, jedoch anders als sonst, weil es nämlich alles, was ihm gesagt wird, mit anhören kann. Sobald aller Sand in den unteren Teil der Sanduhr gesickert ist, befindet sich das Kind gewöhnlich bereits in einer tiefen Trance.

Bei Kindern läßt sich fast jede Induktionsmethode anwenden. Wegen des schneller erzielbaren Ergebnisses kann diese gewöhnlich verkürzt werden. Sehr wirksam ist es, beim Kind den Eindruck zu erwecken, es handle sich um ein Spiel, und die Induktion diesem Aspekt anzupassen.

Oft ist es bei einem Kind nicht einmal notwendig, eine wirkliche Induktionsmethode anzuwenden. Meistens genügt die Induktion irgendeines hypnotischen Phänomens, um es in einen Trancezustand zu versetzen. Ein gutes Beispiel ist die bei einem Kind gewöhnlich leicht herbeizuführende Anästhesie. Damit sie gelingt, muß das Kind in Hypnose gleiten. Eine für Kinder besonders geeignete Methode, Anästhesie herbeizuführen, wird nachstehend skizziert (obschon dies natürlich auch auf andere Art zu erzielen ist).

Dem Kind wird erklärt, die schmerzempfindlichen Nerven reagierten auf einen echten elektrischen Impuls. Dann wird ihm gesagt, eine Hand würde anästhesiert. Werde die Hand gekniffen, sei zwar ein Druck, aber kein Schmerz zu spüren. Es wird erklärt, die schmerzempfindlichen Nerven verliefen von der Hand den Arm hinauf bis in die Halswirbel und von dort ins Gehirn. Dann wird das Kind aufgefordert, seine Augen zu schließen und sich vorzustellen, in seinem Kopf befände sich eine lange Reihe elektrischer Schalter. Über jedem Schalter sei ein farbiges Lämpchen eingeschaltet. Jedes hätte eine andere Farbe oder Farbnuance. Einige davon werden aufgezählt. Ein bestimmter Schalter und das dazugehörige Lämpchen, vielleicht das hellblaue, kontrolliert die Nerven der rechten Hand. Das Kind solle in Gedanken das hellblaue Licht ausschalten und es erlöschen sehen. Sobald es dies getan habe, solle es nicken. Darauf wird ihm gesagt, es habe nun den Nervenstrom nach seinem Gehirn unterbrochen und seine Hand würde nun unempfindlich sein. Durch Kneifen der Hand kann das bewiesen werden.

Diese Methode wurde von einem Zahnarzt erdacht, der mir vor einigen Jahren von dieser Neuheit erzählte. Zu jener Zeit war meine Tochter neun Jahre alt. Kurz danach erprobte ich dies eines Sonntags an ihr. Ihre Hand wurde anästhesiert, und sie spürte beim Kneifen keinen Schmerz. Danach ging sie hinaus, um zu spielen, kehrte aber kurz darauf mit zwei anderen Kindern zurück, mit denen sie befreundet war.

„Sieh nur, Papa", bemerkte sie triumphierend, „sie haben alle Schmerzen in ihren Händen abgeschaltet. Sie beide können es."

Weil schon ein vierjähriges Kind weiß, wie das elektrische Licht funktioniert und wie es abzuschalten ist, eignet sich dieses Verfahren ausgezeichnet zur Herbeiführung der Anästhesie, und zwar nicht nur bei Kindern, sondern auch bei Erwachsenen.

Kinderärzte und Kinderzahnärzte, die die Hypnose in ihrer Praxis anwenden, halten sie für überaus nützlich. Die meisten von einem Arzt oder einem Zahnarzt behandelten Kinder verspürten Schmerzen, auch wenn es sich nur um eine Injektion handelte. Danach fürchten sie sich vor einem weiteren Besuch. Wird Hypnose angewandt, verlieren die Kinder die Angst und können sich sogar auf einen Besuch beim Arzt oder Zahnarzt freuen.

Kinder leiden an vielen Krankheiten und Störungen, die am erfolgreichsten mit Hypnose behandelt werden können. Asthma gehört dazu, eine Krankheit, die der Arzt selten zu heilen vermag, obwohl sie durch Medikamente etwas gemildert werden kann. Dr. Raymond LaScola, ein Kinderarzt in Santa Monica, Kalifornien, einer der Instruktoren des Hypnose-Symposiums, hat asthmatische Kinder seit vielen Jahren mittels Hypnose behandelt. Nach einer oder zwei Sitzungen ist das Kind gewöhnlich vom Asthma befreit. Während es sich in Hypnose befindet, wird ihm gezeigt, wie es das Asthma kontrollieren kann, wie es ihm gelingt, den Anfall entweder „einzuschalten“ oder zu beenden. Leider wissen nur wenige Ärzte, wie leicht Asthma bei Kindern auf diese Weise beseitigt werden kann.

Auch zur Behandlung anderer Symptome, insbesondere Allergien, Bettnässen, Beißen von Fingernägeln, Stottern, nervösem Gesichtszucken und Charakterstörungen, ist Hypnose sehr nützlich.

IX. Ist Hypnose gefährlich?

Zweifellos sind mit der Anwendung der Hypnose einige Gefahren verbunden. Gemeinhin wurden diese aber sehr übertrieben. Ein Psychiater ging sogar soweit, vor Gruppen von Medizinern, Zahnmedizinern und selbst Laien Vorträge über die „schrecklichen Gefahren" der Hypnose zu halten. Seinen Vorträgen legte er gesammeltes Material über angeblich schädliche Faktoren zugrunde, die in einigen Fällen aufgetreten seien. Andere Psychiater, Autoritäten für Hypnose, bemerkten, die meisten dieser Fälle seien kaum stichhaltig; denn die verursachten Schäden hatten nicht notwendigerweise mit der faktischen Hypnotisierung der Subjekte zu tun. Diese Schlußfolgerung wurde begierig aufgegriffen, um auf alle Fälle die Hypnose verantwortlich zu machen. Hier ist ein Beispiel:

In einem der Fälle handelte es sich um eine Frau mit erheblichem Übergewicht. Ein Arzt hypnotisierte sie, damit sie abnehme, und suggerierte, sie solle weiterhin ihr Gewicht reduzieren, bis sie das Normalgewicht erreicht habe. Sie nahm achtzig Pfund ab und beging dann Selbstmord. Der hypnosefeindliche Psychiater behauptete, sie hätte dies getan, weil sie ein psychologisches Bedürfnis für Korpulenz gehabt habe; als sie abgenommen hätte, wäre es ihr nicht gelungen, mit der Situation fertigzuwerden. Er hatte jedoch keine Ahnung, was sie zum Selbstmord veranlaßt hatte, noch wußte er, daß der Grund nichts mit ihrem Gewichtsverlust zu tun haben könnte. Hätte sie tatsächlich ein so großes Bedürfnis nach Korpulenz gehabt, wäre die hypnotische Suggestion bestimmt ergebnislos geblieben, und nichts hätte sie zum Abnehmen veranlassen können.

Der Psychiater Dr. Milton Erickson, eine der führenden Autoritäten auf dem Gebiet der Hypnose, stellte fest, Hypnose an sich sei noch nie irgendwie schädlich für ein Subjekt gewesen; aber wie Narkotika oder jede andere Behandlung könne auch sie falsch angewendet werden. Aus diesem Grund ist es leichtfertig, sich von einem x-beliebigen Bühnenhypnotiseur oder einem improvisierenden Amateur als Versuchsperson mißbrauchen zu lassen. Amateuren sind mögliche Gefahren nicht bewußt, auch sind diese in der Regel mit der Hypnose nicht gründlich vertraut.

Einwandfrei festgestellt werden muß, daß nicht jedermann disponiert ist, hypnotisiert zu werden. Wer sehr aufgeregt, hochgradig deprimiert, am Rande eines „Nervenzusammenbruchs" oder in Gefahr ist, geisteskrank zu werden, sollte unter gewöhnlichen Umständen nicht hypnotisiert werden. Ein Psychiater kann jedoch durchaus auch bei einem solchen Patienten Erfolg mit der Hypnose haben.

Nachdem die möglichen Gefahren und „schlimmen Folgen" der Hypnose hinreichend breitgeschlagen wurden, sollte darüber ernsthaft gesprochen werden. Eingewendet wird, das Subjekt werde während der Behandlung viel zu abhängig von dem Hypnotiseur. Dies wird auf das Rapportphänomen zurückgeführt. Wohl trifft dies auf den Beginn der Therapie zu; aber mit der Besserung des Patienten verringert sich seine Abhängigkeit zusehends, und mit dem erfolgreichen Abschluß der Therapie ist sie nicht mehr von Bedeutung. Tatsächlich besteht in jeder Beziehung zwischen einem Arzt und dessen Patienten eine gewisse Abhängigkeit.

Andere Beanstandungen, die sich gegen die Anwendung der Hypnose im Zuge einer Psychotherapie richten, werden von den maßgebenden Autoritäten als grundlos zurückgewiesen.

Eine obgleich praktisch ziemlich geringe Gefahr ist die durch Vergeßlichkeit des Hypnotiseurs unterbliebene Aufhebung einer Suggestion oder herbeigeführter Phänomene. Der Zustand könnte nach dem Wecken des Subjekts bestehenbleiben. Zum Beispiel könnte Anästhesie suggeriert und nicht beseitigt worden sein. Wie lange sie bestehen bliebe, ist fraglich. Zweifellos würde dies von der Person und vielleicht auch maßgeblich von der Tiefe der Hypnose abhängen. Ein hier zur Geltung kommender Faktor ist die sogenannte Teleologie des Unterbewußtseins. In die Alltagssprache übersetzt, bedeutet dies die Tendenz des Unterbewußtseins zur Protektion und zur Abwendung von etwas Nachteiligem.

Dies kann ich durch eine meiner eigenen Erfahrungen illustrieren.

Vor einiger Zeit traten ein Zahnarzt und ich in einem Fernsehprogramm auf, dessen Produzent ein gemeinsamer Freund von uns war. Bei den Vorbereitungen dazu wurde der Zahnarzt hypnotisiert und ihm dann suggeriert, er könne nur Parfüm riechen. Hierauf wurde ihm etwas Parfüm vor die Nase gehalten, sodann etwas Ammoniak von der dreifachen Stärke des für den Hausgebrauch handelsüblichen Salmiakgeistes. Unweigerlich löst dessen Geruch Tränenreiz und Husten aus. Der Zahnarzt bemerkte nur, wie angenehm es rieche!

Als wir dies vor den Fernsehkameras wiederholten, gab ich das Parfüm und das Ammoniak dem Programmproduzenten, der sich mit uns auf der Bühne befand. Zuerst ließ er den Zahnarzt das Parfüm riechen. Scheinbar etwas skeptisch inhalierte er selbst das Ammoniak mit einem kräftigen Zug. Er hustete, rang nach Luft und aus seinen Augen quollen reichlich Tränen. Schließlich ließ er den Zahnarzt daran riechen, bei dem keine Reaktion eintrat.

Über ein Jahr danach erzählte mir dieser Zahnarzt, er habe, wie es scheine, seinen Geruchssinn verloren. Er bemerkte, er könne nur noch Blumenduft wahrnehmen. Dies erinnerte mich an unseren Fernsehauftritt und an die Tatsache, daß ich in der damit verbundenen Eile und Aufregung die Suggestion aufzuheben vergessen hatte. Der normale Geruchssinn stellte sich bei dem Zahnarzt wieder ein, als er nochmals hypnotisiert und die Suggestion aufgehoben worden war. Dies illustriert nicht nur die unterbliebene Aufhebung der Suggestion, sondern auch die Teleologie des Unterbewußtseins. Ich bin mir gewiß, daß, falls ein Feuer ausgebrochen wäre, der Geruchssinn des Zahnarztes sofort auf den Rauchgeruch reagiert hätte. Der Rauch hätte eine Gefahr angezeigt, und die Suggestion, die den Verlust seines Geruchssinns verursacht hatte, würde sofort aufgehoben worden sein.

Die Altersregression ist eine weitere mögliche Gefahr insofern, als sie für den Patienten große Unannehmlichkeiten zur Folge haben könnte. Bevor jemand auf irgendeine frühere Altersstufe oder zu einem Ereignis zurückversetzt wird, sollte er mittels des ideomotorischen Antwortverfahrens immer gefragt werden: „Ist es Ihnen recht, dorthin zurückversetzt zu werden?“ Denn die

Geschehnisse jener Zeit, vielleicht ein traumatisches Erlebnis, vielleicht irgendeine Krankheit, sind dem Hypnotiseur unbekannt.

Fast immer erwacht der Hypnotisierte, wenn er dazu aufgefordert wird; das wurde bereits erwähnt. In sehr seltenen Fällen kann es jedoch zu Schwierigkeiten kommen, wenn jemand aus der Hypnose geweckt wird. Für den erfahrenen Hypnotiseur ist dies kein Problem. Immerhin kann dies ziemlich unangenehm dann werden, wenn der Hypnotiseur – was zumal Amateuren widerfährt – kopflos wird und erschrickt. Der Hypnotisierte wird es sofort spüren und kann dann leicht selbst erschrecken und hysterisch werden.

Kommt es nicht zum Erwachen aus der Hypnose, ist immer ein Grund vorhanden. Der Hypnotisierte könnte es wissen; wahrscheinlicher aber ist, daß er es nicht weiß. Mittels des Frageverfahrens kann die Ursache festgestellt werden. Gewöhnlich liegt unbewußte Assoziation mit einem früheren Erlebnis vor. Noch nie ist jemand sehr lange in Hypnose verblieben, und wenn auch nichts unternommen würde, verfiele der Hypnotisierte bald in normalen Schlaf und erwachte nach einiger Zeit. Bleibt der Grund für das Verharren im Hypnosezustand verborgen, kann man das Wecken durch einfaches Abwischen des Gesichts mit einem kalten, nassen Handtuch ohne Schwierigkeiten herbeiführen.

Der große französische Psychiater der neunziger Jahre des 19. Jahrhunderts Janet sagte einmal: „Die einzige Gefahr für die Hypnose ist ihre ungenügende Gefährlichkeit!“ Dr. David B. Cheek, San Francisco, meinte: „Die Mittel, deretwegen die Hypnose gefährlich sein kann, sind nicht anders als jene, die Lady Macbeth gegen ihren Gatten, die Cassius gegen den ehrenwerten Brutus, die Iago gegen Othello benutzte. Infolge Unwissenheit über die Hypnose können wir mehr Schaden stiften, als bei vernünftiger Anwendung je möglich wäre.“

Erwähnt werden muß hier noch, daß – von Zeitungsenten auch hier abgesehen – noch nie über nachteilige Folgen der Anwendung von Selbsthypnose berichtet worden ist.

Der Hypnotiseur kann bisweilen ein völlig unerwartetes und sehr beunruhigendes Verhalten eines Hypnotisierten feststellen. Ein weibliches Subjekt kann zum Beispiel in Hypnose auf einmal in herzzerreißendes Weinen ausbrechen. Der unerfahrene Hypnotiseur würde bei einer solchen Reaktion zunächst daran denken, das Subjekt aufzuwecken. Tatsächlich würde es viel besser sein, dem Subjekt zu suggerieren, sich noch tiefer sinken zu lassen, weil der Hypnotiseur die Lage weitaus besser beherrscht, wenn sich das Subjekt in Hypnose befindet, als wenn es wach wäre. Auch ist die Suggestion, sich tiefer sinken zu lassen, für das Subjekt viel beruhigender. Dann kann der Hypnotiseur herausfinden, warum die Frau weint, und sie auffordern, damit fortzufahren, bis sie sich besser fühlt und die Anwandlung überwunden hat. Jedem wie immer sonst gearteten unerwarteten Verhalten seitens eines Subjekts sollte ähnlich begegnet werden.

X. Die praktische Anwendung der Hypnose

Wie kann Hypnose genutzt werden? Zweifellos wird sie vor allem auf medizinischem und psychologischem Gebiet angewandt. Potentiell am meisten genutzt werden kann sie von Psychiatern und Psychologen. Während viele dieser Experten Hypnose anwenden und sie als sehr nützlich betrachten, wendet sie die Mehrheit ihrer Kollegen nicht nur nicht an, sondern weiß überhaupt nichts darüber. Für die Psychoanalyse entstehen hier vielleicht die größten Nachteile. Unter den Tausenden von Ärzten der verschiedenen Fachgebiete, die an den im Rahmen der Hypnose-Symposien veranstalteten Kursen teilnahmen, befanden sich nur zwei orthodoxe Analytiker der Freudschen Schule. Beide waren von dem, was sie gesehen und gelernt hatten, ziemlich erschüttert und sagten, sie müßten nun einige schon eingefleischte Ansichten revidieren. Ohne Zweifel bietet die Hypnotherapie einen großen Zeitgewinn in der Psychotherapie. Man sollte sie nicht als Methode, sondern als ein Mittel betrachten, das bei jeder Methode angewandt werden kann.

Einer der bedeutendsten Vorteile der Hypnose in der Psychotherapie ist tatsächlich die Kürze der Behandlungsdauer. Statt der zur orthodoxen Analyse erforderlichen drei- bis fünfhundert Stunden oder der auch für kürzere psychiatrische Behandlungen notwendigen vielen Stunden erfordert die Hypnotherapie selten mehr als einige Behandlungsstunden. Fälle bzw. Situationen, für die viele Stunden erforderlich sind, gehören zu den Ausnahmen. Viele Leiden oder Zustände können in zehn bis zwanzig Stunden, mitunter in nur zwei oder drei Stunden, behoben oder gemildert werden. Die Hypnose bedeutet eine gewaltige Zeitersparnis und ist im finanziellen Sinne bedeutend wirtschaftlicher.

Von den anderen medizinischen Bereichen ist die Geburtshilfe eines der bevorzugten Anwendungsgebiete für die Hypnose. Zehntausende von Frauen haben mittels Hypnose die Entbindung mit einem Minimum an Schmerzen und Unannehmlichkeiten überstanden. Jeder Facharzt für Geburtshilfe, der sich ihrer bedient hat, bezeichnet sie als ideale Methode nicht nur vom Gesichtspunkt der Patientin, sondern auch von seinem eigenen, weil sie seine Arbeit sehr erleichtert. Am meisten aber kommt sie dem Baby zugute. Es ist unmöglich, zur Linderung der Entbindungsschmerzen die Mutter zu narkotisieren und nicht gleichzeitig auch das Baby. Babys, die von einer unter Hypnose stehenden Mutter geboren werden, machen ihren ersten Atemzug, ohne zuvor durch ein paar Klapse dazu angeregt worden zu sein, wie dies immer der Fall ist, wenn die Mutter zuvor narkotisiert wurde.

Ralph August, ein Facharzt für Geburtshilfe aus Michigan, ist wahrscheinlich führend auf dem Gebiet der Entbindung unter Hypnose. Vor einiger Zeit teilte er mir mit, er habe 3500 Entbindungen vorgenommen, bei denen sich die Mütter in Hypnose befanden. Er schrieb das bedeutendste Lehrbuch auf diesem Gebiet: *Hypnosis in Obstetrics* (erschienen bei McGraw-Hill). Dr. Richard Clark, Los Angeles, hat seit vielen Jahren Hypnose angewandt und weit mehr als 2000 Entbindungen vorgenommen.

Das Ausschalten übermäßiger Schmerzen ist ein offensichtlicher Vorteil für eine Frau, die unter Hypnose gebiert. Dr. Clark hat darüber seine eigenen statistischen Aufzeichnungen angeführt. Er stellte fest, 25 Prozent seiner hypnotisierten Patientinnen hätten keinerlei Schmerzen empfunden. Anstatt durch ein Narkotikum betäubt zu werden, befänden sie sich während der Entbindung bei vollem Bewußtsein. 50 Prozent dieser Patientinnen hätten zwar eine gewisse Schmerzempfindung, die aber durchaus erträglich sei. Es gelang ihnen, die Schmerzschwelle erheblich nach oben zu verlagern, jedoch nicht ganz aufzuheben. Weiteren 25 Prozent, die sich gleichfalls in Hypnose befanden, gelang es nicht, die Schmerzen auszuschalten, und bei ihnen war eine Anästhesie erforderlich.

Ein weiterer Vorteil der Anwendung von Hypnose auf diesem Gebiet ist die erhebliche Verkürzung der Geburtswehen, und zwar um eine etwa 25 Prozent geringere Stundenzahl. Wie die Kinderärzte versichern, beginnt das von einer hypnotisierten Mutter geborene Kind nicht nur ohne Nachhilfe zu atmen, es schläft und trinkt auch besser und schreit weniger. Im Zusammenhang damit haben Fachärzte für Geburtshilfe ein viel schnelleres Herbeiführen des Milchflusses bei der Mutter oder seine Unterbindung, falls die Mutter das Kind nicht stillen möchte, festgestellt.

Ein Facharzt für Geburtshilfe, Dr. William Kroger, hat die von ihm bei Geburten unter Hypnose festgestellten nachstehenden Vorteile angeführt: 1. Verminderung oder Ausschluß von Furcht, die seitens der Mutter stärkere Schmerzen zur Folge hätte; 2. eine geringere Menge an Narkotika, wenn ihre Verwendung notwendig ist; 3. bessere Kontrolle der Gebärmutterkontraktionen, je nachdem es die Mutter für angebracht oder nicht angebracht hält; 4. verminderte Schockwirkung und schnellere Erholung; 5. geringeres Vorkommen operativer Entbindungen; 6. Wegfall unerwünschter postoperativer Komplikationen; 7. Verkürzung der Dauer der Geburtswehen; 8. gesteigerter Widerstand gegen Schwächeanfälle; 9. Herabsetzung des Erschöpfungsgrades auf ein Minimum; und 10. Unterstützung bei Frühgeburten.

Anscheinend gibt es keinen medizinischen Sonderfall, bei dem Hypnose nicht helfen könnte; sie hilft allerdings in manchen Fällen mehr als in anderen.

Man könnte glauben, die Röntgenologie wäre ein für Hypnose unergiebiges Gebiet. Sie kann jedoch angewandt werden, um einen Patienten, von dem Röntgenaufnahmen gemacht wurden, zu entspannen. Viel wichtiger ist aber die Möglichkeit der Verhinderung der meisten Nebenwirkungen starker Bestrahlungen in Krebsfällen. Ein weiteres wichtiges Anwendungsgebiet betrifft das Endstadium von Krebskranken, die starke Schmerzen haben. Sie sind mitunter zu stark, um durch Narkotika verhindert oder gelindert zu werden; oder eine langanhaltende Narkotisierung ist unmöglich. Solche Patienten können hypnotische Anästhesie erlernen, damit sie für den Rest ihres Lebens meist schmerzfrei bleiben können. In solchen Fällen wird ihnen Selbsthypnose gelehrt, und sie vermögen selbstinduzierte Anästhesie herbeizuführen.

Die Hypnotherapie wird in der medizinischen Praxis insbesondere zur Behandlung der psychosomatischen Krankheiten angewendet. Es gibt ihrer zu viele, um sie hier alle aufzuzählen; aber einige der verbreiteteren und typischsten sollen immerhin erwähnt werden: Arthritis, Schleimbeutelentzündung, Migräne, Allergien,

Asthma, diverse Hautleiden, diverse Verdauungsbeschwerden, wie Kolitis und Magengeschwüre, chronische Kopfschmerzen, Korpulenz. Daneben gibt es noch viele andere. Der praktische Arzt hat täglich Gelegenheit, die verschiedensten psychosomatischen Leiden zu behandeln.

Ein weiteres Gebiet, auf dem sich der Wert der Hypnose erwiesen hat, ist die Chirurgie bzw. die mit ihr zusammenhängende Anästhesie. Die Chirurgen haben die Nützlichkeit der Hypnose zur Verhinderung oder Linderung postoperativer Schocks, zur Verhinderung von Harnstauungen nach chirurgischen Eingriffen, postoperativer Übelkeit und zur Beschleunigung des Verheilens von Operationswunden festgestellt. Vor Operationen kann sie zur Beruhigung des Patienten und zu seiner besseren Entspannung nützlich sein. Anästhesisten haben festgestellt, daß für einen in Hypnose befindlichen Patienten, der operiert werden soll, nur ungefähr die halbe Menge des Narkotikums benötigt wird, um ihn zu anästhesieren.

Hypnotische Anästhesie wäre zwar der Verwendung von Narkotika bei Operationen vorzuziehen; aber es fällt zu leicht, Narkotika zu verwenden. Auch kann eine für große Operationen ausreichende hypnotische Anästhesie nur herbeigeführt werden, wenn sich der Patient in einer sehr tiefen Trance befindet; daher ist ihre Anwendung in den meisten Fällen kaum noch zu empfehlen. Sie hat sich als Ersatz für die Narkose nützlich erwiesen, wenn Kontraindikationen für Narkotika bestehen, wie dies mitunter bei Herzleidenden der Fall ist. Nur mit Hypnose als Anästhetikum ist, wenn auch selten, fast jede Art Operation schon durchgeführt worden.

Während des zweiten Weltkriegs hat sich die hypnotische Anästhesie in zwei berichteten Fällen als von größtem Nutzen erwiesen. Nachdem die Japaner Singapur eingenommen hatten, waren den Ärzten in einem der Gefangenenlager die Betäubungsmittel völlig ausgegangen und geraume Zeit bekamen sie von den Japanern keine weiteren. In ihrer Verzweiflung besannen sich zwei australische Chirurgen auf die Hypnose als Anästhetikum und berichteten später über ihre damit erzielten Erfolge in einem aufsehenerregenden Aufsatz.

Ein Chirurg, der sich auf den Philippinen in japanischer Gefangenschaft befunden hatte, erzählte mir über gleiche Verhältnisse in dem Lager, in dem er untergebracht war. Auch dort wurde weitgehend Hypnose angewandt.

Bis vor kurzem war es Chirurgen und Anästhesisten völlig unbekannt, daß ein während der Operation bewußtloser Patient weiterhin hört, selbst nachdem ihm ein Betäubungsmittel verabreicht worden ist. Es handelt sich jedoch nicht um einen bewußten, sondern um einen unbewußten Vorgang. Auch für jede andere Form der Bewußtlosigkeit, infolge eines Schlages oder einer Kopfverletzung oder auch im normalen Schlaf, trifft dies zu. Was während solcher Zustände der Bewußtlosigkeit geschieht oder gesagt wird, kann möglicherweise ganz unwesentlich sein und vom Patienten völlig ignoriert werden. Andererseits kann etwas geschehen oder gesagt werden, das der Patient als drohend empfindet, und dies wird sofort registriert. Dr. David B. Cheek, einer der Instruktoren für die Kurse unseres Hypnose-Symposiums, machte erstmals seine Kollegen in verschiedenen von ihm verfaßten Aufsätzen darauf aufmerksam. Daraufhin wurde diese Tatsache von mehreren anderen Chirurgen und Narkoseärzten bestätigt. Die meisten Experten übersehen jedoch diese Tatsache, die für einen Patienten möglicherweise sehr nachteilige Folgen hat.

Ein bekannter Anästhesist, Dr. L. S. Wolfe, berichtete über Todesfälle, die während Operationen eintraten – auffallenderweise sofort nachdem der Chirurg „Krebs“ feststellte, wenn er bemerkte, der Tumor sei „bösartig“, oder wenn er eine andere bedrohliche Feststellung machte.

Wir konnten dies bei Demonstrationen im Verlaufe unserer Kurse häufig bestätigen. Patienten, an denen chirurgische Eingriffe vorgenommen werden, registrieren genau, wenn das, was gesagt oder getan wird, bedeutungsvoll für sie ist. Während eines Kurses demonstrierte dies Dr. Cheek in einem Fall der Altersregression an einem teilnehmenden Arzt, der hypnotisiert worden war. Er war zu einer früheren Blinddarmoperation zurückversetzt worden. Als er befragt wurde, ob er während der Operation etwas Beängstigendes oder Beunruhigendes gehört habe, antwortete er wörtlich, dies sei nicht der Fall gewesen. Gleichzeitig übermittelte er jedoch mit dem Zeigefinger das Zeichen „ja“. Nach Etablierung der Trance gelang es Dr. Cheek dann, längst Vergessenes ins Bewußtsein zurückzurufen. Von dem Chirurgen waren zwei unangenehme oder beunruhigende Bemerkungen gemacht worden. Die erste war: „Es ist brandig." Er war damals erst sechzehn Jahre alt und wußte nicht, was es bedeutete; aber es klang sehr bedrohlich, und er war erschrocken. Die zweite Bemerkung des Chirurgen lautete: „Nun wollen wir aber nach Hause gehen!" Sie fiel, als die Operation fast zu Ende war. Dem Jungen wurde nicht klar, daß es sich um eine Redewendung handelte, und er glaubte, alle würden ihn verlassen und er müsse mit seinem noch geöffneten Unterleib auf dem Operationstisch liegen bleiben.

Bei einer anderen Tagung erzählte uns ein Chirurg, der schon an einem früheren Kursus teilgenommen hatte und wußte, daß narkotisierte Patienten alles hören, was gesprochen wird, von einem seiner Fälle. Er hatte an einer Frau eine Blinddarmoperation vorgenommen und begann gerade die Wunde zuzunähen, als ihn der Narkosearzt unterbrach. Im Laufe ihrer kurzen Unterhaltung bemerkte der Anästhesist: „Hören Sie lieber mit Nähen auf, sonst entstehen noch ein paar Falten." Einige Tage später, als der Chirurg die Fäden entfernte, fragte ihn die Patientin: „Habe ich jetzt dort ein paar Falten?" Die Bemerkung war zweifellos von ihrem Unterbewußtsein als für sie bedrohlich registriert worden.

Eine weitere interessante Folge der Bemerkung eines Arztes, die während einer Operation gemacht worden war, beweist der Fall eines prominenten Sängers. Sein Onkel, ein Arzt, hatte ihn zu mir geschickt, in der sicheren Annahme, er habe seine Fähigkeit, gut zu singen, verloren. Er selbst glaubte, seine Stimme habe gelitten, und dies war ein ernsthaftes Problem für ihn. Immerhin stand seine Karriere und sein Lebensunterhalt auf dem Spiel. Die Frau des Sängers erzählte mir, sie könne keinen Unterschied in seiner Art zu singen feststellen. Ralph (wie wir ihn nennen wollen) war jedoch sehr beunruhigt. „Ich habe meine Stimme verloren", bemerkte er. „Ich bin in einer furchtbaren Lage."

Durch Pendelbefragung wurde der Ursprung seiner Sorgen auf eine Mandeloperation, die drei Monate zuvor stattgefunden hatte, zurückgeführt. Während der Operation hatte sich irgendeine Bemerkung über seinen Gesang bei ihm festgesetzt. Unter Hypnose wurde er zu der Operation zurückversetzt. Er schilderte, wie er in den Operationsraum gefahren werde, ein Betäubungsmittel in einen Arm injiziert bekomme und dann das Bewußtsein verliere. Bis zur Beendigung der Operation war scheinbar nichts Beunruhigendes geschehen; doch dann berichtete er, gehört zu haben, wie der Chirurg zu dem Anästhesisten sagte: „Nun, jetzt haben wir den Heuler und seine Stimme versorgt." Offenbar war der Chirurg nicht gerade ein Gesangsenthusiast!

Nach dem Erwachen sprach Ralph über seine Befürchtungen. Würde seine Stimme infolge der Operation in irgendeiner Weise beeinträchtigt sein? Die Operation war dringend notwendig gewesen; das hatte er eingesehen; er fürchtete sich jedoch vor ihren Folgen. Er hatte den Chirurgen gefragt, ob seine Stimme leiden würde, aber nur eine nichtssagende Antwort erhalten, die seine Befürchtungen nur noch verstärkte. Natürlich hatte er die von dem Chirurgen nach Beendigung der Operation gemachte Bemerkung völlig falsch verstanden. Offensichtlich hatte der Chirurg nur gemeint, die Operation sei nun vorüber und seine Stimme würde keinen Schaden erleiden. Seine Furcht veranlaßte aber Ralph, das Schlimmste zu denken: künftig nur noch „heulen" zu können.

In den nachfolgenden Sitzungen hatte ich große Schwierigkeiten, Ralph vom richtigen Sinn der von dem Chirurgen gemachten Bemerkung zu überzeugen. Er war sehr skeptisch und weiterhin sicher, seine Stimme sei ruiniert. Erst der Vorschlag, er möge vor anderen professionellen Sängern singen, um zu erfahren, was sie jetzt über seine Stimme dächten, führte zum Ziel. Er setzte seine Karriere weiter fort und hatte größeren Erfolg als je zuvor.

Auf dem medizinischen Problemgebiet der Diagnose ist die Nützlichkeit der Hypnose noch kaum erforscht. Wer indessen mit Hypnose vertraut ist, lernt schnell die Fähigkeiten und Kräfte des Unterbewußten nicht zu unterschätzen. Das Unterbewußte könnte durchaus wissen, welches bestimmte Körperorgan von einer Krankheit befallen ist, und mittels des ideomotorischen Frageverfahrens darüber Auskunft geben. Im Falle einer Infektion ließe sich zwar kaum ermitteln, welcher Virus dafür ursächlich ist, hingegen könnten die davon betroffenen Bereiche in Erfahrung gebracht werden.

Aus meiner eigenen Erfahrung in dieser Beziehung greife ich den Fall einer meiner Patientinnen heraus, die eines Tages über Unterleibsschmerzen klagte. Ich drang in sie, einen Frauenarzt aufzusuchen. Sie tat es und sagte ihm, es könne sich um eine Eileiterschwangerschaft oder um etwas anderes handeln, das behandelt werden müsse. Als ich sie zwei Tage später wieder sah, hatte sie noch stärkere Schmerzen, sagte aber, nach der Untersuchung hätte ihr der Frauenarzt mitgeteilt, es handle sich weder um eine Eileiterschwangerschaft, noch habe er ein anderes Leiden feststellen können. Durch Pendelbefragung erfuhren wir, daß sie tatsächlich eine Eileiterschwangerschaft hatte. Nach abermaliger gründlicher Untersuchung wurde diese Diagnose von dem Frauenarzt bestätigt.

In der Zahnheilkunde wird die Hypnose bereits häufig angewandt. Viele Zahnärzte sind heute in Hypnodontie geschult. An meinem Wohnort ist sie vom Zahnärztestand vielleicht weitestgehend akzeptiert worden. Von insgesamt 80 dort ansässigen Zahnärzten haben 33 an Kursen über die Anwendung von Hypnose teilgenommen, und alle bedienen sich ihrer in der Praxis. Das sind etwas mehr als vierzig Prozent. Ob Hypnosetechniken von mehr als fünf Prozent in den gesamten Vereinigten Staaten angewandt werden, ist zweifelhaft. In jeder Großstadt und in vielen kleineren Städten wird die Hypnose zumindest von einigen Zahnärzten angewandt.

Durch hypnotische Suggestion kann unterbewußt auf die Funktion mancher Organe und Drüsen, die Blutzirkulation eingeschlossen, eingewirkt werden. Scheinbar steuert das Unterbewußtsein den gesamten physischen Mechanismus des Körpers. Die Anwendung von Hypnose zur Einflußnahme auf physische Vorgänge ist jedoch weithin unbekannt. Die erfolgreiche Behandlung oder zumindest die Milderung mancher physischer Leiden durch Hypnose erscheint nie ausgeschlossen. Wir wollen hier nur eine Krankheit erwähnen, über die Ergebnisse bekannt sind: Warzen. Warzen sind ein durch einen Virus entstandenes Zellgewächs. Hypnotische Suggestion kann gewöhnlich innerhalb von etwa zehn Tagen zur Schrumpfung und zum Verschwinden von Warzen führen. Was dazu beiträgt, ist unbekannt; fest steht nur, daß sie entfernt werden.

Weitere Anwendungsgebiete der Hypnose, Selbsthypnose mit eingeschlossen, gegen Schlaflosigkeit, zur Gewichtsverminderung, zum Abgewöhnen des Rauchens, zur Verbesserung der Lernfähigkeit und sportlicher Leistungen werden in späteren Kapiteln behandelt.

XI. Selbsthypnose

Die Anwendung der Hypnose, soweit sie dem Patienten offensteht, ist zumeist Teil der Behandlung durch einen kompetenten Experten – einen Arzt, Psychologen oder Zahnarzt. Einen solchen Fachmann werden die regionalen Ärztevereinigungen in der Regel nennen können. Dessenungeachtet besteht immer noch ein beklagenswerter Mangel an guten Hypnotiseuren, geschweige denn qualifizierten Hypnotherapeuten.

Um so größere Bedeutung kommt der Autohypnose zu. In manchen Situationen kann durch Selbsthypnose viel erreicht werden. Auch kann sie vielen Menschen zugänglich gemacht werden. Am leichtesten geschieht dies im Wege der Hypnose: indem man sich von einem Hypnotiseur hypnotisieren und die posthypnotische Suggestion eingeben läßt, bei Beachtung gewisser Formeln in Hypnose zu fallen.

Gewöhnlich ist es jedoch auch ohne die Hilfe eines Hypnotiseurs möglich, mittels der nachstehend erklärten Methoden die Technik der Selbsthypnose zu erlernen. Erweisen sich diese Methoden als unzureichend, so kann man sich das im nächsten Kapitel enthaltene Induktionsgespräch von einem Freund vorlesen lassen. Eine Alternative wäre ferner das Anhören einer von diesem Induktionsgespräch gemachten Tonbandaufnahme. Den meisten Lesern wird es gelingen, Autohypnose ohne Hilfe Dritter zu erlernen. Hauptsächlich kommt es auf die Beachtung der Anweisungen und mehrmaliges Üben an. Es ist ein Lernprozeß. Übungen verbessern Ihre Fähigkeit, und mit jedem Übungserfolg werden Sie einen tieferen hypnotischen Zustand erreichen.

Das wirkliche Geheimnis, in Hypnose zu sinken, beruht auf der Fähigkeit der Fixierung der Aufmerksamkeit und der Entspannung. Lassen Sie sich gehen. Strengen Sie sich nicht an. Hypnose muß von selbst kommen. Anstrengungen bewirken nur das Gegenteil, besonders wenn am Erfolg gezweifelt wird. In dieser Situation können Sie sich dem Gesetz der umgekehrten Wirkung gegenübersehen, das in einem der vorangegangenen Kapitel erklärt wurde.

Für den Anfang ist es empfehlenswert, daß Sie irgendeinen Gegenstand zur Fixierung des Blicks verwenden, damit Ihre Aufmerksamkeit gefesselt wird. Fast alles kann dazu dienen, vorzugsweise aber ein glänzender Gegenstand. Es kann ein Bild an der Wand, ein Fleck, ein Türgriff sein. Vielleicht ist eine brennende Kerze am geeignetsten. Die flackernde Flamme scheint sich günstig auszuwirken. Die Kerze sollte sich in einem Kerzenhalter befinden oder jedenfalls gegen Umfallen gesichert sein, damit Sie sich keine Sorgen machen müssen; sie sollte von Ihnen ohne Anstrengung betrachtet werden können. Auch das zum Zweck ideomotorischer Antworten empfohlene Pendel eignet sich sehr gut zum Fixieren.

Sie sollten eine bequeme Lage einnehmen, entweder sitzend oder liegend. Achten Sie auf nicht zu enges, unbequemes Anliegen Ihrer Kleidung. Wählen Sie Zeit und Situation so, daß Sie ungestört sind. Die Zeit des abendlichen Schlafengehens ist gewöhnlich am idealsten.

Zur Einleitung der Entspannung atmen Sie zwei- oder dreimal tief ein und aus. Lassen Sie sich so weit als möglich gehen. Fixieren Sie den von Ihnen gewählten Gegenstand mit Ihrem Blick. Drei oder vier Minuten genügen. Dann schließen Sie Ihre Augen. Danach atmen Sie nochmals tief durch.

Eine Übung sollte zumindest eine Viertelstunde dauern. Je länger Sie sich in tranceähnlichem Zustand befinden, desto besser disponiert sind Sie, weiterhin tiefer in Hypnose zu gleiten. Laute Aussprache der Suggestionsformeln ist zur Selbstinduktion nicht notwendig. Sie brauchen sie nur gedanklich zu formulieren. Wählen Sie ein Schlüsselwort oder eine Redewendung als Zeichen der beginnenden Etablierung der Hypnose. Eine geeignete Redewendung wäre: „Entspanne dich nun!“ Der erste Teil ist eine Suggestion, der zweite Teil eine weitere Suggestion, die „sofort“ bedeutet. Diese Redewendung sollte dreimal langsam wiederholt werden.

Der nächste Schritt ist, sich gehen zu lassen und sich so weit als möglich zu entspannen. Der Gedanke an konkrete Muskelgruppen wird dabei helfen. Beginnen Sie mit den Zehen und gehen Sie bis zur Hüfte hoch, und zwar ein Bein nach dem anderen. Versteifen Sie zuerst jede Muskelgruppe so weit dies möglich ist und lockern und erschlaffen Sie sie dann plötzlich. Denken Sie nach dem Entspannen Ihrer Beine an Ihren Magen und die Bauchmuskeln und lockern Sie auch diese. Denken Sie nacheinander an Ihre Brust, an die Atmungsmuskulatur, die Rückenmuskeln, die Schultern, den Nacken. Entspannen Sie dann einen Arm von den Schultern bis zu den Fingerspitzen; dann den anderen Arm. Schließlich entspannen Sie Ihre Gesichtsmuskeln. Die Entspannung Ihres gesamten Körpers wird Ihnen helfen, in Trance zu sinken und die Hypnose zu vertiefen. Je tiefer Sie sinken, um so mehr werden Sie die spontane Fortsetzung dieses Entspannungsprozesses spüren. Oft trifft es zu, daß man sich in Hypnose mehr entspannt als irgendwie sonst.

Nach mehrmaliger Wiederholung Ihres Schlüsselwortes und Abwicklung des hier beschriebenen Entspannungsprozesses werden Sie sich zumindest in einer leichten Hypnose befinden. Zum Erreichen einer tieferen Trancestufe werden Suggestionen beitragen. Denken Sie mehrmals nacheinander bei sich: „Ich gehe jetzt tiefer und tiefer."

Auch visuelle Imagination trägt zum Erreichen einer tieferen Stufe bei. Stellen Sie sich vor, oben vor einer Rolltreppe zu stehen. Sehen Sie die vor Ihnen sich abwärts bewegenden Stufen und die Laufbänder der Geländer der Rolltreppe. Zählen Sie nun von zwanzig an rückwärts bis null und stellen Sie sich gleichzeitig vor, die Rolltreppe mit einer Hand auf dem Geländerlaufband zu betreten. Die Stufen bewegen sich abwärts und befördern Sie tiefer und tiefer in die Hypnose. Sobald Sie beim Zählen null erreicht haben, stellen Sie sich vor, Sie verließen die Rolltreppe am unteren Ende.

Anfänglich wiederholen Sie dieses Rolltreppenverfahren zwei- oder dreimal, geradeso, als ob Sie einige Stockwerke hinabführen. Sobald Sie diese Erfahrung gemacht haben – mehrmals –, fahren Sie noch einmal, ganz konzentriert, eben diese imaginäre Rolltreppe hinab. Jetzt zählen Sie nur noch ab zehn, nicht mehr ab zwanzig. Wenn Sie es vorziehen, können Sie sich statt dieser Rolltreppe einen Fahrstuhl oder eine gewöhnliche Treppe vorstellen: Sie bedienen sich dieser Methode zur Vertiefung der Hypnose.

Dies alles spielt sich in nur wenigen Augenblicken ab. Entfalten Sie Ihre Phantasie. Stellen Sie sich irgend etwas Angenehmes vor, vielleicht in Erinnerung an ein früheres erfreuliches Erlebnis: Denken Sie, Sie würden angeln, Sie lägen am Strand, Sie befänden sich in einem Boot, auf einem Waldspaziergang, oder stellen Sie sich eine Reise vor, die Sie gern unternehmen möchten.

Mitunter neigt man in Selbsthypnose dazu, in normalen Schlaf zu verfallen, besonders immer dann, wenn man müde ist. Sie können dies verhindern, indem Sie sich selbst suggerieren, so lange in Hypnose bleiben zu wollen, bis Sie bereit sind, zu erwachen. Beginnen Sie damit, sobald Sie das Rolltreppenverfahren beendet haben.

In Hypnose kann Ihr Zeitgefühl etwas verschoben sein. Sie könnten überrascht den Ablauf einer halben Stunde oder einer noch längeren Zeitspanne feststellen, obwohl Sie noch eben glaubten, es seien nur ein paar Minuten gewesen. Sie können sich selbst suggerieren, spontan zu einer bestimmten Zeit oder nach Ablauf einer gewissen Zeit, zum Beispiel nach zwanzig Minuten, zu erwachen.

Das Erwachen selbst wird nur durch Ihren Entschluß bestimmt, unter langsamem Zählen – zum Beispiel bis drei – mit dem Gedanken zu erwachen, nun vor dem Erwachen zu stehen. Dann werden Sie auch prompt völlig wach und munter sein. Gut ist auch die Suggestion, Sie würden völlig entspannt sein, sich sehr erfrischt fühlen und einen klaren Kopf haben, sobald Sie aufwachen. Da der Hypnosezustand kein Schlaf ist, ist in Notfällen die Verwendung des Wortes „aufwachen" nicht sehr angemessen; die meisten Hypnotiseure verwenden es jedoch aus Bequemlichkeit und in Ermangelung einer besseren Bezeichnung.

Die Etablierung der Autohypnose muß gelernt sein und erfordert Übung. Manche werden schon beim ersten Induktionsversuch in einen tiefen hypnotischen Zustand gelangen. Trifft dies bei Ihnen zu, werden Sie sich zweifellos der tiefen Hypnose bewußt sein. Zuerst werden Sie sich fragen, ob Sie zu einem Ergebnis gekommen sind; es sei denn, es habe sich eindeutig eingestellt. Achten Sie nicht so sehr auf die Ergebnisse der ersten drei oder vier Versuche. Nehmen Sie als selbstverständlich an, zumindest in einem leichten Hypnosezustand zu sein. Fast alle Übenden unterschätzen bewußtseinsmäßig die erreichte Tiefe, bis sie einmal mehr Erfahrung haben.

Sind Sie nicht sicher, ob Sie bei früheren Versuchen einen befriedigenden Tiefegrad erreicht haben, sollten Sie erst nach der vierten Übung einen Test vornehmen. Ein guter Test ist die *Armlevitation.* Dabei suggerieren Sie, Ihr Arm würde allmählich jedes Schweregefühl verlieren, er würde leichter und leichter werden, bis die Hand ohne gewollte Absicht nach oben, Ihrem Gesicht entgegen, zu schweben beginnt. Ihre Hand soll sich von selbst erheben. Wiederholen Sie diese Suggestion und achten Sie darauf, daß Sie nicht festlegen, welcher Arm sich heben soll. Sehr bald werden Sie den Gewichtsunterschied in einem Arm feststellen, und bald wird er sich zu bewegen beginnen. Vielleicht werden es zuerst die Finger, oder vielleicht wird es die ganze Hand sein, dann der ganze Arm. Die Bewegung wird sich ziemlich langsam vollziehen, und wenn sie ungewollt geschieht, wird das Heben des Arms von leichten ruckartigen Bewegungen begleitet sein. Suggerieren Sie die Fortsetzung der Bewegung, bis Ihre Finger Ihr Gesicht berühren. Sie wird um so glatter und schneller verlaufen, je mehr sich die Hand dem Gesicht nähert. Sobald Sie die Berührung Ihres Gesichts durch Ihre Finger gespürt haben, lassen Sie Ihren Arm wieder in eine bequeme Lage nach unten sinken.

Ein weiterer Test, den Sie vornehmen können, ist die Suggestion, Ihr Arm würde sehr schwer, er würde immer schwerer werden und bald zu schwer sein, als daß Sie ein so schweres Gewicht heben könnten. Wiederholen Sie diesen Gedanken so lange, bis Sie die große Schwere spüren. Suggerieren Sie dann, Sie könnten den Arm unmöglich heben. Wiederholen Sie dies einige Male. Sagen Sie sich: „Je mehr ich es versuche, um so schwerer wird mein Arm; er läßt sich nicht heben.“ (Sie fordern die Wirkung des Gesetzes der umgekehrten Wirkung heraus.) Wenn Sie sich dann anstrengen, werden Sie die scheinbare Lähmung der an dem Hebevorgang beteiligten Muskeln und deren Versagen feststellen. Heben Sie nach diesem Versuch die Suggestion der Schwere auf:

suggerieren Sie, das Gewicht des Arms werde nun wieder den Normalzustand erreichen und er könne leicht gehoben werden.

Ein weiterer guter Test ist die *Augenkatalepsie:* die Unfähigkeit, die Augenlider zu öffnen. Oft hilft bei der Durchführung eines solchen Tests das Zählen. Suggerieren Sie, Ihre Augenlider würden schwer werden und es sei unmöglich, sie zu öffnen. Sobald Sie bis drei gezählt haben, werden Ihre Augen dicht geschlossen sein und können nicht geöffnet werden. Die Formulierung der Suggestion könnte folgendermaßen lauten: „Wenn ich bis drei gezählt habe, wird es mir nicht gelingen, meine Augen zu öffnen. Je mehr ich mich anstrenge, um so fester werden sie geschlossen bleiben. *Eins:* meine Augenlider sind fest aneinandergepreßt. *Zwei:* es ist, als ob die Lider zu einer Einheit zusammengeschweißt wären und ich sie unmöglich öffnen könnte. *Drei:* jetzt sind sie miteinander verbunden, dicht miteinander verbunden. Sie sind dicht, dicht, dicht."

Versuchen Sie die Augen zu öffnen, wenn Sie das Wort „dicht" wiederholen; aber hören Sie damit auf, sobald Sie feststellen, daß es Ihnen nicht gelingt.

Mitunter verlaufen solche Tests ergebnislos. Das kann bedeuten, daß Sie nicht hypnotisiert waren oder daß Ihre Skepsis Ihre Suggestionen trotz Ihres Hypnosezustands behinderte. Auch wenn Sie sich in Hypnose befinden, kann ein Test mißlingen.

Wie erwähnt wurde, ist die Hypnosetiefe unterschiedlich. In einem Augenblick können Sie sich in einem leichten, in einem anderen Augenblick in einem tieferen Zustand befinden. Oft spielt sich eine Art Wellenbewegung ab: auf dem Wellenkamm ist die Trance von geringerer Tiefe, im Wellental sinkt man tiefer. Diese Wellenbewegung im Tiefegrad der Trance macht sich vor allem im tieferen Zustand der Hypnose geltend.

Versuchen Sie bei Ihren ersten Übungen nicht, die von Ihnen erreichte Tiefe zu testen. Nach der vierten Übung können Sie die Zollstockmethode zur Tiefenbestimmung anwenden. Dann sollten Sie auch bereits eine größere Tiefe erreichen als bei Ihren ersten Übungen. Nach acht- oder zehnmaliger Übung der Autohypnotisation werden Sie wahrscheinlich bei der größten für Sie erreichbaren Tiefe angelangt sein. Mitunter machen sich unbewußte Hindernisse geltend, die das Erreichen einer größeren Tiefe blockieren; diese können jedoch meistens beseitigt werden. Mögliche Hindernisse werden im Kapitel über Widerstände noch behandelt werden.

Im autohypnotischen Zustand kommt es zu Situationen, in denen es Ihnen gelingen muß, Ihre Augen zu öffnen und gleichwohl in Hypnose zu verbleiben. Obwohl Hypnose nicht mit Schlaf gleichzusetzen ist, können gewisse unbewußte Assoziationen zwischen Hypnose und Schlaf zur Wirkung kommen. Oft ist das Öffnen der Augen für den Hypnotisierten Anstoß, aus der Hypnose zu erwachen oder die erreichte Tiefe zu verlieren. Selbstsuggestionen vermögen dies zu verhindern. Natürlich können Sie hypnotisiert werden, ohne Ihre Augen überhaupt zu schließen, wie dies bei spontanen Hypnosezuständen geschieht. Gewöhnlich zieht es der Hypnotiseur vor, sein Subjekt die Augen schließen zu lassen, weil dadurch Ablenkungen ausgeschlossen werden und die Induktion erleichtert wird. Dasselbe trifft auch bei der Selbsthypnose zu.

Es ist Ihnen durchaus möglich, die Augen zu öffnen und in Hypnose zu verbleiben, auch wenn Sie sich nur in einem leichten Zustand befinden. Leichter gelingt dies freilich in mittlerer Trancetiefe. Wenn Sie lernen, Ihre Augen zu öffnen, sollten Sie dies erst versuchen, wenn Sie eine entsprechende Tiefe erreicht haben; es sei denn, Sie vermögen nur einen leichteren Zustand zu erreichen. Das Öffnen der Augen und gleichzeitige Verharren in Hypnose sollten Sie Ihrem Unterbewußtsein einprägen. Die entsprechenden Suggestionen lauten etwa folgendermaßen: „Ich werde meine Augen öffnen und tief hypnotisiert bleiben. Meine offenen oder geschlossenen Augen beeinträchtigen nicht die Hypnosetiefe, in der ich mich befinde. Wenn meine Augen geöffnet sind, werde ich noch tiefer sinken. Natürlich wird meine Sehkraft völlig normal sein."

Jeder erfolgreiche Test und jedes hervorgerufene hypnotische Phänomen begünstigen das Erreichen noch tieferer Trance. Sobald Sie daher eine mittlere Tiefe erreichen, können Sie sich einigen anderen Phänomenen zuwenden. Sie könnten es mit hypnotischer *Anästhesie* versuchen. Diese kann gewöhnlich leicht induziert werden. Die Schmerzempfindungen ausschalten zu können, ist fraglos von großem Nutzen. Denken Sie nur an den Zahnarzt

Zur autohypnotischen Etablierung der Schmerzunempfindlichkeit können die verschiedensten Verfahren angewandt werden. Erreichen Sie nach der Zollstock-Tiefenbestimmung eine mittlere oder eine größere Tiefe, suggerieren Sie sich, Ihre Hand werde unempfindlich, sobald sie dreimal mit der anderen Hand darübergestrichen haben; sie werde dann gefühllos werden, und Sie würden keinen Schmerz empfinden. Ein geeigneter Test besteht lediglich darin, die Haut mit den Fingern der anderen Hand fest zu kneifen. Sie werden zwar den Druck empfinden, aber keinen Schmerz. Sie spüren den Druck, jegliche Schmerzempfindung jedoch ist ausgeschaltet.

Bei geringerer Tiefe empfiehlt sich zur Anästhesierung das Schaltverfahren mittels imaginärer Lichtschalter. Sie bestimmen selbst, welcher Teil Ihres Körpers von einem der vorgestellten Schalter mit einem farbigen Lämpchen kontrolliert werden soll. Sie können sich zum Beispiel selbst eingeben, ein Schalter oben mit dem hellblauen Lämpchen kontrolliere das Gebiet des Oberkiefers, das dunkelblaue Licht des Schalters unten die Nerven des Unterkiefers. Die Bewirkung der Schmerzunempfindlichkeit in einem schmerzenden Körperteil vollzieht sich am leichtesten auf dem Wege vorangehender Tests: indem Sie zuerst einen anderen, nicht schmerzenden Körperteil anästhesieren, wozu Ihre (geschicktere) Hand wahrscheinlich am geeignetsten ist. Nehmen wir an, der hellgrüne Lichtschalter stünde mit dieser Hand in Verbindung. Stellen Sie sich vor, diesen Schalter auszuschalten und das hellgrüne Lämpchen darüber erlöschen zu sehen. Suggerieren Sie sich, die gesamten Nervenstränge, die zu dieser Hand führen, seien nun unterbrochen und die Hand sei jetzt völlig anästhesiert, sei gefühllos geworden.

Warten Sie einen Augenblick und lassen Sie die Gefühllosigkeit sich ausbreiten. Ist die Hand ganz gefühllos geworden, prüfen Sie es durch Kneifen nach; kneifen Sie zuerst leicht, dann fest, gebrauchen Sie Ihre Fingernägel. Entweder ist Anästhesie eingetreten, oder Sie stellen noch einen geringen Schmerz fest. Vielleicht haben Sie die Schmerzschwelle erheblich erhöht und dennoch die Schmerzempfindung nicht völlig beseitigt. Vergleichen Sie durch Kneifen der nicht anästhesierten Hand. Nach einigem Training sollte es Ihnen gelingen, die völlige – oder zumindest eine teilweise – Anästhesierung bewirken zu können.

Natürlich sollte die hypnotisierte Schmerzunempfindlichkeit auch wieder aufgehoben werden. Drehen Sie den imaginären Schalter ab und sehen Sie das Lämpchen darüber wieder aufleuchten. Falls erwünscht, kann die Anästhesie einige Tage aufrechterhalten bleiben: es sollte jedoch ein bestimmter Termin für deren Beendigung festgesetzt werden.

Natürlich muß bei der Entscheidung über die Anwendung hypnotischer Anästhesie der gesunde Menschenverstand gebraucht werden. Soll man im Falle einer Verletzung oder von Schmerzen infolge einer Krankheit die Schmerzen zu beseitigen versuchen? Zuerst muß die Ursache ermittelt sein. Schmerzen im Unterleib können durch eine Blinddarmentzündung entstanden sein. Würde Anästhesie induziert werden, könnte dadurch ein Blinddarmdurchbruch verschleiert werden – eine sehr gefährliche Situation. Bei einem verstauchten Fußknöchel ist die Schmerzbetäubung ungefährlich; schon bei einem gebrochenen Knöchel läßt sich dies nicht mehr sagen.

Mit Hilfe der (partiellen) Altersregression kann manches Hindernis abgebaut werden. Wir können uns zu fast jedem Erlebnis zurückversetzen und es erneut durchleben; es sei denn, es wäre als furchterregend oder unangenehm oder als Trauma verdrängt worden. Vor jeder angestrebten Altersregression sollten Sie das ideomotorische Frageverfahren anwenden, um vom Unterbewußtsein zu erfahren, ob es ratsam ist, das Erlebnis noch einmal zu durchleben.

Die Altersregression muß erlernt sein. Am besten üben Sie zunächst die Rückkehr zu einem kürzlich durchlebten unbedeutenden Ereignis. Wohl mögen Sie sich vielleicht eines solchen Ereignisses bewußt erinnern; hier geht es jedoch darum, es nochmals zu erleben, anstatt sich seiner lediglich zu erinnern.

Nehmen wir zum Beispiel an, Sie versetzten sich zurück – zu einem kürzlich stattgefundenen Essen, das Sie in angenehmer Gesellschaft verbrachten. Suggerieren Sie sich zeitlichen Rücklauf bis zu dem Augenblick, als Sie sich zu Tisch setzten. Formulieren Sie die Suggestionsformel folgendermaßen: „Ich gehe jetzt zeitlich bis gestern abend zurück, bis zu dem Augenblick, als ich mich zu Tisch setzte. Ich treibe jetzt zeitlich zurück, ich treibe zurück: all die Stunden zurück. Nun ist es gestern abend: ich setze mich zu Tisch. Das Bild wird klarer. Ich will es klar und lebendig sehen."

Fühlen Sie den Stuhl unter sich und besinnen Sie sich auf Ihre Haltung. Sehen Sie in Gedanken den Tisch vor sich, Schüsseln, Speisen und Teller. Vergegenwärtigen Sie sich all dieser Dinge, sehen Sie sie. Gehen Sie zurück zu dem Augenblick, in dem Sie Ihren Kaffee tranken. Fühlen Sie die Tasse in Ihrer Hand, spüren Sie ihr Gewicht. Sehen Sie die braune Farbe des Kaffees, riechen Sie seinen Duft, kosten Sie ihn, spüren Sie die Wärme.

Dann gehen Sie zurück zu dem Augenblick, in dem Sie jemanden sprechen hörten. Betrachten Sie die Person. Sehen Sie, wie der Tischpartner gekleidet ist. Was für ein Kleid trägt sie (wenn es eine Frau war), von welcher Farbe, von welchem Muster ist es? Was für einen Anzug, welchen Binder trägt er (wenn es ein Mann war)? Können Sie nicht klar sehen, dann suggerieren Sie sich nochmals, das Bild möge klarer und lebendiger werden. Achten Sie nun auf die Konversation. Lauschen Sie der Stimme Ihres Partners. Folgen Sie dem Gespräch. Auf diese Weise durchleben Sie die Rückversetzung nochmals mit allen fünf Sinnen, und dies ist viel mehr als ein bloßes Erinnern an früher Durchlebtes.

Gelingt es Ihnen, sich zu einem kürzlich stattgefundenen Ereignis wie diesem zurückzuversetzen, dann üben Sie die Rückkehr zu einem interessanten Kindheitserlebnis zu einer beliebigen Zeit im Alter zwischen vier und sechs Jahren. Wählen Sie zum Beispiel einen Besuch im Zoo, eine Weihnachts- oder Geburtstagsfeier. Die exakte Erinnerung des Jahres ist nicht wichtig. Lassen Sie ihr Unterbewußtsein Zeit und Erlebnis genau bestimmen. Wahrscheinlich werden Sie sich selbst eine Szene betrachten sehen, wie Sie diese als Kind sahen. Versuchen Sie, sich diese Szene zu vergegenwärtigen, machen Sie sie lebendig.

Mittels der hier angegebenen Methoden werden Sie aller Voraussicht nach fähig sein, sich selbst zu hypnotisieren. Der von Ihnen erstrebte Erfolg könnte jedoch gleichwohl ausbleiben. In diesem Fall machen Sie von dem im nächsten Kapitel wiedergegebenen Induktionsgespräch eine Tonbandaufnahme, sofern Sie sich das Gespräch nicht durch einen Freund vorlesen lassen wollen.

Spielen Sie das Tonband ab und hören Sie zu. Sollten Sie auch damit keinen Erfolg haben, dann besuchen Sie einen Experten, einen Arzt oder Psychologen, der mit Hypnose vertraut ist, und bitten Sie ihn, Sie in der Technik der Selbsthypnose zu unterrichten. Gewöhnlich genügen zwei oder drei Sitzungen, die dafür anfallenden Kosten sind bescheiden.

Für die Selbsthypnose gibt es sehr viele Anwendungsmöglichkeiten, die für alle, die sie erlernt haben, von größtem Nutzen sein werden. In einigen der folgenden Kapitel werden diese Anwendungsmöglichkeiten näher behandelt werden. Dabei sollte man jedoch immer daran denken, daß in den meisten dieser Situationen die durch einen versierten Therapeuten vermittelte Unterstützung am nützlichsten ist.

Natürlich werden der mögliche Nutzen und die Gelegenheit der Anwendung der Selbsthypnose individuell erheblich voneinander abweichen. Manche Menschen können nie mehr als einen nur leichten hypnotischen Zustand erreichen, während andere sich ohne weiteres eine somnambule Trance induzieren können. Man kann sagen, eine mittlere Trancetiefe sei für die meisten Zwecke wahrscheinlich ideal, weil eine tiefere Trance zu allzu großer Lethargie führt. Aber auch wenn nur ein leichter hypnotischer Zustand erreicht wird, ist Selbsthypnose möglicherweise sehr wirksam.

Vor einem ziemlich großen Zuhörerkreis, zu dem viele Psychologen gehörten, sollte eine Psychologin einen Vortrag über Hypnose halten. Einige Zeit zuvor hatte ich sie in der Technik der Selbsthypnose unterwiesen; sie hatte darin große Fertigkeit erlangt und war fähig, eine sehr tiefe Trance zu erreichen. Ich hatte ihr nahegelegt, es könnte für ihre Zuhörer sehr interessant sein, wenn sie sich während ihres Vortrags in Selbsthypnose befände. Darauf gab ich ihr unter Hypnose Suggestionen ein, sie würde wach sein und sich nicht anmerken lassen, daß sie sich während ihres Vortrags in Hypnose befinde. Einen Teil ihres ausgearbeiteten Vortrags sollte sie vorlesen.

Ich stellte sie der Versammlung vor, und sie legte ihr sorgfältig ausgearbeitetes Vortragsmanuskript auf den Tisch vor sich hin. Dann hielt sie, völlig aus dem Stegreif, einen nicht eingeübten, ausgezeichneten Vortrag und ignorierte ihr vorher vorbereitetes

Manuskript vollkommen. Abschließend fragte sie ihre Zuhörer, ob jemand bemerkt hätte, daß sie sich während ihres gesamten Vortrags in Hypnose befunden habe und noch immer autohypnotisiert sei. Nur zwei Zuhörer meldeten sich. Dann weckte sie sich und bemerkte zu mir, sie frage sich, warum sie ihr Manuskript nicht benutzt habe. Die Absicht ihres Unterbewußten, demonstrativ zu beweisen, wie gut sie in Hypnose sprechen könne, ohne sich darauf vorzubereiten, war der einzige Grund, den ich mir vorstellen konnte.

XII. Induktion der Selbsthypnose

Sie können, ganz wie Sie wollen, den folgenden Wortlaut selbst auf Tonband sprechen oder es von jemand anderem besprechen lassen. Die Worte sollten dabei langsam und eintönig gesprochen werden. Lesen Sie den Abschnitt ein- oder zweimal durch, bevor Sie davon eine Bandaufnahme machen. Jedesmal, wenn Sie das Band dann beim Abspielen hören, sollte es Ihnen gelingen, die Trance zu vertiefen. Auf diese Art wird man ein gutes Subjekt. Manche werden schon beim erstmaligen Abhören eine Tiefe feststellen, die ihnen beachtlich erscheinen wird.

Während des Zuhörens sollten Sie bewußt darauf verzichten, analysieren oder neugierig auf Ergebnisse warten zu wollen. Entspannen Sie sich und lassen Sie sich so weit wie möglich gehen. Konzentrieren Sie sich auf die Aussagen. Ablenkende Geräusche oder Lärm von außen müssen Sie ignorieren. Achten Sie beim Zuhören nur auf die Stimme.

Hier folgt der Wortlaut: „Mache es dir bequem und achte auf lockere Kleidung. Solange du dich in einer bequemen Lage befindest, macht es nichts aus, ob du sitzest oder liegst. Fixiere deinen Blick. Schaue etwas an. Richte, wenn du kannst, deinen Blick nicht auf den Mittelpunkt dessen, was du siehst. Nun atme tief ein. Entspanne dich. Das hilft dir. Je mehr du entspannst, um so leichter gleitest du in Hypnose. Bald bemerkst du, mehr entspannt zu sein, als du es wahrscheinlich je zuvor warst. Entspanne dich einfach und lasse dich gehen."

Dann geht es – in der Bandaufnahme (vergessen Sie es nicht) – weiter: „Bald werden deine Augenlider schwer werden. Betrachtest du weiterhin den von dir gewählten Gegenstand, werden deine Augenlider zunehmend schwerer, sie werden schwerer und schwerer. Wahrscheinlich wirst du ein wenig zu blinzeln beginnen. Deine

Augen tränen vielleicht, aber die Augenmuskeln entspannen sich mehr und mehr. Die Lider werden schwerer und schwerer. Lasse sie zwinkern, wenn sie dies wollen. Lasse sie sich schließen, sobald sie dies wollen. Die Lider entspannen sich mehr und mehr, darum sind sie so schwer und wollen zwinkern. Bald werden sie sich schließen wollen. Die Lider entspannen sich mehr und mehr. Bald werden sie sich schließen wollen. Lasse sie sich schließen, sobald es soweit ist. Die Lider sind so schwer. Sie werden immer noch schwerer. Es ist sogar schwer, sie offenzuhalten... Atme nochmals tief ein. Lasse deine Augen sich schließen, wenn sie nicht bereits geschlossen sind. In einem Augenblick wirst du merken, daß du schlucken mußt. Schlucke, sobald es notwendig ist... Wahrscheinlich überkommt dich eine eigenartige Müdigkeit. Müdigkeit und Schläfrigkeit. Du bist sehr müde. Und du fühlst dich müder und immer müder, je mehr du dich entspannst. Du kannst dich jetzt noch mehr entspannen. Beginne mit deinem rechten Bein. Spanne alle Muskeln an. Bewege die Zehen, strecke durch Fußbewegungen deine Waden- und Oberschenkelmuskeln. Lockere nun die Muskeln. Du erschlaffst von den Zehen ganz hinauf bis zur Hüfte. Nun mache dasselbe mit deinem linken Bein. Spanne alle Muskeln an und lockere sie dann. Entspanne das ganze Bein von den Zehen bis hinauf zur Hüfte.

Dein Körper kann sich jetzt zunehmend entspannen. Lockere deine Magen- und Bauchmuskeln. Dann deine Brust- und Atmungsmuskulatur. Deine Rückenmuskeln lockern sich und werden schlaff. Lasse sie sich vollkommen lockern. Nun deine Schulter- und Nackenmuskeln. Oft gibt es in dieser Gegend Spannungen. Spüre, wie die Spannung diese Muskeln verläßt, wenn sie sich lockern. Und nun versteife und spanne deinen rechten Arm, entspanne ihn dann völlig. Lasse alle Muskeln erschlaffen, von deiner rechten Schulter bis zu den Fingerspitzen. Dein Arm wird sich völlig entspannen. Entspanne auf die gleiche Weise deinen linken Arm. Sogar deine Gesichtsmuskeln werden sich entspannen. Beachte, wie angenehm du dich fühlst. Alle Spannung schwindet, verläßt dich. Du fühlst dich jetzt so angenehm und schläfrig.

Du wirst aufmerksam auf das hören, was gesagt wird. Falls Geräusche von außen kommen, brauchst du nicht auf sie zu achten.

Sie gehen zum einen Ohr hinein und zum anderen hinaus. Sie sind unwichtig. Höre nur auf die Stimme.

Die Augenlider zucken oft, wenn du in Hypnose bist. Dies ist eines der Anzeichen, daß du dich in Hypnose befindest. Manchmal zucken sie nicht, obwohl jemand in Hypnose ist. Falls deine Augenlider zucken, werden sie sich bald entspannen und zu flattern aufhören, sobald du tiefer und tiefer sinkst.

Atme nochmals tief ein und lasse dich völlig gehen. Erfreue dich der traumhaften Müdigkeit. Hypnose ist kein Schlaf, denn immer ist dir alles, was geschieht, voll bewußt. Aber du wirst dich so überaus müde fühlen. Eine so bequeme, angenehme Gleichgültigkeit überkommt dich mehr und mehr, indem du dich so völlig entspannst. Dein ganzer Körper fühlt sich schwer, besonders deine Arme und Beine. Beachte deinen veränderten Atemrhythmus. Du atmest aus voller Lunge, mit den Bauchmuskeln, vom Zwerchfell her, und du atmest langsamer.

Beachte das Gefühl der Bequemlichkeit und des Wohlbefindens, das über dich gekommen ist. Überlasse dich der wohligen Müdigkeit. Jeder mag gern in Hypnose sein. Sie ist so bequem und angenehm. Dein ganzer Körper ist entspannt, alle Spannungen sind entschwunden.

Nun kannst du noch tiefer in diesen wohligen Zustand versinken. Lasse dich gehen und sinke mit jedem Atemzug tiefer und tiefer. Tiefer und tiefer. Je tiefer du sinkst, um so bequemer und angenehmer wird es. Nun stelle dir vor, du stündest oben vor einer Rolltreppe, wie es sie in manchen Kaufhäusern gibt. Sieh die sich vor dir abwärts bewegenden Stufen und Geländer. Solltest du Rolltreppen nicht gern betreten, dann stelle dir eine gewöhnliche Treppe vor. Ich werde rückwärts von zehn bis null zählen. Benutzest du Rolltreppen, dann betrete sie, sobald ich zu zählen beginne; betrete sie mit der Hand auf dem Geländer. Oder du benutzest die gewöhnliche Treppe; dann gehe sie langsam hinab, sobald ich zu zählen beginne. Du bist ganz allein. Es ist deine eigene Treppe. Sobald wir bei null angelangt sind, stellst du dir vor, du hättest das Ende erreicht. Dann steigst du herunter.

Zehn – du betrittst die Rolltreppe. Mit jeder Zahl wirst du tiefer und tiefer gelangen. *Neun* (langsam), *acht, sieben, sechs.* Du sinkst tiefer und tiefer. *Fünf, vier drei* . . . noch tiefer. *Zwei, eins* und *null*. Du verläßt die Rolltreppe (oder die gewöhnliche Treppe). Du sinkst weiterhin tiefer, sinkst mit jedem Atemzug, den du holst.

Deine Arme und Beine mögen sich jetzt ganz schwer fühlen. Sie sind so völlig entspannt. Aber einer deiner Arme beginnt jedes Schweregefühl zu verlieren, er wird leichter und leichter werden. Es ist, als ob alle Schwere von ihm abfiele. Es kann dein rechter Arm sein oder dein linker. Wir wollen sehen, welcher es ist. Bald wird der leichter werdende Arm sich aus seiner Lage erheben. Er wird leichter und leichter. Vielleicht fühlst du, wie sich die Finger der Hand ein wenig zu bewegen beginnen, oder wie die ganze Hand sich hebt. Die Hand beginnt sich zu erheben, sie schwebt nach oben, auf dein Gesicht zu, aber ganz von selbst, ohne bewußte Anstrengung. Sie hebt sich von selbst. Die Hand und der Arm werden noch leichter. Leichter und leichter. Die Hand beginnt nach oben zu schweben. Nach oben, auf dein Gesicht zu. Der Arm beugt sich am Ellbogen und beginnt sich zu erheben.

Es könnte interessant sein, wenn du an eine Stelle deines Gesichtes dächtest, deine Finger sollen sie berühren, sobald die Finger dein Gesicht erreichen. Es könnte deine Stirn, dein Ohr, dein Kinn sein – was immer. Aber dein Unterbewußtsein wird deine Finger eine andere Stelle deines Gesichtes berühren lassen als jene, die du wähltest. Was werden sie berühren? Die Hand hebt sich immer noch höher und höher. Sie ist so leicht wie eine Feder. Sie hebt sich. Sie kann sich jetzt ein wenig schneller bewegen . . . Hat sie sich jetzt noch nicht gerührt, dann hebe sie einige Zentimeter an, um ihr zu helfen, und dann wird sie sich von selbst weiter nach oben bewegen.

Deine Hand hebt sich höher und höher. So wie sie nun nach oben strebt, so kannst du noch tiefer sinken. Je tiefer du sinkst, um so höher wird sich deine Hand erheben. Bald werden deine Finger einen Kontakt herstellen, dein Gesicht an einer anderen Stelle berühren als an der von dir bewußt ausgewählten. Die Finger strecken sich jetzt aus, um dein Gesicht zu berühren. Das Handgelenk dreht sich. Die Hand hebt sich noch höher. Wenn deine Hand nicht bereits dein Gesicht berührt hat, wird sie sich weiterhin heben, bis du spürst, wie sie dein Gesicht berührt. Dann wird der Arm sich senken und eine bequeme Lage einnehmen. Sobald das Gesicht berührt wird, kannst du ihn wieder senken.

Nun lasse dich noch tiefer sinken. Wie bequem du dich fühlst. Sinke noch tiefer und genieße es. Tiefer und tiefer."

Sie möchten Selbsthypnose erlernen. Tatsächlich ist jede Hypnose in Wirklichkeit Selbsthypnose. Der Hypnotiseur ist nur ein Führer, es kommt auf das Subjekt an, die Hypnose herbeizuführen. Sie können die Fähigkeit zur Selbsthypnose schnell erlernen, genauso, wie Sie ja spontan schon viele Male in Hypnose versunken sind.

Zum Erlernen der Selbsthypnose müssen Sie sich an Regeln halten, bestimmte Dinge tun, die Sie veranlassen, in Hypnose zu sinken. Zuerst prägen Sie sich ein Schlüsselwort oder eine Redewendung ein als Signal, daß Sie in Hypnose gleiten, sobald Sie daran denken oder davon sprechen. Aber es wird nur wirken, wenn Sie dies absichtlich tun und wünschen, in Hypnose zu fallen. Nur dann wird das Signal seine Wirkung entfalten. Eine geeignete Redewendung wäre: „Entspanne dich jetzt"; wählen Sie jedoch ein Wort oder eine Redewendung, die Sie bevorzugen.

Nehmen Sie, wenn Sie sich hypnotisieren wollen, eine bequeme Lage ein. Sie brauchen nicht laut zu sprechen; es genügt, die Suggestionen zu denken, die Sie sich eingeben wollen. Richten Sie Ihren Blick auf einen Gegenstand. Blicken Sie eine oder zwei Minuten, nicht mehr als drei oder vier, scharf darauf. Erfassen Sie mit Ihrem Blick den ganzen Gegenstand. Suggerieren Sie sich, Ihre Augenlider würden schwerer und schwerer werden. Dann lassen Sie die Lider sich schließen und denken Sie bei sich: „Nun versinke ich in Trance." Holen Sie zwei- oder dreimal tief Atem. Dann wiederholen Sie Ihr Schlüsselwort dreimal sehr langsam. Währenddessen werden Sie in Hypnose sinken.

Sie werden wünschen, so tief wie möglich zu sinken. Haben Sie Ihr Schlüsselwort wiederholt, holen Sie nochmals tief Atem und suggerieren sich: „Nun sinke ich tiefer." Benutzen Sie die imaginäre Rolltreppe (oder Treppe), während Sie von zehn bis null rückwärts zählen. Dabei werden Sie tiefer sinken. Manche Menschen können es sich schwer vorstellen. Sollte dies auch bei Ihnen der Fall sein, wird gerade das Rückwärtszählen Sie tiefer sinken lassen.

Üben Sie die ersten vier Male die Induktion der Selbsthypnose und gehen Sie beim nochmaligen Zählen ein weiteres „Stockwerk" hinab, vielleicht sogar ein drittes. Jedesmal werden Sie tiefer hinuntergehen. Bei einiger Übung brauchen Sie es dann nur noch einmal zu tun.

Haben Sie die Selbstinduktion viermal oder – falls Sie meinen, erfolgreich zu sein – auch weniger oft geübt, können Sie mit der praktischen Anwendung beginnen.

Sind Sie bereit, aus der Trance zu erwachen, brauchen Sie sich nur die Suggestion einzugeben: „Nun werde ich aufwachen." Dann zählen Sie langsam bis drei. Daraufhin werden Sie völlig wach sein. Sie werden sich beim Aufwachen klaren Sinnes, entspannt und erfrischt fühlen.

Sollte einmal, während Sie sich in Hypnose befinden, ein Grund für Sie bestehen, sofort zu erwachen, dann wird dies geschehen. Klingelt das Telefon, sollten Sie sich melden. Bei einer wirklichen Gefahr, zum Beispiel bei Ausbruch eines Feuers, werden Sie sofort erwachen und völlig munter sein. Dies würde auch ohne diese Suggestion geschehen; denn falls irgendeine Gefahr bestünde, würde Ihr Unterbewußtsein Sie aufwecken.

Nach viermaligem Üben oder, falls Sie gute Ergebnisse erzielten, auch früher, werden Sie bereit sein, Ihre Augen zu öffnen und in Hypnose zu verbleiben. Es gibt Zeiten und Umstände, unter denen Sie wünschen könnten, Ihre Augen offenzuhaben. Das Öffnen Ihrer Augen braucht Sie nicht zum Erwachen zu veranlassen. Sie können dann vielmehr noch in eine tiefere Trance sinken. Sie können Ihre Augen öffnen und doch tief in Hypnose verbleiben. Ihre Sicht wird nicht beeinträchtigt.

Bei jedem Abspielen der folgenden Bandaufnahme (oder jedesmal, wenn Sie den gesprochenen Wortlaut hören) wird es Ihnen gelingen, eine tiefere Trance zu erreichen. Mit der Zeit und einiger Übung werden Sie die Technik der Selbsthypnose vollkommen beherrschen.

„Nun werde ich bis drei zählen, und dann wirst du völlig wach und munter sein. Ganz wach. *Eins* – du beginnst zu erwachen. *Zwei* – du bist jetzt fast wach. *Drei* – nun bist du ganz wach und in jeder Beziehung normal. Du fühlst dich wunderbar. Du bist jetzt ganz wach. War das nicht ein angenehmes Erlebnis? Nun wird es dir gelingen, dich jederzeit selbst zu hypnotisieren."

Je mehr Sie sich für das Phänomen und die Techniken der Hypnose interessieren und Fortschritte in deren Anwendung machen, desto eher könnten Sie versucht sein, einige Ihrer Freunde oder Familienmitglieder zu hypnotisieren. Dies ist nicht ratsam. Höchstwahrscheinlich würden sich zwar keine nachteiligen Reaktionen einstellen, immerhin aber sind Sie nicht fähig zu beurteilen, ob jemand für die Hypnose disponiert ist oder ob allenfalls die seelische Verfassung eine Abstandnahme nahelegt. Werden Sie kein „Salonhypnotiseur". Hypnose ist keine Spielerei. Halten Sie sich lieber an die Selbsthypnose. Diese ist ganz ungefährlich.

XIII. Selbsthypnose bei psychosomatischen Leiden

Moderne Medizin und Psychologie haben bei mindestens der Hälfte aller Krankheiten einen psychologischen oder emotionalen Hintergrund festgestellt. Diese Leiden bzw. Symptome werden daher als „psychosomatisch“ bezeichnet.

Manche Menschen glauben, der Ausdruck „psychosomatisch“ bedeute, daß die Beschwerden eines Menschen nur imaginär seien und bloß „in seinem Kopf“ bestünden. Das trifft nicht zu.

Mit unseren Gefühlsregungen gehen spezifische körperliche Veränderungen einher, die zu Unbehagen oder Schmerz führen können. Ein *psychosomatisches Symptom* ist die Folge solcher körperlicher Veränderungen. Ändert sich die Gefühlshaltung, so verschwindet das Symptom wieder und es bleibt keine organische Krankheit zurück. Als typisches Beispiel hierfür seien Kopfschmerzen angeführt, denen meistens Konflikte und Spannungen, jedoch keine organische Ursachen zugrunde liegen. Werden jedoch bestimmte Emotionen zur Gewohnheit und steht der Organismus dauernd unter dem Streß dieser Gefühlsregungen, so tritt ein Gewebeschaden ein, und wir haben es nun bereits mit einem *psychosomatischen Leiden* zu tun, dessen Heilung die Behandlung von Psyche und Körper erfordert. Die Wurzeln des Leidens liegen in der Psyche: indem man in einer Lebenssituation sich Sorgen macht, Ärger oder Angst hat, deprimiert ist, an einem Konflikt leidet. Psychosomatischen Leiden gehen immer Perioden langdauernder Spannung voraus, die entweder aus einer störend empfundenen Lebenssituation oder einer neurotischen Reaktionsstruktur – gewöhnlich aus beidem – resultieren. Typisch für ein psychosomatisches Leiden ist beispielsweise das Magengeschwür.

Natürlich entspricht es nur dem gesunden Menschenverstand, sich bei jeder wie immer gearteten Krankheit in ärztliche Behandlung zu begeben. Die beste Behandlung psychosomatischer Leiden wäre eine Kombination von ärztlicher (medikamentöser) Behandlung und Psychotherapie.

Kann bei psychosomatischen Leiden Selbsthilfe und Autohypnose erfolgreich sein? Sie wird keineswegs immer zielführend sein; häufig jedoch ist sie es. Bei solchen Leiden geht es ja um die Kenntnis ihrer Ursachen. Medikamente wirken nur auf die Symptome ein. Nur in seltenen Fällen beseitigen sie auch die Ursachen. Oft ist daher psychotherapeutische Behandlung durch einen erfahrenen Therapeuten unerläßlich. Ebenso häufig aber können die Ursachen im Wege der Selbsthilfe mittels der hier angegebenen Methoden entdeckt werden. Auch wenn der Zustand schon lange Zeit besteht (zum Beispiel bei Asthma oder Fettleibigkeit) und die ärztliche Behandlung ergebnislos geblieben sein sollte, ist es möglich, durch Selbsthypnose heilend oder zumindest lindernd einzugreifen.

Welche Krankheiten werden nun also als psychosomatische Leiden angesehen? Es sind sehr weit verbreitete Krankheiten, die den Ärzten bestens bekannt sind. Hier sollen nur einige der häufigsten angeführt werden. Bei diesen Leiden mögen – wie gesagt – körperliche Symptome auftreten; die Ursachen aber sind psychischen oder emotionalen Ursprungs.

Sehr viele Frauenkrankheiten können hier eingeordnet werden: Menstrualbeschwerden, besonders Krämpfe, Unfruchtbarkeit, Frigidität und Fehlgeburten. Bei den Männern sind auf sexuellem Gebiet Impotenz, vorzeitige Samenentleerung und Sterilität fast ausnahmslos psychogenen Ursprungs.

Ebenso sind hier viele Krankheiten, die die Atemwege befallen, zu nennen (obgleich diese manchmal auch organische Ursachen haben): Erkältungen, Stirnhöhlenvereiterung, Asthma, Heuschnupfen, Bronchitis, Emphyseme, Tuberkulose, bisweilen spielen Allergien mit, die selbst oft auch wieder psychogene Ursachen haben.

Im Bereich des Verdauungssystems fallen Magengeschwüre, Kolitis, Verstopfung, Übelkeit (einschließlich der Übelkeit bei Schwangerschaft), Fettleibigkeit sowie Appetitlosigkeit in diese Kategorie.

Zu den psychosomatischen Leiden des Urogenitalsystems sind Bettnässen, Harnverhaltung, Harnfluß und häufiges nervöses Urinieren zu rechnen.

Psychosomatisch bedingte Knochen- und Muskelleiden sind Muskelkrampf, Rückenschmerzen, Bandscheibenverschiebung, Ischias, Schleimbeutelentzündungen, Arthritis, Schiefhals (Tortikollis) und Kopfschmerzen, einschließlich der migräneartigen. Hierher gehören auch Diabetes, Neuralgie, nervöse Anspannung, nervöses Muskelzucken, gewisse Herzleiden.

In solchen Krankheitsfällen ist die Hypnotherapie regelmäßig von größtem Nutzen. Dies gilt nicht nur bei psychosomatischen Leiden, sondern auch bei vielen rein psychischen Zuständen: zur Behandlung der verschiedensten Formen von Neurosen, beispielsweise von Angstzuständen und Phobien, krankhafter Geltungssucht oder Eifersucht; als eine Neurose ist hier auch die Fettsucht zu nennen (deren körperliches Symptom die Fettleibigkeit ist) sowie auch die Magersucht; in all diesen Fällen wie auch bei Hysterie, Wahnideen und Zwangsvorstellungen, ja sogar manchmal bei ernstesten Formen geistiger Störungen, bei Psychosen, läßt sich mit Hypnotherapie erfolgreich arbeiten; ebenso bei manchen Formen der Epilepsie, des Alkoholismus und der Rauschgiftsucht.

Man erinnere sich: Hypnose ist letztlich keine Behandlungsmethode, sondern ein therapeutisches Mittel, das bei jeder Behandlung, die orthodoxe Psychoanalyse mit eingeschlossen, nutzbar gemacht werden kann.

Viele der hier angeführten Leiden können durch Selbsthypnose behandelt werden. Kommt es dabei zu keinen befriedigenden Ergebnissen, sollte andererseits immer ein erfahrener Psychotherapeut konsultiert werden. Auch ist klar, daß ein Psychopath, der der Obhut eines Psychiaters anvertraut gehört, oder ein schwerst Rauschgiftgeschädigter nicht mehr in der Lage ist, sich auf dem Weg der Selbsthilfe zu retten. (Auf Kontraindikationen kommen wir später noch zurück.) Generell läßt sich sagen, daß Selbsthypnose immer dort, wo die Ursache eines Leidens oder eines Konfliktes nicht zu tief liegt, Erfolg verspricht. Es empfiehlt sich jedenfalls, zunächst einen Arzt zu konsultieren und sich eine Diagnose stellen zu lassen. Vielleicht gibt diese bereits einen Anhaltspunkt, ob Ihr Leiden eine psychogene Ursache hat.

Immer mehr Ärzte ziehen heutzutage auch die psychologischen Aspekte der Krankheiten ihrer Patienten in Betracht und stellen fest, daß medizinische Behandlung allein für die Heilung psychosomatischer Krankheiten nicht ausreicht. Man sollte jedoch bedenken, daß es immer noch viele Ärzte gibt, die in dieser Hinsicht ungeschult sind und dazu neigen, den Anteil psychologischer Faktoren zu ignorieren.

In diesem Zusammenhang erscheint es andererseits angezeigt, hier auch einige *Kontraindikationen,* Umstände also, die eine Selbstbehandlung verbieten, ausdrücklich herauszustellen. Jeder, der psychisch schwer gestört, sehr deprimiert oder außergewöhnlich ängstlich ist, sollte den Versuch zur Selbsthilfe unterlassen. Auch sollten bestimmte Vorsichtsmaßregeln beachtet werden. Man versuche niemals eine Altersregression herbeizuführen, ohne zuerst durch Befragung festzustellen, ob es ratsam erscheint, zu einem bestimmten Früherlebnis zurückzukehren. Falls dies bejaht wird, ist die Gefahr, dabei emotionell überfordert zu werden, nicht gegeben. Eine weitere Vorsichtsmaßnahme sollte – wieder durch Befragung – immer dann getroffen werden, wenn versucht wird, mehr über eine Ursache zu erfahren, die nach den erhaltenen Antworten einer Störung zugrunde liegt. Fragen Sie, ob es ratsam für Sie ist, diese Ursache zu erfahren. Das präzise Wissen um die Ursache eines Leidens oder einer psychischen Störung kann – wie auch über ein Früherlebnis – allzu bedrohlich oder zu überwältigend sein, als daß es sich empfiehlt, es ins Bewußtsein zurückzurufen.

Derart gravierende Störungen werden nur selten vorhanden sein, denn es gibt ihrer nicht sehr viele. Immerhin besteht die Möglichkeit. Und es handelt sich hier eher um eine Vorsichtsmaßnahme „für alle Fälle". Tatsächlich habe ich noch nie von schlechten Ergebnissen bei der Anwendung von Selbsthilfemethoden gehört, auch nicht, wenn die erwähnten Vorsichtsmaßnahmen unterblieben. Das Unterbewußte scheint uns von selbst Einblicke in die Tiefe der Psyche zu versagen, wenn dies für uns gefährlich sein könnte.

Freud stellte die Theorie auf, jedes Kind entwickle für den Elternteil des anderen Geschlechts sexuelle Regungen. Zweifellos trifft dies manchmal zu; generell läßt sich dies kaum behaupten. Eine meiner Patientinnen war eine junge Frau mit einer schweren Angstneurose. Sie sah sich oft in panischen Schrecken versetzt. Manche ihrer Bemerkungen und die Ausdeutung einiger ihrer

Träume wiesen auf sexuell gefärbte Gefühle hin, die sie gegenüber ihrem Vater hegte. Sie sagte: „Ich frage mich, warum ich es nicht ertragen kann, von meinem Vater berührt zu werden. Ich mag ihn sehr." Während einer Sitzung mit ihr versuchte ich, sie zu ermutigen, und sagte ihr, ich sähe nun, was hinter ihren Ängsten stünde, und wir würden das bald in Ordnung haben. Ich sah sie niemals wieder. Der Einblick in ihren Gefühlskonflikt wäre unerträglich für sie gewesen, und sie schützte sich davor durch Abbruch der Behandlung. Mit der Zeit hätte sie dazu gebracht werden können, ihren Konflikt zu sehen und sich damit auseinanderzusetzen; im Augenblick jedoch war sie noch nicht bereit zur Introspektion.

Der erste Schritt zur selbständigen Überwindung eines psychosomatischen Leidens sollte in der durch ideomotorische Befragung ermittelten Feststellung bestehen, ob ein emotionaler oder psychischer Faktor im Spiel ist. Gefragt werden müßte, ob ein oder mehrere solcher Faktoren vorhanden sind. Würde man nämlich fragen, ob „ein" Faktor vorhanden ist, würde möglicherweise die buchstäbliche Antwort „nein" lauten. Sind derartige Faktoren vorhanden, ist dies dem Unterbewußten so gut wie sicher bekannt.

Der nächste Schritt besteht in der Aufdeckung der Ursachen. Man muß nach sieben Schlüsselfaktoren suchen. Natürlich könnte es nur ein einziger sein; öfters sind es deren zwei oder drei und es ist sogar möglich – wenn auch selten –, daß alle Faktoren zusammen eine Rolle spielen. Einige dieser Faktoren sind bereits erwähnt worden. Es handelt sich dabei um die *Identifizierung*, das absichtslose Sich-hinein-Versetzen in eine andere Person (meistens als unterbewußte Primitivverbindung), um seelische *Eindrücke*, die sich infolge der Wirkung mächtiger Suggestionen im Unterbewußten festgesetzt haben, und die *Selbstbestrafung*. Jegliche dieser Faktoren sind, wie wir bereits gesehen haben, häufig als Ursachen vorhanden. Sie hier nochmals zu beschreiben, ist wohl kaum erforderlich.

Oft liegt, und zwar nicht nur psychosomatischen Krankheiten, sondern auch Neurosen und anderen Störungen, ein *Konflikt* zugrunde. Im wesentlichen entsteht ein Konflikt daraus, daß wir etwas tun möchten, es aber aus irgendeinem Grund nicht dürfen. „Ich möchte!" stößt gegen: „Du darfst nicht!" Von frühester Kindheit an werden unsere Wünsche von den Diktaten der Eltern, der Gesellschaft, der herrschenden Sitten und Gebräuche durchkreuzt. Einen der maßgebenden Konfliktstoffe liefert die Sexualität. Viele andere gibt es daneben.

Ein Konflikt mag tief im Unterbewußten wurzeln und, weil er unerkannt ist, schwierig zu lösen sein. Dies kann dann nervöse Spannungen, Angst oder andere Symptome zur Folge haben. Wird der Konflikt erkannt, ist es leichter, ihn zu akzeptieren, zu verarbeiten oder abzubauen.

Sehr wichtig ist die Frage nach dem Motiv. Welche *Motivation* liegt dem Symptom zugrunde? Welchen Zweck verfolgt das Unbewußte? Jeder Kranke schätzt, wenn ihm Sympathie und Aufmerksamkeit entgegengebracht werden; dem Kranken wird von den ihm Nahestehenden diese wünschenswerte Einstellung gezeigt. Flüchtet er sich – unbewußt – deshalb in die Krankheit? Die Motive liegen oft jedoch nicht so einfach und so offen zutage. Ein immer wieder anzutreffendes Motiv ist jenes der Selbstbestrafung. Es muß insbesondere dort vermutet werden, wo schmerzhafte Symptome auftreten – beispielsweise bei Arthritis oder Kopfschmerzen.

Neurosen, die regelmäßig einer organischen Ursache entbehren, beruhen auf einer fehlerhaften psychischen Einstellung. Unbewußt weicht der Neurotiker vor den Anforderungen des Lebens aus. Er flüchtet sich in eine körperliche Krankheit hinein, oder er verschanzt sich in einer unrealistischen Zwangs-, Angst- oder Ressentimenthaltung, die dann prompt auch zu entsprechenden Symptomen führt.

Auch hysterische Reaktionen beruhen zumeist auf unbewältigten Konfliktsituationen und verstandesmäßig nicht gesteuerten Fluchtversuchen. So könnte der plötzlichen Lähmung beispielsweise eines Armes die Motivation zugrunde liegen, den Betreffenden am Schlagen oder an einem anderen nicht akzeptierbaren Gebrauch des Armes zu hindern. Oder hysterische Erblindung mag ein Mittel sein, den Betroffenen zu hindern, etwas zu sehen, das er nicht sehen sollte; sie kann auch eine Bestrafung sein für einen früheren Anblick, der nicht gebilligt werden konnte und im Unterbewußtsein Schuldgefühle entstehen ließ.

Eine meiner Patientinnen, eine Lehrerin, mußte ihren Beruf aufgeben, weil sie ihre Stimme verloren hatte – ein Zustand, der als Aphonie bezeichnet wird. Sie konnte nur leise flüsternd sprechen und litt seit fast drei Monaten daran. Den Ärzten war es nicht gelungen, irgendeine organische Ursache festzustellen.

Durch das Frageverfahren wurde bald der Grund für ihren Stimmverlust gefunden. Sie wohnte mit einer anderen Lehrerin zusammen, der gegenüber sie eine zunehmende Abneigung empfand. Sie hätte ihre Kollegin ständig anschreien, ausschelten und ihr sagen mögen, was sie von ihr und ihrem Verhalten denke. Andererseits war meine Patientin freundlich, wollte die andere Frau nicht kränken und meinte, sie könne es sich auch pekuniär nicht leisten auszuziehen. Sie fürchtete ständig, ihre Geduld zu verlieren und der Kollegin die Meinung zu sagen. Die „Lösung" brachte der Verlust ihrer Stimme. Sie konnte nur noch flüstern, was sie hinderte, alles das zu sagen, was sie auf dem Herzen hatte.

Die wirkliche Lösung dieses Konfliktes bestand natürlich im sofortigen Auszug aus der gemeinsamen Wohnung, auch wenn sie ihren Mietanteil für die zweimonatige Kündigungsfrist würde zahlen müssen. Die Arzthonorare überstiegen längst diesen Anteil. In Hypnose konnte sie in normalem Tonfall sprechen, und sie beschloß, nach Hause zu gehen und ihrer Kollegin zu sagen, daß sie ausziehen würde, sobald sie eine andere Wohnung gefunden habe. Auch nach dem Erwachen konnte sie normal sprechen und hatte keine weiteren Schwierigkeiten. In diesem Fall veranlaßte den Stimmverlust die fehlerhafte Motivation und auch der Konflikt hinsichtlich der unbewältigten Lebenssituation.

Mit der *Organsprache* begeben wir uns auf das Gebiet der Semantik, der Wortbedeutungslehre. Beim Sprechen über etwas Unangenehmes werden gewöhnlich entsprechende Redewendungen gebraucht. Hier nur einige Beispiele: „Das macht mir Kopfschmerzen!" „Das macht mich krank!" „Davon wird mir übel!" Oder: „Ich kann das nicht verdauen." „Das schmeckt mir nicht." „Das kann ich nicht schlucken." „Da bleibt mir die Luft weg!"

Die Folge solcher organsprachlicher Wendungen ist deren Somatisierung, d. h. das Unterbewußte kann die in einer dieser Redewendungen ausgedrückte Wortbedeutung in den dementsprechenden körperlichen Zustand umwandeln: es treten tatsächlich Kopfschmerzen, Übelkeit, Schmerzen, Schluckbeschwerden auf. Die Person, bei der sich eine solche Idee verwirklicht, hat keinerlei Ahnung hinsichtlich der Ursache des Symptoms. Oft wird jedoch die dem Symptom entsprechende Redewendung beim Sprechen der Person festgestellt.

Tortikollis (Schiefhals) – in der Volkssprache „steifer Hals" oder „Genickstarre" – ist kein sehr verbreitetes Leiden. Die meisten Ärzte betrachten es als organisch, durch Muskeldehnung oder Krampf, verursacht. Nur wenige würden in der Praxis annehmen, das Leiden könnte möglicherweise psychogenen Ursprungs sein.

Frau Peters, eine verheiratete Frau mit zwei Kindern, besuchte mich wegen dieses Leidens. Sie war mir von ihrem Arzt überwiesen worden, dem es nicht gelungen war, ihr zu helfen. Da er mit unserem Frageverfahren vertraut war, hatte er gefragt, ob es irgendeine psychische Ursache gebe, und dies war bejaht worden.

Beim Schiefhals ist gewöhnlich der Kopf durch die Halsmuskeln nach einer Seite verdreht und kann daher nicht mehr oder nur unter großen Schmerzen gerade gerichtet werden. In Frau Peters Fall war es anders. Statt nach einer Seite verdreht, war ihr Kopf nach unten gebeugt. Ihr Kinn ruhte auf dem Hals. Der Grund konnte durch Befragung leicht gefunden werden. Sie war schwanger geworden, und ihr Gatte hatte auf einer Abtreibung bestanden, weil sie bereits zwei Kinder hatten. Nur widerstrebend hatte sie sich dazu bereit gefunden und sich danach sehr schuldig gefühlt. Nun lasse sie „den Kopf vor Scham hängen", bemerkte sie. Somit war erwiesen, daß Organsprache und außerdem Selbstbestrafung im Spiel waren: sie hatte etwas getan, dessen sie sich nun schuldig fühlte. Tortikollis ist wegen der damit verbundenen Muskelversteifung oft sehr schmerzhaft.

Frühere Erlebnisse sind ein weiterer unserer Schlüsselfaktoren. Bei den meisten psychisch verursachten Krankheiten wird irgendein früheres Erlebnis als eine der Ursachen festgestellt. Durch manche Früherlebnisse entstehen entscheidende Eindrücke. Masochismus entwickelt sich in der Regel aus Schuldgefühlen, die im Gefolge von Früherlebnissen entstanden sind. Aus früheren Erlebnissen entstehen so manche gravierende Gefühlskonflikte.

Von den Erlebnissen unserer Kindheit oder des Jugendalters schleifen sich am tiefsten in unser Unterbewußtes die traumatischen ein – Erlebnisse, bei denen jemand einen starken Schreck oder eine tiefgehende seelische Erschütterung, einen Schock, erlitt. Der Tod eines geliebten Menschen kann ein solches Trauma sein. Vielleicht erinnern Sie sich des vor ein paar Jahren aufgeführten Films *Evas drei Gesichter*. Er handelte von einem wirklichen Fall, einer jungen Frau, die infolge Persönlichkeitsspaltung drei sehr unterschiedliche Charakterzüge entwickelt hatte. Neben anderen verursachenden Faktoren war ein traumatisches Erlebnis aus der Zeit ihrer frühen Kindheit maßgebend gewesen. Sie war damals von ihren Eltern gezwungen worden, das Gesicht ihrer toten Großmutter zu küssen. Der Schock hatte zur Persönlichkeitsspaltung geführt.

Ein traumatisches Erlebnis ist sehr oft die Ursache des Stotterns. Ich habe in drei Fällen verschiedener junger Männer mit Sprechschwierigkeiten ein solches Trauma festgestellt. Sie alle waren in ihrer Kindheit von einem älteren Jungen oder einem Erwachsenen sexuell belästigt worden; und es war den Jungen gesagt worden, sie würden, falls sie je davon erzählten, umgebracht werden. Außer dem Trauma wurde ihnen noch ein verhängnisvoller Eindruck eingepflanzt, der sich dem Unterbewußten tief einprägte. Mit der buchstäblichen Annahme der suggerierten Drohung durch das Unterbewußte wurde die fixe Idee etabliert, sie müßten sterben, wenn sie davon erzählten; und „erzählen" bedeutete schließlich nicht mehr nur von diesem Erlebnis berichten, sondern „sprechen" schlechthin. Aus der Unvereinbarkeit des Bedürfnisses zu sprechen und dem suggerierten Eindruck, nicht sprechen zu dürfen, resultierte dann das Stottern.

Mit der ideomotorischen Befragungsmethode können die möglichen verursachenden Faktoren entdeckt werden, um welches Symptom, um welche Krankheit oder Störung es sich auch immer handeln mag. Der Übersichtlichkeit halber seien sie hier noch einmal angeführt: 1. Identifizierung, 2. seelische Eindrücke (fixe Idee) infolge von Suggestionen, 3. Selbstbestrafung infolge von Schuldgefühlen, 4. innere Konflikte, 5. Motivation, 6. Organsprache und 7. frühere Erlebnisse, insbesondere traumatischer Art. Man sollte der Feststellung aller Faktoren, die eine Wirkung hatten, sicher sein. Möglicherweise ist nur eine einzige Ursache vorhanden; häufiger spielen mehrere Faktoren eine Rolle, in seltenen Fällen sogar alle sieben.

Das Verständnis für die Ursachen der Störungen kann bereits genügen, um diese zu beenden. Andererseits muß diese Einsicht verarbeitet und der neue Gesichtspunkt seitens des Unterbewußten angenommen werden. Dies kann sofort geschehen, in den meisten Fällen erfordert dies ein wenig Zeit. Die Schwierigkeit ergibt sich nicht auf der Ebene des Bewußtseins, sondern des Unterbewußtseins. Es muß verstehen lernen, daß die Störungsursachen nicht weiterhin ihre Wirkung entfalten dürfen. Entsprechende hypnotische Aufträge vermögen dazu beizutragen. Durch weitere Befragung kann dann festgestellt werden, ob die störende Ursache beseitigt worden ist. Falls nicht, wäre eine weitere Behandlung notwendig. Jedenfalls muß das Unterbewußtsein zur Annahme der Suggestionen veranlaßt werden.

Für eine erfolgreiche Selbstbehandlung wird gewöhnlich mehr Zeit aufgewendet werden müssen, als dies bei der Konsultation eines Therapeuten erforderlich wäre. Bei Erfolglosigkeit der Selbstbehandlung sollte jedenfalls die Hilfe eines Psychotherapeuten in Anspruch genommen werden.

Interessant und ungewöhnlich war der Fall von Frau T. Sie wurde mir durch einen Arzt aus einer anderen Stadt, in der sie wohnte, zugewiesen. Sie führte ein Ferngespräch mit mir, um einen Besuch an einem Samstag zu vereinbaren. Sie litt, so sagte sie mir, unter starken Kopfschmerzen. Als Frau T. an dem vereinbarten Samstagmorgen eintraf, überraschte sie mich mit der Erklärung, daß sie am Abend des gleichen Tages wieder nach Hause fahren wolle. Offensichtlich betrachtete sie die Hypnotherapie als eine Art Zauberei, mit deren Hilfe sie von ihren Kopfschmerzen im Handumdrehen erlöst werden würde.

Frau T. sagte, sie habe schon seit vielen Jahren (sie war 52 Jahre alt) gelegentlich einen Migräneanfall gehabt, jetzt aber käme dies mindestens alle zwei Wochen einmal und mitunter öfter vor. Die Heftigkeit dieser Anfälle habe sich stetig gesteigert, und das Leiden störe sie sehr in ihrer Arbeit. Sie war Lehrerin. Als ich sie über ihre Umweltsituation befragte, erzählte sie mir von einem wunderbaren Mann, den sie geheiratet, der aber leider vor zwei

Jahren einen Schlaganfall erlitten habe und nun zwar nicht völlig invalide, aber arbeitsunfähig sei. Das aufrichtige Lob, das sie ihrem Gatten zollte, fiel mir auf. Sie schien einen sehr positiven Charakter zu haben. Unterricht zu erteilen, machte ihr keine Freude, sie war jedoch gezwungen, für ihren Mann und sich selbst den Lebensunterhalt zu verdienen. (Sie hatten eine 29 Jahre alte verheiratete Tochter, die jedoch nicht in der Lage war, sie finanziell zu unterstützen.)

Ihr Lebensbericht nahm fast eine halbe Stunde in Anspruch, und weitere Zeit war erforderlich, um ihr die ideomotorische Beantwortung von Fragen mittels des Pendels zu erklären. Unter häufigen Unterbrechungen ihrerseits wurden ihr die sieben Störungsfaktoren erläutert, die auch bei ihr eine Rolle spielen könnten. Das gesamte Gespräch wurde auf Tonband aufgenommen. Der Verlauf der Befragung ist hier aufgezeichnet.

F.: Identifizieren Sie sich mit einer Ihnen nahestehenden Person, die an migräneartigen Kopfschmerzen leidet?

A.: Nein (Pendel).

F.: Haben Sie diese Kopfschmerzen, weil Ihnen in Ihrer Umwelt etwas „Kopfschmerzen macht"?

A.: Nein.

F.: Besteht eine Motivation für die Kopfschmerzen? Dienen sie einem Zweck?

A.: Ja.

F.: Könnten sie den Zweck haben, Ihnen Sympathie und Aufmerksamkeit zu sichern?

A.: „Das ist doch lächerlich. Ich bin nicht so kindisch!" (Diese Antwort erfolgte natürlich verbal; das Pendel bestätigte deren Richtigkeit durch negative Antwort.)

F.: Verursachen ein oder mehrere Ihrem Unterbewußten eingeprägte Eindrücke diese Kopfschmerzen?

A.: Nein.

F.: Neigen Sie dazu, sich durch diese Kopfschmerzen, die doch gewiß sehr schmerzhaft und unangenehm sind, selbst zu bestrafen?

A.: Ja (Pendel).

Frau T: „Ach, das ist gewiß nicht die richtige Antwort. Ich sage Ihnen, ich bestrafe mich nicht selbst. Das ist doch lächerlich!"

F.: Vielleicht nicht. Manche Menschen bestrafen sich unbewußt, ohne es gewahr zu werden. Ihr Unterbewußtes scheint anzunehmen, daß Sie sich selbst bestrafen mit den Kopfschmerzen.

A.: Ja. (Wieder das Pendel.)

Frau T: „Nun ... Ich glaube es nicht!"

F.: Haben Sie einen inneren Konflikt, der vielleicht Kopfschmerzen herbeiführt?

A.: Ja. (Pendel.)

Frau T: „Konflikt? Ich weiß von keinem Konflikt. Sie sagen, ein Konflikt wäre, wenn man etwas tun oder haben möchte und nicht dazu imstande ist, weil man daran gehindert wird. Nun, möglicherweise habe ich einen Konflikt wegen meiner Lehrtätigkeit. Ich würde bestimmt lieber weder Unterricht erteilen noch überhaupt arbeiten müssen!"

F.: Handelt es sich bei dem Konflikt um Ihre Arbeit?

A.: Ja.

F.: Besteht irgendeine andere Konfliktursache?

A.: Ja.

F.: Ist irgendein früheres Erlebnis vorhanden, das mit Ihren Kopfschmerzen zu tun hat und nicht mit einem Konflikt oder einem Motiv der Selbstbestrafung zusammenhängt?

A.: Nein.

F.: Wir scheinen drei Faktoren zusammenzuhaben, die die Kopfschmerzen verursachen. Wir wollen versuchen, mehr über diese Faktoren herauszufinden; aber es kann auch noch etwas anderes dazu beitragen. Jeder von uns fühlt sich zuweilen frustriert, wird zornig, hegt feindselige Gefühle. Es sind dies normale Emotionen. Kindern wird jedoch oft beigebracht, solche Gefühlsregungen seien schlecht und dürften nie empfunden oder gezeigt werden. Häufig ist deren Anstauung eine Ursache für Migräne. Wir wollen ausfindig machen, ob Sie solche Emotionen aufstauen. Ist dies der Fall?

Frau T: „Natürlich nicht! Ich gestatte mir niemals, zornig zu werden. Mitunter fühle ich mich ein wenig benachteiligt, aber ich bin niemals zornig."

F.: Wir wollen sehen, was das Pendel dazu zu sagen hat. Neigen Sie dazu, solche Emotionen aufzustauen?

A.: Ja.

F.: Meinen Sie, es wäre unrecht, sie zu haben – Emotionen des Zorns und feindselige Gefühle?

A.: Ja.

Frau T: „Nun, vielleicht staue ich sie auf."

Daraufhin wurde Frau T. hypnotisiert. Sie leistete offensichtlich Widerstand, geriet jedoch gleichwohl in einen leichten Hypnosezustand. In der Hypnose wurde ein großer Konflikt hinsichtlich ihrer Lebenslage enthüllt. Sie ärgerte sich darüber, arbeiten zu müssen, weil ihr Gatte dazu nicht imstande war. Ihre Gefühle ihm gegenüber waren geteilt. Sie achtete ihn, war aber voller Groll über die für sie nachteilige Situation, die sie auf ihn zurückführte und für die sie ihn unbewußt verantwortlich machte.

Die Kopfschmerzen fanden ihre Motivation in der zeitweiligen Hinderung der Arbeit, und gleichzeitig dienten sie der Frau als Mittel der Bestrafung für ihren Zorn und ihre Feindseligkeit. Sie betrachtete diese Emotionen als schlecht. Ein netter Mensch hat sie nicht. Sie war eine Perfektionistin, wie dies bei Migräneleidenden fast ausnahmslos der Fall ist, und neigte dazu, sich selbst zu bestrafen, weil sie ihre Tätigkeit nicht immer perfekt ausübte.

Am Ende der zweistündigen Sitzung, während sie sich noch in Hypnose befand, wurde ihr suggeriert, sie könne nun verstehen, warum sie unter Kopfschmerzen leide, und ihr Unterbewußtsein könne dem nun ein Ende setzen; sie sei durch die familiäre Situation genügend belastet und verdiene weitere Bestrafung nicht.

Ich berichtete dem Arzt, der sie zu mir geschickt hatte, über den Fall und brachte zum Ausdruck, Frau T. könne angesichts so kurzer Behandlungsdauer kaum eines Ergebnisses sicher sein, es würden wahrscheinlich mehr Sitzungen mit ihr erforderlich werden. Etwa vier Monate später antwortete er. Er berichtete, Frau T. sei sehr ungehalten über mich nach Hause zurückgekehrt. Ich hätte zu viel Honorar von ihr verlangt, hätte ihr überhaupt nicht geholfen und wäre nicht einmal fähig gewesen, sie zu hypnotisieren. Der Arzt hatte hinzugefügt: „Sonderbarerweise hat Frau T. nicht ein einziges Mal Kopfschmerzen gehabt, seitdem sie bei Ihnen war."

Dies war kaum ein typischer Fall, weder hinsichtlich des Zeitaufwandes noch hinsichtlich der refraktären Haltung der Patientin. Er ist jedoch in vielen Beziehungen interessant. Der Fall demonstriert, daß das Unterbewußte autonom und völlig unabhängig von unserem Bewußtdenken agiert und schlußfolgert. Deshalb fielen die mittels der Pendelmethode ermittelten Antworten oft gegenteilig aus und widerlegten die spontanen verbalen Antworten, die dem Wachbewußtsein der Patientin erflossen. Überdies zeigen die Fragen, wie das Pendel angewandt wird, um Informationen über die Ursachen psychosomatischer Leiden und ungeklärter Gefühlskonflikte zu erhalten. Da ich wußte, daß ich sie nicht wiedersehen würde, ging ich viel schneller vor als sonst. Das Motiv der Selbstbestrafung samt dem Symptom kann selten so schnell behandelt und beendet werden. Ich vermute, ihr Unterbewußtsein folgerte, das Bedürfnis zur Selbstbestrafung könne durch die weiterhin bestehende Lebenssituation befriedigt werden.

XIV. Die Überwindung nachteiliger Charaktereigenschaften

Unter Charakter versteht man die Eigenart eines Menschen, seine Persönlichkeit schlechthin, aus der heraus der Mensch verantwortlich handelt und wertet. Charakterliche Fehlentwicklungen – Charakterstörungen der verschiedensten Art – sind im wesentlichen auf krankhafte Veränderungen (beispielsweise durch Traumen), auf schädigende Umwelteinflüsse (schlechter Umgang, falsche Erziehung) oder ursprüngliche Veranlagung (Vererbung) zurückzuführen.

Die schwersten Charakterschäden sind dem Bereich des abnormen Krankhaften zuzuordnen und treten bei Psychosen (Gemüts- und Geisteskrankheiten) auf. Auch manche schweren Neurosen (krankhafte Funktionsstörungen des Nervensystems ohne organische Ursache) können zu schwerwiegenden Charakterstörungen führen. Solche Krankheitszustände erfordern natürlich fachärztliche Behandlung. Wir können uns hier nicht mit ihnen befassen.

Eine zweifellos bemerkenswerte Persönlichkeit wäre jener Mensch, der überhaupt keine nachteiligen und belastenden Charaktereigenschaften hätte. Ihn gibt es in dieser Welt nicht. Wir könnten gut nützliche Charaktereigenschaften als Aktiva und schädliche als Passiva bezeichnen. Gute Charaktereigenschaften wird bestimmt niemand zu ändern oder zu verlieren wünschen, daher haben wir uns hier mit den schlechten zu beschäftigen.

Es ist sehr schwer zu beurteilen, ob Willis Jähzorn eine Erbschaft seines jähzornigen Vaters ist oder ob es sich lediglich um eine Sache der *Identifizierung*, einen unbewußten Versuch handelt, so wie sein Vater zu sein. Die Identifikationen beginnen in der Kindheit, können aber lebenslang erhalten bleiben, wenn nichts unternommen wird, um sie zu ändern. Es ist jedenfalls sehr fraglich, ob die Gene eine solche Eigenschaft wie den Jähzorn in Willis hypothetischem Fall übertragen können. Ein armes, kleines Gen würde bestimmt überlastet sein, wenn die vielen, unterschiedlichen Charaktereigenschaften, die wir in unserer Persönlichkeit vereinen, alle erblich wären. Dennoch sind die Gene Träger physischer Eigenschaften. Es scheint, daß jede vererbte Eigenschaft schwieriger als eine lediglich erworbene auszumerzen ist, weil in diesem Falle die Gewohnheit eine Rolle spielt.

Es ist möglich, daß das Unterbewußtsein bei dem Versuch, Veränderungen herbeizuführen oder unerwünschte Charaktereigenschaften auszumerzen, wissen könnte, ob es sich dabei um vererbte oder erworbene Eigenschaften handelt. Das Befragungsverfahren bietet eine Möglichkeit, dies ausfindig zu machen.

Die meisten von uns neigen dazu, ihre charakterlichen Nachteile sehr zu übertreiben und ihre Vorzüge möglichst zu verniedlichen. Auch können schlechte Charaktereigenschaften zu Schuldgefühlen führen und zu dem sich daraus ergebenden Bedürfnis nach Selbstbestrafung. Ob sie vererbt sind oder nicht, ist dabei bedeutungslos. Der erste Schritt zur Befreiung von unseren Passiva ist, uns selbst in der richtigen Perspektive und im richtigen Licht zu sehen. Viele Menschen betrachten sich durch das verkehrte Ende des Fernrohrs. Die richtige Einschätzung unserer Persönlichkeit ist sehr wichtig.

Zu den störendsten charakterlichen Nachteilen gehört der *Minderwertigkeitskomplex*. Es gibt wenige Menschen, die nicht Unwertgefühle, zumindest in gewissen Beziehungen, haben. Für viele von uns können solche Gefühle völlig bedeutungslos sein. Was ist zum Beispiel schon, wenn man musikalischer Talente oder Fähigkeiten ermangelt? Man braucht ja nicht Musiker zu werden.

Wer von Minderwertigkeitsgefühlen belastet ist, hat gewöhnlich auch andere Nachteile. Mangel an Selbstvertrauen ist einer. Das unbewußte Bedürfnis, anerkannt zu werden, ein anderer. Sie können von einem Armutskomplex begleitet sein. Fast jeder, der sich sehr minderwertig vorkommt, denkt negativ, und die Fähigkeit, positiv zu denken, ist für den Erfolg im Leben höchst wichtig.

Was ist die Ursache für das Vorhandensein eines Minderwertigkeitsgefühls, wenn man von seiner Vererbungsmöglichkeit absieht?

Wahrscheinlich hat jede Eigenschaft, die wir besitzen und soweit sie nicht vererbt ist, ihre Wurzeln in unseren Kindheitsverhältnissen. Nicht viele Eltern sind Experten in der Kindererziehung, und die meisten begehen Fehler. Wird ein Kind nicht geliebt und für seine Leistungen gelobt, entwickeln sich bei ihm mit dem Heranwachsen bestimmt Minderwertigkeitsgefühle. Selbstvertrauen muß durch Erfahrung erlernt werden. Mangelndes Vertrauen führt zur Furcht vor dem Versagen. Und versagen kann man nicht, wenn man erst überhaupt nicht versucht. Manche Menschen werden daher apathisch und strengen sich nicht mehr als notwendig an.

Entwickeln sich Schuldgefühle aus Schwächen, ist die Situation noch schlimmer; zumindest immer dann, wenn die Schuld nach Selbstbestrafung verlangt. Der Wirkung nach etwa gleichartig ist das Gefühl der Wertlosigkeit, das Gefühl, irgend etwas nicht zu verdienen.

Im wesentlichen *negatives Denken* ist „Ich kann nicht", während positives Denken „Ich kann" heißt. Eine Begleiterscheinung und Konsequenz des negativen Denkens ist das negative Verhalten, und das Gegenteil trifft auf das positive Denken zu. Gut angepaßte Menschen, die etwas erreichen, sind ausnahmslos fähig, positiv zu denken. Es ist sogar zu vermuten, daß sich ein positiver Mensch besserer Gesundheit erfreut. Er hat Ziele, nach denen er strebt, während es bei negativer Haltung darum geht, Ziele als zweifellos unerreichbar zu vermeiden. Warum also sich bemühen?

Zahllose Bücher sind schon geschrieben worden, um die Notwendigkeit positiven Denkens darzutun und um negative Einstellungen und Haltungen zu bekämpfen. Man kann natürlich von verschiedenen Gesichtspunkten – wie etwa dem religiösen, mit dem Gebet als Mittel – an das Problem herangehen. Neben metaphysischen Lösungen stehen solche des gesunden Menschenverstandes. Zu einer positiven Einstellung zu finden, ist lebenswichtig. Die große Bedeutung des positiven Denkens zur Korrektur eigener Charakterschwächen sollten Sie sich einprägen.

Überängstlichkeit ist eine andere, höchst hindernde und unangenehme Eigenschaft. Sie geht Hand in Hand mit negativem Denken. Jedermann ist mitunter beunruhigt, wenn die Dinge „verkehrt" laufen. Dies ist dann ein durchaus normales Gefühl – Angst zum Beispiel, wenn eine geliebte Person sehr krank ist. Der chronisch

Besorgte, der Überängstliche, sorgt sich, wenn alles auch noch so gut geht. Schnell wird er einen anderen Grund finden, um sich zu sorgen, sobald ein beunruhigender Umstand beseitigt erscheint. Bisweilen entstammt die Angst einem masochistischen Bedürfnis, und der Betroffene genießt tatsächlich seine Sorgen.

Chronische Gespanntheit kann vielleicht nicht als Charakterzug betrachtet werden, aber sehr oft hat die Haltung ihre Wurzel in einem der nachteiligen Charakterzüge, die wir behandelt haben.

Bei der Bemühung, manche dieser negativen Charakterzüge zu korrigieren und auszuschalten, kann Selbsthypnose in mehrfacher Hinsicht sehr nützlich sein. Sie verhilft zur Entspannung. Die Entspannung mildert oder schwächt die Spannung, obwohl sie die Faktoren, die zur Spannung führen, weder korrigiert noch abbaut.

Im wesentlichen ist die Selbstbehandlung zur Überwindung nachteiliger Charakterzüge die gleiche für alle. Der erste Schritt sollte sein, über einen bestimmten, störenden Charakterzug Näheres ausfindig zu machen. Dies kann mittels des Befragungsverfahrens geschehen. Ist er vererbt? Falls dies bejaht wird, kann seine Beseitigung etwas mehr Mühe kosten; zu überwinden ist alles. Ist der Charakterzug, weil nicht vererbt, eine Folge unbewußter Gleichsetzung mit einem Elternteil oder einem Nahestehenden? Häufig trifft dies zu. Die Aufhebung der Identifikationen besteht hauptsächlich in deren Erkennung als solche und in der Anwendung geeigneter Autosuggestionen zum Zweck der Selbstverwirklichung und der Abgewöhnung, die Person zu imitieren, mit der man sich identifiziert.

Viele Charakterzüge gehen auf *Umweltverhältnisse und Konflikte der Kindheit* zurück. Oft sind Eltern, Verwandte, Lehrer an der Entwicklung nachteiliger Charakterzüge (beispielsweise Perfektionismus) maßgebend beteiligt. Die Gewohnheit trägt das ihre dazu bei. Wie kann eine Gewohnheit geändert werden? Anstatt alles treiben und durchgehen zu lassen, ist eine Anstrengung notwendig. Manchmal empfiehlt es sich geradezu, eine Gewohnheit zu übertreiben – um sie zu ändern. Dies trifft insbesondere auf die ständig Besorgten zu. Nimmt der Überängstliche sich vor, zu erkennen, wenn er sich zu sorgen beginnt, um dies dann bis zum äußersten zu treiben, kann die Angewohnheit bald so lächerlich werden, daß sie aufgegeben wird. Der Besorgte denkt dann bei sich: „Ich sorge mich wirklich nicht genügend wegen dieser Sache. Wie furchtbar sie ist! Zweifellos wird sie sich verschlimmern. Sie kann mein gesamtes Leben ruinieren. Ich sollte von heute an nichts anderes mehr denken, ich muß meine gesamte Zeit damit verbringen, mir deshalb Sorgen zu machen. Ich nehme an, es wird nichts helfen. Ich muß mich damit abfinden; aber das ist kein Grund, meine Sorgen aufzugeben. Ich darf einfach an nichts anderes mehr denken."

Bald wird die Zuflucht zu einer solchen Übertreibung die Sache lächerlich machen. Wird sie bei jeder wirklichen oder vermeintlichen Ursache zur Beunruhigung immer von neuem wiederholt, wird dies zum Aufgeben der Gewohnheit führen.

Viele Charakterzüge haben sich auf Grund *seelischer Eindrücke* und einer daraus entwickelten fixen Idee herausgebildet, die sich dem Unterbewußten eingeprägt hat. Wieder kann durch das Befragungsverfahren schnell festgestellt werden, ob dies zutrifft, und auch, ob ein oder mehrere Eindrücke wirksam sind. Wird dies bejaht, ist festzustellen, wie viele – vielleicht nur einer – gesucht werden müssen. Darüber sind Einzelheiten zu ermitteln. Seit wann besteht der Eindruck? In welchem Alter ist er entstanden? Wer gab die Idee ein? Wo, an welchem Ort, befanden Sie sich, als sie sich Ihnen einprägte? Wie ist der genaue Wortlaut? In Selbsthypnose versetzen Sie sich zu dem Ereignis, bei dem der Eindruck entstand, zurück und versuchen Sie durch nochmaliges Durchlaufen des Erlebnisses seine Wirkung zu beseitigen. Ihre Einsicht und Ihr Wissen über die Ursache helfen dabei.

Ein weiterer möglicher Faktor mancher Charakterzüge ist die *Motivation*. Welchem Zwecke kann sie dienen? Dabei kann es sich um etwas leicht Festzustellendes oder eine ziemlich komplexe Angelegenheit handeln. Erhoffen Sie sich einen Vorteil von diesem Charakterzug? Streben Sie vielleicht nach Zuneigung und Anerkennung?

Immer sollte auch erwogen werden, ob nicht *Selbstbestrafung* im Spiel ist. Die ideomotorische Befragung kann Einblick in eine solche Möglichkeit gewähren. Manchmal ist die Selbstbestrafung notwendig, um gewisse Emotionen freizusetzen. Es handelt sich meistens um Zorn, Wut oder Feindseligkeit. Manche Menschen sind von ihren Eltern zur Überzeugung gebracht worden, diese

Emotionen seien schlecht und dürften nie empfunden werden. Natürlich trifft dies nicht zu. Es ist völlig normal, solche Gefühlsregungen zu haben. Schlecht ist nicht die Emotion an sich, sondern das Verhalten, das sich daraus ergeben könnte. Zorn kann durchaus gerechtfertigt sein; aber es würde durchaus falsch sein, jemanden im Zorn zu schlagen. Dies könnte besonders falsch sein, wenn der Gegner stärker wäre! Wie bereits erwähnt wurde, werden solche Emotionen oft von Migräneleidenden als „schlecht" empfunden.

Die Einsicht in die Ursachen, warum sich nachteilige Charakterzüge entwickelt haben, und das Verständnis dafür gehören zu den wichtigsten Faktoren ihrer Beseitigung. Natürlich muß der Betroffene das Vorhandensein eines solchen nachteiligen Charakterzuges erkennen. Das ideomotorische Befragungsverfahren kann zur Feststellung der Ursachen und zur Erkennung der Sie belastenden Charakterzüge sehr wertvoll sein.

Ihre Einsicht mag nicht gerade bequem sein, doch ist dies der erste Schritt zur Überwindung. Leiden Sie an negativem Denken, ständiger Besorgtheit, Selbstsucht? Oder quälen Sie Depression, Gefühle der Minderwertigkeit und Wertlosigkeit, Angst? Aggressivität oder Passivität, Übererregbarkeit oder Trägheit? Indifferenz, Masochismus, Perfektionismus, Ungeduld, Leistungsschwäche, Unentschlossenheit? Der nachteiligen Charakterzüge sind viele. Manche sind natürlich viel nachteiliger und belastender als andere, aber sie alle sind als Passiva zu betrachten, die es zu beseitigen gilt.

Weist jemand viele solche Charakterzüge auf, ist er bestimmt von den anderen nicht gern gesehen und daher sehr benachteiligt in seinem Streben nach Glück und Erfolg.

Sie wissen nun: Nachteilige Charakterzüge wie die erwähnten haben ihre Wurzeln gewöhnlich im Kindesalter, nur selten mag auch Vererbung mit maßgebend sein. Oft spielen unbewußte Bedürfnisse mit. Ein tyrannischer Mensch verbirgt seine Feigheit unter seinem Wesen, er kompensiert sie. Das Bedürfnis, geliebt zu werden, führt dazu, unterwürfig zu sein und fast alles zu tun, was dazu dienen könnte, Aufmerksamkeit zu erregen und Liebe zu erwecken. Das Erkennen der Möglichkeit solcher unbewußter Bedürfnisse ist ein wichtiger Schritt zu deren Überwindung.

XV. Die Einstellung des Rauchens durch Selbsthypnose

Überall in der Welt sind Aufklärungskampagnen zur Abgewöhnung des Zigarettenrauchens im Gange. Als Hauptgrund dafür wird die Gesundheit genannt. Lungenkrebs und andere Erkrankungen der Atemwege werden durch Rauchen verhängnisvoll gefördert. An dieser Tatsache ist nicht zu zweifeln. Leider neigt jeder einzelne Raucher zur Ansicht, eine Krebserkrankung sei bei jedem anderen möglich, nicht aber bei ihm.

Neben der Gesundheit gibt es viele andere, durchaus gute Gründe, die zum Aufgeben des Zigarettenrauchens veranlassen sollten. Für die meisten Raucher scheint dies sehr schwierig zu sein. Die Einnahme des Fiskus der Vereinigten Staaten aus der Zigarettensteuer beläuft sich auf etwa sechs Millionen Dollar täglich, wobei die Steuereinkünfte der einzelnen Unionsstaaten nicht mitberücksichtigt sind. Wollten unsere Gesetzgeber Maßnahmen ergreifen, die die Millionen von Rauchern zum Aufgeben veranlassen und vor allem auch die Jugendlichen abhalten würden, mit dem Rauchen überhaupt zu beginnen, könnten sie dies leicht tun. Wie viele Menschen würden noch rauchen, wenn eine Zigarette einen Dollar kostete? Nicht sehr viele. Die Jugendlichen würden sich keine Zigaretten leisten können. Würde durch Steuererhöhung eine Packung Zigaretten auf das Dreifache verteuert werden, wären viele Leute gezwungen, das Rauchen einzustellen. Das Heilmittel liegt auf der Hand. Aber ach – die schönen Steuereinnahmen! Dies gilt für die USA – und alle anderen Länder dieser Welt. Bei den Vorarbeiten für ein Buch über die Möglichkeit, das Rauchen durch Selbsthypnose aufzugeben, hatte ich Gelegenheit, die ganze Problematik kennenzulernen. Ich konsultierte zahllose Menschen, die das Rauchen aufgegeben hatten, und noch mehr Raucher, die das zwar versucht hatten, aber zu dem Ergebnis gekommen waren, es würde ihnen nicht gelingen. Die Behauptung, der „blaue Dunst“ mache nicht süchtig, stimmt nicht. Viele Raucher sind süchtig, und es handelt sich um viel mehr als nur eine schädliche Angewohnheit. Eine Tatsache wurde jedoch aus meinen Umfragen offensichtlich. Vielen Rauchern, darunter einwandfrei süchtigen, gelang es fast ohne Schwierigkeiten, ihre schädliche Gewohnheit aufzugeben. Häufig hörte ich: „Oh, ich entschloß mich eben, damit aufzuhören, und wünschte es wirklich. Daher fiel es mir leicht.“

Diese Äußerung besagt alles. Fast jeder, der wirklich beabsichtigt, das Rauchen einzustellen, kann dies tun, und den meisten, darunter auch jenen, die bis zu drei Packungen täglich rauchen, fällt es nicht schwer. Das Geheimnis besteht in dem Wunsch, damit aufzuhören. Wem dies schwerfällt, der glaubt wohl, daß er das Rauchen einstellen muß, wünscht es aber nicht.

Die Hypnose kann für einen Raucher, der versucht, mit seiner Gewohnheit zu brechen, sehr nützlich sein. Zahllose Menschen haben sich wegen dieses Problems hilfesuchend an mich gewandt. Fast alle hatten aufzuhören versucht, ohne dauerhaften Erfolg. Die meisten waren süchtig und rauchten mindestens zwei Packungen täglich. Über die Ergebnisse mit der von mir empfohlenen Methode zur Abgewöhnung des Rauchens kann ich ziemlich genaue Angaben machen. Von fünf Rauchern gelang es jeweils zweien, ohne große Schwierigkeiten aufzuhören. Die Hälfte der erfolgreich Entwöhnten sagte, es sei fast, als ob wie durch Zauberei jegliches Rauchverlangen erstickt worden wäre. Sie dachten kaum noch jemals ans Rauchen, selbst nicht am ersten Tag, nachdem sie damit aufgehört hatten. Weiteren vierzig Prozent gelang es nur unter Schwierigkeiten aufzuhören, bei einigen von ihnen waren diese sehr groß. Zehn Prozent waren Versager und stellten das Rauchen nicht ein. Hinzugefügt werden muß allerdings, daß sich unter diesen zehn Prozent auch jene befanden, deren Rauchgewohnheit ein psychiatrisches Problem insofern war, als diese Patienten auch sonst zur Selbstzerstörung neigten.

Die besten Erfolge werden mittels Hypnotherapie erzielt, wenn fachärztliche Hilfe in Anspruch genommen wird. Jedoch kann auch erlernte Selbsthypnose wirksam sein. Die von mir empfohlene Methode wird hier kurz wiedergegeben.

Der erste Schritt zur Einstellung des Rauchens ist die schriftliche Aufzeichnung aller für die Aufgabe des Rauchens sprechenden Motive. Das wichtigste ist die Gesundheit. Über die gesundheitlichen Gefahren des Rauchens wird in der Tagespresse und in Fachzeitschriften so viel geschrieben, daß ich darauf nicht näher einzugehen brauche. Ein weiteres Motiv sind die Kosten. Jedermann weiß, was zwei Packungen Zigaretten kosten. Ein Raucher mit diesem Tageskonsum pafft in dreißig Jahren, je nach Zigarettenmarke und Konsumland, rund 8000 Dollar oder mindestens 30.000 Mark oder Franken in die Luft. Das sind beachtliche Beträge und nur ein Teil der Ausgaben. Auf lange Sicht ist auch für Zündhölzer viel Geld erforderlich. Von den Kosten für Brandflecken an Möbeln und an der Kleidung ganz zu schweigen. Rechnen Sie sich Ihre Kosten aus!

Darüber hinaus gibt es noch viele andere gültige Motive zum Abgewöhnen des Rauchens: Sie geben Ihren Kindern das gute Beispiel – einer der wichtigsten Gründe; Sie steigern Ihre Energie; Sie sorgen für eine bessere Entspannung; für Sauberkeit; Sie liefern den Beweis sich selbst gegenüber, mit einer Schwäche aufhören zu können, und Sie werden glücklich sein über Ihren Sieg.

Im übrigen stellen Sie sich eine Frist von mindestens drei Tagen zum endgültigen Abgewöhnen des Rauchens. Dann wählen Sie eine andere Zigarettensorte, eine starke anstatt einer milden oder umgekehrt; eine Sorte ohne Filter, wenn Sie Zigaretten mit Filtermundstück geraucht haben. Rauchen Sie am Tag vor dem Aufhören ungefähr das Doppelte der gewöhnlichen Menge. Ich wage zu sagen: An diesem Abend werden Sie bestimmt vom Rauchen genug haben und bestrebt sein, es einzustellen!

Kaufen Sie in einer Drogerie etwas schwefelsaures Lobelin, das unter verschiedenen Markenbezeichnungen im Handel erhältlich ist. Die Werbung behauptet, es beseitige das Rauchverlangen und erleichtere das Aufgeben. Seitens derer, die es erprobten, wird zwar eine starke Wirkung bezweifelt, aber dennoch ist sie ihm nicht ganz abzusprechen, da es wahrscheinlich die Wirkung des Nikotins im Körper aufhebt. Nehmen Sie es während einiger Tage. Lassen Sie sich auch von Ihrem Arzt ein Beruhigungsmittel verschreiben, das für eine Woche oder zehn Tage ausreicht. Nehmen Sie das Beruhigungsmittel sofort. Es wird zu Ihrer Entspannung beitragen und Sie gelöster machen.

Jedes Fachgeschäft wird auch eine Zigarettenimitation vorrätig haben. Alles eignet sich als Ersatz, eine Zigarettenspitze, ein Holzröhrchen, das etwa einer Zigarette entspricht. Diesen Zigarettenersatz können Sie dann, wenn Sie rauchen möchten, zwischen den Lippen halten. Ebenso brauchbar ist Kaugummi oder dergleichen – etwas, woran Sie lutschen können. Vertrauen Sie sich auf dieser Vorbereitungsstufe Ihren Freunden an. Sagen Sie ihnen, Sie würden das Rauchen einstellen. Bereitwillig werden sie Ihnen viele negative Suggestionen eingeben: „Sie werden es nie einstellen!", „Sie glauben doch nicht wirklich an einen Erfolg?" Lassen Sie sich von derartigen entmutigenden Behauptungen nicht beeinflussen. Sie *können* aufhören. Wenn Sie allen möglichen Leuten gesagt haben, Sie würden mit dem Rauchen Schluß machen, wäre es äußerst beschämend, dies nicht zu tun. Das wird Sie „bei der Stange" halten.

Da Sie die Technik der Selbsthypnose erlernt haben, werden Sie sie nun anwenden und sich Suggestionen eingeben, die Ihnen helfen werden. Suggerieren Sie sich, Sie würden kaum oder gar keine Schwierigkeiten beim Rauchverzicht haben: das Verlangen sei verschwunden, und Ihr Unterbewußtsein helfe Ihnen auf jede erdenkliche Art. Genauso wie Ihre Suggestionen ist das Aufschreiben Ihrer Motive für den Verzicht ein Mittel zur Beeinflussung des Unterbewußtseins. Wenden Sie zusätzlich jegliche Suggestionen an, die Sie in Ihrem Entschluß bestärken, und besonders solche, die Sie veranlassen, aufrichtig zu wünschen, das Rauchen einzustellen. Erklären Sie dies sich selbst gegenüber, während Sie sich in Selbsthypnose befinden: „Ich habe es satt, süchtig auf ein Unkraut zu sein, und ich wünsche mir sehnlichst, davon befreit zu sein."

Stellen Sie sich dem Vorhaben gegenüber absolut positiv ein, sobald der von Ihnen für das Aufgeben vorgesehene Tag da ist. Natürlich können Sie aufhören. Natürlich wird es leicht gehen. Wie gut es sein wird, die Angewohnheit abgelegt zu haben. Stellt sich der Wunsch zu rauchen ein, müssen Sie ihm sofort entgegentreten mit dem Gedanken: „Nun habe ich es geschafft, ich brauche nicht zu rauchen, ich will keine Zigarette." Klopfen Sie sich im

Geiste einige Tage lang jeden Abend beim Schlafengehen auf die Schulter, weil Sie tagsüber nicht geraucht haben, und suggerieren Sie sich, am nächsten Tag würde es noch leichter sein.

Nehmen Sie während der nächsten Tage unmittelbar nach dem Aufstehen am Morgen ein vitaminreiches Getränk ein, zum Beispiel ein Glas Orangensaft. Putzen Sie nach dem Frühstück Ihre Zähne unter Verwendung eines starken Mundwassers. Nehmen Sie das Beruhigungsmittel und das schwefelsaure Lobelin. Lesen Sie eine Zeitlang jeden Tag die von Ihnen aufgeschriebenen Gründe für die Einstellung des Rauchens durch. Versetzen Sie sich während des Tages oder am Abend – wenn es angebracht erscheint, auch mehrmals – in Selbsthypnose.

Jeden Tag wird das Abgewöhnen leichter. Die meisten Entwöhnungswilligen empfinden nur die ersten drei Tage als sehr schwierig. Aber auch diese Tage brauchen nicht zu schwer zu sein. Richten Sie sich ungefähr zehn Tage lang nach diesem Programm. Sind einmal diese ersten zehn Tage überstanden, werden Sie nur noch selten an das Rauchen denken.

Viele Entwöhnte stellen nach dem Aufgeben des Rauchens eine Gewichtszunahme fest. Das ist ganz unnötig, wenn man sich der Tendenz bewußt ist. Einer der Gründe dafür ist das bessere Funktionieren der Geschmacksnerven. Schmeckt das Essen besser, verlangt man nach mehr; doch ist man sich dieser Tendenz bewußt, kann sie leicht kontrolliert werden. Hier können auch Suggestionen während der Selbsthypnose nützen. Auch empfiehlt es sich, einige Tage hindurch eine gezielte Diät einzuhalten, kohlehydrathaltige und fettreiche Nahrung, die die Korpulenz fördert, zu vermeiden und sich an protein- und vitaminreiche Speisen zu halten.

Sehr wichtig ist Ihre innere Einstellung zu dem Entwöhnungsprogramm. Gehen Sie skeptisch und mit negativen Gedanken an dieses heran, wird Ihnen der Rauchverzicht schwerfallen, und er könnte Ihnen mißlingen. Mit einer positiven Einstellung und einem entschiedenen Willen zum Erfolg werden Sie wahrscheinlich überrascht sein, wie die von mir skizzierten Methoden zum Aufgeben der Rauchgewohnheit Ihr Vorhaben erleichtern.

XVI. Hypnose im Bildungswesen

Hypnose ist auf dem Gebiet des Bildungswesens leider nur selten angewandt und hinsichtlich dieser ihrer Möglichkeiten kaum erforscht worden. Wie die breite Öffentlichkeit haben auch die Bildungsexperten die Hypnose mit gerunzelter Stirn betrachtet und sind ihr ausgewichen. An den Mittelschulen und Universitäten sind nur wenige Psychologie- oder Medizinprofessoren mit dem Wesen und den Techniken der Hypnose vertraut; die meisten wissen darüber nichts. In den Psychologiekursen der meisten Schulen wird die Hypnose kaum erwähnt. Die Schulregeln verbieten mitunter sogar Hypnosedemonstrationen im Rahmen des Psychologieunterrichtes. Diese Haltung ändert sich, je mehr die Hypnose in der professionellen Praxis akzeptiert wird. Eine bis zur Ablehnung reichende Zurückhaltung ist noch immer unverkennbar.

Vermutlich ist die jüngere Studentengeneration viel aufgeschlossener für die Hypnose, unbefangener und weniger ängstlich. In meiner Praxis, in der ich Studenten als Patienten gehabt habe, hat noch keiner Einwendungen gegen die Hypnose oder das Hypnotisiertwerden erhoben. Diese Einstellung reflektiert übrigens auch das Experimentieren der Studenten mit Marihuana und psychedelischen Rauschmitteln. Nebenbei sei auf die Tatsache verwiesen, daß die hypnotische Altersregression in einer Zeit, in der so leichtsinnig LSD genommen wird, psychedelische Erlebnisse – ähnlich den Halluzinationen unter Rauschmitteleinfluß – vermittelt; nur handelt es sich um eine billigere und nicht schädliche Art dieses Erlebnisses.

Die wissenschaftliche Forschung über die Hypnose und deren Anwendung ist wegen des Mangels an Mitteln sehr benachteiligt. Beihilfen für Forschungszwecke sind schwer erhältlich, sogar für Universitäten und andere öffentlich rechtliche Institutionen. Zwar werden Forschungszuschüsse in Ausnahmefällen gewährt, im ganzen verhalten sich aber Stiftungen, die Forschungsmittel vergeben, der Hypnoseforschung gegenüber gewöhnlich ablehnend. Wenn in jüngster Zeit vom Gesundheitsministerium der Vereinigten Staaten, wie auch von einigen Stiftungen, derartige Mittel hin und wieder bewilligt wurden, so handelte es sich um erste, zögernde Schritte in einer sehr wünschenswerten Richtung.

Die kennzeichnende Haltung, der man bei Beantragung von Mitteln für Forschungsprojekte begegnet, kann durch ein typisches Beispiel erläutert werden. Als vor einigen Jahren die Ford Foundation um Bewilligung solcher Mittel ersucht wurde, begründete einer ihrer Sachverständigen, der Dekan der psychologischen Fakultät einer großen Staatsuniversität, die Ablehnung mit der Erklärung, es gäbe niemanden mit ausreichendem wissenschaftlichem Ansehen und entsprechenden Kenntnissen, der qualifiziert wäre, sachkundige Forschungsarbeit auf dem Gebiet der Hypnose zu leisten – eine äußerst erstaunliche Stellungnahme. Wußte er nichts von den wertvollen Untersuchungen, die viele Psychiater, andere Ärzte und auch Psychologen durchführten und über die sie in wissenschaftlichen Zeitschriften berichteten? Oder ließ er sich von den althergebrachten Vorurteilen leiten?

Verglichen mit den vielen Millionen, die für die Forschung auf dem Gebiet der Medizin und überhaupt auf naturwissenschaftlichen Gebieten ausgegeben werden, ist die Dotierung jeglicher Forschung im geisteswissenschaftlichen Bereich lächerlich geringfügig. Trotz Freuds Arbeiten und jener seiner Vollender und Erneuerer wissen wir wenig über die Denkfunktionen und noch weit weniger über den unterschwelligen Teil des Geistes – das Unterbewußte. Weitaus mehr wird für die (zweifellos wichtige) Krebsforschung allein ausgegeben als für die wissenschaftliche Erforschung des menschlichen Geistes. Dabei weiß jedes Kind, daß das Wohl des Menschen von Körper und Geist abhängt; und jeder Fachmann weiß, daß mindestens die Hälfte aller Krankheiten psychogenen Ursprungs sind.

Dennoch werden Hypnoseforschungen durchgeführt. Oft werden diese nur von dem mit einem solchen Vorhaben befaßten Wissenschaftler privat finanziert. Die Stanford University unterhält ein

Laboratorium für Hypnoseforschung und war auch imstande, sich die dafür erforderlichen Mittel zu beschaffen. Auch von anderen Hochschulen und Universitäten in aller Welt werden Forschungsarbeiten durchgeführt. Manche dieser Arbeiten waren sehr wertvoll, manche ziemlich belanglos.

Zu Ihrer Information über die Anwendung der Hypnose bei Erziehungsproblemen sollen hier einige veröffentlichte wissenschaftliche Berichte diskutiert werden. Die namentlich genannten Forscher sind Ärzte, darunter Psychiater, oder Psychologen oder Pädagogen, alle mit Hypnoseerfahrungen.

White, Fox und Harris untersuchten die hypnotische Hypermnesie nach kürzlich gelerntem Stoff. Dabei wurde nicht versucht, Suggestionen zu vermitteln, um die Rückerinnerung zu fördern, sondern nur festgestellt, ob die spontane Rückerinnerung bei Versuchspersonen unter Hypnose besser ist. Zuerst wurde den Versuchspersonen ein völlig sinnloser Stoff zum Auswendiglernen gegeben. Die Erinnerung daran schien nicht besser zu sein als bei einer Kontrollgruppe, die den gleichen Stoff nicht unter Hypnose lernte. Als es jedoch um einen sinnvollen Lehrstoff ging, stellten die Forscher bei der hypnotisierten Gruppe eine viel bessere Rückerinnerung fest. Angesichts sinnvollen Stoffs war Hypermnesie vorhanden. Wären auch Suggestionen angewandt worden, würde die Erinnerung sehr wahrscheinlich noch viel besser gewesen sein.

Es muß auf das Gedächtnis als einen Teil des Unterbewußtseins hingewiesen werden. Welche Motivation, sich an etwas Sinnloses zu erinnern, hätten die Versuchspersonen haben können? Warum sollte das Unterbewußtsein bemüht sein, sich an etwas Sinnloses zu erinnern? Es verhielt sich passiv! Das Unterbewußtsein funktioniert sehr praktisch. „Welchen Nutzen hätte es, sich an etwas Nutzloses zu erinnern?" Ähnlich gelagerte Arbeiten anderer Forscher bestätigten die Untersuchungsergebnisse dieser Gruppe.

William Fowler vom Albany State College arbeitete mit 25 graduierten und nicht graduierten Studenten unter Anwendung von Hypnose. Bei seinen Experimenten waren eine zuverlässige Gedächtnisspeicherung und eine verbesserte Rückerinnerung, bessere Konzentration und besseres Verständnis, die Steigerung der Lernfähigkeit und im besonderen der Lesegeschwindigkeit der

Studenten sowie die Entwicklung des Selbstvertrauens des einzelnen Studenten in seine akademischen Fähigkeiten beabsichtigt. Bemerkenswert ist die Tatsache, daß beinahe ein jeder, der zum Studieren Hypnosetechniken anwandte, diese Ziele erreichte.

Fowlers Ergebnisse waren ausgezeichnet. Das Gedächtnis der Studenten war um 80 Prozent verbessert worden, die Konzentration um 94 Prozent, das Verständnis um 66 Prozent, die Lesegeschwindigkeit wurde um 57 Prozent gesteigert, das Selbstvertrauen nahm um 66 Prozent zu, und die wissenschaftliche Einstellung zur Collegearbeit war um 91 Prozent verbessert worden. Fowler arbeitete mit Studenten, die Schwierigkeiten mit ihrem Studium hatten, nicht mit durchschnittlichen Studenten. Hypnotische Suggestionen führten diese erstaunliche Verbesserung herbei. Die Forschungsarbeit dieses Pioniers weist auf einige Möglichkeiten für den Leser hin.

Krippner vom Kent State College lehrte einer Reihe von Studenten Selbsthypnose zur Verbesserung der Lesefähigkeit und berichtete über gute Ergebnisse. Auch arbeitete er mit 49 Grundschul- und Hauptschulkindern in einer Leseklinik; bei neun von ihnen wandte er Hypnose an mit dem Ziel der gesteigerten Motivation und der verringerten Spannung. Dabei verbesserte sich sogar die Orthographie der Schüler in bemerkenswerter Weise.

Ein weiterer Psychologe, der Hypnosetechniken zur Förderung der Studier- und Lernfähigkeit benutzte, ist R. L. Sprinkle von der Universität Wyoming.

Getting von der Universität Alberta versuchte die Konzentrationsfähigkeit einer Studentengruppe mittels Selbsthypnose zu verbessern. Er meinte, die Ergebnisse würden bei Nichterwähnung des Wortes Hypnose besser sein. Es wurden indirekte Induktionsmethoden angewandt, wobei die Studenten glaubten, sie würden eine Entspannungsmethode erlernen, denn es handelte sich um ein verschlüsseltes Verfahren. Die Ergebnisse waren ausgezeichnet.

Ein weiteres interessantes Experiment mit einer einzelnen Versuchsperson unternahmen McCord und Sherrill in Denver. Die Versuchsperson war ein Mathematiker. Unter Hypnose wurden ihm Suggestionen eingegeben, Differentialrechnungsaufgaben posthypnotisch mit großer Genauigkeit und viel schneller als je zuvor zu lösen. Nach dem Wecken löste er eine Differentialrechnung, die sonst zwei Stunden erfordert hätte, in nur zwanzig Minuten.

Erickson, ein Psychiater, behauptet, mit fast einhundert Akademikern – Ärzten, Psychologen, Rechtsanwälten und anderen – gearbeitet zu haben, die Prüfungen abzulegen hatten und, wie Erickson es nannte, „Prüfungsangst" zeigten. Viele davon waren bei früheren Prüfungen durchgefallen und waren sich ihres abermaligen Versagens sicher. Das Bestehen der Prüfung war für sie beruflich notwendig. Erickson wandte Hypnose an und suggerierte, sie würden leicht durchkommen, aber eben gerade nur durchkommen. Gute Noten waren nicht wichtig, weil nur das Bestehen wichtig war. Fast alle Kandidaten waren erfolgreich. Viele erzielten viel bessere Noten als ein einfaches „Bestanden". Erickson meinte, das Streben nach bloßem Bestehen der Prüfung anstatt des Versuchs, sich auszuzeichnen, beseitige Druck und Angst, die dazu beitragen, die Prüflinge am Bestehen zu hindern.

Der größte Teil der Arbeit mit Hypnose im Bildungswesen ist von Einzelpersönlichkeiten auf klinischem Wege und nicht im Rahmen offizieller Forschungsprogramme geleistet worden. Viele Ärzte und Psychologen, die Hypnose anwenden, haben sie auf individueller Grundlage für Studenten nutzbar gemacht, um diesen beim Studium zu helfen. Manchmal bestand diese Hilfe lediglich aus dem Unterricht in den Techniken der Selbsthypnose. In anderen Fällen mußten Hemmungen und Konflikte überwunden werden, die die Studenten an befriedigender Arbeit hinderten. Einige meiner eigenen und andere Fälle werden später beschrieben werden.

Zu meiner eigenen, besonderen Erfahrung gehört die Arbeit mit einigen Mittelschülern und einer größeren Anzahl von Universitätsstudenten sowie auch mit einigen Akademikern ähnlich jenen, die Erickson behandelt hatte. Jeder einzelne verbesserte seine Leistung nach dem Erlernen der Selbsthypnose eindeutig.

Eine interessante Anwendung wurde mir von einem Studenten an einem College in Kalifornien berichtet. Es handelte sich um einen jungen Mann, der von Geburt an blind war. Seine Mutter und seine Freunde pflegten ihm die Aufgaben vorzulesen, und er lernte sehr gut.

Als ihm mein Buch *Selbsthypnose** vorgelesen wurde, begann er sich für die Hypnose zu interessieren. Er fand, er sei überaus suggestibel und erlernte die Techniken der Selbsthypnose. Ihm wurden nun seine Aufgaben vorgelesen, während er sich in Hypnose befand. Nach den guten Ergebnissen in seinem eigenen Fall begann er einige seiner Kommilitonen zu hypnotisieren und ihnen Selbsthypnose beizubringen. Etwa dreißig davon erlernten sie, und ihre Leistungsergebnisse verbesserten sich ausnahmslos. Obwohl nicht empfohlen werden kann, Freunde zu hypnotisieren, war er den seinen eine große Hilfe. Es kam zu einem Nachspiel, als die Collegeleitung davon erfuhr. Voller Empörung darüber verbot sie ihm weitere Versuche mit anderen Studenten!

* *Erschienen im Ariston Verlag, Genf, 11. Auflage 1978.*

XVII. Hypnose für Studierende

Mit den hier angegebenen Methoden ist beabsichtigt, Studenten zu helfen, von denen gesagt werden kann, sie seien „normal" insofern, als keine psychischen oder emotionalen Faktoren ihre gute Studierfähigkeit beeinträchtigen. Natürlich unterscheiden sich, wie bei allen Menschen, die geistigen Fähigkeiten und die Intelligenz der einzelnen Studenten. Einem jungen Mann mit hohem Intelligenzquotienten wird das Studium bestimmt leichterfallen, und er wird gewöhnlich besser abschneiden als ein weniger begabter. Man könnte meinen, in einem solchen Fall gebe es kaum Gründe für das Erlernen der Techniken der Selbsthypnose. Wegen ihres großen allgemeinen Nutzens lohnt es sich jedoch auch für den hervorragendsten Studenten, sich in dieser Disziplin zu trainieren.

Als anderes Extrem haben wir jenen Studenten, der trotz erheblicher Anstrengungen kaum „durchkommt" oder der tatsächlich versagt und nicht imstande ist, sein Studium fortzusetzen. Ein solcher Student wird von den Methoden der Autohypnose vielleicht entscheidend profitieren können.

Das Studium selbst – die Aneignung des notwendigen Fachwissens – stellt, so wichtig es ist, nur einen Teil guter Allgemeinbildung dar. Bildung begreift auch andere Gebiete ein: die sozialen Beziehungen des Studenten, seine Teilnahme an Hochschulsport, Campuspolitik, Studententheater und vielen anderen Aktivitäten. Zweckmäßige Studiermethoden lassen den Studenten Zeit für andere wichtige Aktivitäten, an denen sie teilnehmen möchten. Deshalb wird hier ein Programm geboten, das zu schnellerem Lernen befähigt.

Wie schnell lesen Sie? Je nach dem Lesestoff wird sich die Geschwindigkeit erheblich unterscheiden. Bei wissenschaftlichen Gegenständen wird sie geringer sein als bei fesselnder Unterhaltungslektüre. Wie flüssig Sie lesen können, ist auch von anderen Dingen, wie etwa Schriftgröße, Durchschuß und Satzspiegelbreite, abhängig. Notwendigerweise braucht der sehr langsame Leser zum Studieren mehr Zeit als jemand, der mit Durchschnittsgeschwindigkeit oder schneller liest. Es steht einwandfrei fest, daß durch schnelleres Lesen ein besseres Verständnis erzielt wird. Der langsame Leser haftet zu stark den Worten an, was auf Kosten des Themas bzw. des Gegenstandes geht. Schnell-Lesekurse sollen die Geschwindigkeit bis zu einem erstaunlichen Grad entwickeln können. Von Präsident Kennedy hieß es, er habe in der Minute zweieinhalbtausend Wörter gelesen, manche haben noch mehr geschafft. Wie groß auch immer Ihre eigene Lesegeschwindigkeit sein mag: wenn Sie unter Hypnose lesen, werden Sie wertvolle Zeit ersparen.

Die Fähigkeit, schneller zu lesen, scheint sich spontan zu entwickeln. Gewöhnlich ist die Steigerung nicht groß. Sie wird um etwa zehn Prozent liegen. Unter Hypnose kann die Lesegeschwindigkeit weiter gesteigert werden. Die Suggestionsformel kann etwa folgendermaßen lauten: „Wenn ich in Hypnose studiere und lese, komme ich schneller voran, weil ich entspannt bin und mich besser konzentriere. Ich werde sehr wach sein, obwohl ich entspannt bleibe. Jede Neigung zur Lethargie wird, während ich studiere, verschwunden sein. Wenn ich lese, werden sich meine Augen schnell bewegen, mein Arm und meine Hand werden die Seiten rasch umwenden. Beim Notieren werde ich rasch und deutlich schreiben. Mein Unterbewußtsein wird den wesentlichen Stoff aus meinem Studienmaterial auswählen, damit meine Aufzeichnungen von größtem Nutzen sind. Lese und studiere ich unter Hypnose, werde ich geistig vollkommen wach sein!“

Bei Vergegenwärtigung des in Kapitel 7 beschriebenen Induktionsgespräches werden Sie feststellen, daß die dort empfohlenen Suggestionen die Entspannung fördern und daß sich infolgedessen eine gewollte Mattigkeit und auch Passivität bemerkbar machen.

Sogar Müdigkeit wird suggeriert. Natürlich ist eine solche Verfassung beim Studieren nicht erwünscht. Die Aufforderung zu einer Bewegung hat bei Hypnotisierten nur langsame Reaktionen zur Folge. Werden sie aufgefordert, die Hand zum Gesicht zu erheben, kann es einige Sekunden oder noch länger dauern, bis sich die Hand auch nur zu bewegen beginnt, und der Bewegungsvorgang wird sehr langsam verlaufen.

Entsprechende Suggestionen vermögen dem entgegenzuwirken. Der erfahrene Hypnotiseur kann durch Beobachtung des Verhaltens ohne weiteres feststellen, ob sich die Versuchsperson in Hypnose befindet. Langsame Bewegungen, völlige Ausdruckslosigkeit des Gesichtes, starrer Blick und glasiges Aussehen der Augen weisen eindeutig darauf hin.

Als ich einst einen mir bekannten Arzt in seiner Praxis aufsuchte, fragte er mich, ob ich immer sagen könne, wenn jemand hypnotisiert sei. Ich antwortete, dies sei meiner Ansicht nach der Fall, wenn ich den Betreffenden einige Augenblicke beobachten könne. Er sagte: „Nun, hier ist meine Sekretärin. Ist sie in Hypnose?“ Ich erwiderte zunächst nichts und beobachtete sie. Bald sagte ich ihm, ich sei sicher, daß sie nicht hypnotisiert sei. Der Arzt und das Mädchen lachten, und sie sagte: „Ich bin hypnotisiert. Dr. Jones hat mir suggeriert, lebhaft zu sein, mich schnell und sehr munter zu bewegen und sehr ausdrucksvolle Gesichtszüge zu haben. Ich befinde mich in einem sehr tiefen Zustand.“ Auf Grund dieser Suggestionen waren alle Anzeichen, aus denen ich den hypnotischen Zustand hätte erkennen können, beseitigt oder unterdrückt worden.

Dies ist insofern wichtig, als Sie sich, falls Sie die Technik der Selbsthypnose beherrschen, ähnliche Suggestionen eingeben können, um wach und normaler, schneller Bewegungen fähig zu sein sowie jedes lethargische Gefühl hintanzuhalten. Bevor Sie sich an Ihr Studium begeben, sollten Sie die Übung mit dem Öffnen der Augen machen. Sie werden dann schneller lesen können und in kürzerer Zeit mehr erreichen.

Jeder ist fähiger, sich zu konzentrieren, wenn er an dem, was er liest, studiert oder verrichtet, interessiert ist. Gewöhnlich findet der Student gewisse Vorlesungen interessanter als andere. Wahlthemen scheinen mehr zu fesseln als die vorgeschriebenen. In den Fächern, die wir mögen und am interessantesten finden, sind die Noten gewöhnlich besser.

Schlechte Konzentration bedeutet herabgesetzte Aufnahmefähigkeit, und natürlich ist es unmöglich, sich an etwas zu erinnern, das nicht aufgenommen wurde. Haben Sie beim Studieren sprunghafte

Gedanken; sind Sie insgeheim bei der Angebeteten, beim nächsten Fußballspiel, bei einer Party, an der Sie teilnehmen wollen, dann konzentrieren Sie sich nicht und nehmen nichts auf, auch wenn Sie Ihre Gedanken zum Arbeitsthema zurückzwingen. Schnell schweifen sie wieder ab.

Bessere Konzentration – das ist einer der größten Vorteile beim Studieren unter Hypnose. Hier kommt es zu einer gewissen spontanen Wirkung, schon diese ist viel wert; wiederholte Übungen und Suggestionen werden die Konzentrationsfähigkeit weiter verbessern. Der Wortlaut der Suggestionen könnte folgendermaßen sein: „Studiere ich unter Hypnose, wird meine gesamte Aufmerksamkeit von meinem Arbeitsthema gefesselt sein. Meine Gedanken werden nicht abschweifen. Geräusche von außen werden mich nicht stören, und ich werde auf nichts anderes als den Stoff achten, den ich studiere. Mein Unterbewußtsein wird auf meine Vertiefung in diesen Stoff achten, auf meine Lernfreudigkeit, auch wenn dieser Gegenstand weniger interessant ist als ein anderer, denn es ist notwendig für mich, dies zu lernen. Beim Studieren werde ich mich aufs äußerste konzentrieren. Mein Unterbewußtsein wird alle Informationen aufnehmen und sie im Gedächtnis speichern. Ich werde immer fähig sein, mich daran zu erinnern, sobald es notwendig ist. Werde ich geprüft oder aufgefordert, darüber zu sprechen, wird es mir gelingen, mir den Lehrstoff ins Gedächtnis zurückzurufen."

Dr. Peter Mutke vom Monterey (California) Peninsula College leitete ein wichtiges Forschungsprojekt über die Steigerung des Leseverständnisses durch Hypnose. In die Versuchsgruppe wurden 94 Studenten aufgenommen und ebenso viele in die Kontrollgruppe, bei der keine Hypnose angewandt wurde. 85 Prozent der ersten Gruppe gelang es, Selbsthypnose zu erlernen. Für den Unterricht der zwei Gruppen wurde das Dan-Ro-System für bessere Lesetechnik verwendet. Nach fünf oder sechs Unterrichtsstunden waren Lesegeschwindigkeit und Leseverständnis bei der hypnotisierten Gruppe ungefähr genauso groß wie bei der Kontrollgruppe nach zweiundzwanzig Unterrichtsstunden. Die Ergebnisse lagen um 200 bis 1000 Prozent – mit einem Durchschnitt von 600 Prozent – über der ursprünglichen Lesegeschwindigkeit der Studenten.

Ein interessanter Teil des Tests war die Durchführung der „Situationsprobe“ mit der Versuchsgruppe. Nach jeder Unterrichtsstunde überprüften die hypnotisierten Studenten die Arbeit, und zwar in Form imaginärer Situationen des Lesens im Hörsaal, im Seminar oder bei Prüfungen. Mit diesem Verfahren wurden wirkliche Leseübungen außerhalb des Kurses unnötig. Die größten Verbesserungen, die mittels Tachistoskops festgestellt wurden, bestanden in der Verkürzung der Erkennungsdauer. Viele Studenten der Versuchsgruppe, aber nur wenige der Kontrollgruppe, erreichten das Endziel. Dr. Mutke sagt: „Diese Versuche ... gestatten die Schlußfolgerung, daß die Hypnose ein sehr nützliches Mittel für Lehr- und Lernprozesse ist.“

Eine Situationsprobe gehört auch in Ihr Programm. Während Sie sich in Hypnose befinden, können Sie den von Ihnen durchgearbeiteten Stoff überprüfen und sich in imaginäre Seminar- oder Prüfungssituationen versetzen, als ob Sie Prüfungsfragen mündlich oder schriftlich zu beantworten hätten. Je nach der Art des von Ihnen durchgearbeiteten Stoffes können Sie sich für die Überprüfung wahrscheinlich auch andere imaginäre Prüfungssituationen ausdenken.

Ein weiteres empfehlenswertes Verfahren ist die Zeitverschiebung und die unterschwellige Gedächtnisüberprüfung hinsichtlich des durchgearbeiteten Stoffes. Das von Dr. Cooper entwickelte geistige Training zur Steigerung der Geschwindigkeit des Denkprozesses kann für die Einprägung der durch das Studium gewonnenen Kenntnisse und zugleich für den Zeitgewinn sehr nützlich sein.

Zeitverschiebung kann auf Bewußtseinsebene induziert werden, wozu wahrscheinlich immer ein tiefer Hypnosezustand erforderlich ist. Sie kann auch auf unterbewußter Ebene vorgenommen werden, was nur einen leichten Zustand erfordert. Wenn Sie einen tiefen Zustand bei sich feststellen, können Sie die Situationsprobe bewußt vornehmen, Sie vermögen den von Ihnen durchgearbeiteten Stoff bewußt zu überprüfen und dabei die Zeit zu verkürzen und den Denkprozeß zu beschleunigen. Dies geschieht durch die Suggestion, jetzt in nur zehn Minuten zu erledigen, wofür Sie sonst eine Stunde bräuchten. Suggerieren Sie sich, Ihr Denkprozeß würde sich entsprechend beschleunigen, während Sie Ihren Stoff überprüfen oder sich in die Prüfungssituation versetzen.

Gelingt es Ihnen nicht, einen tiefen Zustand zu erreichen, können Sie die imaginäre Probe mit normaler Denkgeschwindigkeit vornehmen, aber zur unterschwelligen Überprüfung des durchgearbeiteten Stoffes die Zeitverschiebung benutzen. Gewähren Sie Ihrem Unterbewußtsein fünf Minuten zur Überprüfung des von Ihnen gerade erlernten Stoffes, sobald Sie einen Lernabschnitt beendet haben. Damit werden Sie sich alles viel besser einprägen und folglich danach viel besser ins Gedächtnis zurückrufen können.

Hier sind die nach Beendigung des Lernabschnitts von Ihnen einzugebenden Suggestionen (während Sie sich in Hypnose befinden): „Ich werde mich jetzt entspannen, und mein Unterbewußtsein wird den gesamten von mir in diesem Abschnitt durchgearbeiteten Stoff überprüfen. Während der nächsten fünf Minuten, nachdem ich das Wort ‚jetzt' als Startzeichen gegeben habe, wird mein Unterbewußtsein den von mir in diesem Abschnitt erlernten Stoff in allen Einzelheiten überprüfen. Alles von mir in den durchgearbeiteten Stoff Einbezogene wird es gleichfalls einbeziehen, und zwar innerhalb von genau fünf Minuten. Alle diese Kenntnisse wird mein Gedächtnis speichern, und es wird mir gelingen, sie jederzeit, wenn ich es wünsche, zurückzurufen."

Sobald Sie sich diese Suggestionen eingegeben haben, denken Sie bei sich an das Wort *jetzt,* und dann entspannen Sie sich für die nächsten fünf Minuten. Vielleicht können Sie durch Übungen die Zeitdauer dieser unbewußten Überprüfung verkürzen und auf drei Minuten reduzieren. Später wird es Ihnen möglicherweise gelingen, dies in nur einer Minute abzuwickeln. Da Ihnen nicht bewußt wird, ob sich Ihr Unterbewußtsein danach richtet, werden Sie sich über den Erfolg wundern. Nach dem Wecken können Sie mittels des ideomotorischen Frageverfahrens feststellen, ob der Stoff auch wirklich überprüft wurde. Auch können Sie fragen, ob dies Ihrem Unterbewußtsein in der gewährten Zeit von fünf Minuten vollständig gelang. Sie können weiter fragen, ob eine längere Zeit erforderlich ist; ob es in drei Minuten oder in einer möglich wäre. Richten Sie sich künftighin nach den von Ihrem Unterbewußtsein gegebenen Informationen.

Wirklich erschreckend und absurd ist die Unterlassung fast jeden Versuches unserer Pädagogen, den Studenten beizubringen, wie sie erfolgreich studieren oder Prüfungen ablegen oder sich darauf vorbereiten können. Viele, die in eine höhere Mittelschule oder eine Universität eintreten, versagen, weil sie solche Methoden nie gelernt haben und dann finden, daß sie den Ansprüchen nicht zu genügen vermögen. Die Schulleitungen scheinen das Wissen ihrer Studenten darüber für selbstverständlich zu halten; zu Unrecht, denn wer es besitzt, hat es sich selbst, ohne Anleitung, beigebracht. Der Schüler sollte spätestens im ersten Jahr der höheren Mittelschule unterwiesen werden, wie er zu studieren und sich auf Prüfungen vorzubereiten und sie abzulegen hat. Leider ist mir keine Schule bekannt, die dem Rechnung tragen würde.

Wichtig ist in diesem Zusammenhang auch die Aufstellung eines regelmäßigen Studierplanes. Man sollte seine Studienzeit zweckmäßig einteilen und keinem Gegenstand zuviel Zeit auf Kosten eines anderen einräumen.

Ein weiteres nützliches Verfahren, das sich nach dem Erlernen der Selbsthypnose anbietet, ist die Teilnahme an Vorlesungen im Hypnosezustand. Niemand wird merken, ob Sie sich während einer Vorlesung oder Prüfung in Hypnose befinden. Wenn Sie Ihre Augen zwecks Herbeiführung der Autohypnose schließen, wird jeder, der Sie beobachtet, lediglich denken, Sie würden sich eine oder zwei Sekunden lang konzentrieren.

Bei Nutzbarmachung der Hypnose zur Arbeit im Hörsaal suggerieren Sie sich, beim Zuhören während der Vorlesung sehr wach zu sein und sich alles einzuprägen. Falls Sie sich Notizen machen, suggerieren Sie, Ihr Unterbewußtsein werde Ihnen helfen, das Wesentliche auszuwählen, damit Sie sich die richtigen Stichworte notieren. Stellen Sie fest, wie die Hypnose Ihre Studienergebnisse beeinflußt. Nach einem oder zwei Versuchen werden Sie sehen, ob die Hypnose erfolgreich und nützlich ist. Vergessen Sie nicht das Wecken nach jeder induzierten Selbsthypnose zum Schluß der Sitzung.

Ein Psychologieprofessor an einem College im Osten Amerikas untersuchte, ob hypnotisierte Studenten als Hörer einer Vorlesung ein besseres Gedächtnis für das Vorgetragene haben als nicht hypnotisierte. Ungefähr die Hälfte der Hörer wurde mittels Gruppeninduktion hypnotisiert. Darauf hielt der Professor seine Vorlesung vor allen Hörern. Bei der nächsten Vorlesung veranstaltete er eine Prüfung über den Gegenstand seiner Vorlesung. Die hypnotisierten Studenten erreichten eine bedeutend höhere Punktzahl als die nichthypnotisierte Kontrollgruppe.

Erhalten Sie bei einer schriftlichen Prüfung einen Fragebogen, versetzen Sie sich sofort in Hypnose. Mit fortschreitender Beherrschung Ihrer Übungen sollte Ihnen dies mittels Ihres Schlüsselwortes oder Ihrer Redewendung in nicht mehr als einer oder zwei Sekunden gelingen. Lesen Sie die Fragen durch und suggerieren Sie, die Antwort auf jede Frage würde sich sofort einstellen, sobald Sie sie erfaßt haben. Suggerieren Sie sich, Sie würden schnell schreiben und nur einen Bruchteil der für jede Frage verfügbaren Zeit zur Beantwortung brauchen. Suggerieren Sie sich ferner, Sie würden sich konzentriert in Ihre Arbeit vertiefen und auf Ablenkungen nicht eingehen.

Bei Ericksons Arbeit mit seinen Versuchspersonen – Akademikern, die sich einer Prüfung unterzogen – war nur das Bestehen der Prüfung angestrebt. Gute Noten sollten nicht von Bedeutung sein. Dies trifft nicht auf die Arbeit in der Schule oder an der Universität zu, denn dort möchte jeder Student gern gute Noten erzielen. Das Hauptziel bleibt jedoch das Bestehen der Prüfung. Erickson meinte, bei großer Prüfungsangst seien gute Noten viel leichter zu erzielen, wenn es der Student lediglich auf das Durchkommen anlege.

Zweifellos erzielen manche Studenten gute Noten bei Seminararbeiten, versagen aber kläglich bei Prüfungen, hauptsächlich wegen ihrer Angst und der sich daraus ergebenden Anspannung. Auch andere Faktoren können zu Hemmungen führen.

Können Sie Prüfungen ohne Schwierigkeiten ablegen, sollten Sie nach guten Noten streben. Mit den hier gebotenen Methoden ist Ihnen das ohne weiteres möglich. Haben Sie jedoch bei Prüfungen Schwierigkeiten, dann wenden Sie Ericksons Verfahren an und suggerieren Sie sich, nur bestehen zu wollen, und dies werde Ihnen auf Grund Ihrer Vorbereitung leichtfallen. Frei von allem Druck werden Sie zweifellos viel besser abschneiden als erforderlich wäre, um gerade nur durchzukommen.

Alle Fachleute stimmen überein, daß zu intensives Pauken unmittelbar vor einer Prüfung ungeschickt sei. Vor einer Prüfung ist es für einen Studenten viel wichtiger, gut und lange genug zu schlafen, als bis spät in die Nacht hinein zu büffeln und dann erschöpft zu sein. Wenn Sie die ganze Zeit über ausreichend gearbeitet haben und am Abend vor der Prüfung, während Sie sich in Hypnose befinden, den Stoff unterbewußt überprüfen, dann ist das viel besser als Gewaltanstrengungen „zum Endspurt“.

Wenden Sie an, was Sie nunmehr gelernt haben, nämlich die hier aufgezeichneten Regeln. Sie werden schneller, weniger anstrengend und viel gründlicher lernen. Sie werden zweifelsfrei Ihre Noten verbessern können.

Die Anwendung der Hypnose zur Verbesserung des Lernerfolges ist meines Wissens noch nie in einem Buch behandelt worden und genügend wichtig, daß diesem Thema ein ganzes Kapitel gewidmet wurde. Millionen und aber Millionen Menschen studieren auf irgendeinem Gebiet. Mögen diese Anleitungen dem Leser nützlich sein.

Einst besprach ich die Möglichkeit der Einrichtung eines freiwilligen Selbsthypnose-Lehrprogramms für Studenten zur Förderung des Studiums mit dem Dekan und dem ordentlichen Professor der psychologischen Fakultät einer kalifornischen Staatsuniversität. Sie waren daran interessiert und meinten, ein solches Programm wäre nützlich; aber sie lehnten es ab mit der Begründung, viele Studenten seien noch minderjährig und es könnte zu Beschwerden seitens der Eltern kommen, wenn ihren Kindern erlaubt würde, sich hypnotisieren zu lassen. Ein legitimer Grund, das Programm nicht einzuführen.

XVIII. Faktoren, die die Lernfähigkeit beeinflussen können

Manche Menschen, die von der Selbsthypnose profitieren und mittels ihrer Hilfe viel leichter studieren und lernen könnten, sind durch psychische Hemmungen behindert. Leider sind solche Hemmungen bei Heranwachsenden ziemlich verbreitet. Sind sie erst beseitigt, erbringen die Studenten viel bessere Leistungen. Einsicht in diese nachteiligen Hemmungen genügt oft allein schon, um sie abzubauen. Durch das ideomotorische Frageverfahren können sie ermittelt werden. Bewußt werden derartige Hemmungen selten, dem Unterbewußtsein sind sie jedoch immer bekannt.

Offensichtlich lernt ein Minderbegabter nicht ebenso leicht wie jemand mit einem hohen Intelligenzquotienten. Hypnose ist keine Zauberformel, sie wird bestimmt die Intelligenz eines Menschen nicht steigern. Sie kann jedoch für den Gebrauch vorhandener geistiger Fähigkeiten und für die Beseitigung von Faktoren, die ihren vollen Einsatz hemmen, von Nutzen sein.

Viele Menschen billigen sich nicht die geistigen Qualitäten zu, die sie tatsächlich besitzen. Für diese falsche Meinung können *Minderwertigkeitskomplexe* oder *Unwertgefühle* verantwortlich sein. Früheres Versagen mag jemanden zu der Annahme verleiten, es mangele ihm an Fähigkeiten, obwohl dies nicht zutrifft. Negatives Denken ist, wie festgestellt wurde, weit verbreitet und hat leider oft genug Versagen zur Folge, wo dies gar nicht nötig wäre.

Wer Unwertgefühle und *destruktive Einstellungen* hat, muß diese durch einen anderen, neuen Gesichtspunkt und ein besseres Selbstverständnis überwinden. Negatives Denken bedarf der Berichtigung. Oft ziehen Eltern ein Kind dem anderen vor, wodurch das Gefühl der Wertlosigkeit entsteht. Zurückweisung durch die

Eltern ist ebenfalls ein schwerwiegender Umstand, der geeignet ist, solche Gefühle hervorzubringen. Manche Eltern lieben zwar ihre Kinder, sind jedoch unfähig, dies zu zeigen, und manches Kind kommt sich dann ungeliebt und minderwertig vor. Ein erstes Versagen kann ein Kind zur Furcht vor erneutem Versagen veranlassen; es fürchtet, es könnte wieder versagen und von seinen Eltern getadelt werden.

Der Rückblick auf Ihre Kindheit kann helfen, negative Gefühle hinsichtlich Ihrer eigenen Person zu beseitigen. Und schon fällt das Studium viel leichter.

Identifikation mit einem Elternteil oder jemand anderem, der Ihnen nahesteht, mag ein anderer Grund für mangelhafte Schulleistungen sein. Die Gleichsetzung mit einem unüberlegt sich äußernden Elternteil oder jemandem, der nachteilige Hemmungen hat, hat meistens sehr abträgliche Folgen. Mitunter kann ein Vater über sich selbst Bemerkungen machen, die zur Identifikation in nachteiliger Weise herausfordern. „Ich war nie gut in Mathematik!", „Ich verabscheute Mathematik, weil ich in diesem Fach nicht gut war!" Solche und ähnliche Feststellungen können auf den Sohn oder die Tochter entscheidend einwirken.

Suggestive, oft bis zur fixen Idee erstarrte *seelische Eindrücke* sind die häufigsten Faktoren, die am guten Studienverlauf oder leichten Lernen entsprechend den geistigen Fähigkeiten hindern. Wie bereits erwähnt wurde, ist ein tiefer Erlebniseindruck, der sich dem Unterbewußtsein eingeprägt hat, fast einer posthypnotischen Suggestion gleichzusetzen und einem bedingten Reflex ähnlich, obwohl der Eindruck dem Unterbewußten nicht durch Wiederholung eingeprägt wurde. Seelische Eindrücke dringen selten ins Wachbewußtsein, aber das Unterbewußtsein bringt sie zur Geltung. Es scheint unter innerem Zwang zu handeln.

Solche Eindrücke sind von so großer Bedeutung, daß hierzu einige Beispiele angeführt werden müssen. Der Fall kann amüsant sein und nicht am Studieren hindern, wie ich bei einer jungen Frau entdeckte. In Hypnose kam mittels ideomotorischer Antworten heraus, daß sie im Alter von zehn Jahren einmal sehr streng bestraft worden war. Zu diesem Ereignis zurückversetzt, sagte sie, ihre Mutter schlage sie und schelte sie aus mit den Worten: „Wage es nicht, jemals wieder nein zu sagen! Laß mich niemals wieder das Wort nein hören!" Beim Wecken richtete sich die Frau auf und sagte: „So, darum bin ich mein ganzes Leben hindurch so nachgiebig gewesen. Ich kann niemals nein sagen!"

Ein Arzt, der selbst Hypnotherapeut war, schickte seine Tochter zu mir. Sie war neunzehn Jahre alt und besuchte seit einem halben Jahr die Universität. Sie erzählte mir, ihr Intelligenzquotient betrage 135, aber in zwei Fächern habe sie versagt und in den anderen kaum bestanden. Während der ersten beiden Jahre der höheren Mittelschule sei sie in der Spitzengruppe gewesen. Im Jahr darauf hätten sich ihre Noten verschlechtert. Ihr letztes Jahr sei bereits schlimm gewesen. Nun klagte sie über ihren Mangel an Konzentrationsfähigkeit. „Ich glaube, ich bin dumm", bemerkte sie traurig. „Ich muß wohl ein Dummkopf sein."

Macht sich ein suggestiver Eindruck geltend, so tritt dies zumeist auch in Worten zutage. Ihre Äußerung gab einen Hinweis. Sie wurde gefragt, ob etwas Bestimmtes sie am Studieren und an ihrer Seminararbeit hindere. Die durch Fingerzeichen gegebenen Antworten bestätigten dies. Hierauf wurden ihre Eindrücke erklärt. Weitere Fragen und Antworten durch Fingerbewegungen lauteten wie folgt:

F.: Ist ein seelischer Eindruck oder vielleicht mehr als einer vorhanden, der Ihre schlechten Noten oder Ihr Versagen bewirkt?

A.: Ja (Fingerbewegung).

F.: Ist mehr als ein Eindruck vorhanden?

A.: Ja.

F.: Wir wollen uns das näher betrachten. Befassen wir uns mit dem, was zuerst in Ihrem Unterbewußtsein entstand. Wir wollen die Herkunft dieses Eindrucks feststellen. Entstand er, bevor Sie zehn Jahre alt waren?

A.: Nein.

F.: Bevor Sie fünfzehn Jahre alt waren?

A.: Nein.

F.: Vor Ihrem achtzehnten Lebensjahr?

A.: Ja.

F.: Entstand er, als Sie sechzehn Jahre alt waren?

A.: Ja.

F.: Haben Sie diesem Gedanken seit damals entsprochen?
A.: Ja.
F.: Handelt es sich um etwas, das zu Ihnen gesagt wurde?
A.: Ja.
F.: Wurde es von einem Mann gesagt?
A.: Ja.
F.: Wurde es von einem Lehrer gesagt?
A.: Nein.
F.: Von einem Verwandten?
A.: Ja.
F.: War es Ihr Vater?
A.: Ja.
F.: Wo geschah dies? War es zu Hause?
A.: Ja.
F.: War noch jemand zu dieser Zeit anwesend?
A.: Nein.

Durch weitere Befragung wurde das Wohnzimmer als Ort des Geschehens festgestellt. Darauf wurde sie zu diesem Erlebnis zurückversetzt. Sie sah ihren Vater, der sie ausschalt und sehr zornig war. Sie hatte bei einer ihr aufgetragenen Verrichtung einen dummen Fehler begangen. Sie fühlte sich gedemütigt und war verwirrt. „Du bist dumm", hatte ihr Vater gesagt. „Du bist ein Dummkopf!"

Nach weiteren Erkundungen sprach sie über den Charakter ihres Vaters. Sie liebte ihn; aber er war streng, ein sehr ungeduldiger, reizbarer Mann von hoher Intelligenz. Als sie sechzehn Jahre alt war, verlangte er viel mehr von ihr, als sie leisten konnte. Sie kam auf andere Vorfälle zu sprechen, die ähnlich dem ersten waren. Wiederholt hatte er sie „angebrüllt". Sie sei „eine Stümperin", eine „taube Nuß". Sein Unwille verwirrte sie und rief in ihr gemischte Gefühle hervor, darunter Furcht vor seinen Vorwürfen. Allmählich akzeptierte sie unterschwellig den Gedanken, den er ihr eingeprägt hatte. Dann begann sie unterbewußt den ihr eingeimpften Gedanken in die Tat umzusetzen: dumm zu erscheinen, obwohl sie tatsächlich über hervorragende geistige Fähigkeiten verfügte. Im Konzentrationsmangel beim Lernen fand sie ein Mittel, den Eindruck scheinbarer Dummheit zu erwecken. Ihr Vater hatte sie unter anderem auch getadelt, wenn es ihr nicht gelang, in irgendeinem Fach mit mindestens einem Gut abzuschneiden.

Das Verständnis der Ursachen ihrer Schwierigkeiten erleichterte den Abbau dieser nachteiligen Eindrücke. Ihr Vater half dabei, indem er sie wissen ließ, er sei in Wirklichkeit sehr stolz auf sie, halte sie für alles andere als dumm, und nur seine Reizbarkeit, seine Ungeduld und seine Sorge um sie hätten ihn dazu gebracht, sie auszuschelten. Innerhalb kurzer Zeit verbesserten sich ihre Leistungen erheblich.

Typisch war auch der Fall eines vierundzwanzig Jahre alten Biochemikers, mit dem ich arbeitete. Bereits mit zweiundzwanzig Jahren war er an einem englischen College zum Doktor der Philosophie promoviert worden, und man sagte ihm – als einem „Genie" – eine glänzende Zukunft voraus. Er hatte eine ausgezeichnete Stellung in der Forschungsabteilung einer angesehenen Institution.

Georg erzählte mir, in der Schule hätte er es überaus leicht gehabt. Er habe sein Studium spielend absolviert. Er hatte ein sogenanntes „fotografisches Gedächtnis". Er brauchte eine Seite in einem Lehrbuch nur einmal zu lesen und konnte dann jedes Wort und jedes Satzzeichen auswendig und auch richtig niederschreiben. Seine Noten waren immer bestens gewesen. Als er zwanzig Jahre alt war, geschah etwas mit ihm, und seine einzigartigen geistigen Fähigkeiten ließen nach. Er mußte viel mehr Zeit an sein Studium wenden, obwohl er nach wie vor ausgezeichnete Prüfungsergebnisse erzielte. Aber dafür mußte er nun hart arbeiten. „Ich möchte gerne wissen, was der Grund für mein Nachlassen ist", bemerkte er. Ich darf hinzufügen, daß er mich lediglich besuchte, um die Technik der Selbsthypnose zu erlernen.

Mit Hilfe ideomotorischer Bewegungen seiner Finger und dank Altersregression wurde das Erlebnis festgestellt, das auf sein Gedächtnis eingewirkt hatte. Mit zwanzig hatte er sich verliebt. Ein ziemlich typischer Fall einer Jünglingsliebe, sein erstes wirkliches Liebeserlebnis. Nach einigen Rendezvous mit dem Mädchen hatte er es gebeten, sich mit ihm zu verloben und zu heiraten, sobald er sein Studium abgeschlossen haben würde. Aber er wurde von dem

Mädchen abgewiesen. Georgs Herz war gebrochen, und er weinte richtig vor innerer Bewegung. Am Ende einer heftigen Auseinandersetzung sagte das Mädchen verächtlich: „Denke nicht mehr daran. Vergiß das alles. Vergiß es doch und geh endlich!"

Weil er sein Gedächtnis brauchte, genügte dieser Gedanke nicht völlig, daß er buchstäblich verwirklicht worden wäre, jedoch wurde Georg davon so sehr beeinflußt, daß er zu jeder Erinnerung größerer Anstrengung bedurfte. Seine Fähigkeit, einmal etwas durchzulesen und sich dann an alles zu erinnern, hatte er eingebüßt. Als wir die Wurzel des Übels herausgefunden hatten und er die Ursache seines Kummers erkannte, erlangte er seine Fähigkeit wieder, und sein Gedächtnis war wieder ebensogut wie zuvor.

Ein kennzeichnender Fall widerfuhr einem meiner Kollegen, einem Arzt, der als Instruktor eines Hypnose-Symposiums in Honolulu über Hypnotherapie referierte. Unter den Teilnehmern des Symposiums befand sich ein Arzt-Kollege, der mit unserem Instruktor, Dr. Reymond LaScola aus Santa Monica, Kalifornien, zusammen Medizin studiert hatte und mit ihm befreundet war.

Dr. LaScola machte von diesem Fall eine Tonbandaufnahme. Sein Freund hatte einen sechzehnjährigen Sohn, der die Mittelschule besuchte und ein verhältnismäßig guter Schüler war, aber nie gelernt hatte, fließend zu lesen. Er kannte den Wortlaut, konnte ihn anderen oder sich selbst vorlesen, schien jedoch nur wenig Verständnis für seine Lektüre aufzubringen. Seine Familienangehörigen mußten ihm die Lektionen vorlesen; dann konnte er das Gehörte erfassen und sich daran erinnern.

Bei einer Sitzung mit dem Jungen stellte Dr. LaScola mittels der Fingerreaktionen des Befragten die Störung fest. Als der Junge sieben Jahre alt gewesen war, hatte sich etwas in seiner Schule ereignet, was er nicht zu verarbeiten vermochte. Er hatte seine Lehrerin wegen ihrer Strenge außerordentlich verabscheut. Unter Altersregression berichtete er den Vorfall.

Eines Tages, während der Pause, hatte ein anderer Junge durch einen Ballwurf ein Fenster des Klassenzimmers zerbrochen. Die Lehrerin hatte Harold, wie wir ihn nennen wollen, die Schuld daran gegeben. Sie beachtete seine Einwendungen nicht und sagte, er belüge sie. Zur Strafe ließ sie ihn nachsitzen, gab ihm ein Buch und befahl ihm, eine halbe Stunde darin zu lesen und ihr dann darüber zu berichten. Hierauf verließ sie das Zimmer.

Harold versuchte das Buch zu lesen, fand es aber zu schwierig und als nicht für einen Schüler der zweiten Klasse geeignet. Mehr als die Hälfte der darin enthaltenen Wörter waren ihm unbekannt.

Als die Lehrerin zurückkam, fragte sie ihn nach seiner Lektüre. Er versuchte, ihr seine Schwierigkeiten zu schildern, und gab zu, das Buch nicht gelesen zu haben. Sie hatte kein Verständnis für seine Schwierigkeiten. Sie hatte es nicht einmal angesehen. Sie ohrfeigte ihn und sagte: „Gut, du kannst nicht lesen! Du wirst niemals fähig sein, lesen zu lernen, nie fähig sein zu verstehen. Das ist zuviel für dich!“

Hier war der seelische Eindruck, der ihn behinderte. Daß diese Störung solche verheerenden Folgen zeitigte, mag überraschen, war aber kennzeichnend: er konnte tatsächlich Worte lesen und lernen, vermochte jedoch – der Suggestion entsprechend – sie weder zu verstehen noch zu erfassen.

Dr. LaScola suggerierte Harold, dieser Gedanke brauche ihn nicht länger zu beeinflussen; er könne ja nun sehen, wie es zu seinem Problem gekommen sei. Dies sei, erklärte er, einem Kind gesagt worden und Harold sei keines mehr; er besitze jetzt einen ausgezeichneten Wortschatz und könne alles verstehen, was er künftig lesen werde. Einige Monate später schrieb Harolds Vater, der Junge lese jetzt perfekt und hätte keine Verständnisschwierigkeiten mehr.

Diese Fälle zeigen, wie suggestive Eindrücke Lernschwierigkeiten verursachen können. Sollten Sie Schwierigkeiten haben, braucht dies nicht unbedingt auf Sie zuzutreffen. Machen Sie mittels des Frageverfahrens ausfindig, ob dies der Fall ist oder nicht. Stellen Sie durch Befragung fest, was genau vorliegt. Hierauf versetzen Sie sich zurück zu dem ursächlichen Erlebnis. Die Erkenntnis der Ursache genügt meistens schon, daß der Konflikt behoben wird. Suggerieren Sie Ihrem Unterbewußtsein, es sei nicht mehr notwendig, den eingeprägten Gedanken zu verwirklichen. Erkunden Sie auch sorgfältig, ob nicht noch andere, ähnliche Eindrücke vorhanden sind.

Durch Befragung können Sie auch feststellen, ob irgendwelche anderen Faktoren nachteilig auf Ihre Lernfähigkeit einwirken.

Sind Sie Identifikationen verhaftet? Bestrafen Sie sich wegen Fehlleistungen (oder anderer Dinge) selbst? Wenn ja, dann versuchen Sie den Ursprung der Schuldgefühle, die nach Selbstbestrafung verlangen, festzustellen.

Wir alle sind Produkte unserer Kindheitsverhältnisse und Umwelteinflüsse, und viele Früherlebnisse wirken unser ganzes Leben hindurch auf uns ein. Wir sind jedoch nicht wehrlos, wenn wir etwas tun, um solche Konflikte auszuräumen. Beginnen auch Sie damit – jetzt gleich.

XIX. Hypnose während der Schwangerschaft

Eines der wichtigsten Anwendungsgebiete der Hypnose ist die Hypnotherapie bei der Entbindung. Zweifellos werden manche Leser daran kein Interesse haben (nicht jedermann wird gerade Vater oder Mutter) und es vorziehen, die diesbezüglichen Kapitel zu übergehen. Dennoch muß dieses Gebiet zum Nutzen der Frauen, die eines Tages Mütter werden, erschöpfend behandelt werden.

Für jede werdende Mutter ist natürlich ein Facharzt für Geburtshilfe ideal, der in seiner Praxis Hypnose anwendet. Wird ein solcher nicht konsultiert, ist es am besten, sich von einem Arzt beraten zu lassen, der die sogenannte „natürliche Geburt" befürwortet und anwendet. Obwohl die Befürworter der „natürlichen Geburt" mit Hypnose an sich nichts zu tun haben, stellten so manche dieser Ärzte im Laufe ihrer Praxis fest, daß viele schwangere Frauen spontan in Hypnose fielen.

Die meisten Ärzte, die hypnotische Geburtshilfe leisten, wenden Methoden an, die dem Prinzip der „natürlichen Geburt" nahekommen. Beim ersten Besuch der Patientin – wenn ihre Schwangerschaft festgestellt wird – bespricht der Arzt mit ihr, wie die Entbindung verlaufen sollte, und empfiehlt Hypnoanästhesie, wobei er natürlich zuerst versuchen muß, die üblichen Fehlansichten über die Hypnose zu widerlegen.

Beiläufig erwähnt sei die Ansicht mancher in Hypnose erfahrener Geburtshelfer: ob eine Frau schwanger sei, lasse sich am besten durch das Befragungsverfahren feststellen. Anerkenne ihr Unterbewußtsein die Schwangerschaft, so könne man sich darauf verlassen, und dies sei besser als jeder andere Schwangerschaftstest.

Ab Beginn der Schwangerschaft wird die werdende Mutter in regelmäßig stattfindenden Sitzungen hypnotisiert. Bei jeder folgenden Sitzung wird versucht, einen tieferen Zustand herbeizuführen. Auch wird der Frau die Technik der Selbsthypnose gelehrt, damit sie während der Schwangerschaft selbst zu ihrer Entspannung beitragen und sich beim Aufsuchen des Krankenhauses selbst hypnotisieren kann.

Es gibt während der Dauer der Schwangerschaft verschiedene Anwendungsmöglichkeiten für die Hypnose. In dieser Zeit kommt es normalerweise zu einer *Gewichtszunahme.* Diese kann leicht kontrolliert werden, entweder mittels der Suggestionen des Arztes oder durch Selbsthypnose.

Mit fortschreitender Schwangerschaft ändert sich die innere Sekretion der werdenden Mutter, und der Körper paßt sich dem veränderten Zustand an. Oft kommt es morgens zu *Übelkeit.* Dies kann für eine Frau zu einem ernsthaften Problem werden und ist bestimmt sehr unangenehm. Die Übelkeit hat einen physischen Aspekt, der von den stattfindenden physischen Anpassungen ausgeht, jedoch auch eine emotionale Seite. Bestätigt wird dies durch das seltene Auftreten der Schwangerschaftsübelkeit bei Frauen primitiver Rassen. Auch übermäßige Schmerzen bei der Entbindung treten bei ihnen selten auf.

Die Schwangerschaftsübelkeit wird hauptsächlich infolge Angst und entsprechenden Suggestionen verursacht. Erzählt eine Frau ihren Freundinnen von ihrer Schwangerschaft, wird häufig gefragt: „Oh, leiden Sie schon unter Übelkeit nach dem Aufstehen?" Eine sehr „nützliche" Bemerkung! Auch wissen Verwandte und Freundinnen von der schlimmen Zeit zu berichten, die ihnen „so oft Übelkeit" bescherte. Die Wirkung derartiger Suggestionen bleibt regelmäßig nicht aus.

Dr. Richard Clark, Los Angeles, der seit Jahren während der Schwangerschaft sowie bei der Entbindung Hypnose anwendet, sagt, es sei ihm gelungen, morgendliches Erbrechen mittels hypnotischer Suggestionen ausnahmslos zu beenden. Oft wird er von anderen Geburtshelfern gebeten, eine ihrer Patientinnen zu behandeln. (Es gibt Frauen, die wegen ihrer Schwangerschaftsbeschwerden sogar im Krankenhaus aufgenommen werden müssen.) Es ist ihm immer gelungen, die Schwierigkeiten durch Hypnose sofort zu beheben.

Übelkeit kennzeichnet den unbewußten Versuch, etwas loszuwerden, und zwar etwas Unerwünschtes oder Schädliches. Es braucht sich lediglich um einen Gedanken zu handeln. Ist eine Schwangerschaft unerwünscht, kann die Übelkeit ein – natürlich untauglicher – Versuch seitens des Unterbewußten sein, sie zu beenden. Diese Strebung wird höchstens noch mehr Übelkeit hervorrufen.

Ein weiser Arzt wird sich während der Schwangerschaft einer Patientin bemühen, ihr genau zu sagen, was sie in ihrem Zustand zu erwarten hat, und ihr mit allen Einzelheiten erklären, wie die Entbindung und die Rekonvaleszenz verlaufen werden. Zu dieser Zeit sollte die ideomotorische Befragungsmethode angewandt werden, um zu erfahren, ob irgendwelche *Befürchtungen* gehegt werden oder nicht. Oft entziehen sich Befürchtungen dem Bewußtsein und können daher nicht festgestellt werden. Bestehen solche, ist es sehr wichtig, sie zu beseitigen. Die Beängstigungen werdender Mütter beziehen sich meistens auf eine sehr schmerzhafte Niederkunft, auf die Geburt eines verkrüppelten Kindes, auf eine Totgeburt oder vielleicht sogar auf den eigenen Tod infolge der Entbindung. Oft wird auch eine Fehlgeburt befürchtet. Diese Befürchtungen müssen ans Licht gebracht und abgebaut werden.

Wird Selbsthypnose angewandt und hat die schwangere Frau keinen Arzt, der mit der Hypnose vertraut ist, sollte sie sich vergewissern, daß der Arzt sie ausführlich über alles, was Gegenstand bewußter oder unbewußter Beängstigungen sein könnte, ausführlich informiert. Sie kann sich selbst befragen, ob unterschwellige Befürchtungen bestehen. Sind solche vorhanden, sollte darüber mit dem Arzt gesprochen werden, damit er sie entkräften kann.

Die Entbindung wird für jede Frau, die ihre Ängste überwunden hat und sich positiv auf die Geburt einstellt, viel leichter sein. Während der Schwangerschaft sollte alles unternommen werden, um dies zu erreichen. Man sollte daran denken, daß der Hypnosezustand, als ein Zustand vollkommener Entspannung, die Schmerzschwelle nach oben verlagert. Allein schon aus diesem Grunde wird die Niederkunft leichter sein.

Spontane *Fehlgeburt* oder *Fruchtabgang* sind nicht ungewöhnlich und bisweilen für den Geburtshelfer und die Patientin ein ernsthafes Problem. Bei manchen Frauen sind Fruchtabgänge auf eine „Veranlagung" zurückzuführen; sie scheinen unfähig zu sein, ein Kind normal austragen zu können. Während eine Fehlgeburt durchaus physisch verursacht sein kann, liegen dieser Veranlagung oft psychogene Faktoren zugrunde, die durch Psychotherapie erfolgreich behandelt werden können. In vielen solchen Fällen ist zur Überwindung dieser Tendenz die Hypnose mit großem Erfolg angewandt worden, sogar nach wiederholten Fehlgeburten. Auch Selbsthypnose kann sich als nützlich erweisen, aber eine Frau mit diesem Problem sollte sich unbedingt in fachärztliche Behandlung begeben. Angst, Befürchtungen und Spannung tragen sehr oft zur Verursachung von Fehlgeburten bei.

Auch manche andere Beschwerden, die sich während der Schwangerschaft geltend machen, können durch hypnotische Suggestionen kontrolliert werden, entweder von seiten des Arztes oder durch Selbsthypnose. Viele schwangere Frauen leiden an *Sodbrennen.* Gewöhnlich wird es als Brennen im unteren Teil des Thorax oder im oberen Teil der Bauchhöhle beschrieben. In der Regel handelt es sich um Verdauungsbeschwerden. Weitere mögliche Ursachen des Sodbrennens sind Spannungszustände, verbunden mit der Unfähigkeit, sich zu entspannen. Die meisten, die darunter leiden, befinden sich in sehr großer Spannung und wissen nicht, wie sie sich entspannen können. Daher ist die durch Hypnose herbeigeführte Entspannung hervorragend geeignet, dieses Symptom zu lindern oder zu beseitigen. Der Arzt wird auch zu angemessener Diät und vernünftigen Eßgewohnheiten raten.

Verstopfung ist ebenfalls ein häufig mit der Schwangerschaft auftretendes Leiden, das gleichfalls mit der Unfähigkeit zu entspannen zusammenhängt. Neben Verstopfung können auch noch *Hämorrhoiden* auftreten. Regelmäßige Stuhlentleerung ist immer wichtig, besonders aber während der Schwangerschaft. Die Ratschläge des Arztes über eine zielführende Diät und die Einnahme von Abführmitteln sollten strikt befolgt werden.

Oft hat eine schwangere Frau *ausgefallene Eßwünsche.* Sie verlangt nach bestimmten Speisen ihrer im Augenblick gegebenen besonderen Vorliebe. Ihre ausgefallenen Wünsche können ihren

Gatten geradezu wild machen. Niemand hat einen triftigen Grund, nach seltsamen Speisen zu verlangen; aber die Frauen hören, dies sei während der Schwangerschaft üblich, und können annehmen, daß dies auch bei ihnen der Fall sei. Wird ein derartiges Verlangen erwartet, ist seine Entstehung wahrscheinlich. Maßgebend tragen hierzu Suggestionen und die Aussichten auf den Erfolg bei.

Der unbewußte Wunsch nach Aufmerksamkeit, Mitleid und Verständnis seitens des Gatten für den Zustand der Schwangeren verursacht hauptsächlich solche ausgefallenen Speisewünsche. Vielleicht soll der Gatte gereizt werden, wenn er nachts ausgehen muß, um die Nahrung, nach der die Schwangere plötzlich verlangt, zu beschaffen. Vielleicht soll er dadurch seine Liebe unter Beweis stellen.

Einer schwangeren Frau werden oft gewisse Gerüche höchst verhaßt, ihr Geruchssinn kann sich tatsächlich verschärfen. Gerüche, die nie zuvor unangenehm waren, können als so schlecht und aufreizend empfunden werden, daß es zu Übelkeit und Erbrechen kommt. Es gibt keinen physischen Grund für eine solche Tendenz: wir müssen sie als psychologische Reaktion werten. Hätte die Schwangere nie vernommen, dies gehöre zu ihrem Zustand, so würde es zweifellos nie dazu gekommen sein. Wahrscheinlich sind hier wieder nur Suggestionen am Werk.

Mitunter fällt es Schwangeren schwer, abends zu schlafen. Die *Schlaflosigkeit* kann – wie alle die hier genannten Beschwerden – mittels hypnotischer Suggestion kontrolliert werden, so daß die Schwangerschaft dann ihren normalen Verlauf nehmen kann.

Die Schwangerschaft ist auch die ideale Zeit, zu der die Patientin lernen sollte, Schmerzunempfindlichkeit herbeizuführen. Dies kann mittels jeder Verhaltensregel geschehen, die der Arzt empfiehlt. Wird Selbsthypnose angewandt, empfiehlt es sich, sich an die zuvor empfohlenen Regeln zu halten. Wahrscheinlich wäre es gut, beide Methoden zu erproben und festzustellen, welche von ihnen die besten Ergebnisse zeitigt. In diesem Zusammenhang wird daran erinnert, daß die Anästhesierung mit dem Ausschalten der imaginären Schalter oder lediglich mit Verbalsuggestionen und der Anästhesie des Oberflächengewebes, der Anästhesie in einer Hand, beginnt. Die so erreichte Schmerzunempfindlichkeit beispielsweise der Hand kann dann auf jeden anderen Körperteil übertragen werden. Es gibt natürlich auch andere Möglichkeiten. Eine, die ein Hypnotiseur ergreifen würde, besteht in der Verwendung einer imaginären Injektionsspritze mit einem imaginären Narkotikum; dabei wird suggeriert, man mache an einer bestimmten Stelle eine Injektion. Hierauf wird die Suggestion eingegeben, dies werde schnell die Anästhesie herbeiführen.

Es bietet sich auch eine sehr wirksame indirekte Methode zur Ausschaltung des Schmerzgefühls an. Sie kann durch den Hypnotiseur oder im Wege der Selbsthypnose angewandt werden. Dazu ist ein genügend tiefer Hypnosezustand der Patientin erforderlich, der bereits Halluzinationen ermöglicht. Der Hypnotiseur oder Sie selbst suggerieren, Sie würden Ihren Körper, je nachdem ob er sich in einer sitzenden oder liegenden Stellung befindet, verlassen und sich in einen anderen Teil des Zimmers begeben, um von dort aus Ihren Körper zu beobachten. Sie können sich vorstellen, dorthin zu gehen, sich dort auf einen Stuhl zu setzen und sich umzuwenden, um Ihren Körper dort zu sehen, wo er ist. Wird nun Schmerz in dem Körper „dort drüben" empfunden, vermögen Sie diesen nicht zu spüren; denn Sie sitzen ja hier!

Dieser Methode bedienen sich manche Geburtshelfer, sofern die Patientin Halluzinationen herbeizuführen vermag. Sobald sie auf dem Operationstisch liegt (und die Geburt unmittelbar bevorsteht), wird sie von dem Arzt wie vorstehend beschrieben instruiert. Die Patientin wird dann zur Zuschauerin und spürt keine Schmerzen; sie beobachtet, wie der Körper auf dem Tisch von dem Kind entbunden wird.

Dr. David Cheek in San Francisco, ärztlicher Geburtshelfer und Gynäkologe, glaubt nicht, daß es für eine Frau wichtig sei, während der Geburtswehen die völlige Schmerzunempfindlichkeit zu erreichen. Er meint, schon der Hypnosezustand an sich würde die Schmerzschwelle so sehr nach oben verlagern, daß die Schmerzen nicht zu stark werden können. Kann die Schmerzschwelle dann noch weiter hinaufgesetzt werden, wird die Entbindung überhaupt nicht mehr sehr schmerzhaft sein. Zumindest eine teilweise Anästhesie führt er herbei, indem er die hypnotisierte Frau auffordert, sich vorzustellen, wie sie sich in ein Schwimmbecken begibt, dessen Wasser ungeheizt und sehr kalt ist. Zuerst steigt sie imaginäre Stufen hinab, bis sie bis zu den Knien im Wasser steht und spürt, wie ihre Beine bis dorthin langsam gefühllos werden. Darauf wird ihr gesagt, sie solle weiter hineingehen, bis das Wasser ihre Lenden erreiche und auch sie gefühllos werden. Dann geht sie noch weiter hinein, bis das Wasser ihre Hüften umspült. Dies führt entweder zur teilweisen oder völligen Anästhesie. Sie vermag sie beizubehalten, nachdem sie das imaginäre Schwimmbecken verlassen hat. Nach mehrmaligem Üben ist eine Frau dieser Methode der Anästhesierung fähig, sogar wenn sie sich auf dem Operationstisch befindet.

Soll Hypnose bei der Entbindung angewandt werden – unbeschadet, ob der Arzt mit ihr vertraut ist oder nicht –, sollte der Patientin immer bewußt sein, daß auf ihren Wunsch eine Narkose immer sofort möglich ist, falls sie große Schmerzen hat.

XX. Entbindung unter Hypnose

Jeder Arzt, der gelernt hat, Hypnose bei der Geburtshilfe anzuwenden, hat sie als ideale Methode bezeichnet. Die wahrscheinlich führende Autorität für hypnotische Obstetrik in Amerika ist Dr. Ralph August in Muskegon Heights, Michigan. Sein Buch *Hypnosis in Obstetrics* (McGraw Hill) ist das klassische Lehrbuch auf diesem Gebiete.

Obwohl jetzt schon viele Ärzte in Amerika bei der Entbindung Hypnose anwenden, sind es insgesamt nicht mehr als fünf Prozent der gesamten Ärzteschaft. Rußland scheint das Land zu sein, in dem die Hypnose in der Geburtshilfe am häufigsten angewandt wird. Dort wird die Entbindung gewöhnlich nicht von Ärzten, sondern von Hebammen vorgenommen. Die meisten Ärzte und Hebammen in diesem Lande sind in den medizinischen Lehrinstituten mit dem hypnotischen Verfahren vertraut gemacht worden, das bei der Geburtshilfe als bevorzugtes Mittel gilt.

Dr. August hat alle seine Patientinnen über ihre Erfahrungen mit unter Hypnose erfolgten Entbindungen befragt. Sie alle berichteten, sie seien sehr zufrieden gewesen, und meinten, sie würden es vorziehen, bei künftigen Schwangerschaften wieder hypnotisiert zu werden. Viele von Dr. Augusts Patientinnen hatten früher ohne Hypnose entbunden und waren daher bestens imstande, Vergleiche anzustellen. Selbst jene, denen es nicht gelang, die Schmerzen auszuschalten, empfanden die Hypnose als vorteilhaft. Andere Ärzte bestätigten diese Erfahrungen.

Worin bestehen die Vorteile der Anwendung von Hypnose zu diesem Zweck? Vor allem gereicht diese Methode dem Kind zum Vorteil: es ist die einzige Methode, die für das Kind völlig gefahrlos ist.

Wie bereits erwähnt wurde, wirken Betäubungsmittel auch auf das Baby ein, und bei deren Anwendung wird seine Atmung bei der Geburt beeinträchtigt. Das von der hypnotisierten Mutter geborene Kind ist nicht betäubt und macht seinen ersten Atemzug fast ausnahmslos spontan, ohne jeden Anreiz. Es ist, wie festgestellt wurde, gesünder, schreit weniger, läßt sich besser stillen und ist genügsamer.

Für die Mutter ist es natürlich sehr wünschenswert, das Kind mit nur wenig Schmerzen oder schmerzlos zur Welt zu bringen. Manchen Frauen gelingt es, in Hypnose jeglichen Schmerz völlig auszuschalten. Andere spüren zwar Schmerzen, doch sind sie nicht stark, weil die Schmerzschwelle so hoch gelagert ist. Bei manchen bleibt die Schmerzempfindung, und es müssen Betäubungsmittel verabreicht werden. Selbst in dieser Situation findet der Anästhesist, wenn sich die Frau in Hypnose befindet, eine viel geringere Gabe des Betäubungsmittels als ausreichend. Dies ist sowohl für die Mutter wie für das Kind vorteilhaft.

Einwandfrei geht aus statistischen Unterlagen die Verkürzung der Geburtswehen infolge der Anwendung von Hypnose hervor. Bei einer Frau, die ihr erstes Kind bekommt, scheint die Verkürzung ungefähr zwanzig Prozent zu betragen. Die Frauen, die zuvor schon ein Kind hatten, haben gewöhnlich kürzer dauernde Geburtswehen; mittels Hypnose wird die Dauer weiter herabgesetzt.

Ein weiterer Vorteil besteht darin, daß der mit der Entbindung normalerweise verbundene Schock weitgehend ausbleibt. Auch kann der Blutabgang kontrolliert und der Verheilungsprozeß sehr beschleunigt werden. Der (jetzt sehr teure) Krankenhausaufenthalt wird auf einen bis zu drei Tagen verkürzt. Eine weitere Kostenersparnis tritt dadurch ein, daß kein Narkosearzt erforderlich ist.

Manche Mutter möchte ihr Kind nach der Geburt stillen, aber es fehlt ihr an einem ausreichenden Milchvorrat. Manche andere bevorzugt Flaschenfütterung für das Kind und möchte ihre Milchquelle zum Versiegen bringen. Durch hypnotische Suggestionen wird die Milchzufuhr fast mühelos reguliert. Sie kann verstärkt oder zum schnellen Versiegen gebracht werden. Normal beginnt die Milch nicht vor dem dritten Tag nach der Entbindung zu fließen. Infolge hypnotischer Suggestionen beginnt sie schon am zweiten Tage – mitunter fast sofort – zu fließen. Dies ist natürlich vorteilhaft für das Kind.

Der Arzt hat mehr oder weniger oder allenfalls den einzigen Nachteil bei der Anwendung von Hypnose in Geburtsfällen zu tragen. Sein Zeitaufwand zur Belehrung der Patientin, sich hypnotisieren zu lassen, kann beträchtlich sein. Andererseits braucht er mit dem zeitlich verkürzten Geburtsvorgang viel weniger Zeit im Krankenhaus zu verbringen. Die meisten Ärzte berechnen für die Anwendung von Hypnose ein Sonderhonorar, sofern die Frauen nicht gruppenweise hypnotisiert werden, wobei zusätzliche Zeit nicht aufgewendet werden muß. Gruppenweiser Induktionsunterricht ist sehr erfolgreich. In diesem Fall kann eine Tonbandaufnahme für die Induktion benutzt werden – eine weitere Zeitersparnis für den Arzt.

Bestehen Kontraindikationen zur Anwendung von Hypnose bei der Geburtshilfe? Nur sehr wenige; und es sind bei Anwendung von Hypnose immer die gleichen: Hypnose ist nicht angebracht, wenn jemand äußerst beunruhigt oder sehr deprimiert ist oder sich in einem präpsychotischen Zustand befindet.

Die Geburt eines Kindes ist anstrengend und sehr schmerzhaft. Daher wird von *Geburtswehen* gesprochen. Dauern sie längere Zeit, kann die Mutter natürlich sehr erschöpft sein. Physiologisch ist die Erschöpfung auf chemische Veränderungen im Gewebe zurückzuführen. Diese Veränderungen können durch hypnotische Suggestionen größtenteils verhindert werden. Und somit können die Erschöpfungserscheinungen infolge und während der Geburtswehen (oder zu jeder anderen Zeit) sehr verringert oder sogar völlig ausgeschlossen werden.

Manche Ärzte gestatten ihren Patientinnen vor der Niederkunft, der Entbindung einer anderen Frau, die ein gutes Subjekt ist, beizuwohnen. Dies ist nützlich, weil es das Vertrauen der zuschauenden Patientin stärkt. Sie sieht, wie sich der Arzt und die Hebamme dabei verhalten. Manche Krankenhäuser gestatten, wenn der Arzt damit einverstanden ist, die Anwesenheit des Gatten während der Entbindung. Sie können dies zuvor erfragen und, falls Sie es wünschen, Ihren Gatten an der Geburt Ihres Kindes teilhaben lassen.

Hier ist der Verlauf, den Sie bei Ihrer Entbindung beachten müssen. Sobald die Geburtswehen einsetzen, benachrichtigen Sie Ihren Arzt. Hypnotisieren Sie sich bis dahin nicht selbst. Versuchen Sie zu diesem Zeitpunkt nicht, Anästhesie herbeizuführen. Bleiben Sie ruhig und entspannt, packen Sie Ihren Koffer für das Krankenhaus und bereiten Sie sich vor, selbst dorthin zu gehen. Sie dürfen sich nicht selbst hypnotisieren, bis Sie das Krankenhaus betreten haben. Dies trägt dazu bei, die Geburt bis zu Ihrem Eintreffen im Krankenhaus aufzuschieben; denn wenn Sie sich in Hypnose befänden und gut entspannt wären, könnte das Kind früher kommen.

Der richtige Zeitpunkt für Ihre Selbsthypnose ist von Ihrer Qualität als Subjekt abhängig. Haben Sie an sich nur die Erreichbarkeit eines leichten Zustands festgestellt, wäre es am besten zu warten, bis Sie in Ihr eigenes Zimmer gebracht worden sind und im Bett liegen. Sobald Sie Ihr Zimmer erreicht haben, führen Sie mittels der von Ihnen als am besten empfundenen hypnotischen Technik Anästhesie herbei. Zuvor werden Sie sich entkleidet, einen Morgenrock angezogen haben, und Ihr Schamhaar wird rasiert worden sein. Auch könnte Ihnen ein Klistier gegeben worden sein. In Ihrem Zimmer werden Sie wahrscheinlich zur Feststellung der Kopflage des Kindes und des Ausmaßes der Erweiterung Ihres Gebärmutterhalses untersucht werden. Man wird Sie über die Dauer der Intervalle zwischen den Wehen befragen.

Währenddessen halten Sie Ihre Augen offen oder auch geschlossen. Mit geschlossenen Augen wird es leichter sein, in tiefer Hypnose zu verbleiben. Sie können sich während einer Gebärmutterkontraktion mit geschlossenen Augen besser entspannen und auch besser auf Ihre Atmung konzentrieren. Schöpfen Sie tief Luft, sobald eine Kontraktion einsetzt. Dann atmen Sie aus, und während der restlichen Dauer der Kontraktion halten Sie einen leichten und normalen Atemrhythmus ein. Konzentrieren Sie sich bei jedem Ausatmen auf eine vorgestellte Stelle in der Mitte Ihrer Brust, dann lauschen Sie auf das Geräusch und spüren bei jedem Ausatmen die Empfindung in Ihrer Brust.

Gleichzeitig können Sie sich Suggestionen eingeben, um noch tiefer in Hypnose zu sinken; auch, falls Sie irgendwelche Schmerzen bei den Kontraktionen spüren, weitere Suggestionen zur Verstärkung der Anästhesie. Eine gute Suggestion wäre: „Wenn ich während der Kontraktionen die geringsten Schmerzen spüre, wird die Anästhesie sofort stärker wirksam werden, bis ich keine Schmerzen mehr habe."

Auch sollten Sie sich suggerieren, daß Sie Geräusche zwar wahrnehmen, ihnen aber keine Aufmerksamkeit widmen, wenn es sich nicht um die Stimmen des Arztes oder der Hebamme handelt, die mit Ihnen sprechen. Gleichzeitig kann eine andere Frau Wehen haben, die nicht so glücklich war, Hypnose zu erlernen, und dabei schreien und kreischen. Die vorerwähnte Suggestion schirmt Sie dagegen ab, Sie werden darüber nicht beunruhigt sein.

Von Zeit zu Zeit spricht vielleicht eine Hebamme mit Ihnen. Falls sie nichts über Hypnose weiß, dürfte sie sehr neugierig sein; auch wird sie kaum wissen, wie man mit einer hypnotisierten Patientin spricht. Sie könnte Sie nach Ihren „Wehen" – anstatt nach Ihren Kontraktionen – fragen. Da Sie dies wissen, werden Sie nicht auf das Wort „Wehen" achten. Sie haben Kontraktionen, keine Wehen. Sie könnte „Schmerzt es?" oder sonst etwas suggestiv Negatives fragen, das Sie veranlassen könnte, Ihr Selbstvertrauen einzubüßen. Da Sie nun mit dieser Möglichkeit zu rechnen wissen, wird nichts, was eine Hebamme sagt, Sie nachteilig beeinflussen.

Ärzte, die bei der Entbindung Hypnose anwenden, unterrichten fast ausnahmslos ihre Patientinnen auch in Selbsthypnose. Ob Ihr Arzt nun Hypnose anwendet oder nicht, bis zu seinem Eintreffen im Krankenhaus wird der Verlauf ungefähr derselbe sein.

Sie können jederzeit Fragen an die Hebamme oder den Arzt richten. Seien Sie unvoreingenommen und berichten Sie über jede ungewöhnliche oder überraschende Empfindung, die Sie während Ihrer Kontraktionen spüren. Die ganze Zeit über sind Sie völlig bei Bewußtsein; das behandelnde Personal sollte dies wissen und mit Ihnen so verfahren, wie mit jeder anderen Patientin.

Nachdem sich Ihr Gebärmutterhals ganz ausgedehnt hat, wird der Kopf des Kindes tief hinab in den Beckenraum und gegen das Rektum drücken und Ihnen eine ähnliche Empfindung wie bei einer Stuhlentleerung vermitteln. Sobald sich dieses Gefühl einstellt, sollten Sie die Hebamme oder den Arzt verständigen. Jedesmal, wenn sich Ihre Gebärmutter zusammenzieht, wird es sich anfühlen, als ob Sie Ihre Faust fest ballten. Je stärker sie sich zusammenzieht, um so gefühlloser wird es für Sie sein, und Sie werden entspannt bleiben. Sie können sich im Bett bewegen und jede beliebige für Sie bequeme Lage einnehmen. Ist zu irgendeiner Zeit wegen körperlicher Beschwerden eine Arzneimittelgabe oder ein Anästhetikum erforderlich, können Sie dies sofort erhalten. Es steht Ihnen immer zur Verfügung.

Zur entsprechenden Zeit werden Sie in den Entbindungsraum gefahren und auf den Entbindungstisch gelegt werden. Dort werden Ihre Beine wahrscheinlich bequem abgestützt werden. In manchen Krankenhäusern befindet sich über dem Tisch an der Decke ein Spiegel, damit die gesamte Entbindung von der Patientin mitverfolgt werden kann. Falls dies in Ihrem Fall zutreffen sollte, stellen Sie sich einfach vor, es sei eine Kinoleinwand und Sie würden sich nur einen Film über die Geburt eines Kindes ansehen. Alles, was Sie sehen und hören, wird interessant sein, und nichts wird Sie stören.

Sind Sie bereits hypnosegewohnt und fähig, sich von Ihrem Körper so zu „trennen", wie es beschrieben wurde, dann sollten Sie dies jetzt tun. Stellen Sie sich vor, Sie befänden sich an einer anderen Stelle des Raumes, beobachteten sich selbst auf dem Tisch liegend und alles, was mit „dieser Frau" geschieht, als ob Sie eine Zuschauerin wären. Sie werden keine Beschwerden haben, wenn Sie „die Frau auf dem Tisch" beobachten.

Die ganze Zeit über werden Sie allem, wozu Sie aufgefordert werden, leicht und schnell nachkommen. Sie können alles erfahren, soweit Sie das wollen.

Sobald der Kopf des Kindes gegen den äußeren Muttermund drückt und sichtbar wird, buchtet sich das Gewebe zwischen Scheide und Rektum aus, und sein rosiges Aussehen wird weiß werden. Wenn Sie dies bemerken, suggerieren Sie sich, noch tiefer zu gleiten, tiefer und tiefer, bis zu völliger Anästhesie. Ungefähr zu diesem Zeitpunkt wird vielleicht ein Dammschnitt gemacht werden, damit das Gewebe nicht reißt. Dabei werden Sie nur einen Druck spüren. Suggerieren Sie sich, an dieser Stelle würden sich die Blutgefäße dicht zusammenziehen und eine Zeitlang so bleiben. Damit wird es Ihnen gelingen, den Blutaustritt aus der Oberflächenschnittwunde zu verringern.

Wendet der Arzt Hypnose an, wird er Sie natürlich, sobald die Gebärmutterkontraktionen einsetzen, durch Verbalsuggestionen leiten.

Nach der Geburt des Kindes wird der Arzt die Nabelschnur abklammern und durchschneiden. Bald darauf wird die Nachgeburt abgehen. Zur Erleichterung der Geburt des Kindes und des Abgangs der Nachgeburt werden Ihnen möglicherweise einige Injektionen in die Armvenen oder in das Gesäß gegeben. Es wird Sie nicht stören, wenn es geschieht.

Wurde ein Einschnitt vorgenommen, ist es notwendig, das Gewebe mit einigen Stichen zu nähen. Sie können sich der Berührung und des Drucks durchaus bewußt werden, bleiben aber den Schmerzen gegenüber unempfindlich, bis die Wunde völlig verheilt ist.

Hierauf werden Sie in Ihr Zimmer gebracht, wo Sie verbleiben, bis Sie nach Hause gehen können. Suggerieren Sie sich, für einige Zeit schnell in einen gesunden, normalen Schlaf zu fallen. Suggerieren Sie sich ferner, der ganze Heilungsprozeß und Ihre Wiederherstellung würden sehr schnell verlaufen.

Solange Sie sich im Krankenhaus befinden, werden Sie, sooft Sie es wünschen, unter Anwendung von Selbsthypnose fähig sein, einzuschlummern und sich völlig zu entspannen. Dies wird zur beschleunigten Heilung und schnelleren Rückkehr zum Normalzustand beitragen.

Der Tag Ihrer Heimkehr wird aufregend sein. Nach der Ankunft zu Hause sollten Sie zu Bett gehen und sich entspannen. In der Abgeschiedenheit und Bequemlichkeit Ihres eigenen Heims wird Ihnen die tägliche Routine des Ausruhens und der Fürsorge für das Baby leichtfallen. Sie sollten häufige Schlummer- oder Ruhepausen einlegen, bis Ihr Körper wieder den Normalzustand erreicht hat. Beschränken Sie die Anzahl der Besuche und auch den Aufenthalt Ihrer Besucher in vernünftiger Weise.

Viele der Vorteile, die die Hypnose bei der Entbindung bietet, sind bereits möglich, auch wenn es Ihnen nur gelingt, einen leichten Hypnosezustand zu erreichen. Zum größten Nutzen gereicht sie natürlich, wenn jemand gelernt hat, in einen wirklich tiefen Zustand zu sinken.

Beim Üben der Selbsthypnose oder beim Induzieren der Hypnose durch einen Arzt kommt es manchmal nur zu einem leichten hypnotischen Zustand, im Krankenhaus jedoch zu einer viel tieferen Trance. Ist bei Übungssitzungen zuvor nur eine teilweise Anästhesie erreicht worden, kann diese im Krankenhaus vollständig oder nahezu vollständig herbeigeführt werden. Im Ernstfall ist eben das Bedürfnis größer und die Motivation viel wirksamer.

Bisweilen, wenn auch selten, kann eine bei Übungen ausgezeichnet geeignete Versuchsperson nach der Aufnahme im Krankenhaus unsicher, ängstlich und skeptisch werden und nur in einen leichten Zustand gelangen oder sogar auf Hypnose überhaupt nicht ansprechen. Dies wäre wahrscheinlich ausgeschlossen, wenn die Befürchtungen zuvor ausgeräumt worden wären.

Die beste Vorbereitung für die Niederkunft besteht darin, daß eine Frau das hier beschriebene Training gewissenhaft durchführt. Dr. Ralph August berichtet jedoch in seinem vorstehend schon erwähnten Buch, mitunter gebeten worden zu sein, Hypnose bei der Patientin eines Arzt-Kollegen anzuwenden, nachdem diese bereits im Krankenhaus aufgenommen worden war. Er bemerkte die gute Reaktion auch solcher (unvorbereiteter) Patientinnen, auch wenn sie nie zuvor hypnotisiert worden waren, und führte dies auf die starke Motivation zurück.

Eine meiner Patientinnen war eine junge Frau mit zwei Kindern, deren Geburten sehr schwer verlaufen waren. Sie hatte über die Anwendung von Hypnose bei der Entbindung gelesen; und nachdem sie wieder schwanger geworden war, kam sie zu mir zum Hypnosetraining, weil ihr Arzt keine Hypnose anwandte. Sie war eine ausgezeichnete Schülerin und versagte auch bei der Niederkunft nicht. Ihre Wehen dauerten nur vier Stunden. Sie hatte keinerlei Schmerzen und verließ das Krankenhaus am dritten Tag nach der Geburt ihres Kindes. Natürlich war sie darüber sehr erfreut.

Zwei Jahre später war Frau M. abermals schwanger. Sie suchte mich auf, um ihre Kenntnisse über die Technik der Selbsthypnose aufzufrischen. Nach ihren früheren Erfahrungen war sie äußerst zuversichtlich. Sie bemerkte mir gegenüber, es sei doch blanker Unsinn, eine Zeitlang im Krankenhaus zu bleiben. Sie wollte sogar zu Hause entbinden, aber ihr Arzt gestattete es nicht. Sie sagte mir, sie würde nach Hause gehen, sobald das Kind geboren sei und der Arzt sie behandelt hätte.

Eines Morgens um acht teilte sie mir telefonisch mit, ihre Wehen hätten begonnen und sie sei gerade dabei, ins Krankenhaus zu gehen. Sie sagte: „Sobald ich dort bin, werde ich das Baby bekommen." Nachmittags um eins rief sie wieder an. „Ich bin wieder zu Hause", teilte sie mit. „Es ist ein hübscher Junge. Er kam eine halbe Stunde, nachdem ich das Krankenhaus betreten hatte. Ich bin daheim und fühle mich wohl."

Natürlich war dies in seiner Vollkommenheit ein höchst ungewöhnlicher Fall. Er zeigt jedoch, was ihre Entschlossenheit und Zuversicht zu bewirken vermochten. Offensichtlich setzte ihr Unterbewußtsein die von ihr vorgefaßte feste Vorstellung über den gesamten Verlauf des Geburtsvorgangs in die Tat um. Ihr Arzt war erschrocken und protestierte zuerst gegen ihre frühe Heimkehr, aber sie befand sich in einem Zustand, der ihren Schritt rechtfertigte.

Ein Punkt, der nicht erwähnt wurde, ist die Möglichkeit der Reinduktion oder Fortsetzung der in Hypnose induzierten Anästhesie nach dem Wecken. Dies kann durch eine posthypnotische Suggestion bewirkt werden. Bei einer operativen Zahnbehandlung kann der Zahnarzt Anästhesie induzieren und diese nachher einige Tage bestehen lassen. Dasselbe ist auch nach der Entbindung möglich. Immer muß jedoch eine endgültige Frist gesetzt werden.

Zum Nutzen der schwangeren Frau sind zahlreiche Bücher geschrieben worden, die den gesamten Prozeß der Kindwerdung in allen Einzelheiten beschreiben. Je besser Sie wissen, was geschehen wird, um so weniger Befürchtungen werden Sie haben. Ihr Arzt kann Ihnen ein solches Buch empfehlen.

XXI. Eine Tonbandaufnahme für die Entbindung

Falls Ihr Arzt nicht mit Hypnose vertraut ist und Sie bei der Entbindung Selbsthypnose anwenden möchten, wird Ihnen eine Tonbandaufnahme sachkundiger Suggestionen nützen. Denken Sie an die Wiederholung als einen der Hauptfaktoren zur Bewirkung prompter Reaktionen auf Suggestionen. Hören Sie sich darum die Tonbandaufnahme drei- oder viermal an. Und zwar sollten Sie dies tun, nachdem Sie die Technik der Selbsthypnose möglichst gut erlernt haben.

Beginnen Sie damit schon zu Beginn Ihrer Schwangerschaft. Üben Sie dann nur gelegentlich bis zum siebenten Monat Ihrer Schwangerschaft. Üben Sie von da an öfter. Benutzen Sie während des achten und neunten Monats die Tonbandaufnahme. Hier ist ihr Wortlaut:

„Nun hast du gelernt, Hypnose bei dir selbst zu induzieren. Zweifellos hast du sie als angenehmes Erlebnis empfunden. Laß dich beim Zuhören jetzt tiefer gleiten. Hole tief Atem und entspanne dich beim Ausatmen. Die Gedanken, die dir hier vermittelt werden, sind zu deinem Nutzen, damit du dein Kind mit den geringsten Beschwerden bekommen kannst. Dein Kind kann ohne Einsatz von Betäubungsmitteln geboren werden. Und es wird gesünder sein, weniger schreien und die Nahrung besser aufnehmen. Du willst natürlich diese Vorteile für dein Kind wahrnehmen.

Wenn die Gebärmutterkontraktionen einsetzen, wird es dir gelingen, tiefer in Hypnose zu sinken als je zuvor. Du mußt eine Redewendung gebrauchen und eine Regel anwenden, die dir gestatten, dich selbst in Hypnose zu versetzen. Bei der Aufnahme im Krankenhaus wirst du die Anweisungen des Arztes befolgen. Du wirst dich, je nach der Zweckmäßigkeit, entweder sofort oder nach Eintritt in dein Zimmer in Hypnose versetzen.

Sobald du in den Entbindungsraum kommst, werden deine Kontraktionen den Höhepunkt erreichen; aber es wird dir immer gelingen, dich mutig damit abzufinden. Die Gebärmutterkontraktionen bedeuten schwere Arbeit. Aber wenn du entspannt bist, sind sie viel leichter zu ertragen. Das Öffnen deiner Augen wird dich nicht zum Erwachen aus der Trance veranlassen, du wirst statt dessen tiefer sinken. Tiefer und tiefer. Geräusche oder Stimmen werden dich nicht stören, und du wirst nur auf die Stimmen der Hebammen oder der Ärzte reagieren, die mit dir sprechen.

Jeder Atemzug und jede Kontraktion werden ein Zeichen für dich sein, tiefer in Hypnose zu sinken. Jede Kontraktion wird die Anästhesie verstärken. Während oder nach deiner Entbindung wirst du keine Übelkeit, keinen Schwächeanfall und keine Schmerzen haben. Wenn der Kopf des Kindes die Geburtswege passiert, wirst du das Stoßen, Dehnen, die Erweiterung, das Ziehen, den Druck in der Schamgegend, das Zittern deiner Beine spüren; aber mit diesen Empfindungen werden keine Schmerzen verbunden sein.

Während der Kontraktionen kannst du dir alle Suggestionen eingeben, die dir nützen und damit du es bequem hast. Du wirst entspannt, ruhig, empfindungslos und zuversichtlich bleiben. Da du bei Bewußtsein bist, wird es dir gelingen, die Geburt des Kindes zu beobachten und aktiv daran teilzunehmen. Der Anblick des Blutes und der Ausscheidungen wird dich nicht stören, denn du weißt, daß das ein normaler Vorgang bei der Geburt eines Kindes ist.

Ist ein Dammschnitt notwendig, wird es dir gelingen, das Bluten der Schnittwunde zu verringern und die erreichte Anästhesie im Bereich der Wundnähte aufrechtzuerhalten, bis alles verheilt ist.

Nachdem das Kind geboren ist, wirst du dich angenehm müde und entspannt fühlen. So wirst du dich während deines ganzen Krankenhausaufenthaltes fühlen, damit du jederzeit gut schlafen kannst. Während der Entbindung und danach wirst du glücklich, ruhig und mutig sein, und nach deiner völligen Genesung zu Hause wirst du fähig sein, dein Baby zu versorgen. Du wirst dich während der Kontraktionen und während der Geburt deines Kindes nur an angenehme Dinge erinnern. Du wirst sie als ein höchst interessantes, angenehmes, lohnendes Erlebnis im Gedächtnis behalten.

Wenn du nach der Geburt in dein Zimmer zurückkehrst, wirst du sofort tief und gesund schlafen. Wenn du erwachst, wirst du sehr erfrischt und völlig munter sein. Die Heilung wird sehr rasch verlaufen. Alle betroffenen Gewebe, Organe und Hautstellen werden schnell verheilen, und du wirst schnell wieder bei vollen Kräften sein.

Nun bist du ganz darauf vorbereitet, dein Kind zur richtigen Zeit, zu der es zur Welt kommen soll, zu bekommen. Du hast Selbsthypnose gelernt und weißt, wie du sie zu deinem größten Nutzen anwenden kannst. Du weißt nun, was du zu erwarten hast, und der Geburtsverlauf ist dir bekannt. Du wirst der Geburt deines Kindes ohne Furcht entgegensehen, denn du weißt, du wirst richtig versorgt werden und froh sein, eine Methode erlernt zu haben, die dir die Entbindung und deinem Kind die Geburt erleichtert.

Dein Unterbewußtsein wird alle Gedanken und Suggestionen, die dir hier vermittelt werden, befolgen. Du wirst jederzeit auf alle Aufforderungen deines Arztes oder deiner Hebamme sofort reagieren.

Willst du dein Kind selbst stillen, kannst du deinen Milchvorrat leicht vergrößern, falls es notwendig ist. Die Milch beginnt gewöhnlich am dritten Tage nach der Geburt zu fließen, aber bei dir kann sie viel früher und reichlicher fließen, als es erforderlich ist, und zwar vermutlich schon am nächsten Tage.

Hypnotisiere dich selbst am Morgen nach der Geburt und suggeriere baldiges Fließen der Milch. Stelle dir in Gedanken vor, jede kleine Milchdrüse würde sich vergrößern, so wie ein Ballon, den man aufbläst. Betrachte die Drüsen, als ob sie eine Weintraube wären, jede Beere daran ganz klein. Sieh, wie alle anschwellen und größer und größer werden. In jede Drüse fließt die Milch. Stelle dir vor, nun soviel Milch zu haben, wie dein Baby braucht. Wiederhole diesen Gedankengang mehrmals während des Tages.

Hast du beschlossen, das Baby nicht selbst zu ernähren, sondern ihm Flaschennahrung zu geben, wird es dir gelingen, deine Brüste versiegen zu lassen und das Stillen zu verhindern. Suggeriere dir in Hypnose, du möchtest deine Milchquelle so schnell als möglich versiegen lassen. Wiederhole diesen Gedanken mehrmals täglich während der nächsten ein oder zwei Tage.

Wenn du nun aufwachen möchtest, kannst du es tun. Du wirst dich sehr erfrischt, entspannt und wohl fühlen, und dabei völlig munter sein."

XXII. Hypnose in der Zahnmedizin

Wie die meisten Menschen glauben auch die nicht mit der Hypnose vertrauten Zahnärzte, die hauptsächliche Anwendungsmöglichkeit von Hypnose in der Zahnheilkunde sei die Induktion hypnotischer Anästhesie beim hypnotisierten Patienten. In Wirklichkeit ist die Hypnoanästhesie nur nebensächlich. Für den Zahnarzt ist es zu leicht, Novokain oder eines der neueren Anästhetika anzuwenden. In den meisten Fällen wird ein Zahnarzt zum Anästhesieren keine Hypnose anwenden. Es mangelt ihm an der erforderlichen Technik, an Zeit und (da es doch Narkotika gibt) auch an Interesse.

In einem in einer zahnärztlichen Fachzeitschrift erschienenen Artikel wurde festgestellt, sechzig Prozent der Bevölkerung der Vereinigten Staaten hätten noch nie einen Zahnarzt aufgesucht. Nur vierzig Prozent besuchten jemals den Zahnarzt. Was ist der Grund für dieses Ausweichen vor der Zahnbehandlung? Einfach ausgedrückt, ist es die Furcht, verletzt zu werden. Und dies trotz der Tatsache der nur selten übermäßig schmerzhaften modernen Zahnbehandlung. Man könnte meinen, die Kosten seien ein weiterer wesentlicher Grund, die Leute vom Besuch beim Zahnarzt abzuhalten. Überall jedoch gibt es Zahnärzte, mit denen man monatliche Ratenzahlungen für die Zahnbehandlung vereinbaren kann und die deshalb nicht weniger gut arbeiten.

Obwohl die Hypnose heutzutage als legitimes Verfahren in der zahnärztlichen Praxis akzeptiert ist, bieten nur wenige zahnmedizinische Fakultäten Fortbildungskurse für Hypnodontie an. Es gibt allerdings Ausnahmen. Die zahnmedizinische Fakultät der Universität Oregon und die zahnmedizinische Akademie von Kansas City haben solche Kurse durchgeführt, die gut besucht waren. In Tufts, Creighton, an der Universität von North Carolina und anderwärts fanden solche Kurse statt. Hunderte, vielleicht Tausende von Zahnärzten haben an privat veranstalteten Kursen, wie denen des Hypnose-Symposiums oder anderer Gruppen teilgenommen.

Im Durchschnitt wird der Zahnarzt, der Hypnose anwendet, wahrscheinlich nur drei- oder viermal wöchentlich auf Hypnosemethoden zurückgreifen. Einige Zahnärzte haben sich aber be sonders stark dafür interessiert und sind infolge der Zuweisung von (für Normalbehandlungen ungeeigneten) Patienten durch ihre Kollegen zu Spezialisten für Hypnodontie geworden, die die meisten nun in allen Fällen anwenden.

Niemand ist erfreut, einen Zahnarzt aufsuchen zu müssen. Selbst eine Zahnreinigung ist nicht angenehm. Der furchtsame Patient ist ein ausgezeichneter Hypnosekandidat. Während er sich in Hypnose befindet, läßt sich sogar eine langwierige Zahnbehandlung bei ihm durchführen, ohne daß er sie als eine ihm auferlegte schwere Prüfung empfindet. Manchen hypnotisierten Patienten können sogar Halluzinationen induziert werden, damit sie nicht auf den Zahnarzt und seine Arbeit achten. In einem solchen Fall kann der Patient halluzinierter Musik lauschen oder sich ein halluziniertes Fernsehprogramm betrachten, während der Zahnarzt arbeitet.

Die meisten Kinder fürchten sich sehr vor einem Besuch beim Zahnarzt. Kinderzahnärzte und andere Zahnärzte, die Kinder behandeln, meinen, die Anwendung von Hypnose bei Kindern revolutioniere geradezu ihre Praxis. Anstatt furchtsame, möglicherweise schreiende Kinder zu behandeln, „spielen" sie sie in Hypnose und haben sie, hypnotisiert, ruhig, mit offenem Munde auf dem Behandlungsstuhl sitzen. Während der Zahnarzt am Werk ist, hat das Kind die Halluzination eines interessanten Fernsehprogramms. Die Injektion eines Anästhetikums wird unbemerkt bleiben. Gut hypnotisierte Kinder (wie es Kinder meistens sind) versinken in tiefe Trance, und dann kann fast jedes hypnotische Phänomen, falls erforderlich auch Anästhesie, bei ihnen induziert werden.

Auch bei der Behandlung verwöhnter oder eigensinniger Kinder, die sich der Zahnbehandlung einfach nicht unterziehen wollen, befindet der Zahnarzt die Hypnose von großem Nutzen. Diese

Kinder wollen nichts von der Behandlung wissen und verweigern jegliche Kooperation. Der mit Hypnose vertraute Zahnarzt weiß, wie er sich in einer solchen Situation verhalten muß. In ganz kurzer Zeit ist das Kind hypnotisiert und läßt alles mit sich geschehen. Oft wird es sich freuen, den Zahnarzt zur weiteren Behandlung wieder aufsuchen zu können.

Die hypnotische Anästhesie ist nützlich, auch wenn sie nur ein Faktor bei der Anwendung der Hypnose in der Zahnbehandlung ist. Narkotische Anästhesie vergeht in wenigen Stunden. Hat eine schwierigere Zahnbehandlung stattgefunden, wurde eine Extraktion vorgenommen, werden sich erhebliche Schmerzen einstellen, sobald die Betäubung ihre Wirkung verloren hat. Der mit der Hypnose vertraute Zahnarzt wird daher regelmäßig unmittelbar nach der Anästhesie mittels Narkotikums hypnotische Anästhesie induzieren. Sie kann die Nacht über, falls erwünscht, sogar einige Tage bestehen bleiben. Gewöhnlich wird der Zahnarzt für die Dauer der Wirksamkeit eine bestimmte Frist suggerieren.

Ein Zahnarzt zog einer Patientin, die sehr leicht hypnotisierbar war, einen Zahn. Er hatte in diesem Fall nur hypnotische Anästhesie und keinerlei Narkotikum angewandt. Er suggerierte ihr, die Anästhesie würde fünf Tage lang, bis sie wieder zur Nachbehandlung „in seine Praxis komme", bestehen bleiben, und sie würde sich dabei völlig wohl fühlen. Nach fünf Tagen kam sie wieder, preßte aber beim Betreten seiner Praxis die Hand gegen den Mund und klagte über große Schmerzen. Nach der Extraktion hatte sie eine Zahnhöhlenentzündung gehabt, die an sich sehr schmerzhaft ist. Die Anästhesie war wirksam geblieben, und sie empfand keinerlei Schmerzen, bis sie die Praxis des Zahnarztes wieder betrat. Dann erst wurde, nach dem Wortlaut der Verbalsuggestion, die Anästhesie aufgehoben! Natürlich hypnotierte sie der Zahnarzt nochmals und setzte die Patientin abermals schmerzfrei.

Möglicherweise bestehen beispielsweise bei einem herzkranken Patienten Kontraindikationen gegenüber narkotischer Anästhesie. Dann muß sich der Zahnarzt auf die Anwendung hypnotischer Anästhesie beschränken. Auch immer wenn ein Patient sehr suggestibel ist, wird der hypnoseerfahrene Zahnarzt vorziehen, auf Narkotika zu verzichten und die Anästhesie durch Hypnose herbeizuführen.

Es gibt noch andere zahnmedizinische Anwendungsgebiete für die Hypnose. Patienten, die Würgebeschwerden bekommen, sobald der Zahnarzt versucht, in der Mundhöhle zu arbeiten, sind nicht ungewöhnlich. Sowohl für den Zahnarzt als auch für seinen Patienten ist dies eine peinliche Situation. Dann ist eine Behandlung nicht möglich. Bei einem in Hypnose befindlichen Patienten gibt es kaum derartige Schwierigkeiten. Entsprechende Suggestionen verhindern das Aufkommen eines Würgegefühls, und dem Zahnarzt gelingt es, unbehindert zu arbeiten.

In seltenen Fällen wird die Suggestion das Würgegefühl nicht beenden. Jedesmal, wenn der Zahnarzt zu arbeiten beginnt, setzt das Würgen beim Patienten von neuem ein. Dann muß sich der Zahnarzt notwendigerweise Zeit nehmen, um die Ursache des Würgegefühls zu finden. Wieder einmal hilft hier das ideomotorische Befragungsverfahren weiter. Der Patient assoziiert ausnahmslos sein Verhalten mit einem früheren Erlebnis, bei dem er nach Luft rang oder sich erbrach. Der Patient weiß nichts bewußt davon. Er reagiert nur mit dem Würgegefühl, sobald etwas in seinen Mund gebracht wird. In manchen Fällen ist mehr als nur ein früheres Erlebnis als Ursache vorhanden, das festgestellt werden muß. Irgend etwas kann zu dieser Folgeerscheinung geführt haben, und fast ausnahmslos hängt sie mit einem Kindheitserlebnis zusammen. Der vermutlich häufigste Grund ist eine chirurgische Mandelentfernung, bei der sich das Kind nicht in Vollnarkose befand oder bei der es nach dem Aufwachen aus der Narkose Erstickungsanfälle bekam.

Mitunter kann das zum Würgegefühl führende Früherlebnis einigermaßen amüsant sein, wenn es dies auch nicht für das Kind war. Als ich vor einigen Jahren für eine Gruppe von Zahnärzten einen Kursus durchführte, befand sich unter den Teilnehmern ein „Würger". Er bedurfte selbst einer weitgehenden zahnärztlichen Behandlung, die aber bei ihm unmöglich war. Als ein anderer Zahnarzt versuchte, ihn zu behandeln, bekam er einen heftigen Würgeanfall. Durch Anwendung der Befragung und der dann folgenden Regression zu dem Erlebnis, mit dem er sein Verhalten assoziierte, wurde ein Angelausflug festgestellt, den er im Alter von fünf Jahren mit seinen zwei älteren Brüdern unternommen hatte. Nach einem Picknick hatte ein etwas älterer Bruder mit ihm einen Ringkampf ausgetragen, sich auf ihn gesetzt und dann der Wurmdose eine Handvoll Regenwürmer entnommen und Miene gemacht, sie seinem jüngeren Bruder in den Mund stopfen zu wollen. Unbeabsichtigt hatte er tatsächlich einen der Würmer in seines Bruders Mund fallen lassen, worauf sich dieser erbrechen mußte. Als dieses Ereignis an den Tag gebracht worden war, fand der Zahnarzt sein Würgegefühl entbehrlich und war imstande, die Zahnbehandlung durchführen zu lassen.

Erfolgreich wurde die Hypnose auch bei Patienten angewendet, die im Schlaf mit den Zähnen zu knirschen pflegen. Dies kann die Zähne beschädigen, sie lockern; exponierte Zähne können dabei sogar abgemahlen werden. Der Grund liegt manchmal in einer fehlerhaften Zahnstellung, aber gewöhnlich ist eine psychologische Ursache vorhanden. Ihr kann bildhafte „Organsprache" zugrunde liegen. „Er knirschte vor Zorn mit den Zähnen" ist ein gebräuchlicher Ausdruck, und genau dies kann der von Feindschaft, Empörung und Zorn erfüllte Patient im Schlaf zähneknirschend zum Ausdruck bringen. Auch kann er „die Zähne zusammenbeißen, um es zu ertragen" – eine Umweltsituation. Die Enthüllung der Ursachen durch Befragung und somit das Verständnis dafür vermag die Neigung, mit den Zähnen zu knirschen, über Nacht abzustellen. Auch in solchen Fällen sind hypnotische Suggestionen sehr nützlich.

Wahrscheinlich sind dies die hauptsächlichen Anwendungsgebiete der Hypnose in der Zahnmedizin. Natürlich ist schon die mit der Hypnose entstehende Entspannung nützlich, denn sie verlagert die Schmerzschwelle nach oben. Ist man entspannt statt angespannt, werden objektive Schmerzen subjektiv niemals so stark empfunden.

Für die meisten Patienten ist es wahrscheinlich auch dann besser, einen mit der Hypnose und ihrer Anwendung vertrauten Zahnarzt aufzusuchen, wenn sie der Technik der Selbsthypnose fähig sind. Falls Sie keinen Hypnodontisten kennen, wird allerdings Selbsthypnose von größtem Wert für Sie sein. Sie sollten in einem solchen Fall dem Zahnarzt Ihre Absicht erklären, und er sollte Ihnen einige Augenblicke Zeit lassen, damit Sie sich selbst hypnotisieren können. In dieser Situation sollten Sie sich bewußt sein, daß der mit Hypnose nicht vertraute Zahnarzt seinerseits wahrscheinlich einige negative Suggestionen eingeben und dementsprechende Bemerkungen machen wird. Und zwar besonders dann, wenn Sie sich auf hypnosuggestivem Weg zu anästhesieren versuchen. Er kann sehr skeptisch sein und sagen: „Sind Sie sicher, keine Schmerzen zu haben?“ Solche und ähnliche skeptische oder ironische Bemerkungen sind selbstverständlich Ihrem Bemühen nicht förderlich. Ignorieren Sie jegliche zweifelnde oder abschätzige Äußerung und konzentrieren Sie sich ganz auf die von Ihnen erlernte Technik der Selbsthypnose. Dann kann der Erfolg nicht ausbleiben.

XXIII. Einige andere Anwendungsgebiete für Fremd- und Selbsthypnose

Wenn Sie die Technik der Selbsthypnose erlernt haben, stehen Ihnen außer den bereits beschriebenen Anwendungsgebieten zahlreiche andere offen, die Sie sich zunutze machen können. Manche Phänomene werden von der Tiefe der Ihnen erreichbaren Trance und Ihrer Fähigkeit, die hypnotische Anästhesie herbeizuführen, abhängig sein. Besuchen Sie den Zahnarzt, ist es nützlich, bei der Behandlung in Hypnose zu sein, auch wenn Sie sich nicht zu anästhesieren vermögen. Die Schmerzschwelle wird infolge der eintretenden Entspannung jedenfalls nach oben verlagert, und Sie werden wahrscheinlich kaum gewahr, wenn Ihnen der Zahnarzt eine Spritze gibt.

Bei kleineren chirurgischen Eingriffen, wie bei nicht gerade dramatischen Zahnbehandlungen, kann es Ihnen gelingen, sich selbst zu anästhesieren, auch wenn Sie keinen tiefen Trancezustand erreichen. Für große chirurgische Eingriffe wäre eine tiefe Hypnose erforderlich, wenn ausschließlich Hypnoanästhesie zur Anwendung käme; in der Praxis ist dies selten der Fall. Befinden Sie sich bei Anwendung eines narkotischen Anästhetikums in Hypnose, wird eine viel geringere Gabe des Narkotikums erforderlich sein, und dies ist bestimmt vorteilhaft. Andere Anwendungsmöglichkeiten dienen zum Beispiel der Verhinderung von Schocks, Übelkeit oder Harnverhaltung und der Beschleunigung des Heilungsprozesses.

Die Fähigkeit, in einen tiefen Hypnosezustand zu gelangen, ist bis zu einem gewissen Grad von der Motivation abhängig. Als eine sehr starke Motivation stellt sich die Schmerzvermeidung –

bei der Zahnbehandlung, bei der Entbindung oder aus einem anderen Grund – dar. Sie erleichtert maßgebend das Herbeiführen der Anästhesie. Zahnärzte, die die Hypnose anwenden, versichern, daß „im Ernstfall" ihre Patienten der Anästhesie viel eher fähig sind, als wenn sie nur zum Zweck der Demonstration hypnotischer Phänomene als Versuchspersonen agieren.

Bei großen Operationen würde hypnotische Anästhesie nur angewandt werden, wenn Kontraindikationen die Verwendung von Narkotika, etwa bei einem Herzkranken, verbieten.

Das moderne Leben scheint *nervösen Spannungen* Vorschub zu leisten, und viele Menschen haben nie gelernt, sich zu entspannen. Überanstrengungen und Spannungen („Streßzustände") können zu psychosomatischen Krankheiten führen, besonders wenn die Voraussetzungen der Streßsituation längere Zeit anhalten. Erschöpfung ist eine ihrer Folgeerscheinungen. Unter Hypnose kommt es zur spontanen Entspannung, die nach dem Aufwachen weiter anhalten kann. Natürlich mögen sich Nervosität und Spannung neuerlich einstellen; wer jedoch die Techniken der Selbsthypnose beherrscht, kann sich viel leichter entspannen. Am besten entspannen Sie sich natürlich, wenn Sie Ihre Probleme gelöst haben.

Das Gefühl der Müdigkeit oder Abgespanntheit kann eine Folge physischer Anstrengungen sein oder in psychischen Ursachen begründet sein. Kummer und Angst führen zu geistiger Erschöpfung und Energiemangel. Neurotische Menschen klagen fast ausnahmslos über ihren Erschöpfungszustand. Mit Hilfe hypnotischer Suggestionen lassen sich derartige Erschöpfungszustände verhüten oder, wenn sie bereits bestehen, sogar beseitigen. Physische Erschöpfung ist eine Folge chemischer Veränderung im Gewebe, zumal der Muskeln. Das Unterbewußtsein scheint der regulierenden Steuerung solcher Vorgänge fähig zu sein. Im medizinischen Sinne ist über das Wesen der Erschöpfung nicht viel bekannt.

Ein befreundeter Psychiater nahm mich einmal mit in ein staatliches Krankenhaus für Geisteskranke. Es waren dort Kranke untergebracht, die an Spannungsirresein (Katatonie), einer Form der Schizophrenie mit Krampfzuständen der Muskulatur, litten. Ich sah da Menschen, die jeden Kontakt mit der Wirklichkeit verloren zu haben schienen. Solche Kranke können stundenlang völlig bewegungslos, kataleptisch, verharren (auch wenn sie sich in einer objektiv sehr unbequemen Lage befinden), bis das Pflegepersonal sie zur Bewegung zwingt. Manche leiden auch unter Wahnideen. Auf einem Innenhof des Krankenhauses bemerkte ich einen solchen Mann. Er stand auf einem Fuß in einer Baumkrone und hatte den anderen Fuß gegen die Wade des Standbeins gepreßt. Er glaubte, er sei ein Vogel, und es war ihm gestattet, jeden Morgen den Baum zu besteigen und in dieser Stellung bis zum Abend zu verharren. Die unbequeme Stellung schien ihn nicht zu erschöpfen, und er bewegte sich nicht – nie während eines ganzen Tages. Glücklicherweise versuchte er nicht zu fliegen!

Mit Hypnose arbeitende Forscher gelangten, was das Wesen der Erschöpfung anbetrifft, zu einander ziemlich widersprechenden Ergebnissen. Vielleicht gelang es manchen Forschern nicht, bei ihren Patienten eindeutige und positive Resultate zu erzielen, weil nicht die richtigen Methoden angewandt wurden. Vor einigen Jahren verzeichnete hingegen zum Beispiel ein Arzt an der John Hopkins Medical School ausgezeichnete Ergebnisse bei einer ganzen Reihe von Versuchspersonen. Er veranlaßte sie, beim Ton eines einmal in der Sekunde tickenden Metronoms ein an einen Zeigefinger gebundenes 2-Pfund-Gewicht zu heben. Nach vier oder fünf Minuten vermochte niemand mehr das Gewicht zu heben, weil der Finger zu ermüdet war. Unter Hypnose, verbunden mit der Suggestion, keine Erschöpfung aufkommen zu lassen, hoben manche das Gewicht weiterhin noch stundenlang.

Könnte es gefährlich werden, Erschöpfungszuständen entgegenzuwirken? Wenn sie sehr groß wären, könnte dies, meine ich, der Fall sein; ein solcher Fall ist jedoch unwahrscheinlich. Ich glaube, die Teleologie des Unterbewußten würde sich hier geltend machen: sobald eine Gefahr bestünde, träte die Erschöpfung jedenfalls ein und ließe sich nicht unterdrücken.

Befreiung von den Anstrengungen und Anspannungen des Tages ist beinahe lebenswichtig und für jedermann sehr wünschenswert. Hypnotisieren Sie sich jeden Abend. Suggerieren Sie sich, Sie würden sich entspannen und Ihr Erschöpfungszustand würde sofort vergehen. Nach kurzer Zeit werden Sie erfrischt erwachen. Am besten ist es, mit diesen Suggestionen visuelle Vorstellungen zu verbinden. Stellen Sie sich vor, Sie übten einen Sport aus wie Tennis, Golf, Schwimmen oder auch, Sie unternähmen einen nur kurzen Rundgang um einen Häuserblock. Sehen Sie sich selbst so munter wie den sprichwörtlichen Seifensieder, voller Schwung und Lebenskraft. Beim Erwachen aus der Trance werden Sie dazu neigen, sich so zu fühlen, wie Sie es sich vorstellten.

Milliardenweise werden heutzutage Schlafmittel der verschiedensten Art verkauft. Dies ist ein Hinweis auf die weitverbreiteten *Schlafstörungen,* unter denen die Menschen heute leiden. Alle finden es schwer, so gut zu schlafen, wie es die Natur verlangt. Leider werden viele von den gewöhnlich gegen diese Beschwerden verschriebenen Barbituraten süchtig. In einem gewissen Sinn machen sie bestimmt süchtig, denn der an Schlaflosigkeit Leidende verläßt sich auf die Pillen wie auf eine Art Krücke, ohne die er nicht mehr gehen mag.

Bei einem Kind ist schlechter Schlaf sehr selten, junge Erwachsene leiden oft unter Schlaflosigkeit. Obwohl niemand daran stirbt und die meisten Schlaflosen sich guter körperlicher Gesundheit erfreuen, ist dies ein sehr unangenehmer Zustand, der für den davon Betroffenen zu einem ernsthaften Problem werden kann.

Schlaflosigkeit hat zwei Formen. Es fällt jemandem schwer, im Bett sofort einzuschlafen. Der Betroffene dreht und wendet sich eine Zeitlang und versucht alles, um einzuschlafen. Erst später, vielleicht nach Stunden, fallen ihm die Augen zu. Ein Faktor, der sich hier geltend macht, ist das Gesetz der umgekehrten Wirkung. Wer zu Bett geht und bezweifelt, einschlafen zu können; wer befürchtet, wach zu bleiben, bemüht sich einzuschlafen und wird dabei nur wacher. Schließlich stellt er seine vergeblichen Versuche ein und vergißt, an Schlaf zu denken, und schon fallen ihm die Augen zu.

Eine andere Form der Schlaflosigkeit äußert sich darin, daß es zwar nicht schwerfällt einzuschlafen, aber während der Nacht oder gegen Morgen wacht der Betroffene auf, und dann gelingt es ihm nicht mehr, wieder Schlaf zu finden. Er wird aufstehen und etwas trinken, vielleicht einige Zeit lesen und schließlich wieder einschlafen, oder er kann auch wach bleiben, bis es für ihn an der Zeit ist aufzustehen. Einige Unglückliche leiden unter beiden Arten der Schlaflosigkeit.

Mittels Selbsthypnose ist die Überwindung solcher Schlafstörungen ziemlich leicht. Gewöhnlich ist Schlaflosigkeit nur auf schlechte

Schlafgewohnheit zurückzuführen; bisweilen handelt es sich jedoch um einen tiefverwurzelten neurotischen Zustand. Dann wird Psychotherapie erforderlich sein, um die Störungen zu beseitigen. Ist es lediglich eine Angewohnheit, wird der Betroffene die Selbsthypnose als bestgeeignetes Mittel zum leichten Einschlafen sehr schätzen.

Um damit Erfolg zu haben, ist es notwendig, mit der „eingefahrenen" alten Gewohnheit zu brechen. Anstatt mit dem Gedanken, eine Zeitlang wachliegen zu müssen, zu Bett zu gehen, sollten Sie die Haltung einnehmen: „Was macht es aus, wenn ich nicht sofort einschlafe? Es ist wirklich nicht wichtig, denn ich ruhe mich ja aus." Am wichtigsten ist es, sich nicht um Schlaf zu bemühen. Und Sie dürfen keinesfalls an Schlaf denken. Versuchen Sie, nur an angenehme Dinge zu denken.

Ein weiterer Störungsgrund ist die Angewohnheit so vieler Schlafloser, mit ihren Problemen zu Bett zu gehen, darüber nachzudenken und sich den Kopf über sie zu zerbrechen. Das Bett ist nicht der Ort für Problemlösungen. Ihre Gedanken sollten sich nur mit angenehmen Dingen beschäftigen.

Bei Anwendung von Selbsthypnose zur Überwindung von Schlaflosigkeit suggerieren Sie sich vor dem Einschlafen etwa wie folgt: „Innerhalb weniger Augenblicke (dies ist unbestimmt) werde ich in einen gesunden, normalen Schlaf sinken und die ganze Nacht hindurch gut und tief schlafen." Nach drei- oder viermaliger Wiederholung dieser Suggestion sollten Sie nicht weiter an Schlaf denken. Es ist wichtig, nicht über den Schlaf nachzudenken, dies hindert Sie am Einschlafen. Verbleiben Sie danach in Hypnose, weil die Entspannung zum Einschlafen beitragen wird. Sie können ohne weiteres aus dem Zustand der Hypnose in normalen Schlaf hinübergleiten.

Manche Menschen schlafen am leichtesten ein, wenn sie sehr müde sind; wogegen andere durch große Erschöpfung am Einschlafen geradezu gehindert zu werden scheinen. Gelingt es Ihnen, sich mittels Selbsthypnose gut zu entspannen und von der Erschöpfung des Tages zu befreien, werden Sie auch schnell einschlafen.

Liegen der Schlaflosigkeit psychische Störungen zugrunde und handelt es sich um ein neurotisches Symptom, ist die Selbsthilfe als

Mittel zu deren Überwindung schwieriger. Es ist Einsicht in die oft tiefverwurzelten Ursachen notwendig, die manchmal nur schwer zu beseitigen sind. Selbstbestrafung oder Identifikation mit einem an Schlaflosigkeit Leidenden kann ein verursachender Faktor sein. Möglicherweise sind hier wiederum seelische Eindrücke maßgebend. Häufig wird der Schlaf unbewußt – und unzutreffenderweise – mit dem Tod assoziiert, ohne daß dies erkannt wird. Wir sprechen vom Tod als dem „ewigen Schlaf". Wenn der Betroffene diese Furcht hegt, fürchtet er sich einzuschlafen – er könnte ja sterben. Wer zu Alpträumen neigt, fürchtet sich vor dem Einschlafen, weil er ja während der Nacht schlechte Träume haben könnte.

Daneben gibt es zweifellos noch andere Gründe, die zur Schlaflosigkeit führen. Das ideomotorische Befragungsverfahren gestattet die Erforschung, was in Ihrem besonderen, persönlichen Fall eine Rolle spielt.

Ein anderes Problem ist *Unsicherheit* im Auftreten und Sprechen. Gewandte Ausdrucksfähigkeit und Kontaktfreudigkeit sind nicht jedermanns Stärke. Für manche Menschen ist es jedoch geradezu unmöglich, selbst nur vor einem kleinen Zuhörerkreis frei zu sprechen. Manche leben sosehr in sich zurückgezogen, daß es ihnen schwerfällt, mit ihren Freunden oder sogar mit den eigenen Familienmitgliedern Gedanken auszutauschen.

Vielleicht erschwert Befangenheit den ungezwungenen Gedankenaustausch. Gewöhnlich ist es nicht schwer, sie zu überwinden. Die Korrektur wird durch eine richtige Selbsteinschätzung erreicht. Bei vorhandener Befangenheit kann die Schwierigkeit zu sprechen momentaner Verwirrung erfließen. Ein wenig Praxis, beispielsweise durch den Beitritt zu einem örtlichen Debattierklub, genügt meistens schon, um sich ein selbstsicheres Auftreten und Sprechen anzueignen.

Wirkliches *Lampenfieber* geht darüber hinaus. Oft äußern sich darin übertriebene Befangenheit und tiefliegende Minderwertigkeitsgefühle. Häufig liegt dem Lampenfieber ein Früherlebnis zugrunde – ein Trauma aus den Tagen der Kindheit. Lampenfieber verlangt Anpassung an die gegebenen Bedingungen. Bei einem Schauspieler oder einer Schauspielerin sind ernsthafte Schwierigkeiten dieser Art kaum zu erwarten, es sei denn zu Beginn der

Karriere; dennoch leiden gerade manche sehr prominente Bühnenkünstler unter Lampenfieber und können ihr ganzes Leben lang nie darüber hinwegkommen. Bei den meisten vergeht allerdings die Furcht, sobald ihr Auftritt beginnt. In diesen Fällen handelt es sich eher nur um eine Art nervöser Erwartung.

Bevor die verstorbene Marilyn Monroe zu Erfolg und Ruhm gelangte, hatte sie sich mehrere Chancen verdorben. Im Augenblick, in dem sie vor der Kamera oder dem Mikrophon stand, erstarrte sie vor Schreck und war völlig unfähig, sich zu bewegen oder zu sprechen. Ihr Arzt schickte sie zu mir. Ich sollte feststellen, ob dieser Zustand durch Hypnose behoben werden könne. Marilyn erwies sich als sehr suggestibel und war leicht zu hypnotisieren. Verschiedene unangenehme Kindheitserlebnisse, die mit ihrer Furcht in Zusammenhang standen, wurden unter Hypnose ans Licht gebracht. Bei ihren nächsten Probeaufnahmen gelang es ihr, ihre Angst zu überwinden. Sie erhielt die Filmrolle. Jedermann weiß, wie sie berühmt wurde; erstaunen muß jedoch, daß sie auch noch in ihren Glanzzeiten von Zweifeln und Angstanwandlungen nicht frei war. Eine längere Behandlung hätte ihr das Leben bestimmt sehr erleichtert und dieses vielleicht grundlegend geändert.

Für Leser, die durch Lampenfieber und Unsicherheiten ähnlicher Art benachteiligt sind, empfiehlt es sich, mittels des ideomotorischen Befragungsverfahrens nachzuforschen und zu versuchen, jegliche Erlebnisse festzustellen, die der Furcht zugrunde liegen könnten. Häufig handelt es sich um objektiv harmlose Anlässe: eine kirchliche Feier, eine Schulveranstaltung oder eine Laientheateraufführung, bei denen ein Kind öffentlich auftreten mußte und von Furcht übermannt wurde; oft liegt dem Lampenfieber nur ein kleines Gedicht, das in Kindertagen hätte zitiert werden sollen, zugrunde. Bisweilen liegen die Ursachen des Lampenfiebers auch tiefer. Auch hier wieder kommen tiefe seelische Eindrücke oder traumatische Kindheitserlebnisse auf Grund ernster Angstsituationen in Frage. Jedenfalls können die Ursachen, um welche immer es sich auch handeln mag, unter Hypnose in vielen Fällen behoben werden, und das Lampenfieber kann beseitigt werden.

Stottern ist ein sehr qualvoller Zustand, bei dem Hypnose sehr nützlich sein kann. Sonderbarerweise sind neun von zehn Stotterern männlichen Geschlechts. Die meisten unter Sprachstörungen leidenden Menschen sind ausgezeichnet hypnotisierbar, und die allermeisten Stotterer sprechen mühelos, sobald sie sich in Hypnose befinden. Nach dem Aufwachen aus der Trance stellt sich die Sprechschwierigkeit wieder ein. Dennoch zeigt dies dem Patienten, daß er vom Stottern frei sein kann. Die Selbsthypnose erweist sich für den Stotterer insofern als nützlich, als sie ihn lehrt, sich zu entspannen und sein Minderwertigkeitsgefühl zu überwinden. Nur in den wenigsten Fällen wird es allerdings gelingen, durch die Selbstbehandlung dieses Zustandes einen dauerhaften Erfolg zu erzielen.

Männer wie Frauen leiden gleichermaßen unter *sexuellen Problemen.* Ein großer Teil der Arbeit der Psychotherapeuten besteht in der Behandlung von sexuellen Komplikationen. Frigidität bei Frauen und Impotenz, einschließlich vorzeitigen Orgasmus, bei Männern sind die gewöhnlichsten und am leichtesten zu behandelnden sexuellen Störungen. Unfruchtbarkeit und Homosexualität sind Störungen, deren Behandlung schwieriger ist. Nur wenige Homosexuelle haben den Wunsch, ihre Einstellung und ihr Verhalten zu ändern; und solange dies nicht der Fall ist, kann nichts erreicht werden. Der Gynäkologe begegnet bei vielen seiner Patientinnen mehr oder weniger unangenehmen Menstruationsbeschwerden. Auf Einzelheiten der Anwendung von Hypnose zur Behandlung aller dieser Zustände hier einzugehen, würde den Rahmen dieses Buches sprengen; jedenfalls wirkt sie sich regelmäßig positiv und oft sehr vorteilhaft aus. Bei manchen dieser Zustände ist auch Selbsthypnose nützlich, aber in vielen Fällen führt die Selbsthilfe nicht zum Dauererfolg.

Während die Hypnose zur psychotherapeutischen Behandlung selbst von schweren Neurosen im allgemeinen von größtem Wert ist, muß von der Selbstbehandlung ernster neurotischer Störungen eher abgeraten und zum Aufsuchen eines – mit oder ohne Hypnosemethoden arbeitenden – Psychotherapeuten geraten werden. Es gibt jedoch Ausnahmen, und zwar bei gewissen *Phobien,* also krankhaften Angst- bzw. Zwangszuständen in besonderen Lebenslagen. Gewöhnlich schämt sich die neurotische Person ihrer Phobie, von der oft nur Familienmitglieder oder sehr gute Freunde wissen. Es gibt eine ganze Reihe von Phobien unterschiedlichster Ausprägung wie die Klaustrophobie (die Furcht, in einem engen Raum eingeschlossen zu sein), Agoraphobie (Platzangst), Nosophobie (Angst vor Krankheiten) usw. Manche Phobien, beispielsweise die Angst vor hohen Standorten oder vor dem Fliegen, scheinen weit verbreitet zu sein.

Für Zwangsneurotiker, die außerordentlich furchtsam sind und unter verschiedenen Phobien leiden, ist Selbsthilfe wahrscheinlich kaum von großem Nutzen. Ist nur eine bestimmte oder vielleicht damit verbunden eine zweite Phobie vorhanden, kann durch Selbsthypnose im Wege der Selbstbehandlung oft viel erreicht werden. Ich kenne viele Menschen, die ihre zwangshafte Angst auf diese Weise überwanden und in der Folge viel selbstsicherer wurden. In einem solchen Fall wird die Angst meistens mit einem Früherlebnis aus der Kindheit assoziiert, das vermutlich völlig vergessen oder verdrängt wurde; oder der Betroffene erinnert sich möglicherweise daran, ohne jedoch das Erlebnis mit seiner Phobie verbunden zu sehen.

Eines der größten Probleme unserer Zeit – das Problem von Millionen und aber Millionen – ist das Übergewicht, an dessen Folgekrankheiten mehr Menschen sterben als an Krebs.

Mit zunehmendem Alter wird man physisch weniger aktiv und darum sehr wahrscheinlich zunehmen. Nicht umsonst heißt es: „Verführerisch, vollschlank und vierzig!" Aber dies ist nur die eine Seite des „Altersspecks" und auch nur eine Seite des Problems; denn auch Junge gibt es genug, die dick sind. Beträgt Ihr Gewicht zehn Prozent mehr, als dies Ihrem Alter und Ihrer Größe entspricht, wird das in der Fachsprache als Fettleibigkeit bezeichnet und der dem Symptom der Fettleibigkeit zugrunde liegende neurotische Zug als *Fettsucht*.

Für die Fettleibigkeit kann es tatsächlich viele – höchst selten bewußt erkannte – psychogene oder emotionelle Ursachen geben. Jeder unserer früher erwähnten sieben Schlüsselfaktoren kann dabei eine Rolle spielen.

Normalerweise besteht die medizinische Behandlung der Fettleibigkeit in einer Diätvorschrift und der Verordnung eines appetithemmenden Medikaments. Der Übergewichtige, der die Diät einhält und tatsächlich abnimmt, wird jedoch nach einigen Monaten wieder am Anfang stehen – mit demselben Übergewicht. Für Fettleibige ist Diät ein abscheuliches Wort. Nur wenige halten eine Diät lange durch. Gilt es nur einige Pfund abzunehmen, mag diese Art der Behandlung vielleicht noch erfolgreich sein; aber selbst in solchen Fällen werden sich die überschüssigen Pfunde binnen kurzem wieder einstellen. Klar ist: Wer zunimmt, ißt mehr, als sein Körper braucht; die Energiezufuhr übertrifft den Energieverbrauch. Wer dick ist, ißt zuviel. Aber das Problem liegt tiefer: Warum ißt der Fettleibige zuviel? Weil er fettsüchtig ist. Und warum ist er fettsüchtig? Hier liegt das Problem!

Wer sein Übergewicht verlieren und für immer sein Normalgewicht halten will, muß die Ursachen seines Übergewichts und seines übermäßigen Eßzwangs kennenlernen. Auf diesem Gebiet leistet die Hypnose hervorragende Dienste – zur Erkenntnis der Ursachen Ihrer Fettleibigkeit. Hypnose und ebenso Selbsthypnose werden Ihnen auch helfen können, Ihre schädlichen Eßgewohnheiten abzulegen und künftig Ihre Nahrung besser auszuwählen.

Ohne die geringste Notwendigkeit abzunehmen oder eine Diät einzuhalten, sollten Sie darauf achten, eine protein- und vitaminreiche Nahrung zu essen und kohlehydrathaltige Speisen zu meiden. Zwar sind Kalorien wichtig, wichtiger aber als die Kalorienmenge ist die Tatsache, daß Sie die richtigen Nährstoffe zu sich nehmen: Proteine, Vitamine, Mineralien, Spurenelemente.

Auch sollten Sie Ihre Nahrung nicht verschlingen und zu schnell essen. Machen Sie es sich zur Gewohnheit, Ihre Nahrung zu kauen, sie gründlich zu zerkleinern, und Sie werden weniger essen. Achten Sie ferner darauf, nur kleine Portionen zu nehmen. Man neigt dazu, alles zu essen, was sich auf dem Teller befindet. Ist er weniger gefüllt, essen Sie weniger. Müssen Sie einen Imbiß einnehmen, dann essen Sie kalorienarme Nahrung, die nicht gewichtfördernd ist. Ein paar Cocktails geben Ihnen viele zusätzliche, unnötige Kalorien. Halten Sie Ihren Flüssigkeitsverbrauch auf einem Minimum während der Zeit, da Sie Ihr Gewicht verringern wollen.

Lesen Sie noch einmal Kapitel XIII über die Schlüsselfaktoren, die psychosomatische Leiden verursachen, nach. Diese Faktoren sind auch die Ursachen für die Fettsucht, deren Erkenntnis für die Bekämpfung der Fettleibigkeit Voraussetzung ist. Im übrigen spielen auch auf diesem Gebiet seelische Eindrücke, die in der Kindheit geprägt wurden, eine große Rolle. Die meisten Kinder durchlaufen Perioden, in denen es zu gewissen Schwierigkeiten bei der Nahrungsaufnahme kommt. Bekannt sind die oft verhängnisvollen Folgen mütterlicher Ermahnungen und Gebote, die sich dem Unterbewußtsein des Kindes einprägen und dann später verwirklicht werden. „Du sollst keine Nahrung vergeuden!" „Du mußt essen, damit du groß und stark wirst!" Wer solche Eindrücke mit ins Erwachsenendasein übernommen hat, steht geradezu unter innerem Zwang, zuviel zu essen. Der „Kummerspeck" dagegen verweist eindeutig auf emotionale Konflikte. Jeder Fettleibige muß prüfen, welche Faktoren in seinem individuellen Fall maßgebend sind.

Auf der Welt gibt es Millionen Alkoholiker. Eine wirklich erfolgreiche Behandlungsmethode gegen den *Alkoholismus* ist nie erdacht worden. Im medizinischen Sinne wissen wir nicht viel über die Ursachen dieses Problems. Manche Ärzte glauben heutzutage, es liege ein physischer Faktor vor. Mit Sicherheit aber sind psychologische Faktoren maßgebend beteiligt.

Wie die Stotterer sind die Alkoholiker meistens sehr leicht hypnotisierbar. Ich habe Hypnotherapie bei Alkoholikern als sehr nützlich befunden. Die meisten Fälle führen zwar zu keinem befriedigenden Ergebnis, aber ich habe demgegenüber auch viele wirkliche Erfolge verzeichnen können. Vergangene Weihnachten erhielt ich aus irgendeinem Grunde von einer ehemaligen Alkoholikerin, die ich behandelt hatte, eine Postkarte. Als ich die Patientin zum ersten Male gesehen hatte, brachte sie es fertig, jeden Tag eine große Flasche Whisky zu trinken. Das war vor fünfzehn Jahren gewesen, und auf der Karte teilte sie mir lediglich mit, sie wolle mich wissen lassen, daß sie, seitdem sie zuletzt bei mir gewesen sei, nie wieder Alkohol getrunken habe. Erfolgreich konnte ich auch die Hypnotherapie vieler anderer meiner Patienten abschließen; bei der überwiegenden Mehrzahl aber war alles vergeblich. Es ist sehr schwierig, den Alkoholismus zu überwinden.

Immer wieder wird in letzter Zeit in der Presse auf den stetig steigenden Konsum von Anregungsmitteln – hauptsächlich von Amphetaminen – hingewiesen. Dazu gehören auch die Aufputschmittel zur Leistungssteigerung im *Sport*. Deren Nebenwirkungen können sehr schädlich sein. Vor nicht allzu langer Zeit starb einer der besten französischen Radrennfahrer, weil er ein solches Mittel während eines Rennens zu sich genommen hatte. Viele Sportlehrer und Trainer im professionellen Hochleistungssport und im Amateurbetrieb veranlassen ihre Sportler, solche Stimulanzmittel zu nehmen, oder schließen zumindest beide Augen.

Für Experten, die mit der Hypnose vertraut sind, ist es schwer zu fassen, daß man – als Ersatz für derartige chemische Stimulanzmittel – nicht lieber Hypnose anwendet, deren Wirkung weitaus besser ist als jene gesundheitsschädlicher Pharmazeutika. Berufssportler, deren Tätigkeit finanziell sehr lohnend ist, übersehen dies zu ihrem eigenen Nachteil. Hypnosemethoden wären bestens geeignet, zu ihren Verdienstmöglichkeiten beizutragen oder ihr Einkommen sogar zu steigern, und zwar ohne jedes Risiko für die Gesundheit.

Vor einigen Jahren engagierte der Manager eines professionellen Baseballteams einen Hypnotiseur zur Arbeit mit den einzelnen Spielern. Das Unternehmen wurde auf jede nur erdenkliche Weise kompromittiert und das Hypnosetraining stümperhaft gehandhabt. Offenbar handelte es sich hauptsächlich um einen Publizitätstrick. Die Spieler lehnten bald das Ganze als Unsinn ab. Wären sie über den Wert richtig informiert und gleichzeitig richtig in die Praxis der Hypnose eingeführt worden, hätten sie davon zweifellos nur profitieren können. Solche Vorkommnisse gereichen natürlich den Hypnotiseuren und der Hypnose nicht zum Vorteil.

Indessen besteht nicht der geringste Zweifel, daß ein zuverlässiger Hypnotiseur, der mit einem suggestiblen Sportler, beispielsweise einem professionellen Baseballspieler, arbeitet, dessen Leistungen zu steigern vermag. Zu den meisten Sportarten gehört auch geistige Kontrolle und ein geistiges Wagnis. Wo dies der Fall ist, kann durch Hypnose viel erreicht werden.*

Jedermann kennt auch heute noch Paavo Nurmi, den finnischen Langstreckenläufer der zwanziger Jahre, der mit sechs Einzel- und drei Mannschaftssiegen neunmaliger Olympiasieger war. 1923 versetzte er die Welt der Leichtathletik in Erstaunen, als er beim

---

* *Zahlreiche erfolgreiche Fälle der Leistungssteigerung im Sport schildert Arthur Ellen in seinem Buch „Ich hypnotisierte Tausende – aus dem Tagebuch eines Hypnotiseurs", erschienen 1973 im Ariston Verlag, Genf.*

Meilenlauf einen neuen Weltrekord von 4 Minuten und 10,4 Sekunden aufstellte. Heute übertreffen ihn bereits manche Läufer an Mittelschulen. Ein englischer Läufer, Roger Bannister, war der erste, der weniger als vier Minuten für diese Strecke brauchte. Inzwischen haben Dutzende anderer Schnelläufer den Weltrekord och verbessert. Die Sportlehrmethoden und das Training sind verbessert worden, die Rennbahnen sind besser; der Hauptunterschied liegt jedoch darin, daß heutzutage auch die geistige Verfassung der Sportler beeinflußt, kontrolliert und trainiert wird.

Bei jedem Sport sind Zuversicht und Erwartung sehr wichtig. Geistiges Wagnis spielt beim Golf, bei Tennis, Basketball, Fußball, Boxen, Skifahren usw. eine große Rolle. Dr. William Kroger, Los Angeles, schreibt in seinem Buch *Clinical and Experimental Hypnosis:* „Der Verfasser hat ohne schädliche Wirkungen Hypnose angewandt, um die Leistungen einer erheblichen Anzahl von Sportlern, die an Baseball-, Fußball-, Box- und Golfwettkämpfen teilnehmen, zu verbessern. Die Ergebnisse lagen zwischen gut und aufsehenerregend." Kroger stellt auch fest, die hypnotischen Suggestionen zur Leistungssteigerung der Sportler seien niemals irgendwie nachteilig gewesen. Dem Sportler gelinge es, sein Potential besser zur Geltung zu bringen, ohne es je zu seinem eigenen Nachteil allzusehr auszuschöpfen. Auch hier macht sich wieder die Teleologie des Unterbewußtseins geltend.

Außer der Möglichkeit der geistigen Beeinflussung mittels Hypnose bietet diese einen weiteren Vorteil, der die Sportler und ihre Lehrer bestimmt interessieren sollte: er ist rein physischer Art. Bei vielen Sportarten sind Verletzungen üblich oder zumindest nicht selten – etwa beim Fußball oder Skifahren. Ein verstauchter Fußknöchel fesselt den Sportler mindestens zehn Tage ans Bett. Eine solche Verstauchung führt zur starken Anschwellung, und der Fußknöchel schmerzt zu sehr, als daß er noch bewegt, geschweige denn im Hochleistungssport gebraucht werden könnte. Andererseits wäre es zur Ausheilung wirklich gut, wenn der Fuß bewegt würde. Mittels Hypnose haben Fußballer mit einer solchen Verletzung am nächsten Tag wieder gespielt, die Schwellung wurde über Nacht zum Abklingen gebracht, hypnotische Anästhesie setzte die Sportler schmerzfrei oder linderte die Schmerzen der Verstauchung entscheidend. Suggestionen in Richtung einer schnellen

Heilung sind offensichtlich sehr wirksam, und zwar für jede Wunde oder Verletzung. Zahnärzte, die die Hypnose anwenden, haben die schnelle Heilung als Folge hypnosuggestiver Einstellung auf den erstrebten Heilerfolg immer wieder beobachten können.

Eine meiner Bekannten hatte einen schweren Autounfall. Als sie aus dem Wagen fiel, zog sie sich einen komplizierten Bruch des Oberschenkels zu, und der Knochen drang durch das Gesäß und die Haut nach außen. Der Chirurg sagte ihr, sie müsse sechs Monate lang im Gipsverband liegen. Nachdem ich ihr Suggestionen zur schnellen Heilung eingegeben hatte, konnte er den Gipsver band nach drei Monaten abnehmen. Er fand das fast unglaublich. Für mit Hypnose arbeitende Ärzte ist daran nichts verwunderlich.

Über die klinischen Aspekte der Hypnose sind einige Lehrbücher geschrieben worden. Natürlich gibt es viele andere Anwendungsmöglichkeiten als die hier beschriebenen, viel zu viele, um sie hier auch nur erwähnen zu können. Wie dargelegt wurde, hat sich die Anwendung der Hypnose bei Migräne sowie bei anderen chronischen Kopfschmerzen, bei manchen Hautleiden, in der Urologie, der Proktologie, der Augenheilkunde, der inneren Medizin – praktisch auf jedem Spezialgebiet der Medizin – als nützlich erwiesen.

Andere praktische Anwendungsmöglichkeiten, die es gibt, wurden in der Praxis zum großen Teil ignoriert, sogar wenn unanfechtbare Autoritäten darauf aufmerksam gemacht hatten. Dies trifft beispielsweise auf das Gebiet der *Rechtsprechung* zu, und zwar besonders auf das Strafverfahren. Die Gerichte sind zwar der Ansicht, unter Hypnose erlangte Informationen oder Geständnisse von Beschuldigten könnten nicht in Gerichtsverhandlungen vorgebracht werden. Dies würde jedoch nicht an der Informationserteilung oder sogar an der Ablegung eines Geständnisses in manchen Situationen hindern. In diesem Zusammenhang darf ja nicht übersehen werden, daß einerseits ein schuldiger Rechtsbrecher, der seine Tat hartnäckig leugnet, sich selbst – psychologisch gesehen – nichts Gutes tut und entweder doch überführt oder sein Leben lang unter der ungesühnten Tat leiden wird und daß andererseits durch Hypnose auch die Unschuld ungerechterweise beschuldigter Menschen erwiesen werden kann.

Ein Psychologe in Minnesota, der es vorzieht, seinen Namen nicht publik zu machen, ist von der Polizei in einigen Kriminalfällen eingeschaltet worden. In dem einen Fall war ein Kind ermordet und ein Hauptverdächtigter festgenommen worden. Nachdem dieser durch indirekte Induktion hypnotisiert worden war, gelang es dem Psychologen, zu erfahren, wo die Kindesleiche, die bis dahin nicht gefunden worden war, versteckt lag. Die Leiche wurde tatsächlich gefunden, und der Beschuldigte gestand unter dem Eindruck des Lokalaugenscheines freiwillig das Verbrechen.

In einem anderen Fall wurde von einem des Mordes Verdächtigten mittels Hypnose ein Geständnis erlangt. Es wurde auf Tonband aufgenommen, und später wiederholte der Mann seine Aussagen aus freien Stücken, ohne Anwendung von Hypnose. Bei der Verhandlung konnte das Geständnis dann legal benutzt werden und wurde von dem Angeklagten auch nicht widerrufen.

In Los Angeles wurde vor ein paar Jahren ein Juweliergeschäft von zwei Banditen überfallen. Als sie aus dem Geschäft rannten, in ihren Wagen stürzten und davonbrausten, passierten sie ein junges Pärchen, das auf dem Bürgersteig vorüberging. Einer der Räuber hatte einen Revolver in der Hand, den die jungen Leute sahen. Da wurde ihnen klar, daß ein Überfall stattgefunden hatte. Als sie von der Polizei als Zeugen verhört wurden, konnten sie die zwei Banditen nur sehr ungenau beschreiben und sich des polizeilichen Kennzeichens ihres Wagens nicht erinnern.

Von einem Polizeibeamten, der einiges über Hypnose wußte, wurden die jungen Leute gefragt, ob sie bereit wären, sich hypnotisieren und in Hypnose weiter verhören zu lassen. Beide erklärten sich einverstanden, und ein erfahrener Hypnotiseur wurde herbeigerufen. Unter Hypnose gaben sie nicht nur eine genaue Beschreibung der zwei Verbrecher, es gelang ihnen auch, das polizeiliche Kennzeichen des Wagens anzugeben. Sie waren gesondert verhört und hypnotisiert worden. Mittels der Angaben gelang es der Polizei, die Banditen zu verhaften und ihrer Strafe zuzuführen.

Die Widersprüchlichkeit der Aussagen von Zeugen irgendeines Vorfalls über die von ihnen gemachten Beobachtungen ist eine wohlbekannte Tatsache. Das Unterbewußtsein registriert genau, was beobachtet wird, und zwar vollständig, bis in alle Einzelheiten. Die bestimmt nicht sehr zahlreichen Staats- und Rechtsanwälte, die mit Hypnose vertraut sind, können durch deren Anwendung richtige Informationen von Zeugen erlangen.

Im Zusammenhang mit dem *Raumfahrtprogramm* wurde in den USA vielfach angedeutet, einigen oder allen US-Astronauten sei Selbsthypnose beigebracht worden, die sie bei ihren Raumflügen angewandt hätten. Die Raumfahrtbehörden schweigen sich jedoch darüber aus, und daher ist nicht bekannt, ob diese Anspielungen der Wahrheit entsprechen. Vielleicht wird man bald mehr erfahren, zumal in der Sowjetunion die Hypnoseforschung und die praktische Anwendung der Hypnose stark vorangetrieben werden.

Dr. George Estabrooks hat jahrelang mit den Militärbehörden zusammengearbeitet. Offenbar gelang es ihm nicht, im Zusammenhang mit der Gehirnwäsche der in Vietnam gefangengenommenen US-Soldaten die obersten Stellen von den Möglichkeiten der Hypnose zu überzeugen. Bei einer „waschechten" Gehirnwäsche bedient man sich dort natürlich der Anwendung sowohl der Hypnose als auch von Stimulanzmitteln. Estabrooks behauptet, hypnotische Suggestionen vermöchten der Gehirnwäsche einen Riegel vorzuschieben, so daß sie erfolglos bleibe. Sehr wahrscheinlich trifft dies auch zu. Die Schwierigkeit ist nur, daß man nicht eine ganze Armee für den Fall der Gefangennahme hypnotisieren kann.

Natürlich sind seitens der CIA oder anderer Nachrichtenorganisationen und Militärbehörden keine Informationen über die Einzelheiten der Gehirnwäsche oder des Verhörs von Gefangenen erhältlich. Angelegenheiten wie diese, zu denen möglicherweise die Anwendung von Hypnose gehört, werden geheimgehalten. Es wäre verwunderlich, wenn sich diese Stellen sowie auch überhaupt Organisationen des Spionage- und des Spionageabwehrdienstes nicht der Hypnose bedienen würden.

Die Anwendung der Selbsthypnose auf dem Gebiet des *Bildungswesens* ist bereits erklärt worden. Während die Hypnose wegen der darüber seitens der Schulbehörden und Eltern bestehenden Fehlansichten bestimmt niemals im Rahmen des Schulsystems allgemein angewandt werden wird, könnte sie dennoch in gewissen Situationen bei besonderen Schulkindern herangezogen werden. Manche Kinder lernen nicht leicht; dafür können mangelnde Intelligenz oder emotionale Schwierigkeiten, unter denen das Kind leidet, verantwortlich sein. Viele Schulen haben jetzt Programme für emotionell benachteiligte Kinder und für solche mit Leseschwierigkeiten und anderen Problemen eingeführt. Manche Lehrer wurden für den Unterricht dieser Kinder besonders ausgebildet. Manche dieser Kinder werden von Schulpsychologen betreut, die sie den verschiedensten psychologischen Tests unterziehen. Zur Erkennung der emotionalen Konflikte und sonst störenden Probleme eines Kindes sowie zur Behandlung der Symptome, unter denen solche Kinder leiden, könnte Hypnose fraglos sehr nützlich sein. Bis indessen unsere Gesellschaft reif sein wird, derartige „progressive Neuerungen“ in ein normales Schulprogramm einzubauen, wird noch einige Tinte fließen müssen. Leider.

XXIV. Hypnose in der Parapsychologie

Offensichtlich muß das Phänomen der außersinnlichen Wahrnehmung (ASW) vom Unterbewußten hervorgebracht werden. Sollte somit Hypnose nicht dazu beitragen können, um Fähigkeiten, die heutzutage die Parapsychologie beschäftigen, wie Telepathie und Hellsehen, zu entwickeln?

Hier müssen wir einen etwas breiter angelegten Abstecher machen. Für Leser, die bisher noch nie über dieses Thema gelesen oder diskutiert haben, muß zunächst umrissen werden, was Parapsychologie im allgemeinen und die ASW im besonderen überhaupt ist.

Die Parapsychologie ist in den letzten Jahren stark in den Wind gekommen. Aber nur wenige wissen darüber Genaues. Obwohl ihr Stoff uns alle angeht. Überall geschieht Paranormales. Täglich wird Parapsychisches erlebt. Mit Aberglauben oder *Okkultismus* – mit dem Unwesen der Hexen und Geister, schwarzer und weißer Magie, mit den Geheimlehren der Alchimisten und Kabbalisten und anderer Okkultisten – hat das nichts zu tun.

Die Parapsychologie hat sich – zunächst als Grenzgebiet der *Seelenforschung* und sodann als eigenständiger Wissenszweig – von der Psychologie abgespalten. Aber die Psychologie selbst – die methodisch fragende Seelenlehre als strenge Wissenschaft – hat ihre Anfänge erst im 19. Jahrhundert genommen. Die Seelenforschung vorher erschöpfte sich in zwar wertvollen, aber *vorwissenschaftlichen* Bemühungen.

Die Anfänge wissenschaftlich exakter Erforschung des Paranormalen gehen auf das letzte Drittel des 19. Jahrhunderts zurück. Marksteine dieser neuen Wissenschaft bleiben die Gründung der britischen *Society for Psychical Research* (SPR) im Jahre 1882 und der gleichlautenden amerikanischen Gesellschaft 1885 sowie, in neuerer Zeit, das Wirken von Männern wie J. B. Rhine in den USA, W. H. C. Tenhaeff in Holland, Hans Driesch und Hans Bender in Deutschland und Charles Richet in Frankreich. Unter den vielleicht hundert Vorkämpfern und Pionieren der Parapsychologie finden sich fast durchwegs honorable Universitätsprofessoren, bemerkenswerterweise überwiegend Naturwissenschaftler und eine ganze Reihe von Nobelpreisträgern (z. B. 1913 Richet für Medizin). Gleichwohl entging die junge Wissenschaft nicht dem Los grober Mißverständnisse und schlimmster Anfechtungen, dem jede Forschertätigkeit in Neuland ausgesetzt ist. Erinnern wir uns, daß es auch den Wegbereitern der Psychologie, u. a. Sigmund Freud mit seiner revolutionären Lehre vom Unbewußten, nicht besser erging und daß zahllose Wissenschaftler vor ihm noch weit Schlimmeres erfuhren: etwa Galileo Galilei, der wegen seiner Verteidigung des kopernikanischen (heliozentrischen) Weltbildes der Inquisition zum Opfer fiel. Die besondere Schwierigkeit der Parapsychologie liegt nicht zuletzt in der Tatsache begründet, daß sie von – richtigen und falschen – Vorstellungen über den Okkultismus belastet ist. Umgekehrt hat die Hauptströmung des Okkultismus, die Bewegung des *Spiritismus* (der von dem Glauben an Geistererscheinungen und dem Verkehr mit den Seelen Verstorbener ausgeht) entscheidende Anstöße zur Erforschung des Seelischen sowohl für die Psychologie als auch insbesondere für die Parapsychologie gegeben. Hunderte von Fällen spiritistischer Manifestationen wie Geistererscheinungen und Materialisationen Verstorbener, Spukgeschehen und Umtrieben von Poltergeistern, Tischrücken und Levitationen u. a. m. wurden von Parapsychologen von Rang untersucht und auf die Tatsächlichkeit eines paranormalen Geschehens hin überprüft. Vieles wurde als Schwindel, manches als Selbsttäuschung der Beteiligten entlarvt; manche Fälle entzogen sich einem abschließenden Urteil; in anderen Fällen aber wiederum wurden paranormale Phänomene nachgewiesen. Auch heute noch interessieren sich die Parapsychologen für derlei Geschehen, insofern sie okkulte Phänomene untersuchen. Die moderne Parapsychologie hat aber mit dem Spiritismus oder mit dem Okkultismus nichts zu tun. Man kann diese Strömungen indessen als vorwissenschaftliche Bemühungen bezeichnen, wie dies auch etwa auf die Alchimie im Verhältnis zur modernen Chemie zutrifft.

Die junge Wissenschaft kämpft jedoch nicht nur gegen eine von Fehlvorstellungen geleitete Vergangenheit, sondern auch gegen die Vorurteile dogmatisch festgelegter Wissenschaftler anderer Disziplinen. Dies obwohl sie als Wissenschaft längst akademisches Bürgerrecht erlangt hat (berühmt sind in dieser Hinsicht, um nur die allerwichtigsten zu nennen, die Duke University in Durham [USA], die Universitäten Groningen, Utrecht, Bonn, Freiburg, Leningrad und die Sorbonne). Die Parapsychologie ringt jedoch auch mit sich selbst, vor allem um eine einheitliche und einwandfreie Methodik und Terminologie sowie auch um die Überwindung sprachlicher Probleme. Vor allem aber kämpft sie gegen die Unwissenheit der Masse, gegen Aberglauben und einen von der Sensationspresse genährten, oft sexuell verbrämten Boulevard-Okkultismus oder Schaubuden-Hokuspokus, die sich in Hexen- und Geisterlegenden ergehen.

Was nun ist Parapsychologie wirklich? Was erforscht, was leistet sie?

Bis in jüngster Zeit wurde sie, wie gesagt, auf die Erforschung okkulter Erscheinungen oder der sogenannten übersinnlichen, außerhalb des normalen Wachbewußtseins liegenden Bereiche des Seelenlebens festgelegt. Heute wird betont, daß es sich dabei um *natürliche Phänomene handelt, die jedoch außerhalb der uns bekannten Gesetze über das Verhalten von Energien ablaufen* (so Dr. Milan Rýzl). Die Forscher – Amerikaner, Deutsche und Russen – sprechen in diesem Zusammenhang von *Psi-Energie*. Gegenstand der Forschung sind vor allem die Phänomene der außersinnlichen Wahrnehmung (ASW), Wahrnehmungen der Außenwelt also, die nicht auf dem Wege unserer fünf Sinne gewonnen werden. Dazu gehören Gedankenübertragung (Telepathie), Hellsehen (Paragnosie) und Hellsehen in die Zukunft (Präkognition) oder in die Vergangenheit (Retrokognition). Manche Autoren nennen die kognitive ASW auch Prophetie oder Zukunftsschau. Neben solchen *intellektuellen* werden auch *physikalische Phänomene* erforscht, insbesondere die Psychokinese (PK), d. h. die psychische Beeinflussung materieller Vorgänge.

Zum Nachweis der Phänomene wurden in die Hunderttausende gehende Reihenversuche mit Tausenden von Versuchspersonen durchgeführt, die berühmten *ASW-Kartentests* und die *PK-Würfeltests.* Bei den Kartentests hatten die Versuchspersonen die Spielkarten zu erraten, bei den Würfeltests den Fall eines maschinell ausgeworfenen Würfels zu beeinflussen. Die Ergebnisse waren verblüffend: was seinerzeit nur bei Séancen an Medien feststellbar gewesen war, konnte im kontrollierten Experiment nachgewiesen werden. Heute gilt als erwiesen, daß der Mensch zur außersinnlichen Wahrnehmung und zur Psychokinese befähigt ist und daß es ASW und PK, also Hellsehen, Telepathie, Präkognition und Fernbewegung, tatsächlich gibt. Heute sind sogar bereits Methoden zur Aktivierung der parapsychischen Fähigkeiten sowie eines regelrechten ASW-Trainings entwickelt worden (M. Rýzl).

Nach dieser Klarstellung kommen wir auf unser eigentliches Thema zurück: die Hypnose in der Parapsychologie.

Sonderbarerweise berichteten schon die alten Mesmeristen (selbstverständlich nicht in der modernen Terminologie, aber dem Wesen nach) oft über das entweder spontan oder hypnosuggestiv herbeigeführte Phänomen der außersinnlichen Wahrnehmung. Ihre Berichte bezogen sich auf Hellsehen „in die Ferne“ (Astralreisen), wobei angeblich das Wahrnehmungsvermögen des Mediums an einem anderen Ort wirksam werden konnte und das Medium über seine angeblichen Beobachtungen dort berichtete. Auch über Telepathie wurde damals schon berichtet. Aus einem interessanten Bericht über verschiedene Medien geht hervor, daß ein Medium durch Hellsehen bei einem Patienten eine Krankheit festgestellt und aufgrund der Diagnose eine absolut sachkundige Behandlung empfohlen hatte. Dies kommt etwa dem gleich, was dem 1945 verstorbenen Edgar Cayce im 20. Jahrhundert in zahllosen Fällen gelungen war.*

Von den Mesmeristen – aber auch von Pierre Janet, der Verbalsuggestionen zur Induktion anwandte – wurde behauptet, die Hypnose könne telepathisch, aus der Ferne, etabliert werden.

---

* *Literatur über das parapsychische Phänomen Edgar Cayce siehe Seite 22.*

Ferner beriefen sie sich auf die parapsychische Fähigkeit einiger Versuchspersonen, Empfindungen wahrzunehmen, die der Hypnotiseur (welcher die Versuchsperson hypnotisierte) jeweils hatte. Der Hypnotiseur wurde zum Beispiel an verschiedenen Körperstellen gekniffen, und dieselben Empfindungen an jenen Stellen behauptete das Medium zu haben.

Um solche – einerseits parapsychische und andererseits hypnotische – Phänomene hervorzurufen, wurden verschiedene Versuche unternommen. Die British Society for Psychical Research unternahm bereits in den achtziger Jahren des vorigen Jahrhunderts einige erfolgreiche Versuche auf diesem Gebiet. Der französische Psychologe Pierre Janet und sein Landsmann Charles Richet, Physiologe, Nobelpreisträger für Medizin und gleichzeitig ein Vorkämpfer der modernen Parapsychologie, hatten ein bemerkenswertes Medium namens Leonie, mit dem sie erfolgreich experimentierten. Es gelang ihnen, sie auf eine Entfernung von einigen Kilometern hin zu hypnotisieren. Als sie sich einst in Le Havre aufhielten, forderten sie sie auf, sich in Hypnose nach Paris in Richets Laboratorium zu begeben (im Geiste selbstverständlich) und dann zu berichten, was sie dort sehe. Aufgeregt berichtete sie, es sei dort ein Feuer ausgebrochen und alles stünde in Flammen. Es stimmte: das Laboratorium brannte zur gleichen Zeit bis auf die Grundmauern ab.

Warum gelingt es unseren modernen Hypnotiseuren nicht, dieselben Phänomene wie die alten Mesmeristen hervorzubringen? Zunächst muß damit gerechnet werden, daß manche Berichte jeglichen wissenschaftlichen Nachweises entbehrten und sicher stark übertrieben waren. Wissenschaftlich kontrollierte Versuche wurden nicht durchgeführt, betrügerische Manipulationen seitens der Medien waren daher nicht auszuschließen. Andererseits brauchten die Mesmeristen für ihre Induktion eine Zeit zwischen einer halben bis zu vier oder fünf Stunden, und dieser Faktor mag zugleich die richtige Antwort beinhalten. Regelmäßig scheint der von ihnen herbeigeführte Hypnosezustand viel tiefer gewesen zu sein, als er von modernen Hypnotiseuren induziert wird, die für die Etablierung der Hypnose kaum je mehr als fünfzehn oder zwanzig Minuten brauchen.

Doch auch manche Forscher der Gegenwart berichten über erfolgreiche Versuche auf diesem Gebiet. Ein schwedischer Psychiater, Dr. John Borkhjem, untersuchte das Hellsehen und berichtete, daß – nebst vielen Fehlschlägen – ungefähr zwei Prozent seiner Versuchspersonen, die unter strengster wissenschaftlicher Kontrolle standen, unter Hypnose des Hellsehens einwandfrei fähig waren. Zum Beispiel hatte ein im benachbarten Zimmer befindlicher Beobachter aufs Geratewohl irgendein Buch vom Bücherbord genommen und es geöffnet, ohne hineinzublicken. Darauf wurde dem Medium in Hypnose aufgetragen, sich (im Geiste) in dieses Zimmer zu begeben und den Titel des Buches und die geöffnete Seite zu nennen. Wie gesagt, lagen die korrekten Angaben bei ungefähr zwei Prozent, was immerhin verblüffend ist und für die Echtheit des Phänomens (im Fall echter ASW-Begabung der Versuchsperson) spricht.

Experimente wurden auch unternommen, um hypnotische Träume hervorzurufen, bei denen die Bilder von Gegenständen eine Rolle spielten, die in undurchsichtigen Briefumschlägen verschlossen waren. Weder die Versuchsperson noch der Hypnotiseur kannten deren Inhalt. Der Hypnotiseur nahm einen Umschlag, konzentrierte sich darauf und suggerierte, das Medium solle in Hypnose von dem träumen, was sich in dem Umschlag abgebildet befand. Zwar waren auch bei diesen Tests gewisse Erfolge zu verzeichnen, jedoch zeigte sich dabei auch, daß die ASW erst noch entwickelt und trainiert werden müßte, um zuverlässige Ergebnisse zu zeitigen.

Der führende Forscher auf diesem Gebiet – der Parapsychologie in Verbindung mit der Hypnose – ist heutzutage zweifellos der schon eingangs dieses Kapitels erwähnte Dr. Milan Rýzl, ein tschechischer Naturwissenschaftler und Parapsychologe, der seit seiner abenteuerlichen Flucht aus dem Osten als freier Forscher und Schriftsteller in den USA lebt. Seine in parapsychologischen Fachzeitschriften und mehreren Büchern publizierten Experimente sind – bei strengster Wissenschaftlichkeit dieses Forschers – wahrhaft sensationell. Bereits berühmt geworden sind seine aufsehenerregenden Experimente mit Pavel Štěpánek, einem ausgezeichneten tschechischen Medium, dessen ASW-Begabung Rýzl in Tausenden von Kartentests erprobte und in weiteren Experimenten zu trainieren verstand.*

Insgesamt jedoch haben alle Experimente, die darauf abzielten, die Fähigkeit der außersinnlichen Wahrnehmung bei nicht wie Štěpánek besonders begabten Versuchspersonen mittels Hypnose zu entwickeln, nur Teilerfolge gezeitigt. Es ist aber durchaus möglich, daß wir gerade auf diesem Gebiet entscheidend weiterkommen, sobald sowohl die Parapsychologie als auch die Hypnose als Bereich wissenschaftlicher Forschung aus Kreisen der Wissenschafter, der Forschungsmittel vergebenden Institutionen und auch des breiten Publikums endlich den Auftrieb erhielten, der ihnen gebührt.

* *Die sechs Standardwerke dieses Parapsychologen wurden vom Ariston Verlag in Genf veröffentlicht: „Parapsychologie", 1971, „Hellsehen und andere parapsychische Phänomene in Hypnose", 1972, „ASW — Phänomene außersinnlicher Wahrnehmung", 1973, „ASW-Training — Psi-Methoden zur Weckung und Aktivierung des 6. Sinnes", 1975, „ASW-Experimente — Der 6. Sinn auf dem Prüfstand", 1979, und „Der Tod und was danach kommt — Das Weiterleben aus der Sicht der Parapsychologie", 1981.*

XXV. Die Überwindung des Widerstandes

Patienten, die einen Hypnotherapeuten aufsuchen, ihm bereitwillig das Honorar zahlen und dann mit allen Mitteln gegen das Hypnotisiertwerden ankämpfen, sind nicht ungewöhnlich. Wie ist das zu erklären? Was sind die Gründe für ein solches – immerhin paradoxes – Verhalten? Mehrere Ursachen kommen hier in Frage. Auf die Ursachen läßt sich von der Art des Widerstandes schließen; denn es gibt im wesentlichen zwei Situationen, die zum Widerstand herausfordern.

Die erste Situation ist dadurch gekennzeichnet, daß dem *Hypnoseversuch* Widerstand entgegengesetzt wird. Ist er sehr stark, wird zur Bestürzung des Hypnotiseurs und zur Enttäuschung der Versuchsperson die Induktion wahrscheinlich völlig mißlingen. Bisweilen kommt es zwar zu Widerstand, jedoch nicht bis zum äußersten, so daß der Patient zwar noch in Hypnose fällt, aber nur eine leichte Trance erreicht.

Meistens beruht der Grund für einen derartigen Widerstand auf Mißverständnissen und Fehlansichten über die Hypnose. Empfindet das Medium die Induktion der Hypnose als einen Zweikampf zwischen einem angemaßten Willensstärkeren und sich selbst als vorgeblich Willensschwächeren, so wird es unbewußt Widerstand leisten, lediglich um sich selbst seine eigene Willensüberlegenheit zu beweisen. Viele Hypnotiseure haben sich daher zur Gewohnheit gemacht, vor dem Induktionsversuch in einem vorbereitenden Gespräch die üblichen Fehlansichten auszuräumen und es der Versuchsperson zu überlassen, die erfolgreiche Hypnose als eine Sache zielführender Zusammenarbeit und nicht der Konkurrenz zu erkennen.

Während der Induktion achtet der erfahrene Hypnotiseur auf jegliches Anzeichen unbewußten Widerstandes. Bei der häufig angewandten Methode das Rückwärtszählens ab hundert wurde bereits bemerkt, daß die Versuchsperson, wenn es schwierig ist, sie zur Bewegung im Kreis zu veranlassen, Widerstand leistet. Beginnt die Versuchsperson während des Induktionsgesprächs zu lächeln, muß auch dies als ein Zeichen des Widerstands gewertet werden. Manchmal weist es nur auf Befangenheit hin, aber dies ist ein anderes, als Befangenheit erkennbares Lächeln. Der erfahrene Hypnotiseur weiß, daß ein Lächeln sich nicht gegen ihn persönlich richtet und fühlt sich deshalb nicht verletzt. Mitunter lacht das Medium dem Hypnotiseur direkt ins Gesicht. Der kluge Hypnotiseur lacht dann gleichfalls und bestärkt sein Gegenüber weiterzulachen, bis sich das Lachen erübrigt.

Wird die Versuchsperson aufgefordert, dem Hypnotiseur (zur Augenfixierung) in die Augen zu blicken, und der Blick des Mediums wandert unstet umher, dann ist auch dies ein Zeichen des Widerstandes. Verspürt die Versuchsperson während des Induktionsgespräches irgendwo ein Jucken und greift nach der juckenden Stelle, gewöhnlich irgendwo im Gesicht, um dort zu kratzen, so muß auch dies als ein Zeichen des Widerstandes betrachtet werden. Mit der zugleich mit der wirksam werdenden Hypnose entstehenden Entspannung verstärkt sich auch das Gefühl der Lethargie. Wendet sich die Versuchsperson statt dessen um, kreuzt sie ihre Beine, rutscht sie unruhig auf dem Stuhl hin und her, sind dies weitere Merkmale des Widerstandes. Dies alles geschieht unbewußt, bezweckt jedoch eindeutig, die Hypnose abzuwenden. Die Versuchsperson verhält sich refraktär.

Was soll der Hypnotiseur in einem solchen Fall tun? Wie verhält er sich, wenn er auf Widerstand stößt? Zunächst weiß er, daß er mehr Zeit wird aufwenden müssen, um die refraktäre Versuchsperson hypnotisieren zu können. Die üblichen Herausforderungstests wird er bestimmt nicht durchführen, weil sie offensichtlich mißlingen würden. Versucht die Versuchsperson, es auf den Beweis der Waffengleichheit beider Willen anzulegen, wird der Hypnotiseur die Induktion beenden und versuchen, das Wesen der Hypnose zu erklären und dadurch den Widerstand aufzuheben. Er kann allerdings auch die Induktionsmethode völlig verändern und mit dem Moment der Verwirrung arbeiten. Dazu gehört ein schnellerer, das Aufnahmevermögen des Mediums überspielender Redefluß, verbunden mit widersprüchlichen Bemerkungen. Diese Methode ist nicht leicht zu beherrschen und erfordert viel Erfahrung; aber sie ist sehr wirkungsvoll. Um schließlich der Verwirrung zu entgehen, gleitet die Versuchsperson in Hypnose, ohne es zu merken.

Je nach der Situation kann es am besten sein, den Widerstand durch Abbruch der Induktion und Anwendung des ideomotorischen Befragungsverfahrens zu beenden, um die unbewußten Gründe für den Widerstand ausfindig zu machen. Durch eine Reihe von Fragen können der Grund oder die Gründe meistens rasch festgestellt werden.

Furcht ist ein sehr verbreiteter Grund für die Hypnose ablehnende Haltungen. Und regelmäßig handelt es sich um die Angst, die Selbstbeherrschung zu verlieren. Manche Menschen legen es auf strenge Selbstbeherrschung an, sie sind fast ausnahmslos schwer zu hypnotisieren. Sie werden in eine leichte Trance fallen, sich aber nicht weit genug gehen lassen, daß tiefere Stufen erreicht werden. Ist das persönliche Verhältnis zwischen Medium und Hypnotiseur nicht gut, so löst dies oft einen auf Furcht und Argwohn beruhenden Widerstand aus. Ein anderer Hypnotiseur könnte wahrscheinlich mit der gleichen Versuchsperson zu ausgezeichneten Ergebnissen kommen.

Die Befürchtung, unter Hypnose etwas auszusagen, das nicht bekannt werden sollte, kann ebenfalls eine Rolle spielen. Natürlich kommt es nie dazu, weil der Hypnotisierte die ganze Zeit hindurch bei vollem Bewußtsein ist. Erklärungen vermögen diese Furcht auszuräumen.

Der Widerstand mag auch auf die unbewußte Assoziation des Hypnosezustandes mit einem früheren Erlebnis zurückzuführen sein, bei dem sich das Medium entweder in Hypnose oder, vielleicht spontan, in einem hypnoseähnlichen Zustand befand. Am häufigsten treten Assoziationen dieser Art auf im Zusammenhang mit einer chirurgischen Operation, während der sich der Patient in Vollnarkose befand.

Manchmal kann ein seelischer Eindruck wirksam werden, der die Versuchsperson vom Eintritt in die Hypnose abhält. Mich besuchte beispielsweise ein einundzwanzigjähriges Mädchen, und ich versuchte während der ersten Sitzung völlig ergebnislos, es zu hypnotisieren. Susanne gestand, sie kämpfe gegen die Hypnose an und leiste Widerstand, aber es fehle ihr das Verständnis warum.

Für mich war das überraschend, denn ich hatte erwartet, sie würde leicht zu hypnotisieren sein. Um die Ursache ihres Widerstandes zu ergründen, unternahm ich bei ihrem nächsten Besuch eine Befragung, wobei sie mittels des Pendels antwortete.

F.: Hält Sie irgendeine Furcht ab, sich hypnotisieren zu lassen?
A.: Nein.
F.: Habe ich als Hypnotiseur etwas an mir, das Sie zum Widerstand reizt?
A.: Nein.
F.: Besteht eine Assoziation mit einem Früherlebnis?
A.: Ja.
F.: Wann fand es statt? War es, bevor Sie zehn Jahre alt waren?
A.: Nein.
F.: War es, bevor Sie fünfzehn Jahre alt waren?
A.: Nein.
F.: Bevor Sie achtzehn wurden?
A.: Ja.
F.: War es, als Sie fünfzehn Jahre alt waren?
A.: Nein.
F.: Als Sie sechzehn Jahre alt waren?
A.: Ja.
F.: Spielte sich das Erlebnis zu Hause ab?
A.: Ja.
F.: War eine andere Person daran mitbeteiligt?
A.: Ja.
F.: War es ein Verwandter?
A.: Ja.
F.: War es ein Elternteil?
A.: Ja.
F.: War es Ihre Mutter?
A.: Ja.

F.: Sagte sie etwas, das als seelischer Eindruck fortwirkt?
A.: Ja.
F.: Hindert Sie noch etwas anderes, hypnotisiert zu werden?
A.: Nein.

Susanne erinnerte sich nun, was geschehen war. Sie begann zu lachen. „Ich weiß, was es war", sagte sie. „Ich war zu einer Hypnosevorführung gegangen – einer Bühnendemonstration. Als der Hypnotiseur nach Freiwilligen fragte, ging ich mit der Freundin, die mich begleitet hatte, auf die Bühne. Aber als ich nach Hause kam und meiner Mutter davon erzählte, regte sie sich sehr auf. Sie schalt mich aus und sagte mir, ich dürfe mich nie wieder von jemandem hypnotisieren lassen. Ich glaube, ich habe ihre Anweisung befolgt!"

Nachdem diese seelische Barrikade beseitigt worden war, gelang es Susanne, einen sehr tiefen Zustand zu erreichen, und es gab keinerlei weitere Schwierigkeiten mehr. Mit Hilfe des Befragungsverfahrens können die Gründe für den Widerstand gegen das Hypnotisiertwerden oft aufgedeckt werden, aber mitunter versagt diese Methode.

Eine weitere Möglichkeit für den Hypnotiseur besteht darin, den Widerstand der Versuchsperson auszunutzen. Er gibt eine Suggestion ein, auf die das Medium unvermeidbar irgendwie reagieren muß. Die Suggestion könnte zum Beispiel folgendermaßen lauten: „In Ihrem rechten Arm, vielleicht aber auch in Ihrem linken, wird jetzt ein Gefühl der Schwerelosigkeit entstehen, und Ihr Arm wird sich ohne jede Absicht Ihrerseits auf Ihr Gesicht zu bewegen. Vielleicht wird er auch – statt leichter – immer schwerer und sich auf Ihre Armlehne pressen. Er kann auch ohne die geringste Bewegung dort bleiben, wo er jetzt ist. Sie werden jetzt sehr darauf achten, zu welcher dieser Alternativen es kommt. Wird der Arm sich heben, wird er schwerer werden und nach unten drücken, oder wird er bewegungslos bleiben?"

Das Ergebnis ist eine Reaktion auf die Suggestion. Sofort kann dann eine andere Suggestion eingegeben werden, die wiederum zu einer unvermeidbaren Reaktion führt.

Von den feststellbaren Ursachen, weshalb Widerstand geleistet wird, abgesehen, weiß niemand genau, warum der eine Mensch ein gutes Medium ist, dem es gelingt, den tiefsten Hypnosezustand zu erreichen, und warum der andere überhaupt nicht hypnotisierbar ist. Bestimmt muß es Gründe dafür geben, vorläufig entziehen sich diese jedoch unserem Wissen. Die meisten Kinder im Alter zwischen sechs und zwölf werden schnell in einen tiefen Zustand gelangen. Ein Kind kann aber auch Widerstand leisten, obwohl dies eher ungewöhnlich ist.

Ein Arzt, der an einem unserer Hypnosekurse teilgenommen hatte, meinte, es wäre vorteilhaft, wenn seine zwei Töchter hypnotisiert würden, damit auch sie diese Erfahrung hätten. Die eine war vierzehn Jahre alt und die andere zwölf. Er vereinbarte einen Besuch bei mir und brachte sie in meine Praxis. Er hatte ihnen das Wesen der Hypnose und die darüber bestehenden Fehlansichten gründlich erklärt.

Die jüngere, Ruth, forderte ich auf, mein Behandlungszimmer zu betreten, während ihre Schwester Margaret und ihr Vater draußen warteten. Gewöhnlich wird eine Zwölfjährige sehr schnell in eine tiefe Trance gelangen. Zu meiner Überraschung gelang es mir nicht einmal, Ruth auch nur leicht zu hypnotisieren. Ich glaubte, einen triumphierenden Ausdruck auf ihrem Gesicht zu bemerken, aber sie behauptete, sie bemühe sich, mit mir zusammenzuarbeiten, und verstehe nicht, warum sie Widerstand leisten sollte. Ich glaubte zu wissen, was vorging, und ließ sie in das Wartezimmer zurückkehren, wo sie prompt mitteilte, sie könne nicht hypnotisiert werden.

Margaret, die danach an der Reihe war, erwies sich als sehr suggestibel und erreichte mühelos eine sehr tiefe Trance. Ich zeigte ihr, wie hypnotische Anästhesie etabliert werden kann, und gab ihr die Halluzination eines Fernsehprogramms mit Zeitverschiebung ein. Offensichtlich gefiel ihr das Erlebnis. Als wir in das Wartezimmer zurückkehrten, erzählte sie munter über ihr Erlebnis. Während Margaret von ihrem Erfolg berichtete, beobachtete ich Ruth und sah, wie sie die Stirn runzelte. Plötzlich fragte sie mich, ob ich es noch einmal mit ihr „versuchen" wolle. Ich war einverstanden.

Diesmal war alles völlig anders. Innerhalb von zwei Minuten war sie tief hypnotisiert und fähig, Anästhesie herzustellen und Halluzinationen hervorzubringen, genauso wie Margaret. Bei der

Rückkehr ins Wartezimmer erzählte sie von ihrem Erfolg. Der Grund war natürlich, Margaret nichts tun zu lassen, was ihr selbst nicht gelang. Ich weiß nicht, warum sie zuerst Widerstand leistete; vielleicht hatte Margaret auf dem Wege zu mir ihrer Schwester etwas gesagt, das ihn auslöste. Wollte sie sich jedoch von Margaret nicht überflügeln lassen, konnte sie den Widerstand nicht aufrechterhalten. Darum ließ sie ihn fallen.

Wie erwähnt wurde, können Erwachsene auch im Alter noch sehr suggestibel sein, meistens erreichen sie nur noch eine leichte Trance. Wahrscheinlich sind ältere Leute in ihrer Lebensweise konservativer und viel festgelegter, weniger anpassungsfähig als jüngere. Sie reagieren natürlich individuell verschieden. Hier kann das Motiv ein entscheidender Faktor sein.

Refraktäres Verhalten findet sich ebensowohl bei der Selbsthypnose wie bei der Induktion der Trance durch einen anderen. Beim Erlernen der Technik der Selbsthypnose ist die ideomotorische Befragungsmethode bestens geeignet, die Ursachen des Widerstandes zu enthüllen. Sind diese Ursachen bekannt, dann kann etwas unternommen werden, um sie unwirksam zu machen und den Betroffenen zu befähigen, einen tieferen Hypnosezustand zu erreichen.

Bisweilen wird jemand, der nur leicht hypnotisiert wurde oder dem es nicht gelang, auch nur eine leichte Trance zu erreichen, erklären, er habe sich sehr bemüht. Aus zunächst unbekannten Gründen führt sein Bemühen nicht zum Erfolg. Vor allem muß er sich dann entspannen und dadurch die Voraussetzungen für die Hypnose schaffen. Wenn Sie in dieser Situation im Zweifel oder skeptisch sind, wird das alte „Schreckgespenst", das Gesetz der umgekehrten Wirkung, am Werk sein, und je mehr Sie sich bemühen, um so weniger gelingt es Ihnen, hypnotisiert zu werden. Vermeiden Sie jedes Bemühen, sowohl bei der Selbsthypnose als auch bei der Hypnose durch einen Hypnotiseur. Auch sollte man an das in dem Wort *bemühen* implizierte „Mißlingen" denken. Wenn Sie sagen: „Ich werde mich bemühen", zweifeln Sie in Wirklichkeit an Ihrem Erfolg.

Die andere Art des Widerstandes richtet sich gegen die *Therapie oder den Anwendungszweck* der Hypnose. Dabei kann die Möglichkeit der Beseitigung eines Symptoms oder Zustandes, der unbewußt als vorteilhaft oder notwendig empfunden wird, eine Rolle spielen. Anders ausgedrückt, der unterschwellige Teil des Bewußtseins möchte sich nicht seine Pläne zunichte machen lassen. Vielleicht sind Kopfschmerzen ein Symptom, an dem die Patientin unbewußt hängt, weil sie Anlaß geben, im Mittelpunkt der Aufmerksamkeit der Familie und der Freunde und allseitigen Mitleids zu stehen! Für die Therapie mag es darum gut sein, wenn der Hypnotiseur erklärt, er werde die Hypnose nicht anwenden, um einen als notwendig erachteten Zustand zu beseitigen, sondern um mittels der Hypnose einen Einblick in die dafür bestehenden Ursachen zu gewinnen. Wird der Zustand verstanden, wird er unnötig werden und verschwinden.

Bisweilen kann eine Patientin einen ziemlich tiefen Hypnosezustand erreichen, ohne daß das Symptom geändert oder aufgehoben wird. Auch bei Selbsthypnose kann dies vorkommen. Die verschiedensten Ursachen können einen Krankheitszustand zur Notwendigkeit werden lassen. Selbstbestrafung mag zum Beispiel ein Grund sein. Ein Leiden kann der Verteidigung dienen – Erbrechen eines Kindes, um nicht zur Schule gehen zu müssen! Natürlich wollen weder der Therapeut noch der Patient dessen Unterbewußtsein einer notwendigen Verteidigung berauben. Im Fall der Selbstbestrafung sollten die Ursachen der Schuldgefühle erforscht werden.

Ein weiterer Grund für diese Art des Widerstandes kann ein irgendwie sehr furchterregendes oder unangenehmes Früherlebnis sein. Wir neigen zum Verdrängen unangenehmer Dinge. Wir wollen nicht bewußt an sie denken oder uns ihrer erinnern. Aber sie können im Unterbewußtsein wuchern und zu Konflikten führen, deren Ursprung unerkannt bleibt.

Beim Versuch, ein solches Erlebnis zu enthüllen, kann das Unterbewußtsein des Patienten geradezu aufsässig werden und Widerstand leisten, es zu Bewußtsein steigen zu lassen. Eine tief schlummernde Erinnerung an ein allzu unangenehmes oder traumatisches Erlebnis mag für das autonom urteilende Unterbewußtsein Grund genug sein, dieses für sich behalten zu wollen. Dieses Phänomen kann sich sowohl bei der Selbsthypnose als auch bei der Konsultation eines erfahrenen Psychotherapeuten, der Hypnose anwendet, geltend machen.

Stößt man auf ein solches Hindernis, ist die Zeitverschiebung – die Regression des Unterbewußtseins des Patienten zu dem Erlebnis und seine Betrachtung vom gegenwärtigen Gesichtspunkt aus mit dem Wissen des Erwachsenen – ein häufig nützliches Verfahren. Dem Unterbewußtsein wird suggeriert, sich zu dem Erlebnis zurückzuversetzen und es in allen Einzelheiten festzuhalten, und zwar in genau fünfzehn Sekunden, sobald das Startzeichen, zum Beispiel das Wort *anfangen,* gegeben wird. Durch Befragung kann das Vorhandensein eines solchen Erlebnisses festgestellt werden. Die Befragung vermag auch Einzelheiten über das Erlebnis zu enthüllen: wann es stattfand, wer dabei anwesend war und vielleicht weitere Angaben, zum Beispiel welcher Art es war. Das Unterbewußtsein sollte mindestens dreimal darauf zurückkommen. Dann sollte mittels Befragung sichergestellt werden, ob dies auch wirklich geschehen ist. Positivenfalls kann nun versucht werden, das Ereignis ins Bewußtsein zu heben. Ein solcher unbewußter Rückblick genügt zumeist, das Erlebnis zu „entschärfen" und gleichzeitig bewußt werden zu lassen. Ist dies nicht der Fall, dann fragen Sie, ob der Betroffene auf Grund des neu gewonnenen Verständnisses nun von den Wirkungen befreit sein wird. Dies ist durchaus möglich. Mitunter ist allerdings der Widerstand übermächtig. Dann ist die Regression des Unterbewußtseins zu dem Ereignis unmöglich.

Bei der durch einen Dritten oder durch Selbsthypnose herbeigeführten Regression ist es immer am besten, das den Konflikt auslösende Erlebnis zumindest dreimal zu durchlaufen und dann zu fragen, ob dies genügt, um die unterbewußt schwelende Wunde bzw. deren Wirkungen zu beseitigen. Ist dies nicht der Fall, dann gehen Sie das Ereignis noch ein- oder zweimal durch. Dann wiederholen Sie die Frage. Der Zweck der Regression besteht nicht nur darin, Einsicht zu gewinnen, sondern auch die Emotionen abzubauen, mit denen das Erlebnis belastet ist. In der Fachsprache wird dies die *Katharsis* genannt. Der Abbau der Emotionen, ihre Freisetzung, ist eine *Abreaktion.*

Bevor eine Regression vorgenommen wird, sollte durch Befragung festgestellt werden, ob seitens des Betroffenen keine Bedenken gegen die Beschwörung des Erlebnisses bestehen. Ist das Erlebnis zu furchterregend, könnte seine Enthüllung belastend sein. Regression zu einem dramatischen traumatischen Erlebnis durch Selbsthypnose ist höchst unwahrscheinlich. Mittels Befragung gehen Sie sicher. Auf diese Weise werden Sie nie auf ein Erlebnis zurückkommen, das als allzu überwältigend von Ihnen nicht verarbeitet werden könnte.

Der Fall eines jungen Mannes namens Tom, der mich besuchte, ist ein Beispiel für Widerstand und unbewußten Rückblick auf ein unangenehmes Ereignis. Tom litt an Augenzittern (Nystagmus). Seine Augäpfel bewegten sich andauernd wie tanzend hin und her. Den Ophthalmologen war es nicht gelungen, ihn von seinem Leiden zu befreien. Tom erwies sich als leicht hypnotisierbar, aber beim Regressionsversuch leistete er Widerstand. Die ideomotorische Befragung hatte einen Zusammenhang zwischen seinem Augenleiden und zwei Früherlebnissen, einem im Alter von achtzehn Monaten und dem anderen mit zwei Jahren, ans Licht gebracht. Er hatte sie daheim gehabt. Jemand hatte eine Rolle dabei gespielt, jedoch konnte ich nicht erfahren, wer es war.

Da er auf Bewußtseinsebene weder zu dem einen noch zum anderen Erlebnis zurückkehren wollte, wurde seinem Unterbewußtsein aufgegeben, das erste Erlebnis in einer Zeit von fünfzehn Sekunden zu durchlaufen. Hierauf kauerte er sich auf den Stuhl und begann wie ein Kind zu wimmern. Er drehte seinen Kopf nach einer Seite und seine Augäpfel bewegten sich, obwohl die Lider geschlossen waren. Er durchlebte dreimal das Erlebnis von neuem und wurde dann mittels Fingerzeichen befragt, ob er es ins Bewußtsein bringen könne. Die Antwort war negativ. Er wurde aus der Trance geweckt und gefragt, was ihm während dieser Zeit in den Sinn gekommen sei. Er sagte, er hätte an nichts gedacht, sich aber wie in panischem Entsetzen gefürchtet.

Bei der nächsten Sitzung wurde das Verfahren wiederholt. Sein Verhalten war dasselbe. Nach dem zweiten Mal gelang ihm die Regression auf Bewußtseinsebene. Er erzählte, er läge weinend in einer Wiege. Sein Vater, ein Trinker, sei sehr betrunken ins Zimmer gekommen. Tom weinte heftiger, und sein Vater schlug ihn quer über die Augen. Das zweite, wenige Monate später vorgefallene Ereignis war fast eine Wiederholung des ersten. Sein Vater schlug ihn wieder ins Gesicht. Sein Nystagmus war ein Versuch, seinen Vater durch andauerndes Anblicken von Seite zu Seite zu beobachten und ihm auszuweichen. In diesem Fall genügte ein unbewußter Rückblick zur Überwindung des Widerstandes, so daß dann das Ereignis ins Bewußtsein wachgerufen und die Ursache des Augenleidens erfahren werden konnte.

Begegnet man Widerstand, dessen Grund nicht mit anderen Mitteln festzustellen ist, kann dem Patienten suggeriert werden, während der Nacht oder auch während der hypnotischen Sitzung einen sehr lebhaften Traum zu haben, der mit der Ursache des Widerstandes zusammenhängt.

Zur Überwindung des Widerstandes gibt es noch einige andere Möglichkeiten, die aber bei Selbsthypnose nicht anwendbar sind.

Im Verlaufe der Hypnotherapie (auch bei Selbsthypnose) kommt es vor, daß der Fortschritt in der Behandlung eines Leidens gehemmt und aufgehalten erscheint. In beiden Fällen eignet sich dasselbe Verfahren. Die ideomotorische Befragungsmethode wird angewandt, um das Hindernis festzustellen. Möglicherweise trägt das Hindernis einem unbewußten Bedürfnis Rechnung, das Symptom oder den Zustand aufrechtzuerhalten. Wahrscheinlich ist jedoch die Nachwirkung eines seelischen Eindruckes, der sich dem Unterbewußten eingeprägt hat. Es gibt Redewendungen, die jede Besserung einer Krankheit völlig aufhalten können.

Eine junge Frau, die hypnotherapeutisch von ihrer Migräne befreit worden war, meldete ihre Mutter zur Behandlung an. Die in den mittleren Jahren stehende Mutter kam etwas zu früh, und ich hörte, wie sie im Wartezimmer Hustenanfälle bekam. Während des Gesprächs mit mir erklärte sie, eine Behandlung habe wirklich nicht viel Sinn, denn so lange sie sich erinnern könne, habe sie bereits diesen Husten; keine Therapie hätte ihn zu heilen vermocht.

Sie erwies sich als leicht hypnotisierbar, und durch Fingerzeichen auf meine Fragen kam der psychosomatische Ursprung des Hustens heraus, unter dem sie seit ihrem vierten Lebensjahr zu leiden hatte. Hier folgt die Fortsetzung der Befragung:

F.: Hatte das Erlebnis mit irgendeiner Krankheit zu tun?
A.: Ja.

F.: Wurde etwas gesagt, ein Eindruck hervorgerufen, der zu dem Dauerhusten führte?
A.: Ja.
F.: Wurde dies von Ihrer Mutter gesagt?
A.: Nein.
F.: Von Ihrem Vater?
A.: Nein.
F.: Könnte es vom Arzt gesagt worden sein?
A.: Ja.
F.: Husteten Sie krankheitshalber?
A.: Ja.

Nun erinnerte sich die Patientin, im Alter von vier Jahren Keuchhusten gehabt zu haben. Im Zuge ihrer Regression zu dieser Zeit schilderte sie sich sehr krank und dem Tode nahe. In der Annahme, dies sei der Fall, hatte der Arzt in ihrer Gegenwart zu ihren Eltern gesagt: „Darüber wird sie nicht hinwegkommen“, womit er meinte, sie werde sterben.

Zwar war sie nicht gestorben, aber auf Grund buchstäblicher Auffassung hatte das Unterbewußtsein an dem Hauptsymptom der Krankheit, dem Husten, festgehalten. Vierzig Jahre lang hatte sie nun gehustet. Dann wurde eine weitere Frage an sie gerichtet: „Nun wissen Sie den Grund für den Husten und seine Hartnäckigkeit. Können Sie jetzt frei davon werden?“ Sie bejahte. Bis zur Nachuntersuchung einige Wochen später hatte er sich tatsächlich nicht wieder eingestellt. Es muß hinzugefügt werden, daß sie, sobald sie hypnotisiert worden war, aufgehört hatte zu husten.

Es gibt ähnliche Redewendungen, die, wenn sie dem Unterbewußten eingeprägt werden, in ebenso verhängnisvoller Weise dafür sorgen, ein Krankheitssymptom aufrechtzuerhalten. „Nichts schlägt an“, ist ein Beispiel. „Was nützt es schon?“ ein anderes. Zusammen mit der wahrscheinlich schlimmsten Redewendung: „Sie müssen sich damit abfinden!“ sind diese und ähnliche Redensarten aus Ihrem Wortschatz am besten zu streichen.

Nachwort

Ich habe in diesem Buch darzulegen versucht, was Hypnose, richtig angewandt, alles vermag. Die Möglichkeiten einer erfolgreichen Anwendung sowohl der Fremdhypnose als auch der Selbsthypnose im Alltag sowie in besonderen Lebenslagen (bei der Zahnbehandlung und Entbindung, beim Studium und bei der Abgewöhnung des Rauchens usw.) sind tatsächlich mannigfaltig und stehen heutzutage außer Zweifel. Obwohl noch immer viele praktische Ärzte, Zahnärzte, Psychiater und Psychologen über die Hypnose nur wenig oder nichts wissen, sind die Vorurteile gegenüber der Hypnose seitens dieser Berufsstände in den letzten zwanzig Jahren verstummt, und zum erstenmal in der Geschichte der Hypnose hat die Hypnotherapie offiziell ihr Bürgerrecht im Rahmen moderner Psychotherapie und fortschrittlicher (psychosomatischer) Medizin erhalten.

Leider ist es auch heute noch nicht leicht, praktizierende Hypnotherapeuten ausfindig zu machen; zumal in kleineren Städten oft kein einziger Vertreter unter den praktizierenden Ärzten oder Psychologen zu finden ist. Am besten wenden Sie sich an die regional zuständigen Berufsvereinigungen der Ärzte, Fachärzte oder Psychologen (Kammern), zweifellos werden Sie dort am ehesten eine nützliche Auskunft erhalten.

Andererseits muß hier auch vor der Fehlansicht, die Hypnose sei ein Allheilmittel, entschieden gewarnt werden. Dies gilt insbesondere für die Selbsthypnose. Die Beherrschung der Techniken der Autohypnose entbindet natürlich nicht von der Notwendigkeit, daß, wer krank ist, der Behandlung eines Arztes bedarf. Ist der Arzt Hypnotherapeut, um so besser! Ist er es nicht, mag sich der Kranke unter der ärztlichen Behandlung zu seinem Vorteil der Selbsthypnose zusätzlich bedienen.

Kranke gehören, wie gesagt, in die Hand des Arztes. Natürlich stellt sich in diesem Zusammenhang die berechtigte Frage: Was heißt krank?

C. G. Jung, der bekannte Schweizer Psychologe, hat – vielleicht stellvertretend für die Mehrheit aller Psychologen – eindrucksvoll dargetan, wir alle seien mehr oder weniger Neurotiker. Das heißt selbstverständlich noch lange nicht, wir alle – die Menschen unserer westlichen Welt – seien krank und gehörten in die Hand eines Arztes, eines Nervenarztes, eines Psychiaters. Nicht jeder, der raucht oder an Fettleibigkeit oder Liebeskummer leidet, ist medizinisch krank (wohl aber enthüllen sich darin neurotische Züge). Fest steht jedoch, daß sehr viele Krankheiten auf seelisch-geistige Probleme und Gefühlskonflikte zurückzuführen sind. Manche der damit Belasteten bleiben mehr oder weniger jene Neurotiker, die wir ja alle mehr oder weniger sind. Andere aber werden aus derartigen Gründen geisteskrank oder auch organisch krank. Die Psychiater und die Mehrzahl der Ärzte, zumindest jene der modernen psychosomatischen Schule, wissen das nur zu gut.

Demgegenüber weiß auch jedes Kind, daß auch durch die medizinische Behandlung und modernste Medikamentose nicht alles geheilt werden kann. Allzu oft wird nur das Krankheitssymptom, nicht aber die Ursache der Krankheit behoben. Mit einem Aspirin lassen sich Kopfschmerzen zwar lindern, nicht aber deren Ursache beseitigen. Daß ein Magengeschwür vom Arzt behandelt werden muß, versteht sich von selbst; oft genug aber wird auch in einem solchen Fall nur das Symptom und nicht die psychologische Ursache behandelt, obwohl das Magengeschwür sehr häufig als Symptom eines gefühlsbedingten Leidens gewertet werden muß. Gerade auf diesem Gebiet – im Grenzgebiet der psychosomatischen Krankheiten – vermag die Hypnose, einschließlich Selbsthypnose, Hervorragendes zu leisten, wie ich in diesem Buch zu zeigen versuchte.

Dazu kommt die Möglichkeit erfolgreicher Anwendung der Hypnose eben gerade dort, wo von einer Krankheit im medizinischen Sinn nicht gesprochen werden kann. Wer hilft der Frau, die an „Kummerspeck“ – also an Fettleibigkeit als neurotischem Symptom der Fettsucht – leidet? Wer dem Mann, der das Rauchen oder Trinken aufgeben will oder muß? Ärztliche Verbote werden oft in den Wind geschlagen oder helfen trotz guten Willens nicht. Wiederum vermag gerade hier die Hypnose – Fremdhypnose und Selbsthypnose – denen, die sich ihrer richtig bedienen, zu helfen. Ich hoffe, sie wird vielen helfen. Dann wäre der Zweck dieses Buches erreicht.